Hugues Pagan est né à Orléansville en Algérie. Après des études de philosophie, il entre dans la police où il restera 25 ans. Son métier lui a fourni le matériau de ses romans noirs, caractérisés par un mélange d'ironie ravageuse et de révolte désespérée. Pagan est également scénariste, connu entre autres pour les séries *Police District* et *Mafiosa*. Il a reçu le Prix Mystère de la critique pour *Dernière station avant l'autoroute* et a été fait Chevalier des Arts et des Lettres. Il est considéré comme l'un des grands stylistes du polar français.

Dernière station avant l'autoroute

Du même auteur
chez le même éditeur

Les Eaux mortes
La Mort dans une voiture solitaire
L'Étage des morts
Boulevard des allongés
Last Affair
L'Eau du bocal
Vaines Recherches
Tarif de groupe
Je suis un soir d'été
Profil perdu

Hugues Pagan

Dernière station avant l'autoroute

Collection fondée par
François Guérif

Rivages/noir

Retrouvez l'ensemble des parutions
des Éditions Payot & Rivages sur

payot-rivages.fr

Ouvrage publié sous la direction
de François Guérif

Si nous ne pouvons nous imaginer différent de ce que nous sommes et assumer notre seconde personnalité, nous ne pouvons pas nous imposer une discipline, bien que nous puissions l'accepter d'autres personnes... La vertu active, comme forme distincte de l'acceptation passive du code commun, est le port du masque.

YEATS

Toute existence est, nécessairement, un processus de décomposition.

CIORAN

1

Baltringue on naît, baltringue on meurt, il n'y a pas à sortir de là... C'était comme ça, joué d'avance et d'avance perdu... Alors le grand ciel bleu sombre, la mer immense... Le soleil écrasant... Vous pensez... Ces soudaines envolées de guitare, nostalgiques, véhémentes et bancales, toutes d'une véracité, d'un dédain presque insoutenables, toujours à vous gonfler en dedans de sourdes bouffées d'espoir, de colère, de durs désirs et de sang noir... À toujours essayer de vous faire accroire des choses...

Ces grands troupeaux de chevaux sauvages dans le crépuscule, les feux qu'on allumait sur le sable, à proximité de la mer étale et mauve, tout près de l'extrême rebord de la nuit... Certains soirs, on se souvient bien des sourires, des promesses, mais à quoi ça vous mène... Même ces maisons aux façades blanches, aveuglantes dans le plein du midi, crayeuses, abruptes comme des falaises... C'est bien tout fini, allez...

On a beau après se rappeler le monde des vivants... Séduisant et fourbe, pour fascinant qu'il avait l'air de loin, c'était une belle vacherie parfaitement hors de prix, faite de toc et de tape-à-l'œil, de parlotes creuses et de clinquant, triste comme une assiette de choucroute froide et de surcroît excessivement salissante à force de petites ententes avec les autres, avec soi, de tripotages, de renoncements obligés. Il en aura fallu, du temps, pour comprendre, pour ainsi dire, presque toute l'existence…

Baltringue, quand même au bout du compte, tout ce qu'on aura gardé au fond de son cœur, à soi tout seul, de tendre et de doux, d'intact, c'est bien nos morts. Rien que nos morts à nous – nos morts à nous et quelques autres, de ces morts d'adoption, de ces inconnus qu'on s'est choisis un peu au petit bonheur la chance sur la route et qui n'en sont pas moins restés les moins chers au fond, aussi bien au sens propre qu'au sens figuré…

Le reste, tous nos médiocres accommodements, nos mesquines petites angoisses de comptables, nos frêles lambeaux de rêves salariés, nos amertumes pas très reluisantes, toutes ces minces souffrances, les infimes petits besoins bien sales et dégueulasses, les secrètes cochoncetés même à quoi on se croyait tant attaché au fond, parce que ça aidait bien à vivre, quand même… Rien de tout cela n'a tenu la distance… Tout s'est effiloché peu à peu sans qu'on y prenne trop garde… Au bout du compte, à la fin, il ne reste plus bien grand-chose, plus beaucoup de valises à poser au moment qu'on ferme… On aurait bien voulu, pourtant, jusqu'au dernier moment, faire encore des efforts, des choses et des machins, même intéresser encore un peu, distraire…

Seulement, c'est pas facile de distraire. On croirait, mais c'est encore bien moins facile que le reste, amuser la galerie… Ça demande beaucoup d'efforts, une application incessante, et surtout énormément de courage. Quant à intéresser…

Rien que des choses trop compliquées.

C'était un jour gris et peu contrasté – un jour entre deux tours de permanence. Quelque chose qui se tenait calé très droit, juste entre la nuit derrière et la nuit devant. *Twilight zone*.

J'avais dormi peu – peu et mal. Comme mes fantômes étaient revenus, je m'étais réveillé deux ou trois fois, mais pas assez pour me lever prendre un café, ou fumer une cigarette, ou tout simplement pour aller regarder la clarté livide, dehors… J'étais resté à me rappeler des choses… La petite gosse surtout, qu'on m'avait amenée dans sa bâche plastique, et dont le corps semblait encore si tiède et les membres si souples qu'on aurait pu la croire encore un peu vivante, n'eût été son regard terne et poussiéreux et qui s'était déjà rentré en dedans, vers des choses qu'elle seule à présent pouvait voir…

Une maigre gamine avec une petite robe criarde de quatre sous, sans papiers, sans bijoux, sans rien qu'une petite robe de cotonnade pas très propre, une enfant encore et dont j'avais été bien incapable de déterminer l'identité. Certainement pas une môme de riches. Même sa mort avait été bon marché. Peut-être que ça avait été une chance pour elle, peut-être que ça lui avait permis d'échapper à son destin. Peut-être que, vivante, elle aurait fini par devenir une carne comme les autres… Regardante sur tout, et méchante… Allez savoir…

Le ciel d'Alger, aussi, m'avait retraversé la tête avec ses crépuscules violents et brefs, qui éclataient après des jours blancs comme des colères rentrées. Le ciel et la mer violette, l'odeur de jasmin et de café grillé qui montait, entêtante, des cours mauresques dans l'odeur pourrissante des poubelles qu'on ne ramassait plus à cause de la guerre…

La plage, à Sidi-Ferruch, où nous étions allés le dernier dimanche de Pâques. On ne savait pas encore que ça serait le dernier. C'était en 1962. Je me rappelle l'image d'un jeune homme frêle, assez bien bâti et très brun, aux traits fins et sensibles, les poings aux hanches, un très jeune officier très bronzé en veste de treillis ouverte, à la pose qu'on aurait pu juger fanfaronne, s'il n'y avait eu l'expression de détresse inquiète et furtive que revêtait à part soi son regard traqué.

Si l'on excepte la méchante photo sur ma carte de flic, sur laquelle j'ai un maigre visage de voyou pas très bien nourri, c'est la seule que j'aie longtemps conservée de moi, par le fait presque tout le temps de cette triste débâcle. Comme tout le reste, je l'ai perdue. À la regarder dans les yeux, c'était pas très difficile de deviner toute la suite. Rien qu'un baltringue. Le monde en est plein. La photo a survécu quelque temps – pas lui. Ce jeune homme est mort.

Je le sais parce que c'est moi qui l'ai tué.

Jour après jour. Patiemment. De mes propres mains.

Savoir ce qui faisait le plus souffrir, de tout ce gâchis… Puis Slim était rentrée. Elle s'était déshabillée en vitesse, sans un mot, et elle était venue se coucher près de moi. Pourquoi pas, après tout, puisqu'elle était chez elle ? À présent, la nuit montait de nouveau. Elle sourdait de toutes parts, comme une marée de sang noir, silencieuse et tranquille, indélébile.

Restait encore un morceau de ciel. Plus pour longtemps.

D'où j'étais couché, on voyait jusque de l'autre côté du périphe, là où s'allumait chaque soir la grande enseigne mauve de Carrefour. Un pinceau de fumée ocre, mince comme s'il était fait de poil de martre, et qui paraissait ne provenir de nulle part, s'inclinait de trente degrés à droite sans qu'on vît au juste sous l'effet de quel vent. Pas de jet-stream à soixante pieds du sol. Peut-être pas de vent du tout nulle part. Pouvait aller se faire foutre. De là où je me trouvais – un lit par terre, un lit beaucoup trop grand, bien trop mince, trop bas même pour moi –, je ne voyais rien d'autre. Rien d'autre que l'horizon et le ciel. Mince, froid, métallique.

Ciel de septembre. Pas le moindre nuage. Très froid.

Ciel de fin septembre.

J'ai cherché une cigarette à tâtons sur le chevet. Slim l'a trouvée avant moi. Elle l'a allumée, en a tiré trois bouffées précipitées et me l'a glissée entre les lèvres. Elle aussi regardait le ciel, pas forcément pour les mêmes raisons. Elle a observé :

– Putain de ciel.

– Juste.

Elle a poursuivi, d'une voix pleine de ressentiment :

– Putain de climat. Putain de pays. Putain de ville.

– Encore juste, bien que ça ne fasse pas beaucoup avancer.

Elle m'a regardé et a rajouté – mais sans ressentiment :

– Putain de type.

Je lui ai rappelé :

– Personne ne t'y oblige, Slim.

– Putain de ta race : je m'appelle pas Slim. Slim, c'est pas un prénom de gonzesse. Prénom de mac. Personne m'avait jamais appelée Slim, avant toi.

– Personne avant aujourd'hui.

Elle m'a flanqué un cendrier en travers de la poitrine. Je m'en suis servi. Je me sers toujours de ce qu'on met à ma portée, d'elle y compris. Slim n'était pas dans mes moyens, mais ça n'empêchait rien. Elle s'est quimpée sur un coude, la figure de travers. Elle m'a contemplé avec une expression de sombre contentement, mêlée de dérision. Une dérision qui s'attachait autant à elle qu'à moi. Elle s'est fait lentement, au fur et à mesure, une bouche amère :

– Mon beau-père peut pas t'encaisser. Ma mère veut même pas savoir que tu existes. La bonne gueule que tu laisses tes cendres partout. Même le chien peut pas te sentir.

– Ça m'a pas empêché de baiser ta frangine.

Elle a essayé de me coller une droite, mais le coup manquait de vigueur et de précision. Il avait été donné sans vraie malveillance. Slim était incapable de vraie malveillance. Peu d'êtres humains y sont aptes : ils sont trop oublieux de tout et d'eux-mêmes et aussi bien trop feignants. Elle a laissé retomber le poing.

Pourtant, elle pouvait être redoutable, son talon aiguille dans le poing. Je l'avais vue à l'œuvre du côté de la Madeleine, contre une autre amazone qui s'était mis en tête de chasser sur son territoire. L'amazone s'était fait ramasser par le Samu et Slim par les Tuniques bleues. *First meeting.* C'était sans doute que je ne la fatiguais pas assez, Slim, que je n'avais pas de vraie importance. Ou qu'elle n'avait pas de talon aiguille sous la main. Elle aussi a ricané, en remontant le drap sur sa poitrine. Elle avait les mamelons secs et durs, érigés, d'un marron violacé. Elle a déclaré d'un ton sec que j'ai jugé dédaigneux :

– Tout le monde est passé sur ma frangine, pauvre con. Même le chien.

– Bordel de merde ! Doux Jésus, se faire tirer par un colley !

– C'est pas un colley, c'est un chow-chow. Putain, tu sais même pas faire la différence entre un colley et un chow-chow ?

– Jamais su. Jamais essayé de savoir. Mes relations avec les chiens n'ont jamais revêtu qu'un tour épistolaire. Les chiens, c'est pas mon truc. Les animaux en général non plus. Le seul chat que j'ai eu faisait la vie sur les toits. Il y a longtemps – si longtemps qu'on dirait que c'était dans une autre vie. Il s'appelait Yellow Dog. Il avait un cul gros comme une malle arabe, et sa manière de ronronner l'apparentait à une turbine au son creux.

– Yellow Dog ?

– Yellow Dog.

J'ai éteint ma cigarette. C'était le genre de crépuscule qui ne dure pas. On sent bien qu'il est trop tard, qu'il n'aurait guère le temps de s'attarder lui non plus, même s'il le voulait. Pourtant, il restait pas mal de feuilles aux platanes de la rue. C'étaient des platanes bon marché, de pauvres arbres d'urbaniste. Ils n'avaient ni passé, ni futur, ni histoire et je les avais vus se faire descendre du camion comme s'il se fût agi d'un wagon plombé, à la queue leu leu, fin février – une quinzaine de jours avant la livraison de la première tranche de la résidence Concorde-Bercy.

On aurait juré une cohorte d'immigrés faméliques, de ces étrangers en situation irrégulière qu'affectionnent les Tuniques bleues, tellement ils semblaient piteux et démunis. Incapables seulement de descendre tout seul des camions. Même qu'ils étaient restés une bonne dizaine de jours à frissonner, serrés les uns contre les autres, dans la pluie, comme à attendre le coup de grâce, pour ainsi dire à poil contre un mur, avant que les Hommes verts de la ville viennent les ficher en terre à la va-vite, à grands coups de scraper dans de la terre jaune, en hurlant avec des talkies-walkies des choses qui ne les concernaient pas plus que moi, sauf que l'adjoint chargé de l'Urbanisme, qui devait faire le lendemain le laïus d'inauguration, naturellement s'impatientait.

Il pleuvait. Les arbres tremblaient de froid. Leurs branches dégouttaient d'eau. Ils étaient trempés comme des soupes. On s'en foutait : c'était pas pour-de-vrai. C'était juste des platanes d'occasion, pas de vrais arbres, seulement des trucs achetés à kroume, chez un pépiniériste maqué R.P.R., et replantés à la diable dans le seul but d'exorbiter les charges locatives.

Coulée verte.

Réhabilitation.

Ces platanes, tout le monde s'en cagait, qu'ils vivent ou qu'ils meurent. En cela, ils n'étaient pas traités différemment des humains.

L'un des Hommes verts m'avait confié :

– On a droit à un pourcentage de pertes.

– Comme dans les unités commando.

– Exactement pareil, mon pote.

Il fumait des Navy Cut. Il n'avait pas l'air mauvais, il arborait seulement la musculature solide et déliée et le regard gris, froidement impersonnel et calculateur, d'un homme qui a effectué un peu plus que son temps légal dans une unité parachutiste. À une autre époque – dans une autre vie –, nous aurions été assez comparables. Ce qui me gênait, c'était moins ce à quoi il ressemblait, que l'image qu'il me renvoyait de moi-même. Il avait naturellement remarqué le pistolet dans ma ceinture.

– Beretta quinze coups ?

– .45. Colt automatique. Government Model.

– Prohibe ?

– Légal, mon pote.

Il avait retroussé les lèvres :

– Flicard ? Quand vous en aurez marre de faire le guignol pour des nèfles, venez nous voir.

L'Homme en vert s'était éloigné. Il avait des hanches minces et une démarche souple comme en ont les danseurs de tango. Les bons danseurs de tango, les toréadors, ainsi que tous ceux qui, de près ou de loin, font de la mort leur fonds de commerce.

L'appartement de Slim occupait tout le dernier étage. Tout du long, le balcon donnait plein sud. Les pièces sentaient le plâtre neuf. Irrémédiablement récentes, elles n'étaient pas faites pour durer. Moi non plus, en un sens, sauf que moi j'avais déjà trop duré. Pas loin d'un demi-siècle que je me trimballais partout avec moi, sans grand succès.

Beaucoup de surface, Slim – et sa famille aussi. Le père s'était enrichi sur le dos de son peuple. Tous ceux qui le peuvent le font un jour ou l'autre. Ça ne me le rendait pas antipathique, seulement infréquentable.

La nuit tombait. Les réverbères s'allumaient. La Seine charriait des eaux grises qu'on eût dites au bord d'éclater en sanglots au moindre propos désobligeant, alors qu'elles s'apprêtaient peut-être tout bonnement à charrier des glaçons. Je me savonnais sous les bras et l'eau crépitait contre la cloison de verre de la cabine. Slim, de l'autre côté, était assise à poil sur le bidet et fumait une Dunhill international. Elle parlait fort pour couvrir le vacarme. Elle disait :

– Faut qu'on aboutisse à une solution, tous les deux. C'est pas que tu baises moins bien que les autres. Tu baises même plutôt mieux que les autres, mais c'est pas la question. J'en ai marre de servir de bains-douches, tu comprends ? Tu viens et on baise, tu prends une douche, tu te barres... Tu comprends ? (Je comprenais. Je comprenais tout, du moment qu'on prenait la peine de me l'expliquer sans cris. Même en gros. Elle voulait une vie, ça se comprenait.) C'est pas sain, ni pour toi, ni pour moi… Je veux dire, à nos âges… (Nous n'avions pas le même, plus d'un quart de siècle nous séparait et le temps ne jouait pas en ma faveur. À sa décharge, Slim approchait de la trentaine et ça commençait à se sentir. Mentalement.) Faut qu'on trouve une solution.

Je suis sorti de la douche. J'ai toujours été partisan des solutions. Je me suis épongé en vitesse, j'ai sauté dans mes vêtements. Rien de somptueux : jean et sweat noirs, bottes… Ma vieille veste en cuir m'arrivait à mi-cuisse et godaillait de partout… Rien de reluisant… Slim m'a tendu mon calibre en le tenant par le canon. Ainsi font les professionnels.

Si j'avais été autre chose que lardu, sans doute eût-elle été capable à mon égard d'une fidélité à peu près inconditionnelle, inébranlable. Son atavisme ainsi que le lyrisme ambiant l'y auraient poussée, de même qu'un certain goût pour le mode tragique qui tient parfois lieu de savoir-vivre, mais je n'étais rien d'autre qu'un flic et ça ne pouvait qu'embrouiller les choses.

J'ai glissé mon pistolet dans l'étui de tir rapide sur la hanche droite. Il ne pouvait plus m'aider beaucoup. Slim a remué les épaules. Même pieds nus elle était grande – presque aussi grande que moi. Grande et compacte. Elle méritait mieux que de traîner avec un baltringue. Savent survivre, pas nous. Elle avait les seins ronds et durs plantés haut avec de larges aréoles sombres, des seins doux et soyeux, pleins comme des reproches qu'on n'adresse qu'à soi. Ils ne pouvaient pas m'aider beaucoup non plus : ils lui appartenaient en propre, après tout.

Dans l'un des placards de l'entrée, j'ai ramassé mon sac. Un polochon en Nylon verdi qui ne contenait pas grand-chose. Des sous-vêtements, un autre jean. Une pleine boîte de balles calibre 11,43. Une cartouche de Camel entamée, deux ou trois photos et du courrier périmé que je n'avais pas ouvert – que je n'ouvrirais plus. Mes trois ou quatre derniers bulletins de salaire. Slim m'observait, la cigarette à la bouche. Elle n'avait pas cessé de m'observer depuis des jours. Même quand on baisait. Douée, Slim… Elle faisait ses petits calculs de durabilité et je ne pouvais pas l'en blâmer. Des calculs fins. Je connaissais le précédent et j'avais une idée du suivant.

J'ai défait sa clé de ma dragonne.

– Faut pas t'en vouloir, Slim. Rien que des données économiques, corrigées des variations saisonnières. Dans une autre histoire peut-être. Je ne sais pas. Je ne baise pas mieux que les autres. Bye.

2

J'ai pris le métro à dix pas de chez elle. En remontant en surface, j'ai vu Texas qui m'attendait en haut des marches. J'ai senti aussi la bruine qui me mouillait la figure et les épaules. Les gens normaux rentraient chez eux et c'était pas plus mal. Ils déblayaient la piste pour notre bastringue à nous. La nuit avec la nuit. Le jour avec le jour. Les morts d'un côté, les vivants de l'autre.

C'est qu'ils n'y avaient pas leur place, les malheureux vivants, dans notre cirque. Même : les bistrotiers enlevaient les tables et les chaises des terrasses, ils les rattroupaient, les cadenassaient, de peur sans doute qu'on leur salisse tout, qu'on leur vole… Bientôt, il ne resterait plus rien, plus rien que notre nuit à nous, notre nuit et la sale petite musique qu'on se jouait déjà entre nous depuis un bail, à guichets fermés… Ce guignol de Texas a agité la main droite comme pour essuyer un carreau devant sa figure, mais le geste n'était destiné qu'à moi, seulement à moi. C'était pour me tirer de la monnaie.

Le tripier d'à côté aussi était en train de fermer boutique. Tout en moulinant pour baisser le rideau de fer, il m'a adressé un court sourire blanchâtre, lointain et soucieux. Il portait un mince pinceau de moustache grise, tracé au fil, juste à ras de la lèvre supérieure. Au moment où il se relevait, la manivelle à la main, Texas a tapé un bras d'honneur dans sa direction et l'autre lui a fait un doigt. J'ai été frappé par leur férocité. Rien ne pouvait la rendre compréhensible. Peut-être leur haine mutuelle revêtait-elle un caractère immémorial. Je ne m'en étais jamais aperçu par le passé. Peut-être ne tenait-elle à rien, comme la plupart des passions irrémédiables.

À l'air libre, j'ai allumé une cigarette. J'avais froid dans les os et tout me faisait mal, à commencer par la petite lumière humide et tremblotante des réverbères. Texas s'est approché tout de guingois en poussant son caddie de supermarché. Il revenait de trop loin, Texas, et il n'irait plus nulle part. Avant de sombrer dans la débine, il avait été informaticien chez Gaz de France. Drôle de destinée, quand même.

Je l'ai prévenu sans rudesse :

– Tu gonfles, Texas.

– Dix balles, m'sieur le Divisionnaire.

– Va te faire aimer.

Il m'a bloqué le passage avec son caddie. C'était un vieux caddie rempli de saloperies, avec un drapeau confédéré fixé à une ancienne antenne de bagnole. J'aurais pu le latter facile, mais à quoi bon ? Tout mouillé, Texas devait avoisiner les quarante-cinq kilos et dix balles c'était pas le bout du monde. Texas non plus n'était pas le bout du monde. Il portait une vieille vareuse. Une vareuse ouverte, d'un gris très doux, ornée d'écussons aux manches. En dessous, il portait un tricot kaki avec l'insigne d'un régiment de fusiliers marins. Il avait aussi un pantalon de treillis qui allait aux fraises et des pompes de l'armée. Noires, cirées et polies comme des miroirs.

– Dix balles…

– Bordel de merde.

Je lui ai glissé un billet sans le regarder. Il ne me regardait pas non plus. Il regardait le drapeau en Nylon de la confédération. Reb's… Drôle de chose, pour un Black, d'arborer ce genre d'emblème. De l'autre bout de l'avenue, j'ai vu arriver un fourgon de police secours qui déboulait à toute vitesse dans la lumière bleue du gyrophare en traînant des barbillons de pluie derrière lui. C'était un équipage de mômes. Bien gonflés, bien nourris, avec de gros revolvers et cette sorte d'arrogance tranquille que confère la certitude de ne pas courir le risque de devoir aller pointer aux ASSEDIC, un jour ou l'autre. Je me suis pris à grincer des dents, comme chaque fois que je me mets en rogne tout seul. Texas a dit :

– Jackson bave partout comme quoi qu'il a « fumé » un mec.

– Différend commercial. Je ne suis plus le chef des unités de recherche. Rien qu'un baltringue en bas. Je ne cherche plus Jackson. Je ne cherche plus personne.

Texas m'a regardé. Puis, presque aussitôt, il a suivi des yeux le fourgon P.S. qui filait à présent dans mon dos. On lisait de la crainte dans ses yeux – de la crainte et une sorte d'amertume tranquille.

– Je sais où il a stocké la viande.

– Casse-toi, Texas.

– Je peux vous montrer.

C'est mes dents, que j'ai montrées. Moches, noircies.

– Casse-toi.

Il a reculé le caddie d'un demi-mètre et je suis passé entre la rambarde et lui. Sous les sacs Tati remplis de journaux et de merdes, il y avait un moteur de mobylette bien caché, enveloppé dans des chiffons. Un de ces 49,9 cc que Texas tirait du côté de la Bonne

Graine pour les refourguer sur Charenton, au rythme d'un tous les deux jours. 250 balles pièce. Grâce à son petit trafic, mensuellement il se faisait pas loin du SMIC. Exempt d'impôts. Pas de charges fixes.

Comment que j'aurais pu le sauter, lui aussi, mon petit macaque, le dégringoler vite fait si j'avais voulu... C'est une pute qui m'avait balancé son micmac, une petite morue qui voulait se faire bien voir – une ancienne drôlesse à lui en plus... Mais même pour moi, il faisait un bien trop petit crâne, Texas... J'avais plus envie... Je l'ai laissé à ses petites affaires, là où il était, dans la petite pluie fine et entêtante, la pluie qui broussinait de partout et lui faisait comme des larmes au bord des cils – mais j'étais bien placé pour savoir que les damnés ne pleurent pas.

Avant de prendre la nuit, je me suis arrêté au troquet. Il m'avait servi d'annexe pendant pas loin de quinze ans. J'y avais des histoires – pas des grandes ou des belles, seulement des petites choses comme fredonnées à mi-voix, des musiquettes sans portée faites de matins bleus, de pluie et de vent triste, lourd et gonflé comme un chagrin d'enfant. Des choses à soi, peu de choses dont on aime à parler.

Fernand était en train d'éteindre les lampes. Un Fernand ordinaire, comme il y en a partout de par le monde entier. Il m'a souri d'un air absent. Il m'aimait bien, Fernand. Je l'aimais bien aussi, mais je n'aimais pas sa manière de sourire – trop furtive, trop résignée à tout. Lui aussi était un homme déçu de la vie, ça se voyait. Ses larges dents neuves lui faisaient une mine de canasson étique, fourbu et triste. Triste à en pleurer. Pleurera plus jamais. C'est un crabe qui l'a pris dix mois plus tard et les choses n'ont pas traîné. Séché sur place, Fernand.

Il était en train d'éteindre. Il nous a servi un J & B et on a fumé une cigarette, songeur, chacun de son côté de la vie. Yobe le Mou est rentré au moment où je m'en allais. Tout de suite, il a fait du bruit. Il a interpellé Fernand, il m'a interpellé… Il parlait gras. Il sortait d'un pot à la Division, d'où son taux d'alcoolémie. C'était suite à une belle affaire de trafic de bagnoles qui aurait dû revenir à la B.R.B. autos. Bonne occasion pour lui de se faire mousser.

Fernand a eu une petite grimace amère. Peut-être qu'il était déjà avec son crabe, à se débattre en silence. Ça se voyait qu'il aurait aimé fermer tout de suite, rentrer chez lui, se faire engueuler par *la maman…* Se faire tirer de la tune par le gendre… Se faire mordre par le poisson rouge, chier dessus par le canari. Ça se voyait… Il était trop gentil, Fernand. Un soir de dépresse, il m'avait montré une photo de *la maman*. Il m'avait confié :

– Toute sa vie, ma femme, son rêve ça été de ressembler à Brigitte Bardot. Maintenant, c'est fait.

J'en avais conclu que lui aussi était capable de férocité. Il m'avait fait de la peine, Fernand. En plus, il n'aimait pas le bruit, lui non plus. Dès qu'il est entré, Yobe le Mou a fait du bruit – trop de bruit, pour lui comme pour moi. C'était pas de la malveillance de sa part. Il était simplement bourré. Au bout d'un moment, il m'a fixé d'un air absent, puis il a déclaré, sans nécessité :

– Chuis fumé com'un hareng de la Baltique.

– Je vois. Tu ne me dois aucun compte.

– Chais c'que tu penses. Qu'esse tu prends ?

– Tout de suite, la porte. Dans une demi-heure, la nuit.

– Hin-hin. T'es vraiment trop con.

– Ravi de te l'entendre dire.

Yobe a souri de façon indolente, m'a dévisagé au jugé. C'était seulement qu'il avait du mal à accommoder. Il m'a confié :

– *Zone rouge, ami.*

– Comme si je le savais pas.

– Jackson. Trouve-moi Jackson.

Il avait ses idées fixes. Je l'ai rembarré sans méchanceté.

– Faut que tu me loges ce fumier de Jackson.

– Yobe, je t'en prie : va te faire foutre.

Dehors, il pleuvait, mais c'était moins triste et vide que dedans. J'ai remonté mon col de veste. La nuit… La peur est montée de partout, comme l'eau sombre et glacée qui remplit une cave. Une eau noire, très pure et sans fond. J'ai remué les poignets, puis les coudes et les épaules, sans que ça serve à quoi que ce soit. Il m'est venu une terrible envie de pisser. Dans mon dos, au loin, j'ai entendu Yobe le Mou bramer quelque chose à mon encontre. Trop tard, trop loin, comme dans certains états de conscience crépusculaires. J'ai tourné le coin entre les immeubles et puis j'ai emprunté le long couloir sombre qui menait à la mine. Le bruit de mes talons de bottes m'a accompagné tout du long.

Il sonnait comme le pas d'un homme qui marche à reculons.

C'était une Black dont la peau huileuse semblait vaguement bleutée. Belle, je n'aurais su le dire. Beaucoup trop de cheveux décrêpés, à présent en broussaille, qui lui faisaient la crinière qu'ont certaines femmes en sortant du lit – pas forcément les pires. Convenablement musclée, bien qu'un peu trop maigre à mon goût, ses ongles de pieds étaient carmin et elle avait une chaînette en or gris à chaque cheville. Elle portait une robe de chambre en courtelle rose défraîchie au large ouverte et des mules à talons bon marché.

Rien d'autre. Sa chatte violacée bâillait à tout vent, surmontée d'une maigre touffe de poils roussis par la pisse. Les saignées de bras donnaient l'impression d'avoir été retournées à la bêche-fourche. Toxe. L'œil qui lui restait contemplait sans attention l'écran de télévision allumé à l'autre bout de la pièce. Un écran gris, sans vie, à l'aspect clinique. Son autre œil, sanguinolent, avait servi d'orifice d'entrée à une balle de gros calibre. Il n'en restait rien d'utile, ou seulement d'exploitable.

Elle n'en avait plus besoin.

Elle était morte. Pas encore froide, mais morte.

Dans mon dos, j'ai entendu rentrer dans la pièce. On s'est posé à ma gauche. On s'est penché sur le corps tandis que je me relevais. Un gosse dans les vingt-six ans, avec une veste safran et un regard de vieux. Inspecteur Joseph Gugglielmi, O.P.J. de permanence au Groupe criminel. Pas forcément des pires, lui non plus. Il a vu, il a senti et lui aussi s'est redressé. Il m'a dévisagé, avec une grimace d'écœurement.

– Elle pue. C'est dingue, c'que ça pue, les peaux de boudin, t'as remarqué ?

– C'est seulement qu'elle s'est chié dessus en partant.

Il est revenu à la plaie saignante :

– Gros calibre, hein ?

– Suffisant pour l'usage qu'on en a fait.

– Figure connue ?

Je lui ai tendu la carte d'identité de la victime. La fille se prénommait Joséphine. Joli prénom, Joséphine. Trente ans, de nationalité française. De son vivant, elle exerçait la profession de technicienne de surface. De son vivant, je l'avais stoppée une demi-douzaine de fois pour outrage public à la pudeur. Elle avait aussi un dossier aux mœurs. Un autre aux stups pour deal.

À présent, il lui manquait un œil et tout l'arrière du crâne. Son sang empesait le haut du fauteuil dans lequel elle était vautrée, et contre le mur derrière, il y avait des esquilles d'os, du sang séché et de la matière cérébrale qui faisait un mouchetis grisâtre. On payait très cher Pollock pour faire à peu près la même merde. Joséphine était encore tiède, elle avait seulement cessé d'être précaire. Qu'est-ce que ça pouvait foutre, son pedigree ?

J'ai abrégé, avec tout un côté de la tête qui me faisait mal :

– Figure connue.

Gu a allumé une cigarette. Il m'a demandé :

– Tu as avisé Yobe ?

– Y a pas deux heures de ça, Yobe était complètement déchiré. Je doute qu'entre-temps il ait récupéré assez d'existence consciente pour que ce genre de nouvelle l'interpelle. (Sur le même ton que lui :) Jamais qu'une peau de boudin qui s'est fait sécher à domicile.

Gu a accusé le coup. Il a remarqué, d'une voix doucereuse, qui se voulait inquiétante, mais ne parviendrait jamais à l'être tout à fait :

– C'est quand même le taulier de permanence.

– Yobe est un con, Gu, de quelque manière qu'on le prenne.

Il a secoué la tête. C'était à l'autre que Gu devait sa promotion au Groupe criminel – beaucoup plus à Yobe le Mou qu'à ses propres qualités professionnelles. Il s'en rappelait encore – il s'en rappellerait toujours. Il avait de la reconnaissance, même s'il la plaçait mal…

Il m'a regardé de travers, puis a demandé avec une sécheresse très au-dessus de ses moyens :

– L'Identité judiciaire est prévenue ?

– L'Identité judiciaire. Le Parquet. L'Étage des morts. La Crime du 36.

Tout le monde avait été prévenu en temps et en heure, même les guignols du Groupe criminel de la Division, qui était une petite Crime au rabais, et c'est pourquoi Gu se trouvait là – et de méchante humeur. Je savais mon métier. Gu ne l'ignorait pas, mais il préférait Yobe, ce en quoi je ne pouvais lui en vouloir. Je me suis approché de la porte-fenêtre.

Dehors, il tombait des cordes et la tempête s'était levée. Elle tordait les arbres du parc en contrebas comme des serpillières dont elle se fût jouée à loisir. D'où je me trouvais, la calèche des gardiens de lapins avait l'air d'un jouet d'enfant, neuve et pimpante avec son gyrophare bleu qui palpitait comme l'aile d'un pigeon mourant. Dans mon dos, Gu a fait mine de s'intéresser à la vidéothèque de la victime. En ce qui me concernait, je ne m'intéressais pas à lui.

J'ai vu une petite 205 gris perle se garer en travers derrière le fourgon de police secours. Mauser, le substitut de permanence aux Crimes flagrants, en est descendu. Il portait un raglan moutarde passablement fatigué. Il est passé devant les gardiens sans répondre à leur salut. Il a levé la tête vers les étages, mais je suppose qu'il ne m'a pas aperçu. Du temps où j'étais au jour, nous avions travaillé plusieurs fois ensemble et je crois que nous nous estimions. Cette époque aussi remontait à une autre vie. J'ai laissé retomber le rideau. Je me suis retourné. Gu fumait, au milieu de la pièce. Nous nous sommes regardés. Nous n'avions rien à nous dire. Il a retroussé les lèvres d'une manière qui se voulait cette fois réellement menaçante. J'ai remué doucement les épaules, puis je suis allé à la porte.

Mauser est entré en coup de vent. Son manteau et sa personne sentaient la pluie. Il m'a tendu la main, sans un regard pour Gu – sans un regard pour la victime. Sans un regard pour quoi que ce soit. Nous nous sommes serré la main. C'était la nuit, il était tard.

Mauser revenait de l'autre bout de Paris. Il avait été appelé sur un règlement de comptes dans un rade, tout en haut de la rue de Courcelles. Les guignols s'étaient artillés mutuellement à la neuf millimètres parabellum. Du travail à l'ancienne… Deux de chute, un dans chaque camp, plus un type emmené par le Samu dans un état sub-claquant. Criminelle du 36 saisie. Mauser avait l'air content. Il s'est tu et a levé le menton. C'était un homme maigre et sans âge, qui me venait à l'épaule. Il a reniflé avec une expression de dédain.

– Joséphine, hein ?

– Joséphine.

– Une seule balle ?

– Une seule. Le projectile est entré dans l'œil gauche. Calibre neuf millimètres ou .38 spécial. Pas trace d'effraction ou de lutte. Elle regardait une cassette sur son magnétoscope. Un film de quatre sous. Elle s'était servi un verre – un verre de J & B. Peut-être bien même qu'elle s'était fait fourrer avant, ou après… ou pendant… Le légiste nous le dira… Une chose est sûre : à un moment donné, quelqu'un s'est posté devant, entre elle et la télé. Joséphine a relevé la tête. On lui a tiré une balle dans l'œil, posément. Le tueur se trouvait à deux ou trois mètres. Une seule balle. Il est parti, il a refermé la porte d'entrée derrière lui. Posément. On n'a pas retrouvé de douille. Le type a dû se servir d'un revolver. Fermez le ban.

Avec une grimace jubilatoire, Mauser m'a toisé, puis s'est tourné vers Gu. Gu me regardait avec haine. Mauser a reporté les yeux sur moi et a déclaré froidement, d'une voix traînante, passablement insolente :

– Rien qu'une jolie affaire de D.P.J. Votre Groupe criminel local n'aura pas de mal à trouver, pour peu qu'il cherche. (Il a tourné la tête et m'a fixé un court instant, puis il m'a demandé :) L'Identité judiciaire est passée ?

– Pas encore.

– Aucune importance. (Il a décidé :) Douzième division saisie.

Nous nous sommes serré la main et il est parti, sans un signe, sans un mot pour Gu. Dans son esprit, Gu n'avait pas de vraie existence, pas de statut propre, aucune espèce de réalité. Dans le mien non plus. En attendant les spécialistes de l'I.J., j'ai musardé un peu partout.

Derrière le fauteuil qui faisait face au cadavre, j'ai vu l'arme. C'était un revolver .357, un police Python à l'acier terni et dont la crosse en noyer était fendue de bas en haut. Le canon regardait vers moi, ce qui fait que j'ai aperçu les ogives restantes dans le barillet. Elles étaient chemisées de cuivre, avec le bout évidé. Des dum-dum. Elles percent en entrant, comme à l'emporte-pièce, un trou qui n'est guère plus gros que mon majeur, mais on peut fourrer les deux poings dans l'orifice de sortie.

Le Python se trouvait juste là où le tueur l'avait jeté au moment de quitter la pièce – et certainement pas dans le dessein de le dissimuler aux recherches. Je voyais assez bien le type : un homme grand et solide, assez robuste pour encaisser le recul d'un .357

tenu à bout de bras, assez grand pour devoir adopter un angle de tir plongeant. Suffisamment prudent et sûr de lui pour se débarrasser de l'arme sur les lieux même du crime – ou assez insolent.

Je n'ai rien dit à Gu.

Je me suis relevé sans toucher à quoi que ce soit et je suis allé me planter devant la porte-fenêtre. J'ai encore regardé la tempête secouer la cime des arbres. On aurait dit qu'elle réglait avec eux des comptes d'une exceptionnelle gravité. J'ai écouté le vent gronder dans les gaines d'aération de l'immeuble. Un immeuble en toc, avec trois étages de parking souterrain, jardin privatif et digicode. Secteur patrouillé sans relâche par des vigiles en treillis ardoise, silencieux et menaçants, sombres et tenaces comme des névralgies dentaires.

Dans mon dos, Gu a toussé.

Je ne me suis pas retourné.

J'attendais les comiques de l'Identité judiciaire.

Vers quatre heures, j'ai terminé de taper les constatations. Je me suis relu tout en fumant. Dans le bureau d'à côté, Muppet opérait un étranger en situation irrégulière. Il procédait à grands coups de gueule. Des grands coups de gueule qui ne servaient à rien : le type ne parlait pas français. Il ne parlait aucune langue, aucun idiome connu ou inconnu.

C'était un homme petit, trapu, noiraud et nu. Il avait une trique qui aurait pu servir dans une opération de maintien de l'ordre. Les Tuniques l'avaient serré avec deux ou trois autres de ses semblables au cours d'une de ces rondes-battues qui n'avaient pas d'autre motif avouable que de meubler les statistiques. Selon les Schtroumpfs, l'homme avait tenté de se rebeller.

Lorsqu'on me l'avait présenté, il saignait du nez et de la bouche et son tricot déchiré était maculé de sang. À présent, Muppet lui notifiait sa garde à vue. Un crâne.

Le type avait cessé de saigner.

France, terre de deuil.

J'ai regardé l'eau couler contre la vitre à ma gauche. De l'autre côté du patio, toutes les fenêtres du Groupe criminel étaient allumées et on allait sans cesse d'un bureau à l'autre, en proie à ce qui paraissait être une intense activité. Joséphine, technicienne de surface, était morte – exécutée à domicile. .357 Magnum. Elle avait eu droit à une mort qui n'était pas à sa taille – son exécution faisait au moins trois ou quatre pointures de trop… Groupe criminel de la douzième division saisi, sur instructions de monsieur le substitut Mauser, magistrat de permanence à la sixième section. Crime flagrant. Les énigmes avaient cessé de me fasciner, celles des autres aussi bien que les miennes.

L'eau ruisselait contre la vitre sombre et fabriquait à mi-hauteur de minces torsades qui se divisaient ensuite puis se ramifiaient en silence, sans relâche, en des sortes de petites racines hésitantes, incertaines, lesquelles à leur tour donnaient de minces radicelles aveugles pas plus épaisses que des cheveux, et dont on pouvait se douter à bon droit qu'elles ne savaient pas elles non plus où elles allaient au juste, ni même seulement où elles en étaient…

En sourdine, j'avais mis un petit morceau de blues. Rien de bien méchant, rien de répréhensible. Le son n'avait qu'une portée utile de deux ou trois mètres, il n'allait pas beaucoup plus loin que je ne portais moi-même. Il y avait une basse et une batterie, deux guitares dont l'une semblait en fer et l'autre, détimbrée et pensive, avait l'air d'être sans cesse prête à nous quitter sur la pointe des pieds.

Il y avait aussi un saxo ténor, robuste et joufflu mais dont l'apparente santé revêtait un tour suspect, un piano élimé et digne, raide et impersonnel comme le sont souvent ces besogneux recrutés au pied levé pour une session de circonstance, ainsi que ceux qui ont habituellement pour fonction d'assister aux exécutions capitales. *Personnel unknown.* Il était question d'un train de marchandises, qui roulait dans la nuit au fin fond du Kansas en emportant avec lui un homme – un homme qui ne reviendrait pas.

Bien des blues sont remplis de trains et d'hommes ou de femmes qui ne reviendront jamais. Bien des vies aussi. La chose en soi ne suffit cependant pas toujours à les rendre intéressants. Même la chanteuse au fond ne valait pas tripette, à pousser la rengaine comme depuis la fenêtre d'en face, et pourtant l'ensemble n'était pas dépourvu de cette sorte d'amertume digne, de cette espèce d'obstination résignée et têtue, passablement obtuse, qui est souvent la marque d'espèces conscientes d'être vouées à une extinction prochaine.

Clint a fait irruption dans la pièce. Il s'est assis sans façon dans la chaise en face de moi, de l'autre côté du bureau. Il a pris une Camel dans mon paquet sur le sous-main. Il l'a allumée à la flamme de mon Zippo. Il a regardé la pluie ruisseler dans mon dos, et ses yeux ont balayé les fenêtres allumées de l'autre côté du patio – les fenêtres du groupe dont il était le chef. Ce qu'il y a vu n'a pas semblé susciter le moindre enthousiasme dans son regard incolore.

Clint avait le même âge et le même grade que moi. Son maigre visage sans joie ne manifestait pas plus de sentiment que le mien. Il a étiré ses longs et maigres membres de faucheux, puis il a remué deux grandes mains blêmes et osseuses, pas tout à fait dépourvues d'intelligence. Il a tendu la paume droite ouverte, pardessus mon bureau. Il a murmuré, d'une voix maussade et sourde – elle non plus pas du tout inintelligente :

– *Le gun. File-moi le gun, papa…*

Je me suis à peine penché. J'ai ramassé le Python dans le premier tiroir de droite, là où se trouvaient le registre de main courante ainsi que le bouquin de garde à vue. J'ai tendu l'arme en la tenant par le canon. Clint l'a manipulée – j'avais vidé le barillet –, il a visé un point imaginaire quelque part au-dessus de mon épaule gauche. Puis il m'a fixé, le flingue en travers des cuisses.

– Tu aurais pu en parler à mon type, ça lui aurait évité de passer pour une tasse. (Un peu plus bas :) Gu se plaint que tu t'es foutu de sa gueule. Tu as quelque chose contre lui ?

– Rien du tout, si l'on excepte sa veste safran.

Clint a tiré deux longues bouffées pensives sans me quitter des yeux, puis a regretté à mi-voix :

– C'est Yobe le Mou qui me l'a refilé. Paquet-cadeau. Yobe est une bouse, mais c'est quand même le patron en second. Pas à sortir de là. Yobe doit lui-même son galon de principal à son papa, qui était contrôleur général avant lui. Yobe était prévu pour être flic comme moi pour empiler des culottes. Lui aussi, il finira contrôleur général. Comme papa.

Il a haussé les épaules. C'était un homme triste, au fond. Nous nous sommes regardés. Il a attendu que je dise quelque chose. Je n'avais rien à dire. Il s'est étiré lentement. Il a souri.

– Gu est un connard entièrement fini à l'urine, mais Yobe et lui font partie de la même obédience maçonnique ou quelque chose dans ce goût-là. Je vois pas comment j'aurais pu refuser l'enfant.

Il a bâillé très fort. Il manquait de sommeil. Un type bien, dans son genre. Il a reporté le regard sur le revolver.

– Calibre .357. La victime connaissait le tueur. Il semble qu'il avait les clefs. Il semble même qu'il ait passé une bonne partie de la nuit à la bourriquer avant de la sécher… Lui ou des autres… Ou lui avec des autres… Un intime…

– Brillante déduction, mais trop de mots, Clint.

Ses yeux se sont animés un peu – très peu. Ils étaient jaune pâle et déjà abîmés par l'alcool. Son regard était totalement dépourvu de chaleur. Avant de diriger le Groupe criminel, il avait travaillé au 36, juste assez de temps, et avec assez de mordant et d'efficacité pour y déplaire.

Comme moi, Clint était d'origine ariégeoise. Il avait la colonne vertébrale raide comme un verre de lampe. Comme il n'avait pas plié, lui aussi il s'était fait casser. Je le sentais déçu de tout. Vivre, c'est jamais rien d'autre qu'accepter le risque d'aller de déception en déception, jusqu'à la toute dernière, l'ultime déception, la mascarade finale.

Clint vivait. Ses indiscutables qualités professionnelles lui avaient valu le bonheur de se retrouver triquard à la Douze – en quarantaine, certes, mais dans une quarantaine décente, pas comme dans un de ces commissariats de quartier de merde dont Paris était plein et dont le bureau administratif avait le secret.

Nous étions deux, chacun d'un côté du bureau, à fumer les mêmes cigarettes – sans plus d'avenir l'un que l'autre. Dans une autre vie, nous aurions pu être amis. Clint a flanqué le revolver sur le dossier ouvert devant moi. Il s'est fait de la main une visière au-dessus des yeux. Il a écouté quelques mesures du C.D., puis le début du titre suivant. Il a diagnostiqué sans la moindre trace d'hésitation :

– Mildred Bailey. Saint Louis Blues. Pas une grande, pas une petite non plus. Bus Bailey à la clarinette. Russel Procope à l'alto. Joli nom, Procope. Pourquoi tu demandes pas ta mutation ? Ou de remonter au jour ? Un jour ou l'autre, Cohen ne sera plus là. Tu auras ta chance. En attendant, tu peux prendre date.

J'ai allumé une cigarette au mégot de la précédente. J'ai étalé mes deux mains sur le bureau, bien à plat. Je les ai retournées comme une donne de poker. Rien de fameux. Ma montre, que je porte à l'intérieur du poignet gauche, marquait cinq heures. Il me restait trois heures à tirer – trois heures avant la fin de la nuit. Trois heures avant de refiler le manche aux équipes du jour. Cent quatre-vingts minutes avant de *descendre*.

J'ai murmuré doucement, presque pour moi :

– Tu es gentil, Clint…

– Gentil ? Je ne crois pas…

– Prendre date… J'ai eu ma chance. Elle est passée. Pas de quoi en faire un fromage. Il y aura toujours un autre Cohen. Et puis j'aime la nuit.

– Elle, elle t'a jamais aimé.

– C'est surtout ceux qui ne vous aiment pas, qu'on a du mal à quitter.

– Tu sais que tu es vraiment très con ?

Je lui ai demandé sans lever les yeux :

– Qu'est-ce que tu veux au juste ?

Il a appuyé l'index sur la procédure.

– Rien que le blaze du mec qui a effacé Joséphine.

– *Personnel unknown, man*…

3

Je ne dormais pas – je ne dormais plus vraiment. Sur la fin, seulement d'un sale sommeil intermittent, une heure ou deux par jour, un sommeil clair et froid, crevé de cauchemars qui me traversaient la tête comme des échardes de verre. La souffrance me faisait grincer des dents. Alors dire, parler, dans ces conditions… Il ne restait plus que des automatismes… Pas des grands, des emphatiques… Seulement les utiles, les rudimentaires, ceux qui sont tout juste nécessaires à la survie.

Entre deux coups de bourre, j'allais m'étendre dans un bureau du fond. Il avait été désaffecté depuis qu'un hiver les conduites d'évacuation avaient explosé sous l'effet du gel. On ne pouvait pas recevoir de public dans une pièce où la merde avait ruisselé le long des murs – et jamais personne ne s'était soucié de faire quoi que ce soit, à part passer un badigeon brunâtre, qui n'avait pas tardé à s'écailler par places, laissant transparaître des traces sur la nature desquelles il était bien difficile de se tromper.

L'endroit avait cessé de figurer au tableau d'affectation des locaux. Même pas assez vaste et commode pour servir aux interrogatoires musclés, il n'avait pour ainsi dire plus d'existence administrative. On y stockait seulement de vieilles armoires métalliques, des chaises démantibulées, les tables mises au rancart et les batteuses mortes... On avait trouvé la place, tout de même, d'y déplier un lit de camp.

Dessus, j'étendais une vieille couverture de l'armée, je me couchais sur le dos, les bras derrière la nuque. Je fixais le plafond, dans la pénombre... Je gardais toujours ma veste et mes bottes, et, la plupart du temps, mon pistolet. Parfois, mais pas souvent, je le mettais sur le lino, la crosse vers moi. Par terre, je posais aussi mon poste portable, le son réglé au minimum. Veille radio. J'attendais, les yeux grands ouverts, comme n'importe quel détenu en instance de jugement.

Je ne dormais pas vraiment. Je fumais et, parfois, tout au plus, je rêvassais. Il n'y avait pas de silence, mais pas de vrai bruit non plus. À coté se trouvaient les geôles et le local des gardes-détenus. Au-dessus de ma tête, il y avait le hall d'accueil, au rez-de-chaussée. J'entendais tout, aussi bien le grincement de la porte d'entrée de la Division, que les allées et venues des gardiens ou le pas des clients qui venaient geindre à toute heure de la nuit – rarement pour des motifs autres que des tapages nocturnes, des différends sordides, des vols à la roulotte, beaucoup de vols à la roulotte, aussi bien des petites histoires qui auraient pu attendre le matin pour se régler...

À la fin, je laissais le vrac, le tout-venant, à mes hommes... J'entendais les machines à écrire crépiter, les téléphones sonner... Je somnolais un peu, jamais plus de cinq ou dix minutes d'affilée. Les os me faisaient mal, les articulations aussi. Les vieilles fractures... De fil en aiguille, toute la mémoire du corps, qui est bien pire que celle de l'âme ou du cœur, à tout prendre… Toutes ces additions qu'on ne finit jamais de payer…

Peu à peu, la pénombre devenait aussi claire que le jour, et tout aussi nulle et non avenue. Souvent, une bonne heure durant, un silence malmené et précaire se faisait. Lorsque le silence se prolongeait, je savais que mes troupes jouaient aux cartes ou aux échecs, en fumant et en bavardant à mi-voix…

Dans le tas, il y en avait toujours un ou une aussi qui lisait, les pieds sur une chaise… *Le Rouge et le Noir*… Une revue d'armes… *New-Look*… N'importe quoi… Des fois pire… C'était aussi bien… Le sommeil allait me prendre, comme un meurtrier sans visage… Et puis, brusquement, ma radio grésillait, j'entendais que l'Étage des morts tâchait de nous joindre, et, avant que quiconque d'autre ait eu le temps de répondre à ma place, je ramassais le Motorola, je le portais à la bouche. J'appuyais sur le bouton d'émission :

– Douzième division nuit. J'écoute.

À m'entendre, tout le monde comprenait tout de suite que le contact venait d'être établi… Parfois, le téléphone sonnait aussi en doublage sur la ligne directe. Celui qui était de quart dans mon fauteuil prenait de son côté. Le temps que je me sois assis au bord du lit, il venait me rendre compte. Je savais déjà. Je le laissais parler quand même. Je n'avais pas de raison de le décourager d'avance, je l'étais déjà bien assez moi-même… Presque toujours, il avait des clefs de voiture à la main…

Il fallait alors, vaille que vaille, sortir dans la nuit…

On ne fait jamais assez attention. Quelle que soit la modestie de son Capitole personnel, sa propre roche Tarpéienne n'en est jamais plus à plus de distance qu'un jet de pierre. Une semaine après Joséphine, il y avait eu ce type… Pas exactement un baltringue, lui, encore que, à sa manière… Il pleuvait toujours… J'avais arrêté ma voiture de service sur le parking de l'hôtel, entre un Combi VW sans âge et une Laguna anthracite qui sentait le neuf. C'était une voiture officielle. Elle sortait tout droit d'usine. L'hôtel aussi sortait d'usine, mais il n'avait rien d'officiel. Pas à cette heure de la nuit. En marchant jusqu'au hall d'entrée, Muppet m'avait confié avec un embarras certain, je crois :

– Suicide. Carré. L'Étage des morts souhaite quand même votre présence, compte tenu de… la personnalité particulière de la victime…

– Particulière ?

– Jet-set.

– De mon temps, Muppet, on disait mink-set…

C'était un temps trop vieux pour lui. Pour moi aussi. Le temps des avions à hélice et de Joan Crawford, lorsque les radios fonctionnaient encore avec des lampes et que les boutons étaient faits de bakélite. Un temps trop vieux pour tout le monde, aussi bien.

Le directeur de l'établissement nous attendait devant les ascenseurs. On l'avait senti tout de suite mal à l'aise, comme pris en faute, alors qu'il n'y était pour rien – et nous non plus. C'était un homme dans la petite quarantaine. Un battant, un vrai gagneur, ça se sentait tout de suite à son after-shave.

Il avait un beau visage ouvert. Il souriait. Son sourire, il avait dû le toucher à sa sortie de l'école de commerce. Sans doute lui servirait-il de viatique jusqu'à la fermeture, maintenant. Il était trop incrusté dans sa face, pour qu'il pût encore tenter de donner le change. Chez lui, c'était peut-être l'équivalent d'une grimace de souffrance, allez savoir.

Dans l'ascenseur, il m'a regardé. Il a hésité, puis a déclaré, alors que je ne lui demandais strictement rien :

– Je suis franchisé, vous comprenez… Un groupe suisse… Ces gens-là n'aiment pas ce genre de choses, chez eux. Si ça paraît dans la presse… Vous voyez ce que je veux dire… Est-ce qu'on ne pourrait pas… ?

J'ai vaguement remué les épaules. Même contre lui, je n'étais plus de taille. Je comprenais. J'aurais aimé compatir. C'était peut-être un homme convenable, économe, travailleur. Bon père de famille, bon époux. Bon contribuable. Il portait une méchante veste bordeaux, une chemise lilas. Son nœud de cravate était aussi net, loyal, politiquement correct, que son sourire. Tout aussi factice aussi.

J'aurais aimé le rassurer un tant soit peu. J'ai cherché, je n'ai pas eu le temps de trouver. L'ascenseur s'est arrêté à l'étage. L'homme a sorti son passe. Peut-être que lui aussi connaissait de bien sales nuits, à écouter Lady Day en boucle sur son lecteur laser. Qui sait ? Qui sait, derrière la façade ? C'est jamais le même chemin qu'on suit, c'est quand même bien au même endroit qu'on va.

Il nous a ouvert. Il a voulu pénétrer dans la chambre avec nous, mais Muppet a fait barrage. Je me suis avancé tout seul, les bras le long du corps, tout un côté de la face endolori. Je ne ressentais rien de précis. La moquette étouffait mes pas. Souvent, avec les morts, j'ai eu l'impression de me comporter comme un voleur. Certains, j'avais la certitude qu'ils me laissaient faire, mais qu'en secret, ils désapprouvaient.

Toute la vie, on nous a fait bien chier, alors pourquoi pas leur foutre la paix, aux morts ?

Lorsque je pénétrai dans l'endroit où reposait l'un d'entre eux, je tâchai de me faire furtif, humble et sensible. Je regardais, j'écoutais, des fois que la petite musique de l'âme… Pas de petite musique. De toute façon, je ne croyais pas à l'âme. Compliqué. Je me retranchais moi aussi derrière quelque chose. Des menteries de flic. Constatations.

Cette nuit-là, le cadavre gisait sur le dos au plein milieu du lit. C'était un mâle, un mâle en complet gris. Ses yeux grands ouverts, pas encore tout à fait secs, fixaient le plafond. Il ne s'était pas déchaussé, son complet aux revers italiens était boutonné, son nœud de cravate bien en place. Ses longues mains maigres aux doigts très soignés reposaient à plat de chaque côté de son corps.

Aucune trace d'effraction, de violence ou de lutte.

C'était un homme dans mes âges, et dont le visage m'était vaguement familier, sans que pour autant je sois immédiatement en mesure de lui donner de nom. Cireux, les narines pincées, il semblait dormir mal, en retenant son souffle, comme un ronfleur en apnée…

En même temps, la mort avait répandu sur ses traits une étrange douceur distante, propre à susciter la sympathie. J'ai sorti mon dictaphone, je l'ai enclenché et j'ai marmonné mes habituelles foutaises. Sexe masculin, type européen… Taille et corpulence moyennes… Épiderme tiède, pas encore de *rigor mortis*… J'ai ramassé les tablettes de médicaments vides dans la poubelle, ainsi que la bouteille de Chivas. Il en restait quatre doigts. Elle lui avait servi à faire passer la douloureuse.

Appréhendées pour les nécessités de l'enquête.

Sur le chevet gauche, bien en évidence, l'homme avait disposé deux enveloppes cachetées. En carton rigide, la première était du type de celles dont on se sert pour expédier une disquette d'ordinateur. Elle était adressée personnellement à l'officier de police chargé de l'enquête – à moi, pour parler clair.

Sans l'ouvrir, je l'ai fourrée dans ma poche arrière de jean. Je devinais son contenu. La seconde, en fort papier brun, épaisse de deux pouces et scellée au scotch d'emballage ; ni elle ni ce qu'il y avait dedans ne m'étaient destinés. C'était pour le Parquet général. Je l'ai laissée provisoirement en place.

Avant de partir sans laisser d'adresse, l'homme avait vidé ses poches sur le chevet droit. Méticuleux. Méticuleux et fatigant. Lunettes de correction. Mouchoirs jetables. Clefs et papiers de voiture, ceux d'une Laguna dont la date de première mise en circulation datait de moins de quinze jours. Portefeuille.

Le fric m'a pété à la gueule à la façon d'une lettre piégée. Je n'entretiens pas de rapports douloureux avec l'argent, mais j'ai appelé quand même Muppet pour assister au comptage. Les refroidis bas de gamme auxquels j'ai à faire ne transportent jamais beaucoup de monnaie. Tant mieux, leur avenir c'est des linceuls d'occasion, avec pas trop de poches. La plupart du temps, trois francs six sous, une dose ou deux, souvent rien du tout. Lui, en revanche… Pas loin de trente mille dollars en chèques de voyage, douze mille francs français, des lires et des florins, dix mille marks…

Une tripotée de cartes bancaires dans un portefeuille conçu tout exprès, à présent qu'on peut encore tout juste aller pisser sans avoir recours au paiement électronique. Il y avait aussi un passeport, une carte nationale d'identité et un permis de conduire.

Je me suis laissé tomber sur le bord du lit. Les coudes aux genoux, j'ai passé mes mains sur ma figure. En déchiffrant les papiers, Muppet a grogné entre ses dents :

– Je me disais bien. Mauvaise pioche.

– Non. Seulement mauvais voyage. Famille avisée ?

– En cours…

On s'est regardés : en cours, ça ne voulait rien dire.

– Pourquoi ce connard n'a pas fait ça sur un autre quartier ? m'a demandé Muppet.

– Question intéressante.

Lui aussi, j'aurais aimé le rassurer, le border. Il n'avait pas envie d'être emmerdé. Ça se comprenait. Il n'avait pas d'angoisses existentielles, lui, seulement il se doutait. Il flairait l'embrouille, les demandes d'explication. J'ai bougé la tête.

– Sénateur ? Et puis quoi ? Ce type est cané. Pas encore raide, mais cané. Peut-être un enculé, peut-être pas. Qu'est-ce que ça change, hein, Muppet ? Un type comme vous et moi.

Je faisais du vent. Je tâtonnais, je m'exprimais mal. J'avais tort, je savais que j'avais tort, mais c'était seulement pour retarder l'instant où il faudrait bien prendre le problème à bras-le-corps, l'examiner sous toutes les coutures, le retourner… Je me suis repassé les mains sur la figure. Pour un peu, je serais allé vomir dans les cabinets.

Je me suis quand même levé avec des gestes de funambule. Une partie de mon cerveau s'est enfuie ventre à terre, épouvantée d'avance. Je ne lui en ai pas voulu. Je savais de toute façon les ténèbres qui l'attendaient, où qu'il aille. Je savais que le lendemain matin au plus tard, il serait de retour au bercail, penaud comme un vieux chien fourbu, crotté, honteux de ce qu'il avait fait et tout prêt à recommencer à la première occasion. Je m'en foutais ; l'autre partie me suffisait pour mes guignoleries.

Muppet m'a aidé à dépoiler le type, et nous avons procédé aux constatations d'usage. Sauf qu'il semblait peser plus lourd qu'un âne mort, le décédé n'y a pas mis la moindre mauvaise grâce. Au bout du compte, nous n'avons relevé aucune trace, et pas le moindre indice suspect. Rien que les inévitables lividités cadavériques aux omoplates, aux reins et aux fesses. Je me suis redressé, j'ai regardé tout autour, voir si nous n'avions rien oublié. Il faisait chaud, dans la chambre, tellement chaud que je n'ai pu résister au besoin de m'enfiler quatre ou cinq gorgées à la bouteille du mort. Les premières depuis presque deux mois. Muppet a fait la grimace.

– Pas de morale, Muppet. Tout le monde se doutait que les Alcooliques Unanimes, ça durerait pas toute la vie.

Je lui ai tendu la bouteille. Il en a pris un grand coup aussi. Ensuite, j'ai allumé une cigarette, puis Muppet et moi avons sorti une couverture du placard et nous l'avons étendue sur le corps.

Assis au bord du lit, j'ai rempli l'ordre d'envoi I.M.L., puis Muppet a téléphoné, qu'on nous envoie un fourgon pour l'évacuation. En attendant les Tuniques bleues, je suis resté un grand moment à regarder par terre dans le vague, entre mes pieds, tout en résistant à l'envie de vomir – et à la migraine qui m'a pris en pensant au moment où il faudrait bien que je l'ouvre, cette saleté de lettre que le défunt m'avait laissée, que je l'ouvre et que je m'infuse son contenu. Seul, tout seul – jusqu'à la lie.

J'aurais dû me méfier. La femme s'appelait Alexandra Brandt. Elle était née le 12 décembre 1967, à Paris XIIIe. Elle était de nationalité française. Je tripotais son passeport sans intention bien définie. Sur la photo qui remontait à quelques années déjà, elle arborait une tignasse de rockeuse. Je lui ai résumé :

– Carré. À dix-huit heures, votre type quitte son bureau, rue des Saints-Pères. La secrétaire le dit fatigué et tendu. Son chauffeur confirme ces assertions. À dix-neuf heures dix, il passe à sa permanence électorale où il reste un quart d'heure…

Elle avait un physique à aimer la queue. C'était une chose que je me disais souvent pour me rassurer, pour me dire que la vie suivait son cours et les planètes le leur. Elle tripotait l'anse de son sac. Qu'est-ce que je pouvais en savoir, de ce qu'elle aimait ou pas ? Elle a demandé :

– …Et ?

– À vingt heures, pour des raisons qui lui sont propres et ne regardent que lui, il lâche son chauffeur pont d'Austerlitz… À vingt heures vingt, il prend une chambre au Biarritz. Paiement par American Express. Il s'y boucle. À tout le moins, personne ne le voit entrer ou sortir. On ne le remarque pas plus au bar qu'au fumoir, ni dans les couloirs. La Laguna ne bouge pas de place. À vingt-deux heures, il se fait monter une collation et une bouteille de Chivas… À zéro heure dix, il reçoit un premier appel de l'extérieur, auquel il ne répond pas…

– Collation. Drôle de terme. Les autres appels ?

– Pas *d'autres appels* : un second appel. Il ne lui est pas directement adressé. Origine et personnel inconnus. À trois heures du matin, quelqu'un téléphone au portier de nuit. Toujours de l'extérieur. Selon les dires du loufiat, le correspondant – anonyme – prétend qu'il s'est produit quelque chose de grave, chambre 609… Quelque chose de très grave… Raccroche sans autre précision. Impossible de se rappeler si la voix est celle d'un mâle ou d'une femelle… Le temps qu'on hésite, qu'on se décide, qu'on vérifie… Que la machine se mette en branle, que l'appel soit répercuté… D.P.J. avisée à quatre heures dix. Sur place à quatre heures quinze. Voilà.

Elle me regardait de loin. Moi, je la regardais penser. Rien que des choses prévisibles, des engrenages qui s'enclenchaient, des rouages qui se mettaient en branle – pas grand-chose de personnel. Beaucoup moins affectée que je ne l'avais craint, et c'était tant mieux. Déjà, je pensais à tout autre chose. La procédure relative au suicide, probablement consécutif à une absorption massive de barbituriques, ne comportait déjà pas moins de onze procès-verbaux, à présent. Compte tenu de la personnalité particulière du défunt, tout le groupe s'y était mis sans tarder. J'avais carillonné partout – partout où il le fallait.

L'Étage des morts avait été tenu au courant pratiquement en continu. Tout était clouté. Je n'y pensais déjà presque plus. Je pensais au moment où je m'endormirais enfin, pour vingt minutes ou une heure.

La jeune femme me regardait toujours. Son visage hâlé et son corps, pour ce que j'en devinais, étaient ceux de n'importe laquelle de ces cover-girls grillées de soleil, qui ornent la page centrale des magazines pour hommes. Peut-être l'était-elle réellement, cover-girl. Seuls, ses yeux n'avaient pas d'âge. Ils n'allaient pas avec le reste. Opaques, on les aurait imaginés noirs et durs, alors qu'ils n'étaient qu'ardoise foncé. Ils semblaient par instants trahir une sorte d'étrange et incurable vulnérabilité. Souvent, c'est seulement de la myopie. À un moment, elle a tendu les doigts vers mon paquet de cigarettes.

– Je peux ?

– Vous pouvez.

C'était peut-être sa manière de faire la paix avec moi ou avec elle-même. Sans doute plus avec elle-même qu'avec moi, car je ne comptais pas dans le tableau. Rien qu'un messager. Elle s'est servie, avec des doigts gourds et qui semblaient passablement trop nombreux, mais c'est moi qui lui ai donné du feu avec mon Zippo cabossé. Il en avait vu d'autres et moi aussi. Presque pas de lumière dans le bureau, et pas de blues. *Wee-wee hours*… Elle a eu son étrange sourire uni, lisse et feutré – un sourire en détaxe. Elle a observé, d'une voix sourde et sans timbre :

– Ni chaud ni froid, n'est-ce pas, Inspecteur.

– Franchement ?

– Franchement.

– Votre mari est mort…

– Ça n'était plus mon mari. Plus depuis quatre ans.

– Officiellement…

Elle a remarqué d'un ton difficile, mais à juste titre :

– Officiellement, ça ne veut rien dire, Inspecteur.

J'ai haussé les épaules et repris aussitôt :

– Un homme est mort. Peu importe qui et pourquoi. Cet homme est mort de son propre fait. Personne ne l'a forcé à absorber une dose létale de barbituriques, ni ne l'a molesté ou battu pour l'y contraindre. On ne lui a pas tiré une balle dans la bouche ou planté un pic à glace dans la nuque. On ne l'a ni défenestré, ni criblé de flèches empoisonnées. Personne ne lui a roulé dessus en voiture.

– Létale… Vous êtes très positif.

– Vous vous attendiez à quoi ? Des condoléances ?

– Insolent ?

J'ai bougé les épaules. Même l'insolence était devenue un luxe auquel je ne pouvais plus faire face. La colère aussi, d'ailleurs. À peu près tous les sentiments des vivants, par le fait, excédaient à présent mes forces et surtout mon courage. J'ai remarqué :

– Dans la Laguna, sous le siège avant, nous avons trouvé un Beretta automatique quinze coups. Calibre neuf millimètres – arme de guerre. Une cartouche était engagée dans la chambre. Chargeur plein. Je ne vous interroge ni sur la présence, ni sur la destination de cette arme…

Elle a souri avec insistance :

– Vous ne m'interrogez pas ?

– Je ne vous interroge pas. S'il y a lieu, les services préfectoraux établiront que le décédé possédait une autorisation de détention – et peut-être même un permis de port d'arme. Presque tous les voyous en obtiennent, de nos jours, et de n'importe quel acabit, alors pourquoi pas lui ?

Son sourire s'est fait plus incisif, plus franc. Elle a remarqué avec amusement :

– Première faute de goût, Inspecteur.

– Faute de goût ?

– Faute de goût… Drôle de chose, pour un dur…

– Je ne suis pas un dur. Les durs me bassinent. Les autres aussi, pour parler franc…

Elle a écrasé sa cigarette dans le cendrier, s'est accoudée à mon bureau et m'a dévisagé avec cette tranquillité étudiée que donne l'assurance de l'impunité sociale. Elle a déclaré sans froideur :

– J'ai connu un homme dans votre genre, il y a une dizaine d'années. Lui aussi commettait ce genre de fautes de goût… Entier, autoritaire, ambitieux… (Elle a ricané, et ça ne lui allait pas, ça la rendait dure et laide, presque hors d'âge, puis a grincé sans douceur :) Voyous… Que connaissez-vous des voyous ?

– À peu près tout ce que vous savez, vous, des putes.

Elle n'a pas blêmi, mais ses poings et ses mâchoires se sont contractés. Pas très grande mais bien bâtie, elle aussi. Trop grande et trop bien bâtie pour moi, de toute façon. Trop pleine de santé. Une sorte de fatalité. Elle a pris deux profondes inspirations, les coins de sa bouche se sont un peu affaissés, et au moment où je m'y attendais le moins, alors que je pensais que, sous le coup de la rage qu'elle ne parvenait pas tout à fait à dissimuler, elle allait se lever pour tenter de me gifler à tour de bras, elle a émis un rire rauque et sourd, tellement sagace et amer qu'il m'a pris à contre-pied. Elle a ri, a sorti ses propres cigarettes de son sac et s'en est allumé une, puis a secoué la tête :

– Un partout. Cet homme a été ministrable, vous savez ?

J'ai haussé les épaules :

– À l'époque de ma relative prospérité, il m'arrivait de lire la presse. Pas toute la presse, et jamais celle du cœur, mais assez tout de même pour mettre un nom sur un visage et vice versa.

Elle m'a fixé un court instant à travers la fumée de cigarette. Puis elle a détourné le regard et son ton s'est fait plus amer :

– Et savez-vous qui l'a tué ?

– Aucune idée.

– Ceux-là mêmes qui l'avaient rendu ministrable. Ses propres amis. Vous avez des amis ? Non, bien sûr ! Pas un type comme vous. Pas d'amis, pas de femme, mais une médaille et une carte – et un gros pistolet, je suppose. (Elle a ricané de la même drôle de manière sarcastique, de nouveau, et elle m'a observé très froidement, puis a remarqué :) Vous avez aussi de curieuses rides, de chaque côté de la bouche… (Elle a réfléchi, puis murmuré d'un ton spéculatif :) Un bien étrange regard… Vous savez…

Tout en m'étirant, j'ai regardé ma montre. Sept heures. Dans cinquante minutes, je passais la main aux équipes de jour. J'avais froid dans les os et mon dos me faisait un mal de chien. J'avais du sable sous les paupières et la gorge tapissée d'amiante à force d'avoir trop fumé. Dans cinquante minutes, je m'en serais sorti un fois de plus, tant bien que mal. Pas question de la laisser aggraver le score, bien que, quoi qu'elle dît, de quelque manière qu'elle le fît, le timbre de sa voix à lui seul eût quelque chose d'engourdissant et comme de vaguement propice à l'espoir. Je l'ai coupée d'un geste vague, qui se voulait néanmoins relativement neutre et pacifique :

– Je ne sais pas… De manière générale, je ne fais pas partie de ces sujets que j'aime qu'on aborde en ma présence.

Elle a cependant repris, avec comme une sorte d'intense jubilation ironique :

– Vous savez… Dès que je vous ai vu, dans le couloir… Avant même de savoir qui vous étiez… Avant même que vous n'ouvriez la bouche… J'ai tout de suite été certaine que vous étiez un fumier. Ce que je me demande maintenant, c'est seulement jusqu'à quel point…

Conception lyrique de l'existence. Je voyais ce qu'elle voulait dire. Longtemps que je n'en avais plus les moyens – ni le goût. En guise de réponse, je me suis contenté de dresser mon majeur droit raidi en direction du plafond. L'idée générale était bonne – mais pas sa réalisation.

Je ne dormais pas. Les yeux grands ouverts dans la pénombre, je fumais en essayant de me rappeler et je n'y arrivais pas très bien. Il s'était écoulé des nuits et des jours entiers. Il s'était écoulé des siècles, puis des millénaires, et des mois et des jours à nouveau, depuis le moment où j'avais quitté la Division comme un voleur, en m'esquivant, juste avant l'arrivée des groupes de jour, par le sas qui donnait dans le garage souterrain. Je me rappelais peu à peu que, dehors, il avait cessé de pleuvoir et que les rues étaient glacées. Il soufflait un vent âpre, clair et direct, sommaire comme un verdict de chambre correctionnelle.

En remontant la rampe d'accès, j'avais aperçu des voitures rangées en bataille devant la Division. Il y avait eu le temps des breaks de télévision, des radios, mais rien ni personne n'aurait pu me faire revenir sur mes pas. Ces choses se passaient dans une autre vie que la mienne. J'avais éprouvé un bref sentiment de compassion pour les jeunes sapins qui, à grands coups de sifflet, tentaient en vain de rétablir la circulation en moulinant à tour de bras, mais rien de plus et rien de moins. Juste des destins séparés.

Plus loin, j'avais traversé en diagonale pour m'en aller.

Descente de nuit. Je m'étais dirigé vers une station de métro, une station plus loin, pour éviter la presse, avec mon maigre bagage au bout du bras. Je marchais, ma veste de cuir fermée, le col remonté. J'avançais en donnant du front contre le froid du vent. Au juste, têtu, je n'allais vers rien. Là où j'habitais encore parfois, le moins souvent possible maintenant que personne ne m'attendait plus, maintenant que Yellow Dog était mort.

Je ne dormais pas, j'écoutais le vent mugir dans les cheminées, sur le toit, j'écoutais la pluie crépiter contre les vitres de la cuisine, les seules qui donnaient plein ouest, j'écoutais les rares bruits de la rue et parfois un pas dans l'escalier. C'était pour Paris une rue calme et sans beaucoup de vie. Peu de gens fréquentaient l'immeuble, peu de vivants en tout cas.

Ils avaient trop de mal à le trouver, embossé qu'il était tout en fond de cour, entre deux autres de ses semblables promis un jour ou l'autre à une fin identique, sous la pioche des démolisseurs. J'écoutais et je fumais. La pénombre a fait place à la nuit. Je n'avais ni faim, ni froid, et pas sommeil non plus. Sur la malle en osier qui me servait de chevet, la pendule électrique indiquait 21 h 30 en chiffres digitaux d'un pourpre que je ne pouvais m'empêcher de trouver sinistre. J'ai allumé ma lampe. Elle n'a pas donné beaucoup de clarté – pas plus que je n'en voulais.

Par terre, le téléphone a sonné et je n'ai eu qu'à tendre le bras pour saisir le combiné. Je l'ai porté à l'oreille machinalement. À part Slim peut-être, et Slim n'avait plus aucune raison d'essayer de me joindre, je n'attendais pas d'autres appels que ceux de L'Usine. J'ai quand même décroché, puis écouté sans rien dire. Ça n'était pas Slim. C'était une voix d'homme. On entendait derrière des bruits de conversation, des relents de musique bon marché, des crépitement secs et saccadés de flippers, un peu semblables à de courtes rafales pressées d'armes automatiques lâchées au jugé et sans grand ordre. Un troquet n'importe où. La nuit. Bruits de vaisselle remuée. Un troquet, une brasserie, un restaurant, n'importe quoi avec des conversations, de la musique et des billards électriques.

La voix était grave et sourde, un peu narquoise – la voix d'un homme qui parle en s'abritant la bouche de la main, et dont les yeux aux aguets ne cessent de surveiller les vivants alentour et peut-être aussi les morts. La voix disait :

– Il paraît qu'tu me cherches, poulet ?

– Je ne te cherche pas, Jackson. Je ne te cherche plus.

– Dommage pour toi.

– Pour moi, pour toi… Quelle importance ?

– Parce que moi, j'te cherche.

– Tu ne me cherches pas. Tu m'as trouvé. Tu as toujours su où me trouver.

– Oui. Comment va Joséphine ?

– À ce que j'en sais, elle est en route pour la fosse commune.

Il a attendu la valeur d'un break de deux mesures sur un tempo médium, puis m'a demandé :

– Tu as peur ?

J'ai réfléchi un court instant. J'ai reconnu :

– Désolé. Plus maintenant.

– Tu devrais.

– Puisque tu le dis.

Il a eu un rire sourd, pas vraiment rebutant. Sa voix n'était pas menaçante. Son ton non plus, mais nous étions en compte, tous les deux, et nous le savions aussi bien l'un que l'autre. Il a encore laissé filer un peu de temps, puis a expliqué – plus rudement – avant de raccrocher :

– J'voulais pas que tu croies que j't'avais oublié, poulet.

Je ne l'avais jamais pensé. Je n'ai pas eu le temps de le lui dire. Tonalité. J'ai raccroché moi aussi, mais au jugé et sans beaucoup de hâte. J'ai écrasé ma cigarette et j'en ai allumé une autre. J'ai regardé la fumée monter dans la chiche clarté jaune de la lampe, se fondre et disparaître dans la pénombre alentour.

Je me suis rappelé les yeux ardoise de la femme, et, il faut bien le reconnaître, ce que j'avais deviné de son corps sous la robe qu'elle portait, une robe très simple en tricot sombre qui ne lui allait guère que jusqu'à mi-cuisse. Comme souvent, je m'étais couché sans retirer ma chemise, mon jean et mes bottes. Je me suis rappelé qu'en quittant le bureau, la femme avait plié une carte de visite en deux et me l'avait tendue en déclarant d'un ton acerbe :

– À toutes fins utiles.

J'avais gardé la carte entre l'index et le majeur un bon moment après qu'elle fut partie, le temps que son pas décroisse et s'éteigne dans le couloir, de l'autre côté de la porte qu'elle avait refermée sans bruit sur elle, puis je l'avais glissée dans ma poche de gousset, celle où d'ordinaire je mets mon briquet. Elle s'y trouvait toujours, intacte. Une carte de visite au format américain, en bristol bleuté, à l'impression en relief.

Je l'ai dépliée, approchée de mes yeux. Élégante, très élégante. L'adresse était celle d'une rue de l'autre côté de la Seine, de l'autre côté de Paris. Celle d'un autre monde. Le carton sentait faiblement le mimosa – un autre monde aussi. Sans Jackson, je n'aurais pas appelé. Sans Jackson, j'aurais continué à rester peinard, à me tenir à carreau, comme je le faisais depuis que Calhoune était partie, sans plus faire de creux ni de vagues, comme on me l'avait recommandé, dans le fond de la nuit. C'est ce con de Jackson qui m'a donné le courage et la force, en définitive. J'ai appelé, ça a sonné, elle a décroché. J'ai seulement déclaré :

– À toutes fins utiles.

Elle a ri – mais d'un rire frais, paisible, tranquille. Elle a pris le temps de rire, et ensuite seulement elle a remarqué d'un air de fâcherie affectée, qui n'avait rien ni de surfait ni de désagréable :

– Vous avez mis beaucoup de temps.

– Je mets toujours beaucoup de temps.

D'une voix plus grave et plus lente, elle a demandé :

– Vantardise ou objectivité ?

– Je ne connais pas beaucoup de manières de le savoir.

Elle a reconnu :

– Moi non plus. Vous êtes automobile ?

– Non.

– Moi, je le suis. Vous avez une adresse ?

– Comme tout le monde, mais je ne suis pas sûr que la mienne vous convienne.

Elle a observé :

– C'est drôle, je vous voyais moins vieux jeu.

– Moi aussi.

Elle a ricané, puis lancé d'un ton sec :

– Adresse ?

J'ai hésité un court instant – le temps d'entrevoir tous les tenants et les aboutissants, de maîtriser toute la chaîne de toutes ces choses décourageantes qui n'allaient pas manquer de se produire, maintenant que j'avais entrouvert la boîte de Pandore, si par malheur je persistais. Rien que des choses trop fatigantes. J'ai donc coupé la communication et reposé lentement le téléphone sur ma malle, tout à côté du .45.

Il a encore plu un grand moment, puis le vent lui-même s'est calmé. Il est seulement resté un silence soupirant, suspendu, inquiet. Je me suis levé faire du café, j'ai fumé une cigarette dans ma petite cuisine où l'on tient facilement à deux, à condition de se tenir l'un debout le long du mur et l'autre sous la table. Je suis retourné m'asseoir à mon bureau. J'ai mis un blues de Leroy Carr. Wild Bill Davis à l'orgue, crayeux, sinueux et puissant comme un gros huit cylindres. J'ai repensé à la femme, de très loin, tout en vidant un vieux fond de scotch. Elle avait pour elle des yeux splendides, de la couleur de la mer au crépuscule, juste après l'orage, mais c'étaient ses yeux à elle et son existence à elle, aucun doute là-dessus. Ses propres seins et ses désirs, ses ambitions et ses espoirs. Aucune place pour quoi que ce soit d'autre.

Elle était trop pleine d'elle, trop vivante pour gaspiller.

Je suis resté avec Leroy Carr, à boire et à fumer en retournant des songeries sans relief, de tristes raisons, de vaines défenses, puis vers deux heures du matin, j'ai ramassé mon pistolet et je suis sorti tourner sans but, dans la ville qui ne voulait pas plus de moi que je ne voulais d'elle, à présent que j'avais cessé d'attacher de l'importance à ses mystères aussi bien qu'aux miens.

Seulement des chemins séparés.

4

C'est notre propre douleur, au fond, qui nous protège le mieux contre les pièges et les tentations de la vie, contre nos lâches ambitions de bonheur, nos tristes et déraisonnables envies de durer. Durer, d'ailleurs, c'est seulement la viande qui le veut, l'âme il y a bien longtemps déjà qu'elle a décroché, qu'elle a dévalé en pente douce, sur la pointe des pieds, le mince chemin de la vie, qu'elle s'est perdue de trop de souffrance et d'amertume, de trop de clairvoyance, surtout. De tristesse. Rien de plus triste qu'une âme égarée.

La mienne, je l'ai paumée à force de trop de morts, de nuits blanches et de café. Elle en a eu assez de ce que je lui faisais voir. Elle est partie de son côté et moi du mien. Je ne peux pas lui en vouloir. C'était pas une vie pour elle, dans le fond. C'est infiniment plus vulnérable et fragile qu'on le croit, une âme. Ça a besoin de beaucoup de douceur et de prévenance, et c'est seulement quand on ne l'a plus qu'on se rend compte. Quand il n'y a plus rien à faire que verser dans le fossé et attendre qu'on ferme.

On avait capté l'appel sur Radio-Cité – incendie volontaire. Parmentier sur place. Sinistre maîtrisé. Tout aussitôt, l'Étage des morts m'avait appelé sur la radio de bord. Présence de l'O.P.J. requise sur place, pour cause de cadavres dans les décombres. J'avais reposé le micro, fait un petit signe à Muppet. Nous avions filé à l'autre bout de l'arrondissement, sous la pluie, en vitesse, comme des conjurés.

En arrivant, Muppet avait arrêté la voiture juste derrière l'une des ambulances de réanimation, dont les gyros bleus palpitaient tandis qu'on s'affairait à l'intérieur sans en faire mystère, derrière les vitres dépolies. Oxygène. Un pauvre type en vrac, et qu'on tâchait de ranimer. Routine. Plus loin, en fond de cour, il y avait deux camions de pompiers, ainsi qu'une autopompe de renfort et deux fourgons de police secours avec plus personne dedans. Toujours le même boxon des gyros rouges, bleus et oranges, qui tapaient tous ensemble, sans rime ni raison, sans le moindre mobile apparent maintenant que l'irréparable avait eu lieu, tout aussi haletants, vains et factices, que les feux désormais inutiles et détrempés d'une fête foraine que le public a fini par déserter, déçu à force de trop de tristesse, de promesses non tenues et d'espoirs en clinquant.

Du public, pourtant, il y en avait, tant il se vérifiait une fois de plus que le spectacle du malheur, même passablement lointain, embrouillé et complexe, réjouit toujours le cœur le plus gourd, le moins disposé à la compassion, le plus endurci. Il y en avait, du monde, aux fenêtres alentour, comme d'habitude ravi d'être au spectacle, à domicile et pour pas une tune, en plus, pour une fois. Presque du direct. Accoudés aux balcons, les plus hardis, à s'interpeller les uns les autres, à discuter avec les voisins comme pour l'apéro malgré la pluie et le froid, en grappes les autres derrière les vitres, père, mère, femmes et enfants… Même des vieux, pas moins enragés, les vieux, avec tout ce qu'ils avaient déjà dû voir, pourtant, toutes ces guerres, ces choses et ces machins…

C'est que ça avait été un bien beau feu, m'a confié un témoin, plus tard, un grand beau feu, vif et hardi, le temps qu'il avait duré, avec des flammes immenses à la fin, dans les trente mètres de haut, et il avait fallu voir les carreaux éclater et la grande poutre centrale portée au rouge ployer et se tordre, avant de s'effondrer d'un grand coup par le milieu, entraînant toute la charpente métallique avec elle dans l'embrasement final. Il y avait eu alors, dans un fracas terrible, un grand jaillissement d'étincelles, des bouquets et des bouquets, comme des balles traçantes jaunes et pourpres lancées par gerbes pressées vers le ciel en tir tendu, à saturation, jusqu'à épuisement complet des soutes à munitions.

Des trois étages de la factorie, il ne restait plus à présent que les murs noircis, surmontés d'une fumée lourde et grasse qu'on ne voyait plus dès lors qu'elle quittait le champ des projecteurs. On se serait cru après un bombardement au phosphore. On arrosait toujours aux lances à haute pression, du haut des grandes échelles. Il ne restait plus que des murs vides et le labyrinthe des caves où il avait fallu installer des ventilations forcées.

J'avais su tout de suite, à l'odeur de chair calcinée… Elle traînait comme une salope ricanante, à hauteur d'homme, par-dessus les odeurs de fumée et de cendre, du bois et de la laine carbonisés, les remugles de cave… Elle couvrait même la senteur minérale du mazout que brûlaient les moteurs des véhicules alentour… Ça faisait un peu méchoui, quand même…

J'ai sorti mon petit pot de Vicks, je m'en suis fourré la valeur d'un pois dans chaque narine, j'ai reniflé. Muppet m'a observé sans mot dire – lui n'avait pas besoin de ce genre d'expédient, il n'avait encore besoin d'aucune sorte d'expédient, mais parvenu à mon âge on se protège comme on peut, de soi-même, des autres, des sentiments… de tout ce qui provient du dehors et même de nos propres sens, à commencer par l'odorat… C'est qu'on en a appris de choses sur soi, à commencer que hommes et chiens, c'est tout pareil, que c'est à l'odorat surtout qu'on se fait baguer presque à tous les coups, justement, en particulier… Le capitaine des pompiers s'approchait de nous, visière levée, en retirant ses gros gants de cuir. Il avait les yeux injectés de sang. Le pavé était gras et mouillé, encombré de tuyaux et de câbles, aussi s'est-il déplacé avec précaution. Il a tendu la main – une main jeune et franche, serviable. Vigoureuse. Il m'a résumé avec lassitude :

– Six ou sept dedans. Pas encore le comptage exact. On n'a pas encore eu le temps non plus de tout explorer. Ils squattaient le rez-de-chaussée de l'entrepôt et les caves. Ça devait bien faire dix-douze ans que ça durait, leur boxon. Personne n'était jamais parvenu à les virer : on les sortait par la porte, ils revenaient par la fenêtre.

Muppet a observé d'un ton grinçant :

– Anciens légionnaires. Tous des Hongrois. Hier, ils venaient de toucher leurs pensions. Pas des grosses pensions, juste de quoi se démonter la tête. Ils ont dû faire la nouba. Personne n'avait jamais essayé de les virer réellement. Trop forts et trop nombreux. Faisaient réellement chier personne non plus : passaient leur temps à se bourrer la gueule, à se chicorer entre eux et à s'enculer en rond.

– Faux, a déclaré le jeune officier.

– Faux ?

– S'enculer en rond, faux. Il y avait indiscutablement une femelle dans le tas. Pas exactement le genre de femelle sur lequel on aurait jeté les yeux ou le reste, nous autres, même de son vivant, mais une femelle quand même. Reconnaissable à ses trous de femelle. À ce qu'il en reste. Heavy duty.

Ils ont continué à discuter entre eux. Je me tenais mal, de travers, le bassin en oblique. Il s'était remis à pleuvoir. Petit à petit, à les entendre discourir tous les deux, ma migraine m'est revenue. Contre mon flanc, dans ma poche intérieure de veste, tout doucement, ma radio portable grésillait toute seule. Dans les camions et l'ambulance de réa', dans les fourgons P.S., on entendait aussi, intermittents, affaiblis mais audibles, des petits bouts de trafic radio, tout un petit tissu inextricable de questions et de réponses métalliques, laconiques et lointaines. Tout un tas de minuscules destins croisés, que la distance et l'obscurité à elles seules rendaient à jamais inexorables. J'ai coupé tout de suite, tout en allumant une cigarette parce que l'odeur camphrée du Vicks ne suffisait déjà plus :

– Origine du sinistre ?

Le visage vide, épuisé de fatigue lui aussi, balayé par saccades à la lumière orangée d'un gyrophare voisin, le jeune officier m'a déclaré d'une voix sourde et lente, mais sur un ton strictement réglementaire :

– Accidentelle. Un seul foyer initial. À ce qu'on sait, ils ont dû essayer de faire un feu, tout au fond, dans un bidon de 200 litres coupé en deux. Une sorte de barbecue, si vous voulez… (Je ne voulais rien du tout et surtout pas me trouver là où je me trouvais à présent, ni là où j'allais me trouver dans les minutes qui suivaient, mais j'ai fait signe de continuer et il a ajouté :) Le plafond est très bas, dans ces caves. On a retrouvé pas loin des bidons de pétrole lampant. De ces vieux bidons en fer dont on ne se sert plus guère. Ils ont dû les utiliser pour démarrer, puisque aucun n'a explosé. Pour une raison ignorée, le foyer principal s'est renversé et l'incendie s'est propagé dans tout le sous-sol avant de gagner le rez-de-chaussée et les étages.

Il a secoué les épaules, puis conclu d'un ton terne :

– Je suppose que ces pauvres types ont dû essayer de trouver la sortie. Les rats dans le labyrinthe. Aucun n'y est arrivé. Celui qui est dans la calèche de réa', c'est un de mes gosses. Gazé d'entrée de jeu.

– Grave ?

– On lui fait de l'oxygène.

– Aucun survivant.

– Aucun. Simplement un riche choix entre à point et trop cuit.

Je l'ai quitté des yeux pour me tourner un peu vers Muppet. Lui aussi, il fumait. Lui aussi paraissait bien fatigué. Il avait les deux poings enfoncés dans les poches de sa veste de combat et couvait la scène d'un regard qui se voulait absent, mais dont l'indolence apparente ne pouvait tromper personne. J'ai compris que, peu à peu, lui aussi avait lentement saisi ce qui nous attendait. J'ai sorti ma radio, je la lui ai tendue :

– Pas besoin d'être deux sur ce coup. Appelez le labo central.

Il a compris tout de suite ce que j'essayais de faire. Si c'était bien ou pas de ma part, allez savoir… Toujours est-il qu'il l'a mal pris. Sans sortir les mains des poches, il m'a toisé de pied en cap, la cigarette à la bouche, et a déclaré d'un ton de ressentiment :

– Vaut toujours mieux être deux sur un bon coup, que tout seul sur un mauvais, vous vous rappelez ? (Il ne s'est pas radouci.) On n'est pas payés pareil, mais on fait le même job. Le labo est en route. Avisé directement par l'Étage des morts. On attend quoi ? La chute des feuilles ou celle du dernier tiers ?

Après, nous sommes tous rentrés à l'Usine, les deux techniciens du labo de police scientifique plus ceux de l'Identité judiciaire, Muppet et moi. Miss Maggie était toujours en faction à la porte, derrière la banque. Muppet portait la petite sacoche de cuir qui nous sert aux constatations. Il ne disait rien. Personne ne disait quoi que ce soit. Personne n'en avait réellement envie. D'ordinaire, chacun serait rentré chez soi de son côté s'occuper de ses petites affaires, mais tout s'était passé à moins de dix minutes de la Division, et pour les gens du labo et de l'I.J. c'était sur le chemin du 36. Ça ne leur faisait même pas un détour. Dehors, il s'était remis à pleuvoir dru, oblique, avec des bourrasques soudaines, traîtresses comme des tacles aux chevilles sur de l'herbe grasse.

Je suis rentré le dernier. Le photographe de l'Identité judiciaire m'a tenu la porte. Il m'a dévisagé. Ses traits ne m'étaient pas inconnus, mais pas familiers non plus. Jeune, dans la tranche des 25-30 ans, yeux gris, cheveux châtains coupés court, nez droit. Type européen. Signes particuliers : néant. J'ai remercié du front, sans mot dire. Il n'était qu'accessoire. Les mâchoires me faisaient mal, les gencives aussi. Les yeux me piquaient et j'avais encore sur la figure et le dos des mains la chaleur d'étuve qui régnait en bas, dans ces putains de caves, où il fallait se déplacer et se tenir plié en deux tant le plafond de béton était bas, et encore cuisant au contact. J'étais encore dans la lumière blanche et crue des phares Lappe, tandis qu'on découvrait le dernier corps, tout au fond, là où ça avait pris au tout début, à genoux, comme en prières ou dans une posture de supplicié, uniformément noir et grumeleux, le haut du crâne touchant le mur au ras du sol, tandis que mes deux mains gantées de latex (et celles, tout aussi grotesques, anonymes, d'un autre flicard) tâchaient de le faire bouger, remuer si peu que ce soit, puis basculer de côté aux fins de constatations et d'identification par mes soins.

Son tronc n'était plus qu'une grosse bûche encore fumante, évidée par les flammes. Il s'était ouvert en craquant.

En bas, j'ai déverrouillé mon bureau. Nous nous sommes installés. Muppet a enlevé son pistolet de l'étui et me l'a tendu pour que je le range dans le tiroir. Il est sorti, le temps que je rende compte à l'Étage des morts, puis il est revenu avec une bouteille de J & B et des gobelets en carton, ainsi que des nouvelles du front. Nuit calme. Silence radio et téléphone. Il a dit, en distribuant :

– R.A.S. Oubliés des hommes comme des Dieux. Gibi pour tout le monde, même chose pour les autres. (Il a pris un ton de bateleur :) Un baquet par personne. Qui n'a pas son baquet ?

Lui aussi, il m'avait oublié. J'ai levé ma cigarette. Il m'a tendu un gobelet, le dernier, preuve qu'il avait prémédité son coup.

– Vous replongez ? Je croyais que vous étiez redevenu sobre.

– J'étais.

Il a servi tout le monde, puis il a reposé la bouteille sur le bureau, en annonçant clairement la couleur.

– Le premier, c'est mon tour. Pour la suite, chacun son trip.

Il a quitté le petit cercle de lumière que procurait ma lampe de bureau, et il est allé s'asseoir d'une fesse sur la table de dactylo désaffectée, tout à côté de la porte, comme s'il entendait par avance prévenir toute tentative de sortie. Les autres se sont disposés comme ils l'entendaient, sur les chaises et les radiateurs. Je ne me rappelle pas trop ce qui s'est dit, s'il s'est dit quelque chose. Tout le monde était trop fatigué, bien qu'il ne fût pas très tard. Je me rappelle seulement le comptage, avec le technicien du labo, puis que nous avons accordé nos violons sans grand mal. Lui aussi avait un dictaphone, et sensiblement la même tournure de pensée. Rien que des faits. Neuf mâles, une femelle. Cadavres découverts dans des états de calcination divers, mais n'offrant, à part l'âge apparent et le sexe, aucun moyen d'identification formelle dans l'immédiat. Décédés par suite d'asphyxie et d'incendie. Corps transportés à l'I.M.L. par les pompes funèbres générales par mesure d'hygiène et de décence. Origine du sinistre : accidentelle. Prélèvements effectués.

Il est parti le premier, sa mallette sous un bras, son adjoint sous l'autre. Muppet n'a rien fait pour l'en empêcher. Il n'est plus resté que les deux de l'Identité judiciaire, un vieux, Masson, qui avait à peu près mon âge, et son jeune porte-flingue aux yeux clairs. Tandis que je nous resservais un verre, Masson a fini par reconnaître à mi-voix :

– Putain.

– Putain, comme tu dis.

– On a beau dire, hein, qu'on s'habitue…

– On s'habitue pas.

– Trop vieux, pour faire ce putain de turbin. Dans deux ans, la quille. J'ai fini de raquer le kroume de mon clapier, à Saint-Mandé. Ma fille est casée. J'ai une petite cabane du côté de Valras… Ma femme a une bonne place chez Dassault. Dans trois piges, elle aussi elle est à la retraite. Dans trois ans et un jour, on brêle tout et on se tire. On laisse Saint-Mandé à la fille, et nous deux, on descend dans le Sud, et basta. On vit. Tu comprends ? On vit.

Je comprenais. Quand on comprend vraiment, la plupart du temps, on se tait. Je me suis tu. Son jeune acolyte en a profité pour se pencher dans la lumière :

– Vous ne me remettez pas ?

– Plus ou moins. Pas vraiment. Je devrais ?

– Vous avez été assistant à Cannes-Écluse.

– Est-ce une question ou une affirmation ?

– Assistant de police judiciaire.

– C'était bien moi, mais dans une autre vie.

– Vous avez été mon assistant. Vous ne vous rappelez pas ?

– Non.

– Cannes venait tout juste d'ouvrir.

– Non.

– On m'a dit qu'ensuite vous étiez passé formateur au ministère.

– Exact. Encore une autre époque d'une autre vie.

Il a regardé autour de lui en hésitant :

– Je pensais… Je ne savais pas…

Il s'est tu juste à temps, mais son regard et l'expression de sa grande bouche franche et mobile l'avaient trahi. Bien sûr que d'entrée, dès qu'il avait mis un pied à la Division, il n'avait rien perdu de tout ce qu'il voyait. Ces couloirs aveugles, ces escaliers, ce bouclard aux murs sales, il ne savait pas. La nuit, il ne savait pas. Toute cette fatigue, l'absence de vrai sommeil, tous mes tristes petits bricolages inquiets, furtifs, il ne les savait pas. Il n'avait pas à les savoir. Bien sûr, que je me souvenais de lui à présent, mais c'était de moi que je ne voulais pas me rappeler.

J'ai sorti une liasse carbonée d'un tiroir, je l'ai mise dans ma machine. Masson a percuté tout de suite et s'est levé. Il a même fini son verre, debout, en vitesse.

Le môme a ramassé la valise en alu dans laquelle il transportait le matériel. Il m'a promis :

– Parce que c'est vous, je vous fais parvenir un exemplaire de travail des photos dès demain midi. (Il a souri sans dureté, mais de beaucoup plus loin dans l'image, subitement rembruni.) Ça serait quelqu'un d'autre, ça serait pareil. Vous avez gardé les polaroïds ou c'est moi qui les ai ?

J'ai palpé ma poche de chemise gauche. C'était bien moi qui les avais. Ils étaient toujours là. La plupart du temps, lorsque l'I.J. se trouvait sur place, je me faisais faire des polaroïds, plans larges, plans moyens, plans rapprochés, gros plans, persuadé à chaque fois qu'ils m'aideraient ensuite à rédiger les constatations. La plupart du temps, ils ne me servaient à rien du tout. La plupart du temps, ils finissaient à l'incinérateur. D'une manière comme de l'autre, encore un moyen de se protéger. Masson était déjà à la porte, la main sur la poignée. Il ouvrait déjà pour s'en aller. Il était dehors. Le jeune aussi, qui allait refermer sur eux, lorsque j'ai éprouvé le brusque besoin de le rappeler et de lui dire :

– Monsieur Boréla… Juste comme ça, pour la route.

Il n'a pas marqué de surprise, mais pas de vrai plaisir non plus. Il s'est borné à m'écouter, avec son curieux sourire qui lui flottait déjà à quelques encablures du visage. Du bout des doigts de ma main droite, je me suis massé le dos de l'autre à travers le pansement, sans me procurer beaucoup de soulagement. J'ai poursuivi :

– Vous êtes sorti deux cent dix-huitième au classement. Fin de milieu de tableau. Charmant, beau parleur et pas du tout insupportable. Futile par instants, mais baste. Moyen en tout, et surtout détestable tireur.

– Je n'ai jamais aimé les armes.

– Malgré les apparences, moi non plus. Vous passiez le plus clair de votre temps aux fesses de cette petite punaise de Berger. Edith Berger. Vous n'aviez pas tort, c'était à peu près la seule chose comestible chez vos consœurs de promotion, cette année-là.

– J'ai épousé Édith Berger à la sortie de l'école. Nous avons eu deux petites filles. Maintenant, elles vivent avec leur mère. Nous sommes divorcés. Elle est patronne d'un commissariat de sécurité publique dans l'est de la France. Je suis passé principal en juin. La petite punaise a fait son chemin et moi aussi. Au revoir, peut-être.

– Monsieur Boréla, ne vous y trompez pas. Je ne suis pas tricard, ici. J'y ai été affecté de mon plein gré, à la suite d'une demande de ma part – une demande en bonne et due forme.

Il a cherché ce que je voulais dire derrière tout ça. Peut-être a-t-il trouvé et peut-être pas, toujours est-il qu'une fraction de seconde il a hésité, puis qu'il m'a seulement rappelé, avec un bref petit salut de compassion ironique à l'égard de Muppet, juste avant de s'en aller :

– *Chacun sa merde, monsieur le Divisionnaire.*

Bien sûr que, dès ce moment-là, je ne trompais plus personne – et même plus moi, pour commencer. Le reste de la nuit s'est traîné à taper les constatations, à entendre les deux ou trois témoins que la Sécurité publique avait raflés sur place, à toutes fins utiles. Je n'avais pas pris de pause pendant que mes chaouches allaient se restaurer à tour de rôle, j'étais resté dans mon bureau, comme retranché, avec cependant le Motorola allumé pour une veille permanente et mon téléphone à portée de la main.

Ce bureau, je l'avais déjà au jour, lorsque je coordonnais les unités de recherche sur le ressort de la Douze. Comme il était tout à côté des locaux de nuit, ou peut-être parce qu'il était malcommode et pas très salubre, on me l'avait laissé – ou plus exactement, on avait toujours omis de m'en réclamer la clef. Je n'y avais plus trop de bazar, rien que les choses indispensables à l'exercice de ma profession.

J'avais tapé à la machine et fumé – et encore tapé à la machine, aussi vite que je le pouvais, mais pas très bien. Muppet avait fait des allées et venues, dont toutes n'étaient pas strictement motivées par des raisons de service, puis à six heures, lorsque à la fin de leur service les quatre renforts de commissariat et l'homme des délégations judiciaires étaient partis, il était venu s'installer avec moi. Il avait relu mes procès-verbaux avec soin et les avait cosignés pour la part qui lui revenait, nous avions comparé les déclarations concordantes des témoins, bien que sachant l'un et l'autre que la question n'était pas là, la vraie, tout du moins. Rien n'était pire que l'attente, dans les trois derniers quarts d'heure. Le jour s'était levé. Il ne ventait plus. La pluie tombait, fine et régulière, comme une miséricorde inépuisable, sur les petits arbres maigrelets du patio. Je ne croyais pas à la miséricorde, pas plus en celle de la pluie qu'en celle des hommes, et Muppet pas davantage. Il a sorti notre cafetière de l'armoire métallique, il s'est affairé. Il a tout de même fini par lâcher :

– Vous avez essayé de me décrocher du coup, cette nuit.

– On peut voir les choses de cette manière.

– Pourquoi ?

– La voilà bien, la vraie question. La seule. Enfin.

Le café était fort, très chaud et amer. J'ai soufflé dessus, tout en me rappelant :

– Quelqu'un a écrit quelque part, mais je ne sais ni qui, ni où, que les femmes aiment les hommes qui sont comme ce café : très forts, bouillants et très amers.

– Ça a un rapport ?

– Pas directement. Nous avons cessé d'être tout cela.

– Vous avez cessé.

– Oui.

Il a consulté sa montre. Il la portait comme moi à l'intérieur du poignet, mais à droite. Muppet était gaucher. Chacun de ses avant-bras à lui aussi avait largement l'épaisseur de ma cuisse, et son torse presque cylindrique faisait le double du mien. Je n'avais jamais vu quelqu'un se servir d'un Remington à pompe aussi vite et avec autant de facilité que lui, aussi bien au stand de tir que dans la rue, avec autant de précision et si peu d'effort apparent. Il a consulté sa montre et a observé tout doucement :

– Moins douze. On va pouvoir commencer à remballer les gaules. Vous n'avez pas répondu à ma question. Pourquoi ?

– Ça a une importance quelconque ?

– Pour vous, j'en sais rien. Pour moi oui.

– À quel point de vue ?

– J'ai besoin de savoir quelle opinion mon chef de groupe a de moi.

J'ai réfléchi un court instant, puis je lui ai suggéré d'un ton pénible :

– Vaudrait peut-être mieux savoir quelle opinion ledit chef de groupe a de lui-même.

– Pas mon problème. Pourquoi ? Parce que vous saviez que ça allait être moche ? Putain, c'est toujours moche… Cinq ans, que c'est à gerber. C'est maintenant que vous vous réveillez ?

– Pas de scène de ménage, Muppet. Vous pouvez demander de retourner au jour à l'instant même. Soyez sûr que j'appuierais votre demande. Tout de suite. Des deux mains, s'il le faut. Mon avis ne compte plus guère en haut, mais rien que Clint, au Groupe crim', vous réclame à cor et à cri depuis des mois, à chaque réunion des divisionnaires. Il coache un très bon groupe, dans l'ensemble, mais il lui manque un poids lourd dans votre genre. Ce qu'on appelle un panzer, mais un panzer avec beaucoup d'électronique embarquée… Beaucoup d'intelligence, même si c'est avec l'ennemi… Il vous veut et je ne lui donne pas tort. Je raisonnerais pareil à sa place.

– Groupe crim', a ricané Muppet. Vous me voyez au Groupe crim'… À frayer avec les gens de la Haute…

– Ils ne sont pas pires que nous, Muppet. Pas meilleurs, mais pas pires. Clint est un type bien. Vache et enculeur de mouches, mais correct.

– Clint, oui. Le reste… Vous vous rappelez Léon ?

– Pas la peine de taper là où ça fait encore mal. Je me rappelle.

– Vous vous rappelez quand Léon est passée au four, cimetière du Père-Lachaise ? Il n'y avait personne de la Haute. Pas le moindre *empégué* du premier étage.

– À part vous et moi, personne non plus de toute la Division. Pas grand monde des commissariats. Tout cela ne vous donne pas raison. Si vous voulez quitter la nuit, quittez-la. Il y a d'autres divisions dans Paris, et il n'y a pas que Paris en France. Je ne suis plus très en cour ici, mais j'ai conservé quelques amis ailleurs.

Il a sorti son paquet de Camel, en a allumé une, puis m'a proposé :

– Un petit chameau, Chef?

– Un petit dernier pour la route.

Je lui ai tapé une cigarette.

En se penchant pour me donner du feu, il m'a demandé sans hargne :

– Teneur du message ?

– Sortez de ce trou à rats, Muppet. Sortez-en vite avant que ce putain de plafond vous tombe sur la tête. Tirez-vous pendant qu'il en est encore temps.

Il a rabattu sèchement le capot de son briquet-tempête, qui a rendu un petit bruit d'arme automatique manipulée d'une main ferme et sûre, mais avec rudesse. On entendait maintenant des pas qui dévalaient les escaliers intérieurs, les pas de l'équipe de relève. Pour cette fois encore, il ne nous restait plus qu'à remballer, à faire un peu de ménage, et à nous replier en bon ordre du moment qu'une fois encore nous n'avions pas connu de pertes. C'était le jour qui venait à nous, enfin, puisque nous, nous n'avions pas bougé de notre nuit. Un autre jour, gris et mouillé, mais le jour quand même. Malgré cela, malgré les pas qui s'approchaient maintenant dans le couloir, malgré le fait que maintenant on allait entrer d'une seconde à l'autre nous délivrer de notre chagrin. Muppet s'est redressé tout en murmurant sans cesser de me fixer – très lentement, très sèchement, d'un ton de reproche blessé :

– Trop tard, *monsieur le Divisionnaire*. Trop tard !

Lyrisme de bazar. Les gencives me faisaient toujours aussi mal et je ne sentais plus mes jambes à compter des genoux. Je suis sorti en rogne, dans la pluie fine – une pluie fine et douce, régulière et monotone, comme on en rencontre souvent en sous-bois, l'automne, et dont on peut être assuré qu'elle durera jusqu'au soir. Comme presque chaque matin, des soutiers, la tête et les épaules encapuchonnées de sacs en jute, s'occupaient à décharger de grands quartiers de bœuf d'un semi-remorque de viande garé n'importe comment devant la Division. Comme chaque matin, ils se faisaient insulter par nombre d'automobilistes pressés et de passants. Ils s'en foutaient, ils étaient pressés aussi. D'autres grandes surfaces à livrer. Ceux qui les insultaient s'en foutaient aussi. Tout le monde s'en foutait. Des os, du sang et de la viande. Des carcasses sanguinolentes qui devaient bien faire dans les cent kilos. Tout le monde se foutait de tout, à commencer par moi.

J'allais rentrer au Florida quand elle m'a abordé. Elle avait le visage impassible et les yeux très froids. Une dure, elle aussi, à sa façon. Avec ses talons, elle faisait presque ma taille. Sans, elle ne devait pas m'arriver à l'épaule. J'avais une cigarette à la bouche. Elle me l'a allumée en remarquant :

– On ne m'avait jamais fait un coup pareil. Vous êtes un fumier, ou un dingue. Ou les deux à la fois.

– Rien de tout ça. J'ai eu une nuit difficile. Allez vous faire foutre.

– J'y compte bien.

J'ai haussé les épaules. Je suis rentré au Florida et elle m'a suivi à l'intérieur. Elle s'est assise à la même table que moi. Tout un côté de la tête me faisait mal et j'avais les poumons tapissés d'amiante. Fernand nous a apporté des cafés. J'ai touillé dans ma tasse, puis demandé :

– À quoi ça rime ? C'est des excuses que vous voulez ?

– Pourquoi m'avez-vous appelée ?

J'ai pointé l'index sur sa poitrine.

– Double air-bag, qu'est-ce que vous croyez ? Me dites pas que vous tombez de l'armoire. Un bon coup, ça se laisse pas passer.

Elle a souri lentement, avec une sorte de réserve distante. Elle m'a pris une cigarette, l'a allumée puis a observé :

– En général, on ne considère pas mes seins comme mon principal argument de vente. En revanche, il est arrivé parfois que je passe pour un bon coup. Peu importe.

Avec une grimace triste, elle a posé sa main sur la mienne et m'a demandé :

– Pourquoi m'avoir raccroché au nez ? J'avais réellement attendu votre appel. Ça vous aurait fait un point de côté de me traiter comme un être humain ? C'est vous qui aviez appelé, pas moi, vous vous rappelez ?

– Être humain ? Je me rappelle. Personne n'est parfait.

Elle n'avait plus l'air ni impassible, ni dure. On aurait dit qu'elle avait subitement décidé de rendre les armes sans combattre. Elle avait l'air d'une femme qui n'avait pas encore atteint la trentaine, mais dont le visage portait la marque de la fatigue, de trop de nuits sans sommeil et de galère. Avec son épaisse crinière en broussaille, les paupières sombres, les traits chiffonnés et la bouche amère, soit elle s'était composé à la va-vite un bien beau masque de tragédie, soit elle avait passé les dernières vingt-quatre heures à baiser jusqu'à l'épuisement.

J'ai fini mon café, ramassé ma cigarette dans le cendrier. Tout en me levant, je l'ai saisie par le coude. Elle a ramassé son sac et m'a suivi dans la rue. Elle fumait avec hâte. Sur le trottoir, dans la petite pluie qui s'était remise à tomber, elle a reconnu :

– Je m’en fous que vous ne me traitiez pas bien. C’est bien de ma faute, après tout. Je m’en fous pas mal. Je ne suis pas sûre que vous soyez un sale type, mais je ne suis pas sûre non plus que ça me déplairait, si vous l’étiez.

– Je ne suis pas un sale type. Je suis un très sale type. Vous avez une voiture, Alex ?

Elle a cherché dans sa poche de blouson, m’a tendu un trousseau de clefs au jugé. C’étaient celles d’une Mercedes rangée en bataille devant la Douze. Tous les flics de jour qui se trouvaient encore à l’abreuvoir avant d’aller prendre leur service m’ont vu monter dedans avec elle. J’aime parfois susciter des sentiments de haine. Pour fugaces et passagers qu’ils soient, ils me servent à m’enjoliver la vie à bon compte.

5

Je conduisais sans but, pas très vite, pour le simple plaisir de brûler de l'essence. Il ne pleuvait plus beaucoup. J'avais naturellement pris l'A6, sans doute par l'un de ces penchants masochistes qui, chez certains d'entre nous, tiennent secrètement lieu de règle de vie. Je roulais. Tout en fumant, je prédisais, sans trop de risques de me tromper :

– Vous et moi. Il y aura forcément du bon, tout au moins au début. Vous savez ce qu'on dit : tout nouveau, tout beau. Ensuite, très vite, on passera la plupart du temps à démêler le tien du mien. À s'épuiser en sordides conflits d'intérêts, en vaines querelles de territoire. En ingénieux marchés de dupes. Je ne parle pas de fric, mais de tout le reste.

– Romantique.

– Romantique, non. Statistique. L'âge procure la certitude expérimentale que les mêmes causes produisent infailliblement les mêmes effets.

Elle a remarqué d'une voix sourde et crispée :

– Je croyais que vous me preniez pour un bon coup.

– Certainement. Les premiers temps. Ensuite…

– Ensuite ?

– Ensuite…

Je ne pressentais rien de bien folichon. Nos attachements, pour brefs et limités qu'ils soient, portent à chaque fois la marque d'une lâcheté infinie. Rien que des combats d'arrière-garde. Seule la peur du silence et celle de la tombe les rendent plus ou moins compréhensibles et parfois excusables. Et le temps, pour sa part, ne nous laisse guère le choix qu'entre la routine et le deuil.

Les mâchoires me faisaient mal. Je souffrais du froid et mes articulations étaient douloureuses. Ça ne m'empêchait pas de continuer à divaguer. Je savais ce qui m'attendait encore le soir, et ceux d'après. J'avais mal et j'avais peur. Je fumais cigarette sur cigarette et le compteur kilométrique tournait. Pas beaucoup de circulation pour un matin de semaine. J'étais malade et je ne voulais pas en convenir. Je n'avais plus assez d'envies et de délires pour que ça vaille le coup d'essayer de tenter une sortie. Quand même, le temps se levait par l'ouest, et on entrevoyait sur la droite, au loin, une exquise écharpe de bleu très pur, doux et lointain, au ras de l'horizon, toute frangée de nuages parme.

Pensive, ma camarade avait allumé une Dunhill. Elle aussi, elle fumait trop. Elle a remarqué, du même ton qu'en découvrant de la boue sur ses bas de caisse :

– C'est drôle. Je voyais les choses d'une autre façon.

– Il y avait une autre façon. On se rencontre, on se plaît. On prend une chambre quelque part, on se déshabille et on baise. Ou on baise sans se déshabiller. Tout dépend du degré d'urgence. Un homme, une femme, une chambre. Un lit ou pas de lit, c'est selon. Ensuite, on se dit bye – ou à la prochaine. C'est selon aussi.

– Une autre forme de romantisme. J'y avais pensé.

Elle a jeté dehors un rapide coup d'œil, avec autant

d'intérêt qu'on en porte à une addition de l'avant-veille, puis elle m'a observé, tout en réfléchissant :

– Drôle de type aussi. Quand vous m'avez appelée, l'autre soir, c'est à quelque chose dans ce goût-là que j'avais tout de suite pensé. Vous ne m'aviez pas fait l'effet d'un homme disposé à prendre des gants pour parvenir à ses fins. Et vous savez quoi ?

J'ai fait signe que non. Elle a ricané :

– Ça m'a fait plutôt plaisir. De nos jours, la plupart des lopes qu'on rencontre passent la moitié de la nuit à essayer de vous baiser et l'autre moitié à tâcher de s'excuser de l'avoir fait plutôt mal. (Elle a ri doucement, et soufflé de la fumée dans ma direction, tout en remarquant :) Pour moi, je n'ai rien contre les soudards – à part qu'il m'a rarement été donné d'en rencontrer.

Dans une autre partie de mon autre vie, j'avais servi comme officier dans une unité parachutiste. Ce que j'y avais fait ne m'avait jamais transporté d'enthousiasme. Je ne me considérais ni comme un soudard, ni comme un reître, seulement comme un guignol au bout du rouleau, un type entre deux âges, encore vaguement présentable, mais qui avait trop longtemps abusé de l'alcool, des choses et de lui-même. Je l'ai prévenue :

– N'enjolivez pas. *Rien qu'un baltringue*. Je ne dis pas que je n'ai pas eu ma chance, comme tout le monde. Je ne dis même pas que j'ai été beaucoup plus malmené que bien d'autres. C'est seulement que la donne était pourrie dès le départ. Pas vraiment des mauvaises cartes, seulement des têtes qui n'allaient pas ensemble. Dans une autre histoire, peut-être, je ne dis pas… Dans celle-ci…

Brusquement, je l'ai vue secouer la tête. Elle a écrasé posément sa cigarette, puis elle s'est redressée, s'est penchée sur moi, et m'a jeté en pleine face avec une rage croissante :

– Je me fous de ce que vous pensez. Je me fous de ce qui se passera après. La seule chose que je veux savoir, c'est si vous êtes disposé à me tirer ou pas. Je ne vous demande ni où, ni quand, ni comment. Je vous demande seulement si vous voulez bien me baiser.

Elle s'exaltait, la jupe remontée plus que de raison. Elle m'a crié des choses ordurières. D'un revers de main, je l'ai frappée sèchement. Elle a pris le coup en pleine bouche. De fureur plus que de souffrance, elle a jeté ses ongles vers ma figure. Je lui ai saisi le poignet gauche et je l'ai tordu. Elle était plus forte et plus en colère que je le pensais, mais tout en tenant le volant d'une main, je lui ai peu à peu remonté le bras dans le dos. Quand elle a eu le poignet sous la clavicule et la tête entre les genoux, j'ai expliqué patiemment, d'un ton de vague reproche :

– Prise classique. Incapacitante. Extrêmement douloureuse en cas d'entêtement. Tout dépend de la bonne volonté et du réalisme du client, ou de son goût pour les sévices physiques. Votre voiture a une boîte automatique. Ça ne me dérange pas de conduire d'une seule main jusqu'à la prochaine sortie.

C'était une chambre, naturellement. Et un lit. Alex était embrumée, mais elle ne dormait pas. Le bras jeté en travers des yeux, elle respirait lentement. Je lui ai glissé une cigarette allumée entre les lèvres, elle a enlevé son bras et m'a remercié d'un court battement de cils. Je me suis allumé aussi une cigarette et je suis parvenu à m'asseoir en tailleur, adossé au mur.

Mon Oméga marquait seize heures. J'ai eu le tort de repenser à la Douze. Subitement, le souvenir des murs merdeux et du froid de cale, poisseux et humide, du froid de misère, qui régnait en bas, m'est revenu de manière presque insupportable. J'ai serré les mâchoires pour ne pas grincer des dents, et j'ai fermé les paupières durant ce que j'ai pris pour un court instant.

Quand je les ai rouvertes, elle me regardait. Je me suis passé les mains sur la figure, j'ai haussé les épaules avec un vague sentiment de gêne. J'ai prévenu :

– Pas d'états d'âme, vous vous rappelez ?

– Pas d'états d'âme.

Elle avait toujours la même cigarette à la bouche. Je me suis penché, je l'ai enlevée et j'ai déposé la longue cendre dans une soucoupe, sur le chevet. Elle a suivi chacun de mes gestes du regard. Je lui ai remis la cigarette à la bouche. Elle gisait en travers du lit, les bras flanqués n'importe comment au-dessus de sa tête, les genoux très écartés. Elle n'avait plus grand-chose à cacher.

Elle m'a souri et a déclaré avec beaucoup de douceur, lentement :

– Vous êtes libre de ne pas me croire, mais ça faisait trois ans que je n'avais pas baisé. Quand je vous ai vu, j'ai eu tout de suite envie de baiser avec vous. Je reconnais que je me suis comportée comme une vraie pute. Vous pouvez comprendre ça ?

– Ça et bien d'autres choses.

– Ça vous choque ?

– Ça devrait ?

Elle a secoué la tête, puis s'est retournée lentement.

– Je ne sais pas. Dites-moi que ces choses-là n'arrivent jamais.

– Quelles choses ?

– Vous et moi.

– Vous et moi, quoi ?

Plus tard, beaucoup plus tard devant la Douze, alors que je m'éloignais déjà de la Mercedes, elle m'a rejoint en courant. C'était la nuit. La tempête était revenue, et avec elle de longues bourrasques à décorner les bœufs. Elle s'est jetée contre moi et m'a murmuré à hauteur de l'épaule, avec une sorte de désarroi rageur :

– Tout ce temps… Tout ce temps pour en arriver là… Tout ce temps perdu.

Je n'ai rien trouvé à dire, rien qui fût en mesure de la rassurer. J'avais cessé de parler bien avant de la rencontrer, à peu près au moment où j'avais perdu mon âme et toute espèce de confiance en moi. À force, je n'en éprouvais même plus réellement l'envie. Cette habitude aussi m'avait quitté, comme bien d'autres. Je lui ai seulement caressé les cheveux et le cou à l'aveuglette, ce qui fait qu'elle s'est agrippée à moi comme quelqu'un en train de se noyer, en gémissant :

– Pourquoi ? Pourquoi ?

– Pour rien. Des choses trop compliquées.

– Pas compliquées. J'avais peur que ça arrive. C'est arrivé. C'est arrivé et c'est encore pire que ce que je craignais. Bien pire.

– Fallait pas commencer.

Elle m'a serré plus fort, en me plantant les ongles dans le flanc. Elle a reconnu :

– Non. Fallait pas commencer. Vous avez raison. Vous regrettez ?

– Non. Je devrais ?

– Vous vous en foutez… Vous vous en foutez, c'est ça ?

Je n'ai pas bougé, pas d'un millimètre. Je n'ai rien répondu. C'est jamais ce qu'on voudrait qu'on a. Elle m'a pris la figure dans ses deux paumes brûlantes, avec précaution, et m'a demandé bien en face, d'une voix calme :

– Qu'est-ce que nous allons devenir ? Vous pouvez me le dire ?

Elle, je n'en savais rien. Pour moi, j'avais une idée très claire et précise de ce qui m'attendait. Rien de fameux. Ma folle journée m'avait laissé dans un état piteux. Dès mon arrivée, j'avais parcouru les registres et expédié les deux ou trois conneries en cours qui traînaient depuis le milieu de l'après-midi, puis je m'étais calfeutré dans mon bocal, à la lumière de ma lampe.

La radio grésillait en sourdine sur l'appui de fenêtre, les téléphones se taisaient. Le voyant d'alerte de la ligne directe qui me reliait à l'Étage des morts demeurait terne et sans vie. Muppet assurait le vrac avec le reste de l'équipe, à côté. Il n'y avait pas beaucoup de vrac. J'avais froid et le palais et la gorge en carton d'emballage à force de trop fumer, je souffrais du dos mais rien dans tout cela qui fût proprement insupportable, ou simplement inhabituel.

Le tour de permanence des commissariats m'avait affecté pour la nuit un vieux divisionnaire black, un Antillais à la peau très sombre. Il se tenait à présent assis dans le fauteuil qui me faisait face. C'était un homme qui avait la stature et des airs de Charlie Mingus. Il s'appelait Blanchard, signe que celui qui avait baptisé ainsi son aïeul savait manier sur le dos de ses esclaves l'antiphrase aussi bien que le fouet à bestiaux. Aimé, Auguste, Blanchard. Ça lui faisait, quand il signait les procès-verbaux, un grand paraphe de ministre, car il n'omettait rien. Personne ne connaissait Mingus à la Division, ou si peu de gens qu'il était inutile d'y penser, mais tout le monde avait vu Dobey à la télévision. Pour tout le monde, Blanchard était le capitaine Dobey.

Je savais que, secrètement, ça ne lui déplaisait pas, d'être au fond un tant soit peu célèbre, si peu que ce fût, ne serait-ce que par personne interposée. On le réputait porté sur les plaisirs de la table et de la cave, et très enclin aux siestes crapuleuses avec les personnes du sexe. Le fait est qu'il ne paraissait jamais dans son commissariat avant le coup des seize heures, et toujours arrivant de son pas lent et grave, du même petit hôtel, tout en haut de la rue de La Roquette et dont on prétendait, peut-être à juste titre, que la tenancière à présent sans âge avait été de ses pratiques pas loin d'un tiers de siècle auparavant, toujours du même pas sourd, vaguement imposant et solennel de pachyderme tranquille, hiver comme été et quel que fût le temps. On le créditait de jeunes et flatteuses conquêtes. On attribuait ses succès, dont bon nombre étaient avérés, sûrs, crédités formellement, comptabilisés avec rigueur et minutie par certaines de ses jeunes ouailles du Bureau des pleurs, à la dimension supposée monstrueuse de son sexe.

Jamais je n'avais été partisan d'explications réductrices.

Dobey semblait lointain et pacifique, on le prenait pour quelqu'un de léthargique, alors qu'il tenait son quart avec des doigts de fer, dans ses grosses mains qui avaient la taille d'une paire de robustes gants de baseball. On le disait cossard, alors qu'à l'instar de quelques rares sages il avait cette étrange faculté d'agir sans qu'on crût qu'il agît, sans qu'on s'en rendît réellement compte, sans bruit, sans mouvement précipité, sans éclat non plus, ce qui rendait à force son commerce vaguement engourdissant. Il avait aussi une sorte de charme frugal, d'étrange douceur dans le regard.

J'aimais bien Dobey et Dobey m'aimait bien.

J'aurais pu lui laisser les commandes de la nuit et aller dormir sans m'en faire. De plus, il n'aurait pas renaudé : il avait entre les mains les photos de la copie de travail que Boréla m'avait fait tenir, comme promis dès le midi et qui m'attendait à mon arrivée à la Douze, avec un petit mot. Dobey avait aussi mes polaroïds devant lui. Il avait lu en attendant, avant que j'arrive, le long relevé de main-courante ainsi que le double des procès-verbaux que j'avais consacrés à l'incendie. Il fumait un petit cigare. Aucune émotion n'apparaissait sur ses traits, pourtant lorsqu'il a tout reposé bien en ordre sur mon bureau, il a remarqué, d'un ton de pitié qui n'était pas feint :

– Je vois que vous avez bien donné, la nuit dernière.

– Suffisant, merci.

– Rien à boire, dans ta turne ?

– Café. Scotch. Scotch. Café.

– Comment est le café ?

– Noir.

– Amusant.

– Noir. Fort.

– C'est ton café, ou celui de ton gnome ?

– Mon gnome ?

– Muppet.

– Mon café, mais fabriqué par mon gnome. Je suis sûr que ça lui ferait très plaisir, à mon gnome, comme tu dis, de s'entendre traiter de gnome.

Dobey a souri. Je l'ai supposé aux craquelures qui ont inondé le vieux cuir de sa face, à son jaune regard immobile de saurien qui a semblé choisir de se replier en bon ordre un instant derrière ses lourdes paupières mi-closes, puis il a murmuré comme à regret, le cigare immobile au coin de sa bouche :

– Gnome vient du terme grec *gnômé*, qui signifie intelligence.

– Les richesses de la terre, je sais. Moi aussi, il m'est arrivé dans le temps de me servir d'un dictionnaire.

– Dommage qu'il t'en soit resté si peu de choses.
– Ce qui veut dire, Dobey ?

Il s'est étiré. Je le savais ami, réellement ami. Sur le maroquin, à côté de ma main droite, il y avait un trousseau de clefs. Je l'avais jeté là en entrant, avant de me défaire de ma veste et de flanquer mon pistolet dans le tiroir. Elles étaient restées telles quelles, puisque je n'avais pas songé depuis à les ranger. Dobey n'avait pu manquer de les remarquer.

Des clefs, de voiture et d'appartement. La clef de voiture comportait un boîtier de télécommande. Des clefs, un écusson Mercedes ainsi qu'une plaque en argent rectangulaire, longue comme mon index, large d'un doigt et épaisse d'un bon demi-centimètre. On y lisait gravé Key West en lettres noires. Elle me l'avait glissé dans la paume au dernier moment, juste avant de retourner à sa voiture. Rien qu'à me le rappeler, j'en ai eu un spasme douloureux au creux de l'estomac. Je suis revenu au présent.

– Ce qui veut dire, Dobey ?
– Prends pas ton ton de divisionnaire avec moi. Je ne veux pas de ton café de petit Blanc. Où est le scotch ?
– Colonne de droite, à côté de l'armoire.
– Tu en prends aussi ?
– Jamais entre les repas.
– Tant pis pour toi. Café ?
– Café.

Il s'est déplacé sans faire plus de bruit ni laisser plus de trace qu'un nuage sur la mer. Il nous a servis et s'est rassis, en attirant une chaise pour y flanquer les pieds. Key West. Les yeux me brûlaient, j'en avais marre d'attendre que ce putain de téléphone sonne, que cette radio émette autre chose que ces crachouillis ténus, chuintants, lancinants. Pour tromper l'attente et la vilaine crampe aigre, ulcéreuse, que j'avais sous le sternum, j'ai allumé une nouvelle cigarette au cul de la précédente.

Dobey a reconnu :

– C'est pire, quand y a rien. On se fait chier comme des rats morts. On serait mieux au pieu, avec une gentille poulette, tu penses pas ?

– Je pense rien, Dobey.

– C'est ce qui se dit.

– Qu'est-ce qui se dit d'autre ?

Il a grogné, peut-être parce qu'il n'y avait pas de glaçons dans son whisky, peut-être parce que lui aussi souffrait de quelque part, peut-être parce qu'au fond, tout comme moi, il n'aimait plus beaucoup parler, ni penser. Il a grogné :

– Je suis en quart, moi, bonhomme. Un commissariat de quartier, même un commissariat témoin comme le mien, c'est des bas-fonds. Toi, c'est encore seulement premier sous-sol. Moi, c'est deuxième, troisième sous-sol… Poubelle…

– On dit que tu prends pas mal de bon temps, dans ta poubelle.

– J'y prends tout le bon de temps qu'on veut bien me laisser prendre, te bordure pas… Tout ce qu'ils veulent bien nous laisser comme miettes. Ces enculés de patrons, on est tous dans leur pogne, c'est ça la vérité, toi, moi, les autres…

– Merde, Dobey…

– Ça fait longtemps qu'on t'a plus vu aux réunions de divisionnaires.

– Longtemps.

Ça faisait des mois. Elles se tenaient généralement le lundi matin, sous la direction despotique du petit aréopage de méchants cons, vétilleux et mesquins, que constituaient entre eux les trois ou quatre principaux patrons de la Douze. Ça se passait une semaine sur deux, entre dix heures et celle de l'apéro. Il arrivait que les choses se poursuivent par une bouffe, un gueuleton en comité plus ou moins restreint, en conclave plus ou moins obscur, chez un gargotier du quartier, un Basque qui, à force d'en entendre sans rien dire, en savait plus sur chacun d'entre nous qu'un chien de prostituée.

On n'y apprenait rien, dans ces brifinges quinzomadaires, comme disait Muppet d'un ton de sarcasme, rien généralement qui sortît de l'ordinaire, seulement les échos atténués de maigres et lointaines petites révolutions de palais, des bruits de coursives, des cognements sourds de fond de placard, des rumeurs de bidet… On commentait les circulaires et directives dont tout le monde se foutait comme de l'an quarante, on clabaudait. Ensuite, on allait laver le linge sale à l'abreuvoir et en bâfrant, avec même des eaux pas très propres.

À la fin, bien que chef de nuit et divisionnaire moi-même, je n'étais même plus convié. Ça ne me dérangeait pas. Ils avaient leur vie, en haut, tout en haut, au jour, rutilante, astiquée, lumineuse, j'avais la mienne, en bas… Elles se valaient, au fond, mais j'étais tranquille : on ne m'enviait pas. On ne m'enviait plus… Pour un peu, on m'avait oublié dans mon trou. Rien n'est plus précieux à notre survie, plus riche d'espoir et porteur d'avenir pour limité qu'il soit, que l'oubli des hommes. Il n'est pas de plus grande bienveillance à en attendre que leur indulgente amnésie. Je comptais dessus. Je me croyais tranquille, en sécurité, tout au fond de l'obscurité, terré comme un rat. Pourtant, j'aurais dû me douter… Dobey a poursuivi son idée. Il a remarqué, sans que ce fût un reproche :

– Jamais bon, la politique de la chaise vide.

– Pas de politique du tout. La plupart du temps, ça tombe avec une descente de nuit. Ou des récupérations.

– Tu parles, Charles.

Il ne me croyait pas. À bon droit : j'avais cessé de me croire aussi. J'ai regardé son gobelet. Ça n'était pas du très bon whisky, mais c'était du whisky quand même. Dobey a dit, en saisissant la bouteille :

– Un fond, dans ton café, ça ne te ferait pas de mal.

– Aucun bien non plus. (J'ai tendu le pouce raidi vers le plafond, comme un stoppeur qui aurait subitement décidé de gagner le ciel.) Qu'est-ce qui se chante là-haut ?

Il m'a versé un peu de whisky dans le café. Il m'a fixé en retirant son cigare de la bouche, et il l'a examiné avec ressentiment, puis il m'a annoncé d'un ton calme et uni :

– Il se chante avec insistance que tu fais partie de la prochaine charrette. Pour quatre raisons. (Il s'est mis à compter sur ses doigts, en débutant par l'index gauche.) La première, c'est que ça fait trop longtemps que tu joues le rôle-titre dans le Prince de la nuit. (Ça allait faire dix ans, dix ans pleins.) À part les conneries de rotation des cadres, de mobilité des postes et autres foutaises dont on nous gonfle les couilles, y en a que ça gave, ta durée de vie, à commencer par notre ami Yobe le Mou.

– Yobe n'a jamais été mon ami.

– Ah bon ? Tu connais pas ta chance. (Il avait saisi son majeur en crochet dans son index droit.) La deuxième raison, c'est que ça se bouscule au portillon. Tout un tas de mecs écœurés par ce qui se pratique dans les étages et qui se sont découvert une baraque à terminer, des études musicales ou universitaires à reprendre, une nouvelle poulette à tirer ou des lardons à finir d'élever. La nuit, ça les branche comme ils disent maintenant, pour le temps libre la journée et les récupérations…

– Savent pas à quoi ils s'exposent.

– Ils en ont rien à battre… (Il s'est mis à tyranniser son annulaire, qui était aussi long que mon pouce, mais bien plus épais.) Troisième raison, y a un autre Divise, que j'te nommerai pas, dans un commissariat que j'te dirai pas non plus, qui en a lourd sur le paletot.

– Cher ?

– Cher ? Plein les endosses. Il a les Bœuf-Carottes aux fesses. Ils se le sont mitonné, j'peux te dire, aux petits oignons. Ils ont toutes les billes qu'il faut pour le dégringoler. Ils attendent juste, tous, de savoir ce qu'il a ou non dans la manche avant de le jeter aux chiens.

– On s'en remet.

– Pas quand la sanction administrative prélude à l'ouverture d'une information judiciaire. Tu vois qui je veux dire ?

– Non. De quoi est-ce qu'on l'accuse ?

– Trafic de stupéfiants. Assistance au proxénétisme. Faux et usage de faux en écritures publiques et privées.

– Joli. Fabriqué ?

– Mes couilles. Il s'est fabriqué lui-même. Tout seul, comme un camion neuf. Le plus beau pour la fin : les Bœufs ont établi sur écoutes qu'il s'était abouché avec une bande de manouches du 94 et qu'il les rencardait sur des casses – des gros casses sur son propre secteur. Filatures. Par deux fois au moins, on sait qu'il est monté au charbon avec eux. Il a même failli se faire serrer en flag sur un coup, mais la BMW dans laquelle il se trouvait a chié du poivre aux collègues de la B.R.I.

– Tu en sais, des choses, Dobey.

– Tu en saurais autant que moi, si tu passais un peu plus de temps à écouter aux portes.

– J'ai jamais bien su faire. Quel rapport avec moi ?

– Quel rapport ? (Il a eu un petit rire grondant, sympathique comme une sourde rumeur d'orage dans le lointain.) Simple. Il est habillé pour l'hiver. Il tombe. Ça laisse un trou. Il manque un divisionnaire de quart. (Il a saisi son auriculaire et s'est mis à jouer avec, comme un chaton après sa propre queue, mais ça n'a guère duré. Il a seulement dit, en me regardant bien dans les yeux, les mains croisées derrière sa grosse nuque lourde et triste :) On te sort de la trappe comme un lapin du chapeau et, hop, en deux coups les gros, tu le remplaces. Placard.

J'en suis resté baba, les pattes cassées C'était donc ça, juste ça, qu'il avait voulu dire, Yobe, avec ses grands airs d'affection, en me parlant de zone rouge et tout le saint-frusquin, son baratin, un soir pas si lointain où je l'avais cru juste un peu plus dématé que de coutume, *zone rouge, ami, zone rouge*... C'était seulement ça.

C'était me conduire de façon bien stupide et presque pathétique de ma part, mais je n'ai pas pu m'empêcher d'essayer de plaider à mi-voix, en me palpant tout doucement la figure :

– J'ai jamais fait de commissariat, Dobey. Je sais même pas à quoi ça ressemble. J'ai jamais œuvré qu'en Division.

Il a ri de nouveau, sans joie, comme un retour de flamme, dans une sorte de hoquet – l'orage au ventre gris gagnait du terrain. Il a un peu remué les épaules, pas beaucoup, en reconnaissant :

– C'est bien là-dessus qu'ils comptent. À la nuit, ils savent bien qu'à part une très grosse merde, ils peuvent rien contre toi. À la nuit, ils savent que tu es plus prudent qu'un greffier en train de chier dans la braise. Au jour... C'est p't'être bien qu'une belle bande d'enculés, tous autant qu'ils sont, mais faut pas oublier quand même que c'est des poulets comme nous, qu'ils sont pareils, qu'ils ont le vice, comme nous. (Il m'a rappelé, à regret :) Qu'on aime ou qu'on n'aime pas, faut surtout pas commettre l'erreur de les prendre pour des nains. Faut jamais oublier que c'est des flics avant tout. Jamais.

– C'est ça, la quatrième raison ?

– C'est ça. Ils la jouent fine, et par la bande… Ils misent sur le fait que tu es rincé… Que tu pourras jamais t'adapter, rien que déjà aux horaires, à la paperasse, aux chiasseries d'un taulier… Et même le jour en un sens, c'est pas pareil, c'est plus casse-gueule même, surtout quand on a perdu l'habitude comme toi… Y a plus d'occasions de redresser un fonctionnaire…

Perdu l'habitude. Key West. Redresser. J'ai bu mon restant de café froid. Dobey a écrasé son moignon de cigare sous son talon et l'a jeté dans la poubelle. Plus casse-gueule. Bien sûr, que j'aurais dû m'y attendre depuis belle lurette. Cette distance, qui se faisait, ces égards qu'on prenait… Je me suis levé me resservir du café, puis je suis allé me planter devant la fenêtre. Elle donnait sur un patio en sous-sol, un puits rectangulaire de six ou sept mètres de large sur unc quinzaine de long. Il y avait des arbustes malingres et de petites plantes d'ornement, qu'on voyait un peu s'agiter en silence de l'autre côté de la vitre comme pour faire la manche quand il y avait du vent, le jour, ainsi qu'une petite cohorte famélique et muette, mais qui la nuit ne se remarquait pas plus que tous les autres miséreux.

Key West.

Bien que ça ne se fît pas, j'ai demandé, tout en conservant le dos tourné :

– Et cette charrette, c'est pour quand, Dobey ?

6

C'était le ventre de la nuit.

Je me trouvais dans un état de grande fatigue, un état mitoyen entre le rêve éveillé et le sommeil debout. Ma montre qui avait si bien marché sur la Lune et s'obstinait à marcher si mal sur moi indiquait trois heures. Dans peu de temps, j'entendrais le bruit que faisaient mes esclaves en allant se restaurer. Puis ils reviendraient, en provoquant autant de bruit, mais dans des odeurs de graillon et de frites, et en traînant les pieds. Les mauvaises heures, pour ceux qui n'avaient pas l'habitude – pour les autres aussi.

Le large voyant rouge qui me reliait à l'Étage des morts refusait toujours de s'allumer. Pour un peu, j'aurais procédé à un contrôle de lignes, mais il y avait aussi un autre téléphone et un ronfleur dans le bureau où se trouvait Muppet, reliés à la même ligne, où aboutissait le même numéro d'appel. Il y avait une autre ligne directe, ainsi que les lignes intérieures et la radio pour me relier au Desk. Tout ne pouvait pas être tombé en panne en même temps.

C'était une nuit calme, sans plus. Elle n'était peuplée que de mon angoisse et de mes appréhensions, ce qui suffisait à lui donner le caractère d'un joyeux petit enfer portatif. Le temps de quelques heures, l'humanité que je tenais sous ma coupe avait cessé de se molester, de s'injurier, de se rudoyer, de se battre et de se trucider. Elle avait établi avec elle-même, dans mon dos, tout un tas de minuscules accords locaux, d'infimes concordats, de petites paix très séparées les unes des autres. Toutes peines confondues, bourreaux et victimes avaient décidé d'un commun accord quelque chose qui tenait plus de la grève dans la forme et dans le fond que de la trêve, mais qui en définitive ne m'avantageait pas tant que ça.

Dobey était parti dormir dans le bouclard du fond. Avant, il avait passé un coup de fil à une poulette, depuis mon bureau. Il avait confiance en moi, tout autant que j'avais confiance en lui, parce que nous ne tirions pas dans la même catégorie : je ne pouvais le gêner en rien dans ses petites affaires, tant elles avaient un côté officiel et paisible, non plus que dans ses propres arrangements personnels, et en ce qui me concernait, rien ni personne ne pouvait plus me porter ombrage, et Dobey bien moins que quiconque.

Je devais admettre que mon angle de chute tenait de plus en plus de celle d'une plaque d'égout jetée dans un puits sans fond. J'avais mis Lady Day sur la petite chaîne, un engin à quatre sous sans doute volé au cul du camion, avec quand même un égaliseur et deux baffles à peine plus grosses que des pamplemousses. Nous n'en avions jamais pu identifier le propriétaire légitime. Dont acte clos.

J'avais reculé mon siège à roulettes juste ce qu'il fallait pour flanquer les deux mollets croisés sur mon sous-main tout en m'allongeant un tant soit peu.

Sous la lampe, il y avait le trousseau de clefs Key West.

Les yeux me brûlaient. J'avais de sourdes lancées dans les mollets et les genoux. Dormir eût été agréable sans doute, mais périlleux. Je me rappelais Key West. Comme moi, Key West avait un nom et un prénom. On pouvait également l'identifier de façon formelle grâce à sa date et son lieu de naissance, ainsi que sa filiation ou ses empreintes dentaires. Nationalité, profession, domicile. Si je le voulais, je pouvais tout savoir d'elle.

Ce que je ne saurais en revanche jamais, c'est quels démons personnels Alex tâchait de conjurer en souriant à un inconnu, en lui souriant à la manière de quelqu'un qui veut mordre, puis en lui ouvrant tout à trac ses jambes, sa voiture et les portes de sa maison, à moins que l'ordre fût inverse dans son esprit. Ou quelconque et indifférent. Peut-être aussi qu'elle aimait réellement baiser, après tout. On avait déjà vu des choses encore moins vraisemblables, mais qui n'en étaient pas moins réelles…

L'attente et la fatigue vous jouent de bien vilains tours. On y puise une sorte de lucidité aiguë, mais intermittente et fugace. On dirait de ces petits coups de rasoir, douloureux certes, mais dont on s'aperçoit avec étonnement qu'ils ne suffisent pas pour qu'on saigne. Pas tout de suite, en tout cas. L'expérience du combat à mains nues m'a appris qu'on ne souffrait jamais sur le coup. On ne regrette jamais tout de suite non plus.

Ça serait bien trop facile.

J'ai vidangé mon cendrier plein dans la corbeille à papier pleine. Il y avait dedans les reliefs de la procédure de la veille. Pas de vraie importance. Mes hommes – et femmes – sont allés se restaurer. Muppet est entré presque sans bruit, tandis que je finissais mes petits travaux de ménage. Il s'est servi du café, ce qui était son droit le plus absolu, et il est venu s'asseoir sur une chaise en face, à califourchon, comme à son habitude. Il a remarqué :

– Vous avez une semelle percée. Botte gauche.

– Exact.

Il a remarqué, lui aussi :

– Drôle de nuit. Rien sur Radio-Cité. Rien sur la fréquence de la Sécurité publique.

– Ça ne vous rassure pas ? Ça devrait vous rassurer.

– Je n'aime pas ce genre de nuits. On dirait toujours que la suite va être pire. J'ai réfléchi à ce que vous m'avez dit, hier. Je suis passé à la Division, cet après-midi. J'ai vu Clint. Vous aviez raison, pour le Groupe criminel.

– La suite, comme vous dites, est toujours pire.

– Je voulais vous poser une question.

– Faites toujours, Muppet, des fois que j'en aie la réponse…

– Elle est… personnelle…

– Rien de personnel.

– Elle ne va pas vous plaire.

– À en juger par les précautions que vous prenez, nul n'en doute. Question ?

– Vous avez déjà monté la garde le soir, dans le désert ?

– Réponse : oui. Question : quel était le sens de la précédente question ?

Il a sorti une Camel de son paquet et l'a allumée. Il a fini son gobelet de café, l'a écrasé dans son poing et s'est penché pour le jeter dans la corbeille à papier. La corbeille était déjà pleine à dégueuler. Il a expédié son gobelet dans un carton d'eau minérale vide, près de la porte. Un carton qui était là exprès. Il a reconnu seulement après :

– Je ne sais pas. (Il a réfléchi, puis avancé :) J'ai fait quinze ans de Légion, avant. (Je le savais. Muppet était rentré dans l'Usine au titre des emplois réservés après avoir tiré le temps réglementaire dans l'armée, le temps de toucher une retraite. Tout le monde le savait. Il a hésité :) Il m'est arrivé plusieurs fois de monter la garde, le soir, dans le désert. Personne n'est jamais venu.

– Le syndrome de Drogo. Buzzati en a fait un ouvrage admirable. Ça s'appelle *Le Désert des Tartares*.

Muppet lui aussi m'a fixé à travers nos fumées de cigarettes. Il a murmuré, comme si cela allait de soi.

– Oui. Je l'ai lu. Je n'ai pas vu le film, mais je l'ai lu.

– Je ne savais pas qu'on en avait fait un film. Ce que je sais, c'est que ce livre admirable montre quelque chose admirablement.

– Quoi donc ?

– Que ni Buzzati, ni, ce qui est plus grave, Drogo, n'ont jamais monté la garde, le soir, dans le désert. Ni le soir, ni la nuit, du reste.

– J'en ai assez, de monter la garde.

– Ne vous y trompez pas, Muppet, moi aussi.

– Alors, pourquoi vous le faites ?

J'ai ramassé le trousseau de clefs Key West, je l'ai examiné comme s'il comportait une clef de plus, une clef de nature à déverrouiller une porte de plus, ou la même porte d'une autre façon. Ce qu'on voyait surtout, c'était le gros badge Mercedes, et ce qu'il pouvait laisser supposer d'opulence et de quiétude. J'étais attristé de ma propre indigence en réfléchissant à mi-voix :

– Rien que des voyages… Seulement des voyages… Des choses bien banales, Muppet. J'aimerais que ce téléphone sonne. Ça pourrait nous distraire. Vos amis légionnaires, hier soir, au fond… Un bien beau divertissement ils nous ont offert, avouez, avec leur sang noir et leurs viscères à demi calcinés, leurs yeux sans paupières et leurs bouches serrées où il n'y avait plus de lèvres. Et celui qui s'est fendu en deux, tout du long, comme une grande bûche creuse, quand nous sommes parvenus à le tourner de côté… Ce qui nous manque, c'est moins le bonheur, que le sentiment de notre propre urgence…

Nos rares confessions nous conduisent toujours un peu plus loin qu'on l'aurait voulu, et nous y laissent à peu près aussi amers et déconfits qu'après ces séances de baise qu'on ne souhaite pas vraiment se rappeler, au fond, avec des inconnues qu'on n'aurait pas voulu avoir rencontrées, et qui ne nous aimaient pas plus qu'on ne les a aimées. La plupart des aveux et bien des étreintes ne sont que des marchés de dupes, passés de bonne foi entre des gens qui ne le sont pas. Dobey est rentré de son pas traînant. Je suis sorti pisser.

Quand je suis revenu, Dobey était debout dans mon bureau. Muppet était déjà en train de glisser son pistolet à l'étui. Dobey avait un combiné à la main. Il parlait d'une façon sourde, à petites phrases hachées et laconiques, dans le téléphone. Tout en ramassant sa veste de combat sur le dossier du fauteuil, Muppet m'a lancé d'une voix neutre, anonyme :

– Appel reçu à quatre heures trente. Delta-Charlie-Delta sur zone.

Dobey, lui, a raccroché sans hâte. Il s'est tourné vers moi. Il a remué la tête tout en remâchant la nouvelle, puis il m'a déclaré en clair, avec concision mais d'un ton calme, sans aspérité, sans relief, celui d'un homme en paix avec lui-même et le monde entier :

– Une femme. Suicide aux barbituriques. Entre quarante et cinquante ans. Vivait seule. Le décès semble remonter à une cinquantaine d'heures, selon le médecin de l'état civil. Corps découvert sans vie par une voisine. Muppet et moi, on fait l'aller et retour. Où est-ce que tu ranges tes formulaires d'envoi à l'Institut médico-légal ?

– Colonne gauche. Là où il y a marqué ordres d'envoi I.M.L. Qui a dit Muppet et toi ?

– Moi.

– Toi ? Depuis quand c'est toi, Dobey, qui joue le rôle-titre dans le Prince de la nuit ?

Bien sûr que c'était passablement idiot puisque c'était lui, l'O.P.J. – cadavre de la nuit, l'officier de police judiciaire chargé dans chaque groupe de s'occuper des refroidis, dès lors que, sans être forcément d'emblée d'origine naturelle, les causes de la mort ne semblaient cependant ni suspectes, ni a fortiori violentes ou criminelles. On allait sur les lieux, on faisait un petit bout de constatations, on ramenait un ou deux témoins. Le corps était expédié à la morgue. Quelqu'un le récupérait ou pas, après qu'on eut procédé à autopsie ou non. Tout dépendait de l'O.P.J., question charcutage, c'est que ça coûtait des sous, une autopsie, du temps et des sous…

À la fin de l'année dernière, Yobe nous avait lu au cours d'un briefing une circulaire à ce propos, qui attirait l'attention des chefs de groupe sur le coût social des autopsies. La circulaire insistait beaucoup, surtout, sur le prix des autopsies en matière vétérinaire. C'était encore plus hors de prix, de requérir un légiste en matière vétérinaire. C'était d'un prix démentiel. Ainsi, par exemple, une autopsie sur la dépouille d'un carlin avait-elle coûté la bagatelle de 5 000 F TTC. Personne ne savait au juste ce qu'était un carlin, à commencer par moi. Yobe m'avait étonné en expliquant :

– Une de ces saletés de petits dogues de merde. Un peu la gueule de Brigitte Bardot jeune, si vous voyez ce que je veux dire, en tout cas les plus anciens dans le grade le plus élevé. Pour les autres, se rapporter à vos livres d'histoire, classe de sixième. Autopsie commandée par le Parquet, heureusement. Le premier crétin des Alpes qui aurait l'idée de requérir un véto pour faire découper Médor, Mirza ou même le poisson rouge, raouste. Dehors. Je l'envoie moi-même planter les choux à la sixième section des R.G.

La sixième section s'occupait des étrangers en situation irrégulière. Une bénédiction pour tout le monde, ces ESI : ça faisait des petits crânes nombreux et faciles, qui entraient direct dans les statistiques. Ça gonflait bien les chiffres, maintenant que tous ces malheureux, à présent qu'on n'avait plus besoin d'eux avec nos hérémistes à nous, on les renvoyait chez eux recrever, maintenant qu'on les avait nettoyés jusqu'à l'os, qu'on leur avait bien pompé le sang, toute leur force de travail, et le peu qu'ils avaient eu de cervelle. France, terre d'asile, mes burnes. Yobe nous menaçait de la sixième section comme des vampires auxquels on eût promis le petit matin gris. C'était pas la peine, on avait tous compris.

Je n'avais rien changé à mes façons de procéder. L'idée de faire autopsier un poisson rouge, je l'avoue, m'avait séduit sur le champ, mais je n'en avais jamais trouvé l'occasion. Nos vies sont ainsi faites : ce ne sont pas les intentions qui manquent, bonnes ou mauvaises, ce sont seulement les opportunités. Peut-être, dans une autre histoire, aurais-je rencontré par exemple celle d'être un héros, ou un homme riche et considéré, ou un grand compositeur de musique, ou une parfaite salope. Je n'inclinais à rien en particulier.

L'indifférence à soi vient avec l'âge, la fatigue, et la pratique courante du monologue intérieur. Celui-ci n'est plus à force qu'un bourdonnement incessant, une succession continue d'acouphènes en grande partie inintelligibles comme en provoquent des détonations trop puissantes et répétées dans un local clos. Lorsqu'on tire de la main droite, c'est l'oreille gauche qui devient sourde. Certaines symphonies de Mahler, tout comme par exemple, Prague, de Mozart, sonnent quant à elles avec l'ampleur terrifiante, la clarté angoissante, de jardins à la française hantés par la Mort. On y fait l'amer apprentissage de la douleur.

Je me faisais toutes ces petites réflexions pas très cohérentes, parce que je savais clairement, distinctement, où j'allais. C'était ça ou vomir sur le plancher de la voiture.

L'appartement se trouvait dans une petite résidence modeste et calme, construite en dur tout au début des années soixante. Pas plus de cinq ou six étages et des volets de fer. Pas d'ascenseur, mais des marches larges et douces, claires. Il y avait deux gardiens dans le hall, en bas. Ils bloquaient la minuterie à tour de rôle, de manière à ce qu'on ne reste jamais dans le noir. Un bon point pour eux. Ils me savaient teigneux, ils nous avaient salués de manière réglementaire. Un autre bon point.

Une jeune gardienne de la paix que je connaissais bien se tenait au troisième, sur le palier, devant une porte entrouverte. C'était une dure. Moins dure que Léon, mais une dure elle aussi, à sa façon. Une dure au corps taillé dans un métal qui avait l'air de l'aluminium. Léger, solide, inoxydable. Son regard aussi avait la couleur de l'aluminium. Froid, lointain, poli, il me regardait monter derrière Dobey et Muppet. Il me voyait bien des trois le moins décidé, le moins alerte, le plus chargé de lassitude et d'appréhension. Les deux autres ont filé droit devant, comme happés par la lumière jaune et la chaude puanteur qui émanaient de l'appartement. Je me suis arrêté une seconde devant la femme-flic. Il y avait quelqu'un d'assis près d'elle, à même les marches. Une femme, une civile en blouson bomber, et qui fumait des Craven A. Ma fliquette se prénommait Josette. Pour tout le monde, sauf pour moi, c'était Jo. Pour moi, le bref espace d'un été, elle avait constitué une sorte de parenthèse brutale et épuisante avant que le métier ne reprenne ses droits et l'Usine ses habitudes. L'Usine était à mes yeux une sorte de Moloch mystérieux et anonyme. Il nous avait dévorés chacun de son côté, ce qui nous rendait semblables par certains côtés, mais parfaitement incompatibles de tous les autres. Josette et moi, nous avions bien failli nous mettre ensemble, jusqu'au jour où elle avait constaté avec dépit, mais non sans justesse :

– Tes guignols te prennent pour un dur. Y se trompent. La seule chose que t'as de vraiment dur, c'est ta queue. Ta queue, j'veux bien quand tu veux. Le reste, je m'en bats les couilles.

C'était de sa part une gentille fin de non-recevoir à toute extension de compétence, en dehors du pieu. Sur le coup, elle avait pas mal manqué à ma queue, mais pas beaucoup à moi. La pensée de coucher avec un doberman femelle ne me dérangeait pas, mais la perspective de vivre à ses côtés, revêtait un caractère extravagant. Elle m'a couvé de ses yeux ternes, pendant que j'allumais ma cigarette. Si elle sentait l'odeur, elle n'en montrait rien. La décomposition pourtant avait l'air d'être bien avancée. Jo a déclaré de sa voix de Jo, avec son large et froid regard de Jo, avec un coup de menton vers la porte entrouverte :

– De corps, ça va encore, plus ou moins. La gueule, j'te dis pas. On a l'impression qu'elle a pris des coups.

– Suicide ?

– Carré. Il y a des médocs partout, à croire qu'elle s'en est même bourré le trou du cul.

– Pas de lettre ? De mot ?

– Mes couilles. C'est Dobey, qui prend ?

– On le croirait.

– Tu as toujours ton gros machin, dans ton futal ?

– Aux dernières nouvelles du front, on dirait bien que oui. Victime découverte par ?

– La gousse, là, par terre…

J'ai cherché l'endroit qu'elle indiquait de la pointe de sa chaussure. Jo ne portait pas les pompes réglementaires, mais des boots avec un peu de talon biseauté. Son pantalon d'uniforme était bien un pantalon d'uniforme, mais retaillé de manière à mettre en valeur ses hanches étroites et ses fesses hautes et dures. Le blouson aussi, avait été retouché. Gravure de mode. J'en connaissais pas mal qui fantasmaient dessus. J'en connaissais bien aussi qui fantasmaient sur le béton brut et l'acier poli.

J'ai cherché des yeux. La femme fumait une Craven A, les coudes aux genoux, le menton dans les paumes. Elle fixait quelque chose entre nos pieds à nous, quelque chose qu'elle était sans doute la seule à voir. Je me suis penché, de manière à rencontrer ses yeux. Il m'arrivait parfois d'avoir de ces étranges sollicitudes.

Mon esprit a enregistré machinalement – une femme dans la quarantaine, au visage osseux mais non dépourvu d'un certain charme, pour peu qu'on aimât les choses un peu trop symétriques et lisses, cheveux châtains coupés court, drus, raides et comme coiffés au clou de charpentier, vêtue d'un sweat, d'un jean et d'un blouson en nylon noir doublé d'orange rescue, chaussée de Clark's lacés avec soin. Pas le moindre bijou apparent, aucune trace de maquillage. Une gousse, avait dit Jo. Elle s'y connaissait peut-être mieux en femmes que moi. La gousse, en s'entendant traiter de gousse, n'avait ni bougé d'un millimètre, ni cillé, ni poussé le moindre cri. Elle n'avait pas tenté de mordre. Elle se tenait toujours les coudes aux genoux, le menton dans les paumes. La Craven fumait toujours entre ses doigts de la main gauche.

Ses cheveux et ses vêtements empestaient la mort. C'était fort, sucré et presque entêtant. On entendait remuer dans l'appartement, de lourds pas d'homme, des bruits de meuble qu'on ouvrait, d'objets qu'on déplaçait. Je me suis redressé, j'ai flairé le revers de ma fliquette. Elle, elle a fait mine d'aboyer et de mordre. J'ai eu un geste apaisant à son égard et j'ai seulement fait signe de se pencher sur l'autre. Jo s'est exécutée. Trop fort, trop sucré, trop entêtant. En se redressant, elle a machinalement porté la main à son ceinturon, ses doigts ont frôlé l'étui à menottes… J'ai fait oui de la tête, silencieusement, et je les ai laissé s'occuper toutes les deux. Les gouines aimaient Jo, mais Jo n'aimait pas les gouines. Elle aurait peut-être dû, ça lui aurait peut-être apporté un peu de douceur et de tendresse dans sa vie, après tout, au lieu de toujours s'épuiser à courir après les gros bâtons.

Les seins étaient flasques, comme souvent après le trépas, le ventre ballonné, la paroi abdominale déjà tendue et violacée. Entre les cuisses jaunes dépassait ce qui avait l'air d'un petit bout de ficelle. Inutile de se poser la question, on savait tous ce que c'était. Genoux disjoints, elle avait tout de même les talons à peu près collés l'un à l'autre. Les mains reposaient inertes de chaque côté du bassin, qui était légèrement tordu sur la gauche comme celui de quelqu'un qui se tiendrait mal, debout entre deux portes à attendre un ordre, un conseil ou un appel qui auraient déjà trop tardé. Moi-même, je ne me tiens jamais debout convenablement. Il y avait des emballages de médicaments partout. Le visage de la femme tenait du cauchemar, mais passé le premier coup d'œil, il n'avait pas un caractère si répugnant que cela. Les lèvres lui avaient mangé un bon tiers inférieur de la face, elle avait les narines épatées, les paupières et les pommettes très gonflées. Une grosse boule de pâte informe qui aurait trop levé. Tout cela lui donnait un faciès négroïde et goitreux. On avait vu pire. En se penchant, on remarquait une petite coulure de sang sous sa narine gauche. Du sang qu'on avait essuyé avec soin, avant qu'il sèche. N'eût été l'odeur, nous avions tous connu pire.

Il y avait des coussins, plusieurs coussins arrangés sous sa nuque.

Je me suis redressé, j'ai déclaré à Dobey qui me guettait comme un gros matou friand de se payer enfin son entrecôte du jour :

– On arrête les frais. On ne touche plus à rien. (J'ai commandé à Muppet :) Identité judiciaire, Parquet. Étage des morts. Pendant que vous y êtes, appelez Clint. C'est lui qui est permanent cette nuit au Groupe criminel.

Muppet a essayé en vain depuis la pièce, puis il est sorti sur le balcon passer ses messages par radio. Nous sommes restés, Dobey et moi, à côté du lit en cosy dans le fond de la pièce. Il a sorti un de ses petits cigares, l'a allumé sans entrain. Il a consulté sa montre. Il était tard, presque cinq heures. Il a grondé, mais sans aucune trace de ressentiment :

– Groupe criminel ? Si jamais tu t'plantes, comment qu'tu vas t'faire pourrir…

– Pas plus que l'autre, là. Elle était comment, quand vous êtes rentrés ?

– Comme elle est là.

– Touché à rien ?

– Pourquoi on aurait touché à quelque chose ? On partait sur un suicide. On peut savoir c'qui s'passe ?

– Oui.

– Y s'passe quoi ?

– À ton avis, Dobey ?

Sur place, à attendre le procureur, les gens de l'I.J., à attendre tout le monde, ça avait pris jusque vers les sept heures. J'avais d'abord passé mon temps avec Dobey dans la chambre, puis avec Muppet sur le balcon, dehors, puis enfin dans le hall avec Jo. C'était ni l'endroit le plus intime, ni le plus judicieux, c'était seulement celui qui se trouvait le moins loin de la sortie.

La femme en bomber fumait toujours, cigarette sur cigarette. La seule chose qui avait changé dans la scène, c'était son poignet gauche attaché par une menotte à la rampe d'escalier. Jo avait jugé plus expédient de la stocker là où elle se trouvait, à ma disposition, en attendant des jours meilleurs. Nous aussi, nous avions fumé quelques cigarettes, en nous rappelant nos longues courses dans le bois de Vincennes, les séances de fonte au gymnase Nation, et les fois qu'on était allés tirer quelques chargeurs quai de Loire, sur des cibles qui ne nous avaient rien fait et qu'on ne pouvait pas plus manquer, elle et moi, que d'autres l'heure de la relève.

Ce genre de virtuosité ne m'était plus d'aucun recours.

Aucune virtuosité, dans quelque domaine que ce soit, ne nous est jamais d'un grand recours. Penser l'inverse reviendrait pour un premier violon à tenter de se pendre avec son propre archet.

Tout le monde avait fini par arriver et même Clint, avec une vieille veste en cuir et sa figure de travers, chiffonnée de sommeil. Il n'avait pas fait de commentaire désobligeant lorsque nous nous étions isolés dans la petite cuisine nickel de la défunte afin que je lui rende compte. Il m'avait fixé de très loin, m'avait naturellement taxé d'une Camel, il avait remarqué seulement, en regardant dehors, la petite bruine qui s'était remise à tomber :

– Tu ne t'es pas embarqué avec beaucoup de biscuits. Tu penses que l'autre gousse va s'allonger ? Je veux dire…

– Je vois qui tu veux dire. Je ne sais pas si elle va s'allonger ou non.

– Qu'est-ce qu'elle a chanté, jusqu'à maintenant ?

– Rien de plus qu'une coquille d'huître sur son tas de fumier.

Ça ne l'ensouciait pas, du moment que maintenant il était réveillé. Il n'a fait qu'acquiescer, puis se demander :

– Oui. Ça nous laisse quoi ?

– Attendre les résultats d'autopsie.

– Autopsie demandée ?

– Oui.

– J'en connais un qui va être heureux. Celui qui va se la goinfrer. Devine qui ?

– Pas la moindre idée.

– Ton copain Gu.

Je pensais bien qu'il me disait ça pour m'ensoleiller la journée, mais Gu ou un autre, je n'en avais rien à foutre. La nuit vous vide de tout espoir, mais aussi de toute forme de ressentiment, de toute espèce de rancune, aussi ténue et impalpable soit-elle, ce qui la rend en définitive plus apaisante qu'on ne le croit.

J'étais revenu à l'Usine, avec Dobey, Muppet et notre captive, à laquelle, après l'avoir fait fouiller par Jo, j'avais tout de suite notifié la mesure de garde à vue prise à son encontre pour les nécessités de l'enquête. Elle avait signé les procès-verbaux ainsi que le registre, sans un mot, sans récrimination, sans beaucoup d'intérêt non plus. Maintenant que l'autre était morte, qu'est-ce que ça pouvait bien lui faire qui l'avait tuée ou pas ?

Elle avait signé, puis elle était restée debout là où elle était, sans faire de geste, sans me regarder – sans regarder quoi que ce soit. Une sorte de transe tétanique. Je l'ai fait mettre à l'incubateur, en lui laissant ses cigarettes et son briquet. Elle n'aurait pas trop de toute sa vie pour payer, à supposer qu'elle eût aimé sa victime, et je ne voyais pas de motif pour qu'elle commençât tout de suite. Je n'étais juge de rien. J'ai tapé en vitesse le procès-verbal de transport sur les lieux. Dans un bureau voisin, Dobey faisait de même pour ce qui concernait les constatations. Muppet se bornait aux allées et venues nécessaires et à distribuer café et informations utiles.

Je suis sorti en retard. J'avais passé un petit moment dans le bureau de Clint, à les écouter interroger la femme que je soupçonnais de meurtre. Le jour s'était levé et sa clarté, bien qu'elle évoquât le fond d'un aquarium, me blessait les yeux. Je ne cessais pas de larmoyer. La femme n'arrêtait pas de se taire. Elle ne niait pas : elle se contentait de se taire. Je crois bien n'avoir pas entendu une seule fois le son de sa voix, ce matin-là, même pas lorsque je lui avais notifié sa G.A.V. en lui indiquant le motif, à cause d'indices graves et concordants retenus contre elle et susceptibles de motiver son inculpation. Mise en examen, comme on disait de nos jours, depuis peu. Ça faisait une paye que les balayeurs étaient devenus techniciens de surface, alors pourquoi pas mise en examen ?

Il y avait Clint, dans le bureau, ainsi que deux de ses lieutenants et Yobe le Mou. Yobe essayait de me faire les gros yeux. Pour moi, il avait déjà cessé d'exister, pour autant qu'il eût jamais possédé une forme quelconque de réalité propre. J'étais sorti comme d'une chambre de malade, sans faire de bruit, sans grande phrase, une chambre de malade que je savais condamné d'avance. J'avais ramassé mon petit sac en Nylon, vidé une dernière fois mon cendrier, puis j'avais baissé les stores de mon bureau et j'étais sorti dans le couloir. J'avais verrouillé derrière moi. Les types du jour avaient un passe, en cas de besoin. J'avais gagné la sortie d'un pas de fatigue. Derrière la banque, il y avait deux jeunes flics en tenue, armés et astiqués comme deux jolis petits croiseurs de ligne, à l'accastillage bien fourbi. Eux aussi me connaissaient de réputation – eux aussi m'ont salué avec une déférence toute spéciale et très marquée, bien qu'entachée de plus de crainte que de sympathie.

Pour des gosses comme eux, jeunes et assez sensibles aux racontars, j'étais un de ces vieux mauvais cons nés en même temps que la police judiciaire, tout au début du siècle, à la même époque que les bandits en auto, les pistolets à culasse Browning et les brigades mobiles – en somme, une sorte de dinosaure. Je les aurais beaucoup déçus, si je leur avais rappelé que pour la plupart, les dinosauriens n'étaient rien que de paisibles herbivores – rien de plus après tout que des grosses vaches avec une cuirasse.

7

On m'attendait en bas de chez moi. Un homme de ma taille, de dix ans plus âgé que moi et tout aussi efflanqué, un gaillard au visage taillé à coups de serpe, debout dans la pluie avec un feutre sombre et un manteau. Un homme qui avait d'étranges yeux très écartés, couleur d'étain poli, ainsi qu'une stature de général de brigade. Il s'appelait Jacques Lhotes. Il avait eu des tracas sous les précédents en tant que contrôleur général. J'avais entendu dire que ses amis revenus au pouvoir l'avaient immédiatement réintégré et qu'il était maintenant préfet hors classe. Ces choses se passaient à des années-lumière de moi.

Les poings enfoncés dans les poches, il m'a regardé traverser en faisant attention. Il se trouvait à quelques mètres d'une Safrane gris perle. Hérissée d'antennes de diverses tailles et de plusieurs formats, on l'aurait crue gréée pour la pêche à l'espadon.

Je suis remonté sur le trottoir. Il a fait quelques pas, de manière à se trouver sur ma trajectoire. Il portait un superbe manteau ardoise, et son feutre ne provenait pas du coin de la rue. Je me suis arrêté. Il a sorti la main de sa poche et me l'a tendue. Je l'ai regardée, puis j'ai sorti la mienne, en remarquant :

– Pourquoi pas ? Il paraît que certains primates le font aussi.

Nous avions été amis par le passé.

Nous nous sommes serré la main.

Il m'a montré du pouce, derrière, la Safrane qui attendait avec dedans un argousin au volant et un autre dans le siège du passager, devant. Protection rapprochée. J'ai observé :

– Tu as pris du galon, ami.

Il a hoché la tête, puis il a porté les yeux sur moi. Ses traits étaient profondément marqués par une amertume que je leur avais toujours connue, mais qui agissait à présent à la manière d'un acide. Ça ne le rendait pas moins intéressant. Il m'a dévisagé et, sans doute peu enjoué lui-même de ce qu'il voyait, il a déclaré :

– On souhaite s'entretenir avec toi.

Il semblait s'adresser à un être imaginaire situé à quelques millions de kilomètres derrière moi, mais juste un peu au-dessus de mon épaule gauche. J'ai émis un rire sans relief. Mon petit sac en Nylon me pendait au bout des doigts, trempé comme une queue de loutre. Le cuir de ma veste dégouttait de pluie. J'avais une barbe de trois jours, plus sel que poivre et sans doute ma vilaine gueule de gouape famélique. J'ai sorti une cigarette d'une main. C'est lui qui me l'a allumée avec un Zippo très comparable au mien. Je l'ai supplié :

– Bon Dieu, Jacques… Pas ce genre de conneries avec moi.

– On veut te parler. Dans un autre arrondissement.

– On a un nom ?

– On a un nom. Naturellement.

– Safrane. Deux tueurs aux ordres.

J'ai laissé filer un peu de temps, puis, la cigarette à la bouche, j'ai tendu les doigts et tripoté son revers entre le pouce et l'index. J'ai apprécié, sans ironie déplacée :

– Ton manteau est splendide. Ton bada aussi, du reste.

– Tu aurais pu avoir les mêmes, ami.

– Pas preneur. Je ne connais personne, dans aucun autre arrondissement. Pour toi et les tiens, ne perds pas de vue que je suis mort depuis si longtemps que c'est comme si je n'avais jamais vécu.

– Tu es mort parce que tu l'as bien voulu.

– Exact, mon pote.

Je lui ai lâché le revers. Il s'est reculé d'un pas. Il n'avait pas peur de moi, il se rappelait seulement de quoi j'avais été capable. Il ne savait pas si je pouvais toujours. Il ne tenait pas à prendre de risques, même avec ses deux ombres derrière. D'une voix sourde et enrouée que je n'aimais guère, mais qui était parfois la mienne lorsque la rage me montait à la tête, j'ai murmuré :

– Autre chose. Rappelle-toi. Les morts ne parlent pas.

En changeant de pied d'appui, il a remarqué :

– Tu es idiot. On veut te parler. Ça n'engage à rien.

– Me parler de quoi ?

– De qui. D'un homme mort dans une chambre d'hôtel.

– Rien à déclarer.

– D'informations manquantes.

– Rien à foutre.

– D'une femme vivante. Dans une autre chambre d'hôtel.

Il m'a tendu des photos. Celui qui les avait prises savait son métier. Il travaillait avec un télé d'environ 200 millimètres et son appareil comportait un dos dateur. Je ne l'avais repéré à aucun moment. Sur les premiers clichés, on nous voyait sortir du Florida, puis monter dans la Mercedes. Ensuite, on nous voyait en train d'arriver au motel, puis y prendre nos quartiers provisoires. On nous avait pris aussi en train d'en repartir. Sur le dernier instantané, le plus réussi à mon goût, on voyait un homme de profil pencher un front soucieux sur le visage d'une jeune femme dont on remarquait surtout l'opulente chevelure et les poings crispés. À peine distants seulement d'une paume, avides et désemparés, ils se tenaient en plein milieu de la rue. Debout sous la pluie sans se toucher, ils semblaient pourtant ne faire qu'un. Semblaient.

Les lumières de la ville et la poussière d'eau paraient leurs traits d'une beauté sombre, d'une étrange et indicible mélancolie.

Celui qui parlait dans le poste était un homme qui paraissait n'importe quel âge entre vingt-cinq ans et les trois quarts d'un millénaire. Il portait un complet gris, une chemise jaune paille et une cravate sombre. Grand, mince, élégant, son visage anguleux ne laissait rien transparaître de ses sentiments – pour peu qu'il en eût. Ses yeux opaques ne se posaient sur rien de particulier. Ils erraient dans toute la pièce avec une précision somnambulique. Ils faisaient penser au vol saccadé et entêtant d'une bande de chauves-souris sous cocaïne.

Il disait :

– Nous savons que le sénateur Mallet a passé toute la journée dans son bureau. Nous pensons qu'il avait pris sa décision depuis le matin. Nous avons également établi qu'il a travaillé plusieurs heures sur son ordinateur. Nous savons aussi qu'il en a vidé la mémoire avant de partir. Nous n'ignorons pas que ses responsabilités au sein de plusieurs enquêtes parlementaires l'avaient mis à même de collationner des… informations… sensibles.

Rien que des faits. Ses gestes étaient rares, sûrs et réfléchis. Peu à peu, j'en étais venu à la conclusion qu'il ne devait pas être mauvais non plus en combat rapproché. Il ne s'était pas présenté. Lorsque j'étais entré, il m'avait seulement examiné de pied en cap, sans un mot, puis il m'avait indiqué un fauteuil du geste, tout en déclarant pour mémoire à Jacques :

– Je vous remercie, Monsieur le préfet, d'avoir fait diligence.

Jacques avait enlevé son manteau et son chapeau et il avait vaguement haussé les épaules avant d'aller se servir un café sur la table de desserte. Cafetière, pot à lait et couverts étaient en argent massif, tasses et soucoupes en porcelaine. Il y avait aussi des croissants et des pains au chocolat dans des corbeilles, des pichets de jus de pamplemousse et d'orange. L'orateur m'avait suggéré :

– Si vous voulez prendre quoi que ce soit, servez-vous.

Je m'étais borné à choisir un fauteuil et à m'y installer, mon petit sac à dos entre les chevilles. Tout en allumant une Camel, j'avais fait signe de commencer.

L'homme avait remarqué :

– Nous préférerions que vous vous absteniez de fumer.

– Mes burnes. La fumée de cigarette n'a jamais brouillé les instruments de contre-mesure électronique. Si c'est à vos poumons que vous pensez, ils ne présentent aucun intérêt à mes yeux. Ouvrez le ban, ou dites à vos nains de me rendre ma liberté.

L'homme qui se trouvait à droite de l'orateur n'avait pu s'empêcher de sourire. Lui au moins, je le connaissais bien. C'était un vieux cheval de retour. Il s'appelait Gérard Rouvières. Il avait été plusieurs fois Vénérable d'une loge maçonnique où j'avais longtemps occupé le poste d'expert. Râblé, affable, aisément moralisateur, tout de même bon camarade, il ne péchait ni par la fermeté de ses convictions ni par l'intransigeance de sa ligne de conduite. Je l'avais perdu de vue au moment où il prenait les rênes d'un petit parti qui se tenait alors dans une opposition attentiste, parfaitement de façade. Il venait d'être réélu député. Il avait bien essayé de m'entraîner dans sa roue. Je me souviens de ce qu'il m'avait affirmé sans rire, un soir d'agapes où nous étions tous à presque deux grammes d'alcoolémie :

– Nous sommes la réserve de la République. Il faudra des hommes comme nous et un parti comme le nôtre pour travailler au Grand Œuvre de la réconciliation nationale, que la fin de ce millénaire et le début du nouveau rendent plus nécessaire que jamais.

Grand Œuvre. Conneries. Je lui avais tourné le dos, à lui comme à d'autres. Bien amèrement, les choses m'avaient donné raison, puisque partout on ne voyait plus que règlements de comptes, coups bas et combines foireuses, plus rien que des haines inexpiables, des guerres sans nom entre des bandits, tous plus aveugles, plus cruels et impitoyables, plus interchangeables les uns que les autres. Pourtant, il lui restait bien quand même un vieux fonds d'humanisme, à mon ancien macaque, pour se marrer des foutaises de l'autre.

L'orateur affirmait :

– Nous savons que Mallet a copié ces informations sur une disquette.

Trop longtemps qu'il me gavait. J'ai coupé d'une voix sourde :

– Conjectures.

Pour la première fois depuis le début de notre entrevue, Complet Gris a posé le regard sur moi. Il avait un maigre visage froid et inexpressif mais ses yeux ont lui du bref éclat de l'obsidienne qu'on brise. J'ai senti que je l'avais intrigué tout de même, bien qu'il s'en défendît. Il est resté silencieux. J'ai poursuivi sans trace d'aménité :

– J'ai été ce que vous êtes. Vous serez ce que je suis. Je ne sais pas pour qui vous roulez, bien que je m'en doute vaguement. Ce seul fait suffit à vous rendre parfaitement antipathique à mes yeux. Mallet a peut-être fabriqué une disquette, comme vous dites – et peut-être pas. Vous ne pouvez que le supposer, sans grandes chances du reste de vous tromper. En aucune manière, vous ne pouvez présenter cette hypothèse comme une certitude.

– Nous savons.

– Ne vous raccrochez pas aux branches. Vous ne savez rien du tout.

– Le dossier transmis au Parquet général comporte des omissions troublantes.

– Je n'en doute pas. Vos prémisses sont irréfutables. Les conclusions que vous en tirez, elles, sont entachées de doute. Quoi qu'il en soit, si vous vous demandez si l'éventuelle disquette Mallet m'est passée entre les mains, la réponse est non. Je suppose que l'ordre du jour est épuisé.

J'ai ramassé mon petit sac et j'ai commencé à me lever. Je n'y ai mis aucune précipitation. Je ne tenais pas à ce que Complet Gris perde complètement la face. Il a posé les deux mains à plat sur la table devant lui et a reconnu :

– On m'avait prévenu que vous étiez quelqu'un de passablement ingérable.

– Foutaises. Je suis officier de police judiciaire. Chef de groupe nuit. Autant dire que je vis au fond d'une poubelle. Pour moi, vos conneries se passent sur une autre galaxie. Tout ce que j'ai à déclarer se trouve consigné dans un rapport transmis au Parquet, ainsi que dans les procès-verbaux que j'ai signés. La lettre que Mallet a laissée est jointe à la procédure. Pour le reste… Il se peut qu'il y ait réellement une affaire Mallet, et qu'une fois vous et vos pareils ayez cagué dans vos braies. Si tel est le cas, ne comptez pas sur moi pour vous approvisionner en papier de chiotte.

C'était, j'en conviens, bien trop de mots. Pourtant, Complet Gris m'a regardé. C'était la deuxième et avant-dernière fois. Il y avait comme du remords dans ses yeux. Ça ne les rendait pas plus aimables. Puis il s'est repris et a affirmé d'un ton uni, sévère et réfléchi :

– Nous ne commettrons pas les mêmes erreurs que les précédents. Nous ne sommes pas disposés à tolérer de fuites. Il se peut que vous ayez raison, mais nous n'entendons pas courir de risques. Si quelqu'un a quelque chose à vendre, nous sommes prêts à en discuter. Dans des limites raisonnables. De la main à la main. Rien d'autre. Aperçu ?

J'étais debout, ma cigarette à la bouche. J'ai bougé la tête.

– Aperçu fort et clair. Ne croyez pas que vous m'impressionnez. Avant vous, bon nombre d'autres malfrats m'ont déjà condamné à mort, pour des motifs qui ne valaient pas les vôtres. Les risques du métier – du mien en tout cas. Cette entrevue ne m'a rien appris et je n'ai éprouvé aucune espèce de plaisir à vous rencontrer.

Je me suis tourné vers Jacques. Il avait le teint cireux, les yeux profondément enfoncés dans les orbites. Je lui ai suggéré :

– Quelqu'un pourrait me raccompagner ?

Il a ramassé son chapeau et son manteau.

Au moment de quitter la pièce, il s'est produit un minuscule événement inattendu. Complet Gris s'est trouvé sur mon chemin. Il avait ouvert sa veste et sa face jusqu'alors inexpressive arborait un curieux sourire, dont la chaleur était parfaitement inattendue. Je m'étais trompé : subitement, il paraissait son âge réel. À peine la trentaine. Il m'a tendu la main en déclarant :

– J'avais entendu parler de vous, mon commandant. Je ne m'attendais pas à autre chose de votre part.

J'ai regardé sa main, puis son nœud de cravate, et enfin son visage.

– Ça ne vous empêchera pas de m'envoyer vos tueurs.

– Le cas échéant, non.

– Votre franchise ne suffit pas pour que j'éprouve le besoin de vous serrer la main. Je n'ai pas retenu votre nom.

Une carte de visite a surgi dans ses doigts. Je ne l'ai pas prise. J'ai seulement observé :

– Vous vous comportez comme un cadre commercial. Si l'on excepte le patronat, je ne connais pas de pire sous-espèce. Je n'aimerais pas vous revoir.

Je me suis vaguement incliné et je suis sorti. Le sang me grondait aux tempes et les mâchoires me faisaient mal. J'avais les doigts qui tremblaient de rage. Mon épuisement avait disparu, de même que mon besoin de sommeil. Dans l'ascenseur, j'ai demandé à Jacques :

– D'où est-ce que tu m'as sorti ce fils de pute ?

– Conseiller technique du ministre en matière de Renseignements. Il ne figure sur aucun organigramme officiel ou officieux. Il s'appelle Étienne Dubreuil. Nom de code, Miral. On pourrait penser qu'il se borne à porter les valises. Ce serait une grave erreur de jugement.

– Et merde. Qu'est-ce que c'est que cette connerie de disquette ?

Jacques m'a dévisagé à regret, puis il s'est décidé :

– Mallet souffrait de graves… troubles du comportement depuis plusieurs mois. On s'attendait à ce qu'il pose problème. D'une manière ou d'une autre. Miral a essayé de te la faire à l'influence.

– Dangerosité ?

– Extrême. Intelligent et vaniteux. Champion de squash. Une mémoire prodigieuse. Instantanée, encyclopédique. Un peu plus de la trentaine. ENA, bien entendu. Promotion Cocoon. Marié, un garçon de six ans. Il a déjà derrière lui une carrière que bien des directeurs lui envieraient. Ses pratiques n'ont rien à voir avec les discours officiels. Tu n'as pas eu raison de jouer avec le feu.

Avant qu'on atteigne le rez-de-chaussée, j'ai demandé :

– Où est-elle en ce moment ?

Jacques a deviné de qui je voulais parler. Il a réfléchi, puis m'a déclaré avec beaucoup de froideur :

– Tu ne m'as pas arrangé, en jouant avec le feu.

– Où est-elle, Jacques ?

– On l'a placée sur écoutes dès que Mallet a commencé à donner des signes de défaillance. Depuis, elle est dans la poursuite vingt-quatre heures sur vingt-quatre.

Il m'a regardé. Ce qu'il a vu ne lui a pas plu. Il a ajouté :

– Nous souhaitons que vos fréquentations cessent.

– Aperçu.

– Il n'y aura pas de seconde sommation.

La cabine s'est arrêtée. Les portes se sont ouvertes. Les deux gardes du corps ont convergé sur nous à pas précipités, mais Jacques leur a fait signe de dégager. Il semblait de méchante humeur. Il m'a laissé pour téléphoner et lorsqu'il est revenu, il a fait signe de le suivre. Nous sommes sortis du Méridien. Dans la pluie, il m'a accompagné jusqu'à un taxi. Il a indiqué au chauffeur l'endroit où aller, puis s'est redressé et m'a regardé partir, les poings enfoncés dans ses poches de manteau. Sous le bord de son feutre, ses yeux gris étaient remplis d'une tristesse sans âge.

Peut-être, comme moi, ressentait-il des regrets, ou une sincère honte. C'est ce qu'éprouvent souvent les êtres qu'afflige en secret le souvenir de leur propre défection.

Il bruinait, si bien que tout paraissait renfermé dans peu d'espace. Le grondement du périphérique parvenait assourdi, monotone. La lumière grise et sans relief qui baignait le parking ne semblait provenir de nulle part. Mon petit sac en Nylon au bout des doigts, je me suis approché de la Mercedes. J'ai tâté le capot de ma paume. Il était froid. J'ai regardé partout, sans parvenir à détecter la voiture suiveuse. J'avais longtemps couru moi aussi au bois de Vincennes, par tous les temps et parfois deux ou trois heures de rang. J'avais.

Je me suis assis sur la malle arrière, les talons de bottes dans les pare-chocs, mon petit sac à côté de moi. J'ai fumé deux ou trois cigarettes. J'ai contemplé la photo. Jacques ne me l'avait pas redemandée. Seulement la pluie, la nuit et deux silhouettes que rien n'aurait dû rapprocher. J'ai réfléchi qu'il n'aurait aucun mal à s'en procurer d'autres tirages. J'ai pensé aussi qu'elle constituait un élément de preuve accablant, bien qu'elle ne présentât rien de scandaleux ni de compromettant. Le même sentiment d'amertume que lorsque je l'avais vue pour la première fois m'a envahi. Je l'ai rangée dans ma poche de chemise.

Peu de temps après, Alex est apparue à l'autre bout d'une allée. Elle trottinait, le visage souffrant. En me voyant, elle a eu un sourire crispé. Je suis resté comme j'étais. Elle m'a rejoint en petites foulées. Elle portait un survêtement en Nylon parme, qui semblait fait de toile à parachute, et s'était attaché les cheveux. Ses chaussures étaient crottées et elle avait de la boue jusqu'aux genoux. Elle a arrêté le chronomètre qu'elle serrait dans le poing gauche, a grimacé puis m'a regardé, les mains aux hanches, en reprenant son souffle. Ça se voyait, qu'elle venait de se faire mal. Les narines pincées, les yeux creux, elle avait cette expression hagarde que provoque l'épuisement physique, aussi bien qu'une grande douleur cachée. Elle a observé d'une voix rauque :

– J'ai plus de jus. (Elle a reproché aussitôt :) Tu aurais pu m'attendre dans la voiture. Tu as la clé.

Je suis descendu de mon perchoir. Je me suis approché et j'ai posé les mains sur ses épaules. Je n'ai rien trouvé à dire. Elle a remis le chronomètre dans sa poche. J'ai enlevé du bout des doigts les quelques mèches qu'elle avait sur le front, collées par la sueur et la pluie. Puis j'ai descendu sa fermeture Éclair de blouson et j'ai mis mes paumes contre ses flancs. Son sweat était trempé et ses côtes se soulevaient encore avec précipitation. Elle a frémi, ses yeux ardoise pleins d'inquiétude. Elle a reconnu :

– J'ai peur de ce qui est en train de m'arriver.

– Qu'est-ce qui est en train de t'arriver ? Plus rien de grave ne peut se produire depuis l'invention de l'aspirine.

Elle s'est enlevée de mes mains, s'est éloignée de quelques pas. C'était pour faire des étirements. Elle n'oubliait pas la mécanique. Elle m'a quand même adressé un petit sourire d'excuse par-dessus l'épaule. Elle a ajouté ensuite, avec gêne :

– J'ai vraiment très peur.

J'ai attendu qu'elle finisse, qu'elle revienne se planter devant moi. J'ai alors sorti la photo de ma poche de chemise et je l'ai passée devant ses yeux, lentement, comme je le faisais à un suspect. Elle l'a saisie et a murmuré d'une voix blanche, désemparée :

– Bon Dieu, j'ai vraiment l'air d'une pute là-dessus.

– Le jour et l'heure.

– Qui te l'a donnée ?

– Celui qui l'a faite.

Elle me l'a rendue. Elle me regardait droit dans les yeux, sans ciller. Elle respirait encore d'une manière un peu pénible et saccadée, la bouche entrouverte. C'était évident qu'elle souffrait. Je l'ai prise par la taille. Elle s'est appuyée contre moi. Je lui ai expliqué, en tâchant d'adopter le ton le plus neutre, le moins angoissant possible :

– Tu es suivie. Nuit et jour, depuis plusieurs semaines. On écoute ton téléphone. Tous tes contacts sont notés. Tes allées et venues. Il se peut qu'on ouvre ton courrier.

Sans me regarder, elle a demandé :

– Est-ce que ça change quelque chose entre nous deux ?

– Ça ne change rien du tout.

– Est-ce que c'est dangereux pour toi ?

– Non.

– Tu ne sais pas bien mentir.

Je lui ai défait les cheveux. Elle a secoué la tête, comme on s'ébroue. Drue, d'un noir de jais, son épaisse crinière lui allait jusqu'au dessous des omoplates. Un peu de temps s'est écoulé, puis elle a gémi entre ses dents :

– Tu sais ce qu'ils veulent ?

– On ne me l'a pas dit.

– Je ne voudrais plus rien de sale, tu comprends ?

– Je crois que oui.

– Tu ne me demandes pas si j'ai quelque chose à me reprocher ?

– Non.

– Tu as du temps ?

J'ai consulté mon Oméga. Il était déjà près de midi.

– Un peu moins de trente heures.

Elle m'a entouré la taille de ses bras, et, dans un sanglot sec, m'a demandé :

– Tu veux bien les passer avec moi ?

Il y avait un étang, qui ne devait pas faire moins de sept ou huit hectares. L'automne aux doigts tachés d'or et de rouille s'était encore un peu attardé autour. Il avait laissé quelques feuilles aux arbres, encore un peu de couleur comme on n'en attend guère au front des mourants, un peu de tiédeur aussi, une sorte d'alanguissement que le reste de la journée n'avait nullement laissé présager. Il y avait un ponton de teck, au bout duquel un petit day-cruiser bâché se tenait à l'amarre. La véranda s'achevait à l'orée du ponton.

Le soir tombait. Beaucoup d'or et de pourpre au couchant aussi.

Au milieu de la véranda se trouvait un piano, un Steinway quart de queue blanc. Il sonnait lui aussi de façon détachée, mélancolique. Alex se tenait lovée dans un fauteuil de cuir, d'où elle avait vue aussi bien dehors sur le soir qui tombait que dedans où le feu craquait et sifflait avec un bel entrain dans la grande cheminée de pierre, au fond du vaste salon plongé dans la pénombre. Nous étions en train de nous fabriquer une belle cuite chacun, elle au Gin & Tonic, moi au Four Roses.

Assis au piano, je ne m'appliquais même pas. Une cigarette entre les premières phalanges du majeur et de l'index, je laissais mes doigts se promener sur les touches. Ils se rappelaient tout seuls, sans beaucoup de recherche, des harmoniques sourdes, des accords sans prétention, des notes de tous les jours. L'alcool y était pour beaucoup, la fatigue pour le reste. Je ne jouais pas dans le but de la frimer. Seul, j'aurais joué de la même façon, sur le même tempo ralenti, avec aussi peu d'emphase et d'intention de plaire. C'était réellement un grand piano. J'ai essayé plusieurs standards pour finir par le vieux Blues In The Night d'Arlen et Mercer. Il avait été longtemps mon indicatif, quand je faisais la pompe dans les boîtes du Quartier latin.

Les faits remontaient à une époque si lointaine à présent qu'ils semblaient ne plus appartenir à aucune partie connue de mon histoire. Pourtant, les notes, elles, revenaient avec une précision quasi somnambulique, à tel point que j'ai subitement cessé de jouer. J'ai regardé mes doigts et le piano, puis mes doigts de nouveau. Quelque part dans notre cerveau se niche une fraction de mémoire bien embarrassante. Elle garde emmagasinées la plupart de nos hontes, bien des souffrances et la trace de chacune de nos lâchetés. Elle est le minutieux comptable de nos renoncements, le témoin à charge de notre déchéance.

Alex s'est levée. Elle s'est approchée, drapée dans un court peignoir éponge parme. Elle portait des mules à talons très hauts. Elle éprouvait de manière pathétique le besoin de se montrer désirable. Peu de femmes en voient la nécessité, dès lors qu'il est acquis que leur pouvoir est à peu près établi. Elle a posé son verre, m'a pris la main.

– Mon Dieu ! Comment est-ce que tu as fait, avec ton talent ?

– Rien fait. Pas de talent. Rien que des trucs. Écoute…

J'ai imité la frappe de Basie, claire, élégante, plein d'allant. J'ai imité le Duke, plus lourd de sens, plus proche du tragique bien que tout aussi élégant et vigoureux… Tout en poursuivant, j'ai demandé :

– Tu veux quoi ? Erroll Garner ? Allons-y pour Garner. Tu préfères Monk ? Un p'tit coup de Monk… Échantillons sans valeur… J'peux t'faire un pot-pourri. Tu veux quoi ?

Elle a écouté. Elle semblait désemparée. J'ai pianoté au hasard quelque chose qui se tenait à égale distance entre « Maréchal nous voilà » et la « Tacatique du Gendarme ». Même cette pochade, stupide, emphatique et saccadée a revêtu des accents d'une inexplicable tristesse.

Elle m'a mis sa main contre la joue.

– Arrête de faire l'idiot, je t'en prie. Arrête… Qu'est-ce que tu veux gâcher ?

– Rien du tout.

– Cette soirée ? Je t'en prie, ne gâche pas ce moment. On dirait que tu m'en veux. Je n'ai pas voulu te blesser. Tu es un grand pianiste.

J'ai laissé filer encore quelques notes de la main gauche, puis j'ai fermé le piano. Les yeux me brûlaient. Quelque chose aussi vilainement du côté gauche de la poitrine. Quand même, j'ai souri :

– Laisse tomber, mon ange. Je ne veux rien gâcher. Il se peut que j'aie été un jour quelque chose. Je prends des saloperies pour pas dormir. Elles font pas bon ménage avec la picole. J'ai eu aussi une mauvaise matinée. Elle avait mal commencé. Elle s'est mal poursuivie quand un ancien pote a moi m'a porté sous son bras à un petit brunch sympa. Méridien près de la porte d'Auteuil. J'y ai rencontré un pet de coucou qui doit sortir de Sup de Co et se prend pour un champion de l'Intelligence Service. Des gunfighters body-buildés. Un sénateur radical. Tous ces connards se la jouent Watergate, ambiance mafia-techno. À croire qu'y-zont jamais rien appris.

J'ai ramassé le reste de ma Camel dans le cendrier. Elle avait dû le rejoindre par ses propres moyens, je ne me rappelais plus l'y avoir posée. J'ai tendu les doigts vers mon verre. Il était plus sec et vide qu'un œuf en Celluloïd. Tout en me servant, Alex m'a demandé, soucieuse :

– Quel rapport avec nous ?

– Aucun. Il se trouve seulement que je suis le guignol qui s'est déplacé sur le corps. Aucun rapport personnel. On m'a également laissé entendre que je ferais mieux de ne plus te voir.

– En quoi ça les regarde ?

– Il est question d'une disquette que ton Jules aurait égarée.

– C'est donc ça ?

– Oui.

Elle est allée jusqu'aux vitres qui donnaient sur le ponton. Elle se tenait les épaules droites, les bras croisés sur l'estomac. Elle s'est plantée à contre-jour dans les derniers feux du soir, elle a regardé dehors. Je me suis levé, et tout en allumant une cigarette, je l'ai rejointe. Elle a remarqué :

– Ces vitres sont à l'épreuve des balles. Mon père les a fait poser en 86. Il a fallu les amener par hélicoptère. Je suppose qu'il craignait des représailles de la partie adverse. Elles n'ont jamais servi à rien. Pendant des semaines, deux gardes du corps sont aussi venus m'attendre à la porte du lycée. J'avais dix-huit ans. La seule chose à laquelle ils aient servi, c'est qu'ils ont fini par me sauter l'un après l'autre à l'arrière du break Volvo qui servait à leurs déplacements.

– *Talk of the town.*

– Tout ceci pour te dire que je ne suis ni une tanagra, ni une fille tombée de la dernière pluie. J'admettrais que tu prennes du champ.

– Foutaises.

Elle a tourné lentement la tête vers moi. Les derniers rayons du couchant accordaient à ses traits une douceur et une amertume qui n'avaient pas d'âge – pas le sien en tout cas. Elle m'a dit :

– Essaie de comprendre. J'aurais voulu, je ne sais pas… Peut-être moins de bruit et de fureur. Je n'ai pas cette disquette. Je n'ai plus jamais eu de contacts avec Mallet depuis l'instant où nous nous sommes trouvés devant le juge. Si je l'avais, je te le dirais.

– Pas de vraie importance, mon ange.

– Est-ce qu'ils peuvent te faire du mal ?

– Sans aucun doute.

Elle s'est approchée, m'a passé les bras autour de la taille.

– Est-ce que je peux t'aider ?

– Je ne crois pas, non.

Elle a regardé encore une fois dehors. Le parc s'enfonçait dans la nuit et seule un peu de clarté persistait encore dans le haut du ciel. Tout en me serrant contre elle, elle m'a confié :

– J'aime cet endroit. Mon père venait pêcher le brochet. Nous parlions jusque très tard dans la nuit. L'automne, nous faisions du feu, comme maintenant. Aussi longtemps que nous étions ici, je n'avais pas peur.

Je me suis enlevé de ses bras, je l'ai saisie par le coude et nous sommes retournés dans le salon. J'ai remis deux ou trois grandes bûches dans le foyer, nous nous sommes installés par terre devant, avec nos verres, nos bouteilles, cigarettes, briquets. La chaleur, l'alcool et le manque de sommeil m'ont plongé dans une sorte d'engourdissement proche de l'hébétude. Nous nous sommes quand même cherchés à tâtons – et trouvés petit à petit. Les choses se sont passées avec beaucoup de naturel et de tendresse, comme il sied entre des personnes que l'existence a éprouvées plus que de raison.

C'était seulement une petite trêve.

Bien sûr qu'elle ne pouvait pas durer.

C'était en grande partie à cause de moi. J'étais déjà trop loin sur le chemin de rien du tout. J'avais même déjà tourné le coin de la rue. Dommage.

8

L'Usine m'a rattrapé et le cauchemar est revenu tout de suite, bien entendu d'abord sur un mode comique. J'étais dans mon bureau. J'avais mis une petite pièce de Mozart, pour changer de registre, mais pas fort du tout. Je me tenais assis de travers dans mon fauteuil, un pied flanqué dans le tiroir du bureau. J'avais à la main un rapport d'interpellation et en face de moi, en plein milieu de la pièce, un gardien de la paix – un malheureux maigre et bilieux, susceptible comme un âne corse et à peu près aussi dépourvu de toute forme d'intelligence.

Sous le blouson d'uniforme mal taillé, son sternum saillait comme le rostre de quelque triste volatile dépenaillé, asymétrique et vétilleux. Sa mâchoire remuait sous le coup d'une indignation qu'il lui fallait bien rentrer de force. Ses grandes mains noueuses et hâlées de tâcheron s'ouvraient et se fermaient, comme s'il n'allait pas tarder à se jeter sur moi et me tordre le cou.

J'avais un rapport d'interpellation en main. Le gardien de la paix qui se trouvait debout, se dandinant d'un pied sur l'autre avec une petite grimace de haine à la figure, était, avec deux de ses comparses du même acabit, l'auteur du rapport aussi bien que celui de l'arrestation. Mozart, dans la chaîne midi. Vingt-trois heures vingt à ma montre. J'étais de très méchante humeur. Je n'avais pas Muppet, sorti sur des casseurs, pour nuancer, tempérer. Mettre de l'huile dans la boîte de vitesses. C'était fatal que les rapports craquent au passage.

On était vingt-trois heures vingt. Pas loin de quatre heures, pour pondre un rapport qui faisait une page et demie dactylographiée, en comptant les en-têtes informatiques, l'identité complète du malfaiteur, quelques incipits procéduraux parfaitement dépourvus de toute valeur juridique, les mentions des diverses ampliations ainsi que les paraphes et signatures. Joli score.

– C'est à cause de la relève, m'expliquait le coquin.

– Oui ? Pourquoi non. Quatre heures, tout de même… Dites-moi, Gardien. Je lis ici que le drille a été interpellé par vos soins alors qu'il transportait une arme de sixième catégorie. Je lis : un couteau de marque Opinel. Est-ce exact ?

– Affirmatif.

– Cessez de vous exprimer comme un fusilier-marin. Ces manières me bourrent. Dans quelle unité avez-vous servi, à l'armée ?

– Dans les trans'.

– Les transmissions ? Tout s'explique. Dites-moi, Gardien, qu'est-ce qu'un Opinel ?

– Un couteau.

– Quel genre de couteau, Gardien ?

Je ne les aimais pas. Je ne m'en étais jamais caché. Le gardien de la paix, c'est le genre de crétin de base qui pratique l'héroïsme à cinq contre un. Je les ai toujours détestés.

Rembruni, mon abruti a avancé un pied, puis l'autre, tout en demeurant sur place, comme un môme qui sait qu'il va prendre des coups de règle. Il avait compris où je voulais en venir, le malheureux gardon, il avait engamé le vif jusqu'aux boyaux. Ferré, le drôle. C'était un habitué des faits. Il a reconnu de mauvaise grâce :

– Un couteau à virole.

– Oui. Gardien, pouvez-vous me dire la différence qu'il y a entre un couteau à cran d'arrêt et un couteau à virole ?

Il a récité d'un trait, presque au garde-à-vous :

– Le cran d'arrêt a un cran d'arrêt. Le couteau à virole n'en a pas.

– Voilà. Donc, le couteau à virole n'est pas un cran d'arrêt et vice versa. Le second est une arme et entre dans la sixième catégorie, le premier ne l'est pas. C'est ça ?

C'était ça. Bagué, qu'il était, le malheureux. Un joli crâne qui s'évanouissait en fumée, pour lui. C'était pourtant ni un gris ni un Black, son captif, mais bel et bien un Gaulois comme les autres, on ne pouvait pas m'accuser sur ce coup de laxisme envers les ethnies étrangères. J'ai poussé mon avantage en concluant :

– Le mis en cause, comme vous dites, a donc été arrêté sans motif.

– Mais…

Je me suis massé les globes oculaires d'une seule main. Un jour, avait dit quelqu'un de très sensé, un jour il fera jour. L'aspect grotesque de la situation m'a sauté à la face. J'étais sur le déclin. Je m'en prenais à un pauvre type. Un pauvre type doté d'un .357 Magnum. Détenteur d'une part de l'autorité publique. Un simple guignol peint en bleu narval. Cohen s'en prenait à Yobe, Yobe s'en prenait à moi. Je m'en prenais à ce crétin. Il y avait sans doute quelqu'un au-dessus de Cohen et quelqu'un aussi sans doute en dessous de mon idiot. Une femme, un gosse, un chien. Un poisson rouge, peut-être. Quelqu'un qu'il pouvait accabler de sa haine acharnée.

J'ai laissé tomber le rapport. J'ai coupé du geste :

– Pas de mais, je vous en prie, Gardien. Oui ou non, l'individu a-t-il été arrêté sans motif ?

– Aff… Oui.

– Ensuite, il vous aurait outragé par des gestes et des paroles. Je veux bien. J'admets. Je lis cependant : « L'homme nous a traités d'enculés, et, joignant le geste à la parole… » Dois-je supposer, Gardien, que vous entendez également déposer plainte pour violences sexuelles ? Auquel cas, je vais devoir établir une réquisition afin que vous alliez vous faire examiner le trou de balle à l'Hôtel-Dieu. Oui ? Non ? Comme vous voudrez…

Je m'amusais encore un peu. J'avais bien tort. Je ne savais pas. Je me tenais sur le bord de la vie, déjà plus tout à fait là tout le temps, et pourtant je m'amusais encore de manière parfaitement imbécile à profiter de la bêtise et de la malignité de mes semblables. Je me suis enquis, en dernier lieu :

– Puis-je vous poser une ultime question, Gardien, avant que sans tarder je ne procède dans les règles à l'élargissement de votre proie ?

– Élargissement ?

– Rien de graveleux, Gardien, soyez sans crainte. Je veux seulement signifier par élargissement sa remise en liberté. C'est du très vieux français. En revanche, ce que je voudrais que vous m'expliquiez, c'est seulement une fort belle phrase, courte et que je trouve assez incisive, jolie à regarder et qui dit, je cite, vers la fin de votre rapport : « … C'est alors que l'individu précité a tenté de *prendre la fuite en courant dans notre direction…* » Expliquez-moi seulement, Gardien, comment quelqu'un peut fuir quelqu'un d'autre en courant dans sa propre direction. S'il vous plaît.

Mes pensées moroses me venaient de la nuit, de la fatigue et aussi d'une sale petite musique que j'avais en tête et qui ne présageait rien de bon. Elles provenaient également de la piètre qualité du gibier. J'avais jeté mon gardien de lapins comme un malpropre, très sûr qu'il irait aussitôt geindre et porter le deuil auprès de son commandant de corps urbain. Que foutre des peints en bleu. J'avais devant moi son *crâne*, son tout petit *bâton* de la soirée. À sa place, au kébour, la honte m'aurait envahi.

L'homme avait cette expression digne et secrètement attristée qu'ont parfois, sur la fin de leur vie, ces très vieux bluesmen noirs qui n'ont pas connu de leur vivant un succès mérité. Sa face était couleur d'alcali, dont la flétrissure devait beaucoup à l'abus régulier de boissons fortes et à bon marché, à une existence de bric et de broc et sans doute à un mauvais mariage. Mieux vaut mauvais que pas du tout. On devinait bien, dans ses yeux qui avaient la couleur de l'huile de moteur usagée, les menaces, les peurs qui lui tenaient lieu de viatique : celles des traites, du chômage, de l'accident de travail qui le laisserait sur le carreau, sans le sou, l'huissier, la rue… Toute une vie de craintes. Le pauvre et digne con me regardait avec envie et complaisance.

Pour lui, j'incarnais l'autorité. Seuls ceux dont on a brisé l'échine au jour le jour, seuls les miséreux, ont ce genre de révérence pour l'autorité. Les autres ont à son égard des haines de maquignons. Divisionnaire, pensez… C'est que je portais une vieille chemise militaire, mais lavée, séchée et repassée, et dont les plis semblaient avoir été taillés au rasoir. J'étais douché, rasé, les cheveux gris, mais courts et propres. Je disposais d'un bureau pour moi tout seul, avec une radio et des téléphones, et surtout j'avais la sécurité de l'emploi. Il me contemplait, l'ancêtre, les épaules courbées, le torse rentré, avec une sorte de petite terreur respectueuse, d'admiration craintive. C'est qu'il avait dû en entendre des gratinées sur mon compte, les quatre heures qu'il avait passées au poste de police, avant son transport au siège de la Division.

Grande et belle affaire de police judiciaire, très à ma mesure, seulement j'avais entrouvert la boîte de Pandore et c'était à moi de la refermer. L'autre remâchait son amertume :

– Vos trois abrutis m'ont vu. J'attendais. Y m'avaient vu depuis le début, comme j'les avais vus… J'faisais des allées et venues, j'marchais jusqu'au mur… Après, c'est les voies, le tunnel… J'avais pas la moind'putain d'raison d'descendre sur les voies… C'est plus sombre, là-d'dans, qu'dans'l'trouduc' d'un Nègre. J'ai fait d'mi tour au bout, l'arme au pied… J'suis r'venu, j'leur ai causé… Direct. D'homme à homme, quoi, passque moi, patron, ouvrier, flic, même métèque ou bougnoule, c'est tout du pareil au même…

Je n'aimais pas Pandore et Pandore me le rendait bien. Les yeux me brûlaient. Je réfléchissais : au fond, nous ne sommes que le résultat de la négation de tous nos propres possibles, à passer son temps à charruer dans la pluie et dans la nuit, vent debout. Je guettais quand même les divagations de l'autre, d'une oreille distraite, tout en écoutant le saxe pudique et rentré de Lester Young, le timbre amer et comme déphasé rythmiquement de Lady Day, je l'écoutais vaguement, mon rombier, d'autant plus vaguement que ses explications ne servaient à rien. J'avais décidé une fois pour toutes de le refoutre dehors sans tambour ni trompettes. Je m'étais arrogé moi-même les rôles de flic, de juge et de juré, ainsi que les fonctions de représentant du ministère public – et même d'avocat et de greffier par-dessus le marché. Tout un tribunal à moi tout seul, une cour d'assises en miniature, mais complète. J'avais décidé de me prononcer en toute plénitude, en mon nom comme en celui du peuple français, et nonobstant la règle même du double degré de juridiction. Je m'asseyais sur les fondements du droit. Je bafouais les principes les plus sacrés, les plus intangibles, les bases de l'édifice républicain. La semaine suivante, j'allais m'en prendre aux règles du commerce international. J'étais Dieu.

L'autre poursuivait, en se palpant l'œil droit :

– D'homme à homme…

Il avait pris quelques coups, pendant et après son interpellation et ses paupières commençaient à enfler et à s'orner de cocards assez impressionnants, mais c'était a priori une chose entendue. Il n'en voulait à personne pour ça. Ce qu'il n'encaissait pas, c'était les menteries. Il avait aussi les poignets en sang, parce que, naturellement, on lui avait exprès trop serré les menottes, mais il s'en foutait. Ce qui l'indignait, c'était le mensonge. Il continuait :

– J'leur cause direct. D'homme à homme. Passque, qu'esse qu'on est d'plus à la fin, dans l'noir à poil dans la caisse, à la fin des fins ? Directeur général ou pas directeur général ? Chef d'atelier ou pas chef d'atelier ? Hein ? Enculé ou pas ? Bistrotier ou Marie-Salope ? Capitalisse ou pas capitalisse… Hein ? Rien que de la vermine qui pue…

Je retrouvais, dans ces déclarations, des bouts de ce que me disait ce foutu rapport. Il me fatiguait. J'ai coupé :

– C'est ça, que vous avez bavé à mes képis ?

– Ça quoi ? Vermine ? Oui… J'leur causais comm'j'vous cause… Direct, pareil… J'leur disais qu'on finit tous la même chose… Que même la vermine on l'a d'jà d'dans, passque maint'nant, avec les sapins scellés, les housses en plastique qu'on leur enfile, aux morts, qu'on dirait qu'ils sortent du pressing, comment qu'ça's'comprendrait, hein ? D'où qu'ça viendrait, la vermine, si qu'on l'avait pas d'jà transportée avec nous tout'l'temps ? Hein, tout'c'te vermine ?

Grande et belle question. Un légiste m'avait confié un jour que les cadavres se décomposaient de moins en moins vite, à force de passer toute la vie à se gaver d'antibiotiques. Je l'avais trouvé bien emmouscaillé par ses supputations. Quant à mon bousier, je le découvrais sous un angle nouveau, plus philosophique mais pas moins lassant. Je lui ai fait signe, pas très aimablement, de fermer le ban. À force de coups de pompes dans le train, c'était devenu quelqu'un de docile, d'arrangeant. Il s'est tu aussi sec, comme une lampe qui s'éteint tout en bas de la nuit, dans le lointain. Tout de suite muet, au geste. Même la mort, quand elle viendrait, il ne lui demanderait pas une dernière passe, ou le temps de finir sa cigarette, de regarder en bas par la fenêtre les gosses jouer, ou d'embrasser seulement la maman – une dernière fois. C'était pourtant le genre d'homme à être capable de terribles attachements de chien battu, de vraies fidélités de gueux, seulement c'était pas le type à essayer de quémander, de vous faire les poches, pas le genre à faire les poches à quiconque et même pas à la mort. L'honnêteté, dans les familles indigentes, tient lieu de tare congénitale. C'était un homme honnête, docile, un homme déjà presque plus perdu de vue que moi, en un sens. Plus intègre, certainement. Les coups, oui. Pas les menteries.

J'ai ramassé le rapport d'interpellation et je l'ai relu à tête reposée. Malgré la fatigue, une vaste envie de meurtre montait en moi. Grande et belle affaire. J'ai rendu, après les attendus, un verdict sans appel :

– Vous avez dit quelque chose, pour des raisons qui vous sont propres. Ce quelque chose trahit une vision des choses et de la nature humaine inattendue, mais pas inintéressante en soi. Vous connaissez Socrate ? Diogène ? Non ? Tant pis… Vous connaissez Nagui, quand même… Bon, c'est pareil… Diogène aussi, disait des choses. À vrai dire, on ne sait pas trop quoi parce que c'était bien avant les World 5, les dictaphones et même la plume d'oie. Vous avez dit quelque chose à des gardiens de la paix. Pour des raisons qui leur sont propres, mes bourriques se sont estimées outragées. Ils vous ont donc arrêté, fouillé, passé les menottes. Ils vous ont trouvé porteur d'un couteau qu'ils ont pris pour une arme de sixième catégorie. Au passage, vous avez ramassé des beignes. Comme ils ont trop serré les canettes, vous avez les poignets en sang. Tant pis, ça vous fera de quoi tenir chaud l'hiver. Torts réciproques. Vous n'aviez qu'à pas leur causer, à mes mickeys, et surtout pas de généralités vagues… Chacun pour soi, la loterie nationale pour tous.

– Combien qu'j'vais prendre ? il m'a demandé avec appréhension.

Tout en sortant de la droite une cigarette de ma poche de chemise, j'ai fait un vague petit geste de l'autre main en direction de l'extérieur :

– Rien du tout. Si, la porte. Dehors. Raouste. Ramassez vos affaires et caltez en vitesse, sinon la *maman* va vous arracher les poils des rouspignoles avec ses dents de grande surface.

Clint est entré de travers, la tête et le haut des épaules d'abord, puis le reste du corps tout d'un coup, juste au moment où l'autre, rhabillé, les chaussures dûment relacées et son petit sac Félix Potin sous le bras, s'en allait avec des courbettes et des salamalecs, des cisaillements secs et reconnaissants de vieux sectateur zélé. Clint a pris sa place. Elle était toute chaude. À présent que je comptais de moins en moins, mon bureau revêtait fréquemment l'aspect sympathique et contagieux d'un confessionnal, d'un puits aux souvenirs ou d'un arbre à souhaits. Clint a plié ses grands membres de faucheux, il s'est passé une main sur la figure, puis il a grimacé en saisissant avec appréhension le rapport que j'avais annoté et laissé devant moi avant classement vertical. Il l'a parcouru avec une sombre lassitude, puis s'est interrogé :

– Qu'est-ce que ça peut vouloir dire, prendre la fuite en courant dans notre direction ?

– Pas la moindre idée.

– Tu n'as pas pensé à demander ?

– Si. On m'a même répondu.

– Et quoi ?

– J'en ai perdu le sens de ma question.

– On ne le saura jamais, alors ?

– Je crains que non.

Il a reposé le rapport devant moi, bien comme il fallait. Patiemment, j'ai fabriqué avec une boule compacte de la taille d'une balle de golf et je l'ai transportée entre le pouce et l'index jusqu'au-dessus de la corbeille à papier. J'ai ouvert les doigts. Qu'ils reposent en paix. C'était encore une nuit calme, jusqu'à présent. Clint avait eu une dure journée. Ça se voyait à ses yeux rougis, à son expression ensommeillée, presque bonhomme. Il m'a tapé une cigarette, en commentant avec flegme :

– Tu sais ce qu'on dit : on commence par arrêter de fumer ses propres clopes, après on arrête de fumer celles des autres.

– Je sais ce qu'on dit.

– J'en suis à la phase deux.

– J'avais décodé, merci.

– Il paraît que les femmes, c'est la même chose.

– Même chose ?

– On finit toujours par celles des autres.

– Jamais essayé.

– Ouais ? C'est quoi, ta dernière ? Il paraît que tu en as une neuve.

– Va te faire aimer, Clint.

– Ce que j'apprécie le plus chez toi, à part la discrétion, c'est ton style. J'ai entendu chanter que c'était un drôle de lot, ton nouveau casse-croûte. Et ta biquette, Slim, qu'est-ce qu'elle en dit ?

– Elle en dit : va te faire mettre.

– Jeune, pour une fois, à ce qu'on raconte. Enfin, jeune par rapport à toi. Pas une radasse, pour une fois. Mercedes. Je suis content pour toi. Si vous faites des petits, surtout m'en garde pas un.

– Laisse couler, Clint. J'en ai ma claque. C'est pas le soir.

– Je sais. Yobe le Mou te cherchait à l'ouverture. Il t'avait cherché toute la journée, avant.

– Repos récupérateur.

Clint a haussé les épaules, il a fumé un peu de son tabac de Chine et s'est souri à lui-même. Il a grogné :

– Depuis ce soir, Cohen t'en veut à mort.

– Fichtre ! Première nouvelle. Motif ?

– Je suis en grande partie le motif.

– Intéressant.

– En deux mots. La gouine que tu as serrée l'autre matin. Je sais pas trop comment et pourquoi tu l'as faite et tu me le diras après si tu veux. Si tu veux. La question n'est pas là. C'est toi qui as fait le coffrage, nous on s'est juste tapé les finitions. Tu vas rire.

– Pas plus que s'il me poussait des dents de travers là où il m'en reste encore.

– Tu deviens con et chiant. De plus en plus. Tes dents sont aussi dégueulasses que les miennes. C'est parce qu'on est des enfants de la guerre, des privations, de l'occupation et de ses carences. Tu sais plus rire de rien. Bon, on s'en fout. C'est pas l'essentiel. L'essentiel, c'est que ta salope a tout chiqué* à perte de vue, jusqu'à seize heures trente. C'est vrai qu'on n'avait rien à se mettre sous la dent, que dalle pour l'accrocher sérieusement. Elle nous a joué les violons, elle nous a promenés toute la matinée et une bonne partie de l'après-midi : comme quoi elle connaissait vaguement la suicidée, qu'elle avait fini par s'inquiéter de pas la voir, qu'elle avait fini par monter. Qu'elle avait trouvé, damned, l'autre boudin calanché, vautré dans ses propres vomissures… Aussi sec qu'elle avait hélé les Arquebusiers du Roy… Un joli petit voyage en buggy sous les étoiles. Géniale, comme dans réponses à tout.

– Questions pour un champion.

– Si tu veux, pour aérer. Nickel. Pas une coupure – jusqu'au moment où Gu est revenu d'autopsie. Il avait la figure aussi jaune que sa vilaine veste, d'accord, mais il revenait les poches bien pleines de chez Carmona. Tout ce qu'il fallait comme biscuit. Je t'intéresse pas ?

– Pas plus qu'un emprunt d'État.

* chiquer : nier.

– Tant pis. J'ai donc sifflé la mi-temps et on s'est un peu isolés tous les deux, Gu et moi. Il m'a montré ce qu'il avait ramené de la pêche, presque rien, remarque… Putain, des fois à quoi ça tient quand même, la vie…

– Je viens de donner avec le précédent, Clint. Il m'a déclaré des choses très périlleuses sur soi-même et sur autrui. Il me reste une nuit et demie à tirer avant que le jour se lève – le mien. Si Diogène revenait, a écrit quelqu'un il y a longtemps, mais ça s'adapte à la perfection au présent, *si Diogène revenait, il conviendrait que sa lanterne fût sourde*… Pas de digressions. On parlait de Cohen.

Clint a écrasé sa cigarette. Il m'en a tiré une autre qu'il s'est allumée tout seul avec mon Zippo. Il a écouté un peu de Lady Day, puis a repris, comme à regret :

– Cinq minutes avant, on avait un superbe procès-verbal de chique, un tissu de mensonges et de contre-vérités qui tenait mieux l'asphalte mouillé qu'une quatre-roues motrices… Pas le moindre trou à boucher, tout bien gonflé comme une gentille petite tombe toute fraîche… Cinq minutes après, la salope s'allongeait de tout son long, comme une ardoise d'épicerie chez les smicards. Va comprendre… Elle s'affalait sur tout, les pourquoi, les comment, tout… Six pages, qu'elle m'en a fait ! Tout ça sur une simple question.

– Bon, d'accord. Laquelle ?

Clint a laissé filtrer un dur regard jaunâtre entre ses paupières serrées. Il a murmuré :

– Question : comment expliquez-vous, au vu de vos déclarations précédentes, que le médecin légiste ait pu établir lors de l'autopsie la présence de duvet, de duvet d'oie pour être précis, dans les alvéoles pulmonaires de la victime ? Duvet d'oie dont les constatations et saisies, ainsi que le test comparatif, prouvent qu'il provient de l'un des coussins trouvés sous la nuque de la victime, ce matin, au cours d'une perquisition effectuée en votre présence ?

J'ai apprécié – et tout aussitôt après supposé :

– Joli. Vous l'avez faite au flanc ?

Clint a tendu son index raidi vers le plafond. Dans un contexte assez comparable, j'avais fait la même chose peu de temps auparavant, avec autant de satisfaction personnelle et de contentement dû en grande partie au sentiment du travail bien fait. Dans l'ensemble, ça ne m'avait pas porté chance. Je lui souhaitais la même. Sobrement, il a ricané en étirant ses grands compas presque jusque sous mon bureau. Il m'a raconté, sans que j'en vis la nécessité.

La gousse, il se l'était tapée à la régulière, à la loyale, tout par devant. Il y avait réellement eu rapport d'autopsie, perquisition et test comparatif. Positif. Tout réglo, bien carré. Le fond de l'histoire était simple. Madame X et madame Y s'aimaient d'amour tendre. Pourquoi pas, après tout ? L'amour est éternel, tant qu'il dure. Les diamants aussi, mais plus. Un jour, X et Y cessent de s'aimer. Discussions, chipouilleries, la sauce tourne vinaigre.

Un soir de trop, Y menace de se suicider, commence un peu aux barbies, se ravise… C'est trop con, à cet âge-là, etc. Avec toutes les perspectives qui restent encore, toute la chair fraîche autour… X est là, naturellement, ne serait-ce qu'à titre de dame patronnesse. Ou en vertu de la vieille connerie : c'est pas parce qu'on ne s'aime plus qu'il faut se faire la gueule… Quand Y tombe dans la vape, à cause de l'effet des médicaments ou de l'alcool, X en profite pour s'emparer du premier coussin venu et étouffer l'autre avec.

– Recta, a commenté Clint sobrement.

Recta et même recta versa, pourquoi pas ? C'était joli, finalement, avec des X et des Y. Au fond, les noms, on n'en avait que foutre, des noms. La viande, ça n'a plus d'état civil, autant ixer. Les noms, les visages. Je ne me rappelais même plus à quoi elle ressemblait, depuis, ma gardée à vue. Type européen, de petite taille et de corpulence mince. Cheveux châtains coupés court. Quoi d'autre ? Ah oui ! une coiffure raide et éparse qui semblait faite de soies de sanglier. À part ça, en pleine rue, une semaine après, je ne l'aurais même pas reconnue dans le tas. Elle partait pour dix à quinze piges, à ce que Clint m'avait raconté ensuite, petit à petit. Qu'il lui avait bien fallu une bonne demi-heure pour faire clamecer complètement sa victime, tellement l'autre se débattait, à pas vouloir se décider à claquer, la chiasse… Qu'après, la drôlesse survivante était restée soixante-douze heures en compagnie du cadavre de son amour, à lui parler, à lui faire des remontrances, des papouilleries et des mignardises, à se la pomponner, à s'en servir même aussi à des usages qu'on aurait pu croire réservés aux hommes. Elle partait pour un bon moment de dur, ou pire, pour les Hauts Murs. Là où des hommes en blanc vous enferment après vous avoir pris dans un grand filet à papillons fait de mailles en acier tressé. Terribles, les Hauts Murs… Elle y allait plein bois. Merde, après tout, chacun son trip.

– Latex blues, rigolait Clint. C'était plus de l'amour, c'était de la rage. À force de lui foutre des grands coups de god, l'autre, Carmona, a failli lui retrouver son tampax en travers du pylore. Tu te rends compte ? Un engin mahousse, style bamboula aggravé.

Tu imagines le truc ? La meurtrière, comme ils l'appellent dans *le Parisien*, elle a fini par jeter l'éponge quand ça s'est mis à suinter et à dégueuler partout. La phase gazeuse, ça ne l'avait pas gênée. Putain de vie. Dis-moi, Dugland, une question : comment tu as deviné qu'elle avait négocié sa p'tite femme, l'autre connasse ?

– Franchement ?

– Ouais, franchement. Après, je te dirai pourquoi Cohen te hait si fort que ça doit s'entendre depuis le dernier étage de la Tour des Fèves.

– À l'odeur.

– Pardon ?

J'ai bien réfléchi, tout en fumant avec morosité. J'ai fini par supposer, bien que ça ne fût pas très satisfaisant pour l'esprit :

– Je crois que j'ai deviné à l'odeur. Elle sentait trop le macchabée pour quelqu'un qui prétendait n'avoir fait qu'un simple aller et retour dans la pièce à côté. Elle donnait l'impression de porter la mort sur elle.

– Bonne pioche, Ducon.

Je me suis passé les mains sur la figure. Clint me fatiguait. Je lui ai demandé, pour en finir :

– On peut savoir pourquoi Cohen ne m'aime plus ? Qu'est-ce que je lui ai fait – ou pas fait ?

Clint a ricané, tout en dodelinant gentiment du chef.

– Rien du tout, rien du tout… Que je t'explique… Madame Pétasse s'allonge sur un crime. Correct. Elle en profite aussi pour s'étendre sur une autre histoire pas mal embrouillée sur un autre arrondissement. Une vilaine chose qui date de plus de deux ans, non résolue pour cause de manque d'éléments. On parle d'empoisonnement, une autre femme est morte. Madame Pétasse donne des précisions troublantes, des détails que seuls l'auteur et la victime sont en droit de connaître. Exit la victime. Reste l'auteur. J'appelle le Parquet, on me dit de poursuivre avec une prolongation de garde à vue, au motif qu'on ne change pas une équipe qui gagne. J'appelle la synthèse au fichier. Tout baigne, on redresse la dame sur la deuxième affaire…

– Quelque chose à voir avec moi ?

– Rien du tout, sinon une question au passage, qui ne regarde en rien la présente situation : quand tu as allumé Jackson, la première fois, pourquoi tu ne l'as pas fini ?

– Parce qu'il venait de se manger un plein barillet de .38 dans le buffet. Je l'avais supposé mort.

– Ça ne te ressemble pas de supposer. Ça ne te ressemble pas non plus, dans le buffet.

– C'était seulement que j'avais un mauvais angle de tir. Pourquoi tu me parles de Jackson ?

– Je sais pas, si tu sais pas toi-même. Revenons à ce qui fâche. La dame reconnaît deux meurtres. Joli, non ? Déchaînée, elle évoque la possibilité qu'elle en ait encore dans ses tiroirs. Ça devient juteux, publicitairement rentable. Un beau crâne, pour la Douze. Tu comprends ?

– Je comprends.

La suite… Cet enculé de Gu était allé rendre compte… La voix de son maître, je pensais bien. Naturellement, fin d'après-midi, bien avant que j'arrive, Yobe le Mou et Cohen avaient surgi dans le bureau du Groupe crime. Yobe avait fait les gros yeux à la femme. L'autre l'avait envoyé se faire mettre. De se confier, de se rendre compte qu'elle intéressait, elle avait repris du poil de la bête. Elle avait eu droit au café, aux cigarettes. C'est vrai qu'elle intriguait, même, maintenant qu'elle glissait plus pour des nèfles, madame Raspoutine… Déjà, serial-killer ça faisait goder au maximum, alors femelle en plus ! La gloire.

Cohen avait bu du petit lait puis il avait pris Clint à part pour lui suggérer de rédiger tout de suite un petit bout de compte rendu d'affaire réussie. Dans l'instant, il était même prêt à aimer Clint. Il fallait que ça passe à la synthèse d'état-major le lendemain matin, avant le point presse.

J'ai coupé sans chaleur :

– Que ça soye aux aurores sur le bureau du préfet de police. Aperçu. Fort et clair. On peut savoir où le bât blesse ?

– Je lui sors le compte rendu tout de suite. Guignols ! J'avais prévu l'enculerie tout de suite. Dès que Gu avait tourné les talons, j'avais vu arriver la patate… Imagine…

J'ai imaginé. Je n'avais pas de mal : je ne faisais plus que ça, imaginer. Cohen lit, sa tronche de sénateur romain décadent prend tout de suite une vilaine couleur grise. On dirait qu'on vient de surprendre à tringler son giton dans les vestiaires d'un club de foot. Il passe à Yobe, comme on botte en touche – et sort en claquant la porte derrière lui, si fort qu'on dirait un coup de canon. Yobe lit… Il n'en croit d'abord pas ses yeux, et donc il relit. Ensuite, il regarde Clint bien droit dans les yeux et lui donne l'ordre de reprendre tout de suite sa copie. C'est un ordre. Formel.

J'ai supposé :

– Tu l'exécutes.

Clint a eu son vilain sourire.

– C'est ce connard de Yobe, que j'exécute. À croire que c'était sa fête.

– Pourquoi ?

– J'aime pas qu'on me dise ce que j'ai à faire, ni comment je dois le faire. En plus, j'aime pas Yobe.

De ce fait, Yobe s'était fait latter devant la femme, devant ses chaouches, devant Gu. Il avait menacé de déchirer le rapport. No problem. Clint s'était levé, lui avait laissé son fauteuil, son bureau, tout ce qu'il voulait, le Groupe criminel, la procédure en l'état… Qu'il se démerde avec la Centrale, le Parquet, l'Étage des morts… Le point presse. Deuxième coup de canon quand Yobe était sorti. Il était dix-neuf heures. Clint était sorti aussi, mais sans faire de barouf, après avoir enfermé son gun dans le coffre. Il était allé prendre l'apéro au Florida avec des soutiers. Il avait envisagé d'aller clapper chez Saïd. Par téléphone, il s'était fait réserver sa table. Yobe l'avait repris au Mazafran.

Les yeux plissés de contentement, Clint s'est rappelé :

– Je suis devant mon couscous. Vingt heures dix, admettons…

À vingt heures dix, j'étais en route. J'avais la main gauche sur le genou nu de ma compagne. Alex portait une longue jupe de laine noire qui lui descendait jusqu'à la cheville, mais joliment fendue de côté. Elle conduisait vite et bien. Une vraie pro. Peu de femmes conduisent une si grosse voiture, avec autant de précision, d'efficacité et de sûreté de soi, avec surtout si peu d'esbroufe. Un peu trop vite, peut-être, pour l'endroit où je me rendais. C'était bien 5 de Chanel qu'elle portait avec rien d'autre en dessous, mais c'était bien aussi à la Douze qu'elle allait me shooter.

Au moment où Clint attaquait sa semoule, j'étais encore vivant. Alex et moi parlions de tout et de rien, tandis que nos peaux devisaient de bien autre chose dans leur coin. Toujours plus sain et direct, le tactile, moins embrouillé. Dans le CD, Rory Gallagher enregistré sur scène lors de sa tournée irlandaise. A million miles away… Je n'aime pas particulièrement Gallagher, mais je ne déteste pas non plus. Guitares en acier inoxydable, voix de matou qu'on écorche. Ma jeune camarade, elle, me déconcertait par sa capacité de passer sans difficulté de Mahler et Brahms à la musique rock.

Elle me stupéfiait par son habileté à filer le fion aux taxis sur leur propre terrain avant de les servir sans bavure d'un petit coup d'accélérateur au finish, comme on achève le chevreuil à la dague, avalé d'un coup de capot, le taxi, laissé loin derrière la plupart du temps fumace de s'être fait griller par une femme. Elle m'intriguait par sa manière de rouler digne et précise tout en acceptant en même temps sans broncher ma main entre ses genoux – puis plus haut.

Ou c'était une simulatrice de génie, ou elle aimait vraiment la baise. Comment savoir… Pour savoir, il faudrait faire confiance… Seulement, pour faire confiance, ce qu'il faut, c'est encore être un peu capable de crédulité… Il faut accepter les mensonges des vivants, les petites enculeries…

Je n'étais plus vivant. Clint disait :

– Yobe pouvait pas perdre la gueule, moi non plus. Seulement ces *hijos de putas* avaient besoin de ma signature. Pas de moi, mais de ma signature. De mes signatures.

– Ils te le feront payer.

– Qui te dit que je suis pas déjà en train de le faire ?

– Rien du tout. J'ai trop de respect envers ce que font les putes, surtout sachant avec qui elles sont contraintes de le faire, pour imaginer que des êtres de la race de Yobe et Cohen puissent être le fruit de leurs étreintes. En quoi ça me regarde ?

– Le paragraphe qui les a tant fait tousser, c'est celui qui te concerne. Cohen voulait faire passer l'affaire pour une affaire de jour, une affaire d'initiative de la Douze. Pas une sorte d'émanation de la nuit… Il fallait purement et simplement rincer tout ce qui avait trait à toi. T'oublier. Oublier ton nom, ton prénom et ton grade. Refaire une virginité à la procédure.

– Virginité.

– Le mot n'est pas de moi. Pas de Yobe non plus. Il vient de l'autre ventilateur à miasmes.

J'étais subitement très fatigué. J'avais le sentiment que la peau du visage m'était tirée vers le bas, que tout le sang me refluait dans les membres inférieurs, comme sous l'effet de la pesanteur dans un chasseur à réaction en brusque cabré. Rideau noir. J'ai soulevé ma main avec difficulté, pour amener seulement ma cigarette au-dessus du cendrier. J'ai demandé d'une voix étouffée, qui semblait me provenir à travers de l'étoupe :

– Quelle importance, Clint ? Les plumes du paon. Nous savons.

– Pas le savoir.

– Tu vas finir par te faire casser. Ça t'a pas servi de leçon, quand tu t'es fait shooter du 36 ?

– Rien à foutre, man.

– Une autre sorte de guerre. Plus mon problème. Ça va te conduire à quoi, cette embrouille ? Plus de héros, Clint. Plus rien que des nuits et des nuits et des Longs Couteaux. On te demandait de chanstiquer quoi ? Deux ou trois procès-verbaux ? D'oublier quoi ? Deux ou trois noms ?

– Trois procès-verbaux et seulement un nom. Le tien. On me demandait de faire des faux.

– Pourquoi tu me parles, Clint ? Je suis déjà plus dans l'histoire.

Il s'est penché, moitié par sollicitude, moitié pour me taper une autre cigarette et mon briquet. Ou trente/soixante-dix. Je ne ressentais plus mes troubles de pilotage, la menace de voile noir n'était due qu'à la lassitude et à l'anémie. Plus d'appétit et trop de speed. Vers la fin, en douce, pour rester réveillé le plus possible, je tournais presque tout le temps avec un coupe-faim qui est aussi un succédané d'amphétamines. Ça donnait soif, tout le temps envie de pisser et froid dans les os. Les articulations me faisaient un mal de chien, et la plus faible lumière me donnait envie de crier.

Alex m'avait lâché à la Douze. Elle avait l'air soucieuse et mal dans sa peau. Elle m'avait dit de garder ses clefs. J'étais parti sans rien répondre. Tout de suite après le point fixe, je m'étais précipité dans mon bureau et j'avais absorbé deux gélules en les faisant descendre avec du café froid, qui datait du matin.

On a tous ses secrets un peu honteux. Je changeais de slip chaque soir avant de prendre mon tour, de peur de me faire sécher avec des petits dessous douteux. Je tournais aux amphètes. J'en prenais des vraies lorsque je parvenais à m'en dénicher un petit stock par le biais d'une *cousine* qui travaillait à Air-France, sur les lignes de l'Atlantique Nord, des ersatz le reste du temps, mais capables de fendiller des dents de cheval. Je me les procurais chez un pharmacien du district grâce à des fausses ordonnances que je me rédigeais moi-même, sur un vrai ordonnancier régulièrement établi par un tiers et à un autre patronyme que le mien. Le potard n'était pas dupe, mais je l'avais tiré des griffes d'une petite bande de racketteurs de la zone égarés hors des limites de leur compétence territoriale. J'avais réglé l'espèce sans plainte ni présentation au Parquet, sans formalisme excessif. Sans fioritures non plus. De la main à la main. Non sans arrière-pensées, j'avais investi dans la bienveillante cupidité de mon apothicaire. De larges pans de ma vie étaient alors faits de ces sortes de petits accommodements sans vraie gravité, sans beaucoup de grandeur. Clint avait mon âge et refusait encore, lui, de s'accommoder. Il était plus têtu, plus ombrageux, plus attaché à sa personne que moi. Plus honnête, peut-être aussi. J'avais perdu le sens du contraste. Lui pas. Il ne s'était pas couché. Il m'a dit :

– On en est là. Je l'ai pas fait pour toi. Je l'ai fait pour moi. Le reste, je m'en fous.

– On n'avait pas décodé, Clint. Penses-tu.

– Toi aujourd'hui. Moi, demain. Tu savais ?

– Qu'est-ce que je savais ?

– Qu'ils avaient décidé de te descendre.

– Je le savais sans le savoir. Trop de prévenances, comme autour du lit d'un grand malade.

– Malade, tu l'es. Ta paupière gauche clignote comme un feu de chantier. En rien de temps, tu as perdu combien, dix ? douze kilos ? C'est à force de tirer ta Colombine ?

– Quinze kilos. À l'époque, Colombine n'était pas encore rentrée dans l'image. Sois sympa, Clint, retourne à tes affaires. Crois pas que ce que tu dis ne me touche pas, c'est que tout est devenu trop difficile. Trop compliqué. Une dernière chose… (Il s'était levé lentement, il m'a regardé de haut. Je ne lui en ai pas voulu. J'ai dit doucement :) S'il te plaît… Use du peu de crédit qu'il te reste chez les grossiums pour arracher Muppet du trou.

Il a ricané depuis le pas de la porte :

– Crédit est mort, ami. Sauf si tu me donnes Jackson.

9

Muppet est revenu de son braquage avec Sue-Helen collée dans la roue. Il m'a rendu compte de l'essentiel à sa manière laconique et codée. J'appelais Sue-Helen une petite fille des délégations judiciaires, qui venait parfois prendre son tour de permanence nuit à la Douze. Muppet a filé aux gogues. Sue-Helen est restée un peu plus longtemps. Elle avait de jolis yeux troubles, une jupe trop courte et des collants noirs. Elle transportait son petit .38 cinq coups dans un réticule à peine plus grand que ma paume et ne semblait jamais très sûre du titre du film dans lequel elle tournait. Nous avions eu un petit quelque chose entre deux portes, des mois auparavant. C'était quelqu'un d'aussi pratique, sensible et capable d'intensité ou de vraie chaleur qu'une station-service d'autoroute.

C'était quand même quelqu'un qui faisait de son mieux en tout et pour tout. Elle avait fait de son mieux avec moi, avec deux ou trois patrons, et même avec un magistrat qui devait avoir le triple de son âge – ou peu s'en fallait. Elle n'était pas inintéressante, Sue-Helen, rien qu'une mère célibataire, un petit cadre moyen encore très regardable et qui ne cherchait au fond qu'à se caser – seulement, c'est jamais ce qu'on cherche qui vous arrive, à force de trop le vouloir sans arrêt. Comme j'avais l'air disponible et pas trop décavé, même avec seulement deux as dans mon jeu, le premier ma petite réputation d'enculeur qui restait intacte sous d'autres cieux, indiscutablement plus sereins et plus riants, et le second ma sale gueule de frappe mal dégrossie, elle a poussé machinalement une petite relance. En d'autres temps, j'aurais suivi tout aussi machinalement, mais les temps avaient changé et je me suis couché sans méchanceté :

– Dodo, chérie. Laisse filer la donne. Peut-être que je suis en main, en ce moment.

Ça a eu l'air de l'étonner. Je m'en foutais. Elle est restée quand même un moment à me parler de ses soucis, de ses fatigues, de ses espoirs aussi… Des bribes de vie… Une jupe trop courte et un .38 cinq coups dans son sac. La sale manie de montrer un peu trop d'entrejambe en se balançant comme un dur sur sa chaise, les deux pieds flanqués sur le bord du bureau. Comme bien d'autres dans l'Usine, elle n'avait jamais rien arrêté de sa vie – pas même une pendule. Elle allait passer inspecteur principal. Changer d'échelon et peut-être aussi de voiture tout en restant dans les cinq à six chevaux fiscaux – mais pas une neuve, à cause de la circulation dans Paris. Ce que j'en pensais ?

– De quoi ?

– D'une occasion ? Pas une neuve. Dans Paris, une neuve, de toute façon, elle le reste jamais longtemps. On se la fait tout de suite bigner en deux coups les gros. En plus, on ne peut pas la laisser stationner n'importe où. Tu sais combien ça se loue, un parking, sur mon quartier ? Je ne te dis pas un box, simplement un emplacement ?

– Aucune idée.

– Un max.

– Ah !

Elle a fini par partir, quand il n'y a plus eu dans la pièce que l'aigre sifflement du vent, Lady Day à la limite de l'inaudible, le crachotement paisible de ma radio sur l'appui de fenêtre et l'écho assourdi de ses propres paroles.

Je suis resté à fumailler et à rêvasser en attendant qu'on m'appelle. Pas d'appel. Deux nuits avec un trafic réduit à son extrême minimum. Deux nuits sans que je sois réellement utile à quoi que ce soit, à tendre l'oreille, comme lorsqu'on progresse presque accroupi à petits bonds par grand vent, dans le trou du cul du diable, à l'aveuglette, en plein milieu d'un dispositif ennemi qu'on sait aux aguets dans l'obscurité. Pas de diable, pas d'obscurité réelle, et pas d'ennemis non plus – sauf peut-être Jackson, mais ce dernier faisait des phrases et j'avais cessé de croire en ceux qui en faisaient.

À ce propos, j'avais à la fois raison et tort. Ses phrases n'étaient ni très longues ni très belles, mais c'était quand même des phrases donc j'avais raison. Ce qui tendait à me donner tort, c'était que Jackson avait expédié Joséphine d'une seule balle de .357 dans la tête avant de repartir en bas de l'immeuble, dans le taxi qui l'avait amené et dont le conducteur avait accepté de l'attendre cinq minutes. Clint ne le savait pas, parce que Gu n'avait pas fait son boulot et que je ne le lui avais pas dit. Même à Clint, je n'étais pas tenu de tout dire. Cinq minutes pour monter, entrer dans l'appartement, abattre Joséphine, redescendre…

Selon Texas, en outre, Jackson avait fumé quelqu'un d'autre. Je n'avais pas de raison de douter de Texas. Je le sponsorisais bien de temps à autre, mais dans mes nouvelles fonctions de nuiteux, il ne m'était pas plus utile que ne l'est un moteur diesel sous la fenêtre d'un asthmatique. On ne pouvait donc pas parler de services rendus. On créditait Jackson de deux meurtres. Si j'avais collé mon oreille sur le rail, comme je le faisais dans l'ancien temps, j'en aurais entendu d'autres, des belles, sur son compte.

J'aurais compris à temps qu'une étoile était en train de monter. Une étoile sombre, mais une étoile quand même. Il n'en était déjà plus seulement à deux meurtres, Jackson. On le cherchait déjà dans trois ou quatre Divisions pour le même motif. Il tournait déjà en BMW, série 7. D'autres que des flics avaient commencé à le chercher aussi, et avec encore plus de ténacité et d'entrain. Il avait même déjà constitué sa petite garde prétorienne, Jackson.

Signe qu'il était déjà mort.

À qui ça aurait servi, que Clint le sache ? Les vivants avec les vivants, les autres avec les autres. Là où je me trouvais, encalminé dans le pot au noir, je m'en foutais tout à fait. Je rêvais cette nuit-là de solitude glacée, de vent coupant et de champs de lune enneigés. Il faisait un froid extrême. Il s'agissait de couper la retraite d'une willaya qui tâchait de se replier sur la Tunisie. Veille radio aussi, naturellement. Je me rappelais seulement la neige piquante et le froid des armes. J'avais à peine vingt ans, mais le pire était à venir. Chef de harka, chef de nuit, quelle différence ? La willaya nous avait échappé en bifurquant vers le sud, puis en éclatant en très petites unités que nous n'avions pas pu accrocher.

Comme je rêvassais trop, et trop à côté de la plaque, avec mes marches forcées et mes hommes plus silencieux que leur ombre, j'étais retourné cinq minutes dans le local permanence. On y jouait au tarot, en silence, farouchement. On y lisait dans un coin. On regardait la télévision à côté, en conciliabulant, ma petite fille des délégations judiciaires avec un jeune patron que je connaissais de vue et qui était de passage sur mon secteur. Un garçon teigneux, accrocheur et amer, avec des bottes texanes, une veste en daim et des moustaches de Vercingétorix. Bon tireur, dans toutes les acceptions du terme. Nous nous étions bornés tous deux à un petit salut distant, entre gens du même bord bien qu'à jamais étrangers.

Je n'avais fait en somme qu'un court passage au chaud dans le monde des vivants. Muppet, isolé entre le registre de main-courante qu'il annotait et la radio qui grésillait derrière lui, m'avait à peine accordé un coup d'œil. Je n'étais déjà plus tout à fait chez moi, chez eux.

J'avais emprunté le couloir et mes pas m'avaient conduit devant les cages. J'ai toujours eu pour principe d'effectuer plusieurs fois par nuit un contrôle sanitaire portant sur l'état de la viande. Il y avait un Black roulé en boule dans l'une des geôles, un étranger en situation irrégulière en attente de transfert. Il respirait fort et mal, mais régulièrement. Il y avait deux roulottiers serrés par une brigade de jour. Ils se partageaient la même cellule et ne semblaient pas dormir. Ils devaient mettre au point la forme définitive de ce qu'ils allaient chanter aux magistrats le lendemain matin. On les sentait, à leur façon immobile et étouffée de s'entretenir par moments à voix basse, de parfaits connaisseurs des lieux et de la procédure. On ne percevait pas le bruit de leur souffle. Blasés. Des délinquants d'habitude. Plus tout à fait des amateurs, déjà. Plus tout à fait quoi que ce soit. Personne d'autre.

Ma proie se trouvait dans l'une des deux cellules d'isolement, derrière. Une cellule faite en béton avec un bat-flanc et un chiotte à la turc. La porte était en chêne massif et sombre, épais de plus de cinq doigts, avec un judas à hauteur d'homme. Ça rendait les choses plus solennelles que les cages, plus glaciales également. On y mettait les forcenés, les gens à dégrisement, les agités, ainsi que ceux qu'on entendait malmener sérieusement à l'abri des bruits et des regards extérieurs. C'était le terrain de chasse ainsi que le lieu d'exercice privilégié de Yobe le Mou, ainsi que de quelques-uns de ses sbires peu regardants sur la façon d'obtenir des aveux spontanés. À travers une petite lucarne, la lumière, assez chiche, provenait d'une ampoule grillagée parfaitement inaccessible de l'intérieur. J'avais ouvert le judas de la première geôle. Personne. J'ai entrebâillé le second.

Au lieu de se trouver étendue sur le bat-flanc, la femme était debout face à la porte. Elle se tenait à moins d'un mètre. Son blême visage aigu n'exprimait rien. Rajeuni et lavé, il avait acquis le poli d'un jeune cadavre asexué, à peine pubère. Dans la clarté jaune qui lui tombait d'en haut, sous les arcades sourcilières très prononcées, ses yeux étaient comme de la poix tout au fond d'un couloir sombre. Sa bouche ne semblait qu'une blessure qui en avait fini de saigner. Il m'est venu l'idée insensée qu'on l'avait battue pour en tirer des confessions. Il m'est venu à l'esprit, de façon tout aussi insensée, qu'elle avait réussi, d'une façon ou d'une autre, à mettre fin à ses jours mais les morts ne tiennent pas debout, et jamais sans une aide extérieure. Ils ne gardent jamais les deux yeux ouverts si longtemps. Elle ne donnait pas l'impression de respirer. Pourtant, elle devait me voir comme je la voyais – les yeux tout au moins. Elle restait d'une immobilité qui tenait de la transe catatonique. Puis sa voix m'est parvenue, d'aussi loin que j'ai cru ne pas l'entendre tout de suite, bien qu'elle ne fût qu'à quelques décimètres de moi.

– Je voudrais sortir cinq minutes. Fumer une cigarette.

Comme je n'avais pas bougé d'un millimètre, elle a ajouté :

– J'ai froid. Je vous promets que je n'essaierai pas de m'enfuir.

Il y avait des gardes-détenus pour s'occuper d'elle, en principe. Froid ou pas froid, de surcroît, en passant la porte du Groupe crime, elle était devenue la viande de Clint, plus la mienne – en principe. Cependant, j'avais été à l'origine de sa capture, ce qui fait que je ne me sentais pas tout à fait neutre en l'espèce. J'ai ouvert la serrure, tiré les verrous, je lui ai fait signe d'avancer les bras écartés du corps. Je n'étais pas armé, elle non plus. Elle a obtempéré. J'ai pris les menottes à ma ceinture. Au passage, je lui ai saisi un coude et je lui ai passé les pinces, une à chaque poignet, dans le dos, sans essayer de faire mal. Elle ne pesait pas bien lourd et sentait le désinfectant créosoté qui imprégnait l'incubateur. Elle m'a laissé faire.

Elle n'avait été ni battue, ni maltraitée. Je lui ai allumé une cigarette et je la lui ai mise aux lèvres. Comme nous ne pouvions pas rester dans le couloir d'isolement, je l'ai conduite jusqu'à mon bureau. Drôle de nuit. Je l'ai détachée, je l'ai laissée fumer deux ou trois cigarettes, je lui ai fait boire du café, mais nous n'avons pas dit un mot, pas échangé une seule parole ni plus de trois ou quatre regards. La cassette de Lady Day tournait en boucle. On ne l'entendait presque pas. Puis j'ai reconduit la femme en geôle, sans lui remettre les pinces. Au moment de rentrer dans sa cellule, elle s'est retournée un court instant et m'a seulement déclaré :

– Je ne vous en veux pas. Il faut que vous le sachiez. Je ne vous en veux pas du tout. C'était devenu trop lourd à gérer pour moi. J'étais infirmière, vous comprenez ?

Je comprenais. Trop bien. Charenton Express. Je comprenais tout ce qu'on voulait. C'est-à-dire à peu près rien du tout. *Lorsque tu as allumé Jackson, la première fois, pourquoi tu ne l'as pas fini ?* Comme si c'était facile – de finir.

10

La même nuit. Plymouth Rock.

J'avais mis un vieux disque de Count Basie. Personnel inconnu, inconnu tout au moins pour moi. Oh ! ça ne faisait pas beaucoup de bruit non plus. C'était un concert live et le Count annonçait chaque titre d'une voix lointaine, grave et assourdie. Grand pianiste, Basie… Solide, inventif. Une rythmique vigoureuse et précise. Guitare électrique, basse et batterie supercarrées. L'ensemble tournait comme un gros V8 sur un filet de gaz. Par là-dessus, la section de trompettes était nette, sans grandes ambitions, mais propre sur elle et assez éclatante. L'un des deux saxos ténors avait un phrasé simpliste, un timbre primitif et franc à la Red Prysock, mais ça n'était pas en soi une raison suffisante pour le haïr. Au pif, le saxe, j'aurais dit Billy Mitchell.

Je me serais sans doute trompé.

Je me suis étiré. J'ai pensé que j'étais stocké à la nuit comme un type dans sa cellule de pénitencier, sauf que moi j'avais la clef dans ma poche de veste. J'avais toutes les clefs : la clef de mon bouclard, celle du coffre, celle de l'entrée des artistes qui donnait dans le parking souterrain et permettait de quitter la Douze sans attirer l'attention, par un cheminement discret et à couvert que nous étions peu à connaître et à pratiquer. En se débrouillant bien, d'un niveau à l'autre, on pouvait ressortir à pied à deux blocs de là, à proximité immédiate d'une bouche de métro.

À toutes mes clefs s'ajoutait le trousseau Key West. Rien ne m'empêchait de m'enfuir tout de suite. C'est même pas sûr qu'on m'aurait réellement cherché. Je m'attribuais peut-être bien plus d'importance que je n'en présentais réellement. C'est toujours comme ça, quand on plonge.

À une heure, j'ai eu besoin de bouger. La nuit, dehors, m'attirait comme une grosse masse magnétique sombre, glaciale et menaçante. Il ne pleuvait plus. Il faisait froid. Très froid brusquement, ou c'était l'effet des amphètes. Je suis passé chez Muppet prendre les clefs d'une des voitures mises à la disposition de la Nuit. Il y avait une poubelle de commissariat, celle que mon O.P.J.-cadavre avait amenée avec lui, une Clito cinq portes, sans gyro, sans deux-tons ni radio de bord. Il y avait le petit sous-marin de la Douze, une Express équipée pour les planques et que tous les voyous du district et des circonscriptions limitrophes connaissaient sur le bout du doigt. Plus conscients et organisés qu'on ne le pensait, les voyous. Presque plus d'essence dedans, m'a prévenu Muppet. Il y avait aussi une des voitures du Groupe criminel, une 309 gris perle entièrement équipée. Muppet a ricané :

– Le choix entre Byzance et Capoue.

– Entre la peste et le choléra.

– Clint a laissé sa caisse. Il s'est fait ramener par Gu.

– Va pour Clint. Je reste en veille radio. J'en ai pour une heure.

J'en aurais eu pour un siècle que la réponse eût été pareille. Muppet s'était contenté d'un bref hochement de tête, puis il s'était remis à gratter sur la main courante. Lui aussi m'en voulait, et je ne pouvais pas lui donner tort. Il comprenait très bien qu'un petit monde était en train de mourir et que j'allais le laisser sur le carreau. Je suis sorti.

Une heure dix. J'ai roulé sans but, comme on chasse dans le brouillard au petit matin. Bien réglée, la voiture de Clint eût fait une splendide voiture de poursuite – sauf que je n'avais plus personne à suivre. Les rues étaient à peu près vides. J'ai croisé des calèches de police-secours qui chassaient elles aussi dans le vague. Rien à se mettre sous la dent. Dans l'habitacle, la radio grésillait, signe que j'étais encore relié à quelque chose et à quelqu'un.

J'ai fait les alentours de la gare de Lyon, puis j'ai ratissé plus large, sans toutefois passer la Seine ni déborder au-delà de Bastille. J'étais très soucieux du respect des compétences territoriales, des miennes comme de celles des autres. J'ai un peu fait les chandelles du cours de Vincennes. Elles me connaissaient presque toutes et ne me redoutaient pas. Je ne me faisais jamais tailler une lance en douce, je ne leur prenais pas de blé, je ne rançonnais pas les dealers qui les ravitaillaient. Comme prince de la Street, je me trouvais assez seigneur. Même du temps de ma grandeur, pas une seule d'entre elles ne m'avait servi de cousine. Je ne leur demandais rien, et parfois quand elles me donnaient quelque chose, c'était toujours dans leur propre intérêt. Je voyais ce que je pouvais faire.

Je faisais toujours ce que je pouvais.

En poussant l'avantage, j'aurais pourtant pu me faire un joli pécule, dans le temps. Je n'en avais pas vu la nécessité. Pour la plupart, même dans la pénombre, elles étaient parfaitement incomestibles. Elles étaient prises en ciseaux entre les clients, leurs julots, la dope et les flics. Rien que des épaves, au fond, tristes à pleurer, et dont on n'avait pas à être fiers. À la vue de la voiture qui roulait lentement en veilleuses, plusieurs se sont aventurées dans la lumière de la rue. Plusieurs fois, je me suis arrêté, je suis descendu en restant à portée de ma radio. À chaque fois, on s'est parlé. À chaque fois, je les ai senties déçues. Ça donnait :

– Ah ! c'est vous…

– C'est moi.

C'était seulement moi.

– Vous avez changé de bagnole. C'est la vôtre ? Vous avez pris du galon ?

– Non aux deux questions. C'est un prêt. Je ne prendrai jamais plus de galon. Si j'avais voulu le faire, je m'y serais pris autrement. Secteur calme ?

– Ouais. Sauf que les affaires, c'est pas ça.

– La crise, partout.

– Vous pouvez pas imaginer le nombre de tordus que je suis obligé de jeter.

– Jeter ?

– Ils veulent baiser sans capote. Vous vous rendez compte ? Avec le sida. J'ai beau leur dire que je suis plombée, ils veulent pas le croire. Dément, non ?

– Tu es plombée ?

– Ouais, qu'est-ce que vous croyez ?

Je ne croyais rien. Je fumais la moitié d'une cigarette, je remontais en voiture. L'habitacle tiède, ouaté. La zique. À cette allure, on n'entendait pas beaucoup le moteur et tout juste le chuintement des pneus sur l'asphalte. Il y avait un autoradio dans la voiture. Alex m'avait prêté une cassette. Symphonie en ré majeur de Mahler. J'avais beau m'appliquer, je ne comprenais pas grand-chose. N'empêche, ça me donnait malgré tout l'impression d'être vaguement intelligent, amer, et riche de sentiments humains – même si ce n'était ni des sentiments d'une folle gaieté ni tout à fait les miens.

Je me suis rappelé Alex. À la campagne, elle m'avait montré des photos d'elle prises dans l'océan Indien. Debout à la coupée d'un voilier, elle ne portait que le bas d'un maillot en Nylon noir roulé sur les hanches et ses cheveux lui flottaient librement jusqu'à la taille. Dans son visage brûlé de soleil, les yeux paraissaient phosphorescents. Ses iris verdâtres luisaient de la placide cruauté du félin. Ses lèvres arboraient un sourire absent, comme décalé par rapport à l'axe du visage. On aurait dit une arme braquée au hasard sur un ennemi inconnu. Derrière elle, l'eau couleur de jade était pourtant lisse et vide jusqu'au fin fond de l'horizon.

Cette nuit-là, à me rappeler Alex presque tout le temps, j'avais envie de rire et de pleurer. C'était souvent l'effet que me faisaient les saletés dont je me gavais. Elles provoquaient chez moi une grande instabilité émotionnelle. Nation. Château de Vincennes. Cette nuit-là, tout était, je m'en souviens, éclairé comme a giorno pour des raisons que j'ignorais. Des oriflammes pendaient partout aux tourelles. Il devait se donner une fête dispendieuse, certainement pour des raisons futiles et limitées. Républicaines.

J'ai coupé à travers le Bois. Par endroits, on pouvait s'y croire dans la forêt – une forêt bien policée, certes, mais dans une vraie forêt, avec de vrais arbres, de vraies branches à présent assez dépeuplées, et de vraies feuilles par terre, pourrissantes. Je roulais et j'écoutais Mahler. Mahler devrait être interdit d'antenne. Il confère des illusions de densité personnelle parfaitement tragiques, inconcevables pour un homme de ma condition.

Je me suis embossé à cul dans l'entrée d'une allée cavalière, le museau de la voiture vers la route, naturellement. On ne change pas tout d'un coup à mon âge. On garde, à défaut de ces certitudes dont on commence à manquer de plus en plus, de simples réflexes professionnels qui eux ne s'effacent jamais. J'ai baissé l'ampli et réglé le son de Radio-Cité de manière à intercepter immédiatement tout appel. Je me suis appuyé de la nuque au repose-tête, j'ai allumé une cigarette en baissant un peu la vitre. J'ai fermé les yeux.

Pas tout à fait dix minutes après, Muppet m'a appelé. De manière neutre, d'une voix anonyme, il a déclaré :

– Diamant Nuit, faire retour à la Douze pour affaire vous concernant.

J'ai accusé réception de façon tout aussi laconique. Avant de retourner à la Division, comme c'était sur le chemin, j'ai eu l'idée de passer par chez moi.

J'ai rangé la 309 en bas et je suis descendu. J'ai tapé le code d'entrée. Plus de Mahler, plus de bruit, sauf le grondement lointain, assourdi, lourd et monotone, d'un train de service. Gâche électrique. J'ai pénétré dans le long couloir obscur qui menait à la cage d'escalier. Elle se tenait tout au fond dans la clarté laiteuse des voies. Contre le mur de gauche, les boîtes aux lettres semblaient disposées à la manière d'urnes funéraires. Je n'avais plus beaucoup de certitudes formelles, à présent, mais seulement des habitudes et un instinct de survie bien plus prononcé que je ne me plaisais à le croire.

Je n'avais pas l'intention de me couvrir de ridicule, mais j'ai tout de même relevé mon pan de veste sur la hanche avant d'allumer, dégageant ainsi la crosse du .45. Naturellement, personne n'est apparu dans la lumière. J'ai ouvert ma boîte aux lettres. Elle regorgeait de publicités dépourvues de tout attrait, de revues que je ne lisais plus et dont j'avais cessé depuis longtemps de payer l'abonnement. Il y avait deux relevés de compte, une facture et une carte postale qu'on avait postée en Floride. J'ai flanqué publicités et revues dans la corbeille fixée au mur et j'ai empoché le reste. Machinalement, j'ai ouvert la boîte destinée aux plis encombrants et aux petits paquets. Il y avait quelque chose. Un paquet de Kellog's entamé, et qui ne semblait destiné à personne.

Sans faire de bruit, je suis monté marche par marche. Dans le temps, dès le premier étage, j'aurais entendu Yellow Dog miauler et s'agiter derrière ma porte. Dans le temps, je ne serais jamais resté si longtemps absent. J'ai ouvert en effaçant le torse de l'embrasure et j'ai tout de suite donné de la lumière, les doigts autour de la crosse de mon arme. Personne. J'ai refermé derrière moi d'un coup de talon, j'ai poussé le verrou. Je suis resté adossé au mur, la valeur d'une bonne douzaine de mesures sur un tempo lent. Je me suis tenu immobile jusqu'à ce que j'entende battre mon cœur et que je perçoive distinctement le bruit de mon propre souffle.

Ensuite, j'ai traversé ma petite cuisine. Même un lapin nain aurait eu toutes les peines du monde à y emménager avec toute sa petite famille. J'ai contrôlé le cabinet de toilette. Je me suis avancé dans la pièce principale, puis dans la seconde, qui ne servait à rien sauf parfois de chambre d'amis lorsque l'un de mes fils venait tirer un coup avec une de ses relations féminines – autant dire pas plus de deux ou trois fois par siècle.

Tout était vide, immobile et parfaitement glacial. J'ai laissé retomber la main droite le long de la cuisse en ricanant à mon reflet dans la vitre. Je me faisais l'effet d'un bel idiot, avec mon gros flingue et mes nerfs qui partaient en quenouille. Tout en grinçant des dents, je me suis avancé jusqu'à mon vieux bureau. Il provenait d'une vente des domaines. Avant d'habiter chez moi, l'ancien avait servi toute sa vie dans les douanes. Sam Spade l'aurait adoré. Les huissiers de justice n'en avaient pas voulu. Je m'y tenais souvent le dos tourné aux voies, à me balancer dans mon fauteuil, à attendre que la nuit revienne et mon chagrin avec. Il n'y avait rien dessus, à part mon sous-main de cuir fatigué et, dans un pot en grès, un bouquet d'immortelles poussiéreuses. Elles avaient longtemps arboré des tons pourpre, bleu ardoise, jaune citron et sable, à présent bien éteints. J'ai fourré mon courrier dans le premier tiroir venu.

Par terre, près de la fenêtre, il y avait une bouteille de bourbon aux trois quarts pleine. Je l'ai ramassée et j'ai bu au goulot. L'alcool m'a brûlé la gorge au passage sans me faire ensuite aucun bien. Je me suis laissé tomber dans mon fauteuil. J'ai regardé un peu partout, avec des larmes dans les yeux à cause du bourbon. C'était une bien petite chambre, au fond, même pour un homme seul. Elle était tenue avec plus de soin que de chaleur. Si tel n'avait pas été le cas, la chose m'aurait échappé. Brusquement, je me suis levé, les yeux fixés sur le mur de droite. Du sol au plafond, les étagères y sont bondées de livres. Je me suis approché, mais sans rien toucher, et avec de vilaines aigreurs d'estomac. Milton n'était pas tout à fait à sa place. Les deux volumes du *Paradise Lost* ne se tenaient plus exactement là où ils auraient dû se trouver. C'était une ancienne version bilingue Aubier-Montaigne – deux vieux bouquins brochés, aux dos défraîchis et aux pages grises et usées. À la marque laissée dans la poussière, on voyait qu'ils n'avaient pas été déplacés de plus d'un ou deux millimètres. On avait bougé Milton.

Toujours sans toucher à quoi que ce soit, j'ai examiné le reste. Les étagères comptaient deux ou trois mille bouquins. Excepté la bible, un peu le *Voyage* et Chamfort, je ne lisais plus rien. Il y avait également du courrier entre mes livres, des photos, ma vieille chaîne stéréo et des disques – aussi bien des vinyles que des compacts. Rien que des choses sans valeur. Tout avait été fouillé de manière précise et minutieuse.

– Y a un gugusse pour toi, en bas, m'a prévenu la petite fille des délégations judiciaires.

Elle était dans le hall d'entrée, juste après le sas. Elle se tenait à l'accueil, assise de travers derrière le bureau de l'hôtesse. Elle avait étendu les jambes sur un fauteuil. Elle fumait tout en sirotant un gobelet de café. Subitement, elle m'a paru très lasse et étrangement démunie. J'ai remué les épaules. Elle m'a adressé une toute petite grimace sceptique, étriquée. Il ne faisait pas très clair. Ma montre indiquait trois heures vingt. Je me suis passé la main sur la figure.

– Quel genre de gugusse ?

– Je le vois bien grossiste.

– Grossiste en quoi ?

Elle a peu réfléchi. Elle m'a souri vaguement.

– En viande. En produits laitiers. Grossiste en vins. Quelque chose qui a trait au négoce. Concessionnaire Opel.

– Pourquoi Opel ?

– J'ai eu deux Corsa. J'ai jamais été emmerdée avec.

Elle était gentille, Sue-Helen. Son môme aussi. Je ne la voyais pas rouler en Corsa. Aux délégations judiciaires, elle s'occupait de piratage informatique. C'était peut-être ça qui lui avait abîmé les yeux. Je ne voyais pas non plus de commerçant dans mes relations. J'ai hésité une fraction de seconde, puis je me suis dit que ça pourrait me divertir un petit moment.

– Où il est, gugusse ?

– Muppet l'a stocké dans ton bouclard. C'est vrai que tu as quelqu'un, en ce moment ?

– C'est peut-être vrai.

Elle a levé les yeux, elle a souri au plafond, puis m'a souri à moi.

– Alors, je te souhaite rien que des bonnes choses.

– Merci à toi, Sue-Helen.

– J'ai arrêté de picoler, tu sais ?

– Merveilleux.

Elle a fini son gobelet de café et lui a adressé un regard de haine. C'était le café du distributeur. Tout le monde le haïssait, et en particulier les agents d'entretien qui l'accusaient de trouer le lino autour de la machine. Elle a réfléchi avant de jeter son gobelet vide à la poubelle. Elle a observé :

– Merveilleux, je sais pas. (Elle m'a expliqué :) L'an dernier, je m'étais collée avec un mâle. Un homme dans tes âges. Retraité de l'armée. Le genre de type qui présente bien. Solide. Costaud. Lieutenant-colonel. Une bonne pension et pas d'autre bouche à nourrir. Au bout de deux mois, Musclor s'est déboutonné. Il s'est mis à passer son temps à tutoyer les éléphants dans mon salon et à me foutre sur la gueule. Regarde.

Elle m'a montré les dents. C'était de jolies petites choses menues, très blanches et parfaitement ajustées les unes aux autres. Pour ma part, je ne trouvais rien à y redire. Elle a soupiré avec lassitude :

– C'est une connerie qui m'a coûté cinq plaques. J'ai viré Rambo, je me suis fait refaire les crochets et j'ai arrêté de picoler.

Je lui ai souhaité sincèrement :

– Rien que des bonnes choses à toi aussi.

Elle a eu de nouveau sa petite mimique lasse et désabusée. Je l'ai laissée à remâcher des souvenirs et peut-être même des espoirs. Moi aussi, dans ma vie, je m'étais souvent arrêté de boire. J'avais même passé quatre ans sans toucher à une cigarette. Moi aussi, je m'étais raconté des tas d'histoires. Ça ne m'avait pas empêché de replonger un jour ou l'autre. Avant de regagner mon bureau, je suis allé aux toilettes. J'ai retiré ma veste et remonté mes manches de chemise. Tout en évitant mon regard, je me suis lavé la figure et les mains au robinet.

Abruti d'insomnie et de fatigue, j'ai fait passer deux gélules avec une gorgée d'eau froide. Dans les trente secondes qui ont suivi, mon cœur s'est mis à cogner à la façon d'un moteur en surrégime. Ma vision latérale s'est réduite et le froid m'a pénétré jusqu'à la moelle des os. Je me suis agrippé des deux mains au rebord du lavabo. C'était ça ou m'écraser au sol. J'avais encore une nuit et demie à faire. Ensuite, j'aurais quatre jours avant le prochain tour d'opérations. Il suffisait de tenir. Pour cela, je trouvais mon courage là où je pouvais. Toxico, qu'est-ce que ça voulait dire, toxico ?

J'ai mis un bon moment à m'apercevoir que l'étrange face blême, décharnée, qui grimaçait dans la glace, en face de moi, c'était la mienne. J'ai alors cessé de me ricaner à la figure. J'ai aussi arrêté de remuer la tête comme un idiot. J'ai ramassé ma veste en cuir sur le radiateur et je l'ai renfilée. Le temps d'aller jusqu'à mon bureau, je me suis forcé à allumer une cigarette. J'étais toujours frigorifié, mais au moins mes doigts ne tremblaient plus.

Je fumais. Je le fixais dans les yeux et je ne réprimais qu'à grand-peine une formidable envie de rire. J'avais aussi envie de lui écraser la figure à coups de poing. Il se tenait dans le fauteuil en face de moi, assis le dos très droit, les genoux écartés. Il portait un complet gris chiffonné et sa cravate était de travers. Ses mains ne cessaient de s'agiter, ses pieds aussi. Gérard Rouvières. J'ai réfléchi et murmuré :

– De tous les enculés que j'ai connus, tu es bien le dernier que je m'attendais à voir ici. Où est le lézard, mon gros ?

– Pas de lézard.

– Qui t'envoie ?

– Personne ne m'envoie.

– Tu t'es mis à ton compte ?

– Plus ou moins.

Il a souri avec gêne. Je ne le voyais pas à son compte, et il le savait bien. Il voulait faire ami-ami. Avec moi, je n'en voyais pas la nécessité. Si peu que ce fût, il était devenu quelqu'un et moi j'avais cessé d'être qui que ce soit. Il a sorti un paquet de Gitanes et en a allumé une – des Gitanes comme lorsque nous servions dans la même unité aéroportée. Il avait eu un beau visage à la mâchoire carrée, aux traits fermes et décidés, et un certain mépris de la vie et des choses. Nous avions été amis. Puis, au fur et à mesure que son visage s'épaississait, que son corps s'alourdissait, il s'était fait fuyant, incertain, de moins en moins fiable. Il avait dû cesser progressivement de croire en lui. Je ne lui en voulais pas. Il m'a dit :

– Je sais ce que tu penses.

– Je ne pense rien, ami.

– Tu penses qu'il ne faut jamais dîner avec le diable, même avec une longue cuillère.

– Foutaises. C'est curieux : quelqu'un t'a pris à l'instant pour un vendeur de voitures. C'est dire que tu peux inspirer confiance. Je me fiche avec qui tu dînes ou pas. Qui t'envoie, et pourquoi ?

Il s'est penché et m'a déclaré en confidence :

– On ne voudrait pas qu'il t'arrive des ennuis.

Il avait l'air parfaitement franc. Je suppose qu'il devait sembler tout aussi sincère lorsqu'il prenait la parole à l'Assemblée, devant la presse ou pour commander à son chauffeur de faire le plein d'essence. C'était un homme de convictions, dommage qu'il en eût trop et qu'elles fussent toutes à peu près inconciliables les unes avec les autres. J'ai écouté grésiller ma radio, puis j'ai remarqué :

– Mes ennuis ne concernent que moi. J'ai cessé de croire à la bienveillance.

– Tu as tort.

– Sans doute. Toute ma vie, tout le temps que j'ai été en haut, je me suis demandé comment c'était en bas.

– C'est une question qu'on se pose tous.

– Je ne crois pas. Maintenant, je sais. Motif de ta visite ?

Il a écrasé sa cigarette. Il a rassemblé les pans de son manteau et m'a considéré de loin. Son regard s'était fait froid et spéculatif. Il a dit d'un ton de regret :

– Mallet a fait une très grosse connerie. C'est juste qu'on était en train de le pousser dehors, mais il a mal joué sa partie.

– Mallet est mort.

– Oui. Il a été inhumé hier dans le caveau de famille, près de Cahors. On l'a porté en terre, entouré de l'affection de ses proches. Je ne parle pas de cette connerie-là.

– On avait deviné.

– Je suis à la tête d'un pool d'investisseurs. Nous estimons les informations contenues dans cette disquette à la somme de deux millions de francs.

J'ai eu un rire amer. Deux briques, c'est sûr que ça ne se trouvait pas sous le pas d'un cheval. Je connaissais des millions d'endroits dans le monde où elles pouvaient faire de vous un homme parfaitement paisible et respectable. Je me suis enquis :

– Garanties offertes au vendeur ?

– L'anonymat. Aucune poursuite d'aucune sorte. Paiement cash et par le moyen de son choix. Ces informations n'appartenaient pas à Mallet. Ceux qui en étaient les propriétaires légitimes veulent récupérer leur bien.

– Rien qu'un bizness.

– Rien qu'un bizness.

J'ai écrasé ma cigarette. J'en ai allumé une autre. Il allait être quatre heures. J'ai entendu mes troupes rentrer du casse-croûte. Quand les huissbards avaient fini de se servir, il me restait à peine plus du smic pour aller d'un bout à l'autre du mois. On me parlait de deux cents briques. J'ai rappelé à Rouvières :

– Miral m'a fait une sorte d'offre d'achat, lui aussi. Tu roules pour lui ?

– Jamais de la vie.

– Compliqué, ami, très compliqué. Vous arrivez à vous en dépatouiller, de tout ce mic-mac ?

– Tant que tout le monde joue dans les règles, oui. (Il a eu un bref ricanement sans joie :) Ne va pas t'y tromper, rien n'a changé. Chacun se tient au garde-à-vous avec le pouce dans le trou du cul de son voisin. Mallet a eu la mauvaise idée de quitter la route, c'est ce qui l'a perdu.

– Peut-être la fatigue, et le dégoût aussi.

Il m'a regardé, les yeux ronds, puis s'est exclamé :

– Mallet ? Mallet ? Tu ne te sens pas bien ?

– Ni bien, ni mal. Je n'ai pas connu l'homme et ce que j'en devine ne me l'aurait guère rendu estimable, mais mon avis ne compte pas. Il s'était pris les pieds dans le tapis, mais dans le pire des cas, il aurait ramassé deux ans.

– Comment sais-tu qu'il s'était pris les pieds dans le tapis ?

– Pas difficile à deviner. N'empêche : il a bouclé sa piaule et il a bu un coup. Après, il a vidé ses poches, il a fait un petit mot aux flics pour expliquer son geste. Ensuite, il s'est couché sans se déloquer. Il a choisi de s'en aller suivant un mode opératoire plutôt propre. Pas de sang partout, ni de cervelle pour barbouiller les murs. Rien d'emphatique ni de déclamatoire. Ce genre de fin le rachète à mes yeux, mais encore une fois mon avis ne compte guère.

– Deux plaques. On se fout de la manière que la disquette remonte à la surface. Le tout, c'est de ne pas tarder.

C'était tentant. Je me suis penché en arrière. J'ai regardé les petits arbres du patio. Immobiles dans la faible clarté qui provenait des bureaux de nuit, ils semblaient constituer une petite cohorte d'êtres faméliques et désemparés. Ils se trouvaient en lisière de la lumière comme on se tient au bord de l'existence, tout occupé à mourir debout. Je me suis levé, je suis allé jusqu'à la vitre. J'ai déclaré à regret :

– Il n'y avait rien dans la chambre. Pas la moindre disquette. Rien non plus dans l'enveloppe, rien d'autre que des regrets et l'annonce de sa mort. Le dossier destiné au Parquet général est parvenu au Parquet général. Aucune information n'a été ouverte.

Je me suis retourné :

– Nous nous sommes tout dit.

Il s'est levé lentement. Il a eu une vilaine grimace. Il a grincé comme un vrai dur, tout à coup :

– Je ne crois pas. Je ne crois pas non plus que c'est une bonne idée de t'envoyer la veuve. Tu sais qu'elle a longtemps fait la joie des boîtes à Blacks ?

11

C'était le petit matin. Je m'étais calé les pieds dans un tiroir et je somnolais plus ou moins. J'ai entendu du remue-ménage dans les escaliers, les pas de quatre ou cinq hommes décidés et qui ne se souciaient guère de formalisme. On a longé les gardes à vue, puis on a frappé au bureau de Muppet. J'ai entendu une courte conversation, puis encore des pas et on a tapé à ma porte. J'ai enlevé les pieds du tiroir. On est entrés.

Quatre civils, que Muppet précédait en enfilant sa veste de combat. Leur chef s'est appuyé à bras tendus au dossier de la chaise, en face de moi. Il était maigre et de taille moyenne. Il portait lui aussi une veste de combat et s'était noué un keffieh autour du cou. Il avait servi sous mes ordres en unité de recherche, tout au début de sa carrière – et de la mienne. Il œuvrait à présent comme chef de groupe dans un service départemental de police judiciaire limitrophe. Il s'appelait Maffre et ses hommes le surnommaient Carl. Il m'a dit presque d'une seule traite :

– J'ai besoin d'un O.P.J. de chez toi pour une partie de saute-dessus. Ça se passe sur ta circonscription. Avant-hier soir, ces fils de pute ont bousillé deux de mes nains en leur fonçant dessus en voiture.

– Grave ?

– Un de mes gars ne marchera plus jamais.

– À ce point ?

– Plus de colonne. Ils lui ont roulé dessus avec une roue arrière. L'autre est dans le gaz. Il a le thorax enfoncé.

– Ils sont combien ?

– Cinq hostiles mâles. Il y a aussi des femelles.

– Correct. Vous les avez logés ?

– On les a logés, identifiés. Trois Blacks, deux gris. Ils ont du fer.

– Type d'armement ?

– Riot-gun à canon scié. Un ou deux Beretta quinze coups.

J'ai secoué la tête. J'avais froid dans les os. Carl m'a dévisagé. C'était quelqu'un de positif et qui ne s'embarrassait pas de précautions oratoires. Il m'a déclaré :

– J'ai pensé que Muppet ferait le compte.

Il s'est redressé, comme si l'affaire était entendue. Muppet avait les pouces dans la ceinture. Il attendait près de la porte. Les trois autres flics, jeunes aussi, maigres et vifs, n'avaient pas l'air de flics. Ils pouvaient passer pour des rockers comme pour des petites frappes ou des types qui grattent au noir chez le carrossier du coin. Vêtus autrement, ils auraient pu ressembler à des vendeurs de surgelé. Ils n'étaient eux aussi personne. Ils me regardaient comme j'étais, avec cette absence d'attention qui trahit l'accoutumance au mensonge et aux faux-semblants. J'ai admis :

– Muppet ferait le compte.

J'ai quand même récupéré mon colt commander dans le dernier tiroir. J'ai vérifié qu'il y avait quelque chose dans la chambre de tir et je l'ai glissé dans mon étui de tir rapide sur la hanche. Je me suis levé.

– J'en suis aussi.

Carl a pris le temps de me dévisager. Il était principal, j'étais divisionnaire. Il se trouvait sur mon territoire. Il savait quel genre de choses on pouvait faire avec une balle de .45 automatique. Il s'est incliné et a reconnu sans entrain :

– C'est toi le boss. Ils se terrent au 140, Ménilmontant. Si on ne veut pas être obligés de demander aux Tuniques bleues de venir nous dégager, ça serait mieux de taper vite. J'ai deux autres flics dans une deuxième voiture, en haut.

J'ai fait signe à Muppet et je lui ai lancé la clef du coffre-fort pour qu'il aille prendre le pompe du service. En un instant, ma fatigue et mes appréhensions, toutes mes peurs et mes regrets se sont trouvés balayés. Nous sommes montés quatre à quatre. Muppet nous a rejoints dans le hall. Il avait un Motorola dans une main, le Remington et un gros pied-de-biche dans l'autre. Dehors, sur le ciment, nos pas aguerris ont résonné comme ceux d'hommes fiers, justes, droits et braves, lancés en un combat glorieux dans les plaines du ciel. Nous sommes montés dans les voitures. Les portières ont claqué. Nous sommes partis à toute allure.

Muppet a collé à la 405 de Carl. Il savait faire. J'avais le fusil entre les genoux. Au bout de quelques centaines de mètres, il a fallu brancher les essuie-glaces. J'ai allumé une cigarette. J'ai vu mes doigts trembler. Ils ne tremblaient pas fort, mais presque continuellement. Muppet s'en est aperçu. Il m'a adressé un coup d'œil indéchiffrable. Peut-être que lui aussi, il avait peur. C'était pourtant un petit matin pluvieux, ordinaire, une petite partie de saute-dessus bien ordinaire, elle aussi.

Comme il pouvait y avoir des chouffes, nous avons laissé les voitures bien avant le 140. Nous avons fini à pied, pas en tirailleurs, dans la pluie. Je marchais à côté de Carl. Il avait remonté son col de veste. Nous avancions à défilement, sans un mot. Au moment de s'engager dans la cour, il a jeté un coup d'œil aux immeubles, puis il s'est appuyé au mur et m'a demandé :

– Comment tu vois les choses ?

C'est à ce moment que j'ai compris que lui aussi, il avait peur.

Toute ma vie j'ai rêvé d'être une hôtesse de l'air.

Le 140 était un endroit triste. Des cours, semées de bâtiments en briques aux allures de factories. Un endroit triste et des gens sans joie. On aurait presque dit une banlieue pauvre, au large du bizness. Une autre entrée de l'autre côté donnait sur une autre rue. Il y avait des appartements murés, des cages d'escalier vides et des sous-sols qui servaient d'ossuaires aux deux roues. Les flics ne s'y aventuraient plus qu'en escouades, avec des riot-guns et des pare-balles. On savait qu'il y avait des bandes et des fusils. On savait qu'il y avait de la came. On savait tout. On ne faisait rien. Peut-être qu'il n'y avait rien à faire.

Carl m'a regardé allumer une cigarette. Entre ses types et nous, il y avait la guérite du gardien, puis un glacis d'une trentaine de mètres qui baignait dans une pénombre de cave. Il était cinq heures vingt à ma montre. J'ai murmuré :

– Le bâtiment que tu cherches est le deuxième sur la gauche. Aucun défilement, et pas de possibilité de contourner. Trente mètres de passage à découvert. Nous sommes huit. Deux en bas, deux en haut. Il en reste quatre pour percer. Je sais comment les appartements sont faits. On tombe sur un couloir qui fait dans les cinq mètres. Salle à manger-salon sur la gauche, deux ou trois chambres à droite. Cuisine et salle de bains en bout. Il y a aussi un débarras dans l'entrée.

– Bon, m'a dit Carl.

– Ils sont à quel étage ?

– Quatrième. Porte de gauche.

Je me suis mis à grincer des dents. Carl a remué les épaules. Il a observé sans aigreur :

– C'est ça ou deux camions de gendarmes mobiles.

– C'est pas à moi d'en juger, Carl.

– Tu me dis ce qui est faisable ou pas.

– Tout est faisable. Reste à savoir le prix qu'on est prêt à payer.

– Mon type est infirme à vie.

– La question n'est pas là.

J'ai écrasé la cigarette sous la pointe de ma botte. Le sang me grondait aux oreilles. Je lui ai murmuré, avec tristesse :

– Si ça doit se faire, c'est tout de suite.

Deux de ses hommes sont montés devant nous. Ils ont dépassé la cible et sont allés s'embusquer un étage plus haut. Ils avaient l'un un Beretta et l'autre un riot-gun chromé. Carl avait bien dressé ses troupes. Ils progressaient vite et sans bruit dans la pénombre en se couvrant mutuellement. Des jeunes durs, avec des muscles solides et des nerfs encore intacts. Ils ne semblaient pas éprouver d'états d'âme et obéissaient au geste, en anticipant juste ce qu'il fallait à la recherche des angles morts. J'avais encadré les mêmes gosses dans mon unité commando. On faisait alors le même genre de sale guerre.

Nous en avions laissé deux dans le hall d'en bas. C'était trop peu.

J'ai approché mon Oméga de la figure. J'ai compté que nous n'avions pas mis plus de deux minutes à investir les lieux. Pas à pas, nous avons gravi le dernier demi-étage. Le palier ne comportait que deux portes en vis-à-vis. On n'entendait pas de bruit. J'ai saisi la manche de Carl et je lui ai montré la porte en face de la cible. Il a hoché la tête. Il comprenait le péril. Il a fait signe à l'un de ses nains, qui s'est accroupi aussitôt au ras des marches pour nous couvrir dans le dos. C'était peu de chose, mais c'était tout ce qu'on pouvait faire. Il fallait aller vite. Quelqu'un pouvait sortir de chez lui, monter ou descendre. Nous n'étions pas assez nombreux pour interdire tout déplacement.

J'ai eu un renvoi de bile en sortant mon pistolet. Je le portais avec une balle dans la chambre. J'ai remonté le marteau du percuteur sans faire de bruit. La sueur m'a dégouliné le long des flancs et des tibias. J'ai vu que Carl me regardait. C'était un bon flic, Carl, un homme que j'aurais aimé avoir comme ami ou comme second. C'était à lui que revenait la décision de percer, mais à cet instant, j'ai compris qu'il allait attendre. Comme un second. Il ne fallait pas attendre.

Je me suis redressé, j'ai fait signe à Muppet. Sans bruit, celui-ci est venu se mettre devant la porte. À cet instant, une décharge de chevrotines l'aurait scié en deux. Pourtant, il a lentement effleuré le battant du bout des doigts, puis il a poussé doucement de manière à introduire le gros pied-de-biche sous le chambranle. Il a pris beaucoup plus haut que les serrures. Il avait laissé son fusil à l'un des hommes de Carl. Il avait seulement son Beretta perso glissé sous la ceinture, au milieu des reins. Il a fait pression sur le bras de levier.

C'était une porte bon marché. Il a doucement gagné trois centimètres, puis il a sorti un bouchon de champagne de sa veste de combat et l'a glissé entre la porte et le chambranle. Ensuite, il a retiré le pied-de-biche et s'est remis à attaquer à quarante centimètres du sol. Accroupi, il offrait une moins bonne cible, mais il était encore en danger de mort. Il a glissé un second bouchon dans l'entrebâillement. J'avais cessé de respirer. Il a retiré la plume et a tourné la tête vers moi. Je lui ai fait signe en me plaquant au mur aussi près que possible de l'embrasure. Il a enfoncé la plume dix centimètres au-dessus du verrou.

Maintenant.

En explosant, la serrure a produit une détonation presque aussi forte qu'une arme de petit calibre. Le battant a claqué contre le mur de droite. Je me suis engouffré dans la brèche, les yeux fermés. On n'y voyait pas grand-chose et dans les premières secondes la vision n'était pas très utile. Il valait mieux un pare-balles ou un bon ange gardien. Je n'avais ni l'un ni l'autre. Mes ailes m'ont porté jusqu'à la salle de bains, tout au bout du couloir.

La porte a cédé sous mon épaule. Je me suis retrouvé les quatre fers en l'air, dans des odeurs lourdes de lessive et de renfermé. Aisé. En me relevant, je tenais mon commander à deux mains devant la figure, les coudes pliés. J'ai rouvert les yeux et je me suis embusqué. J'y voyais parfaitement. J'ai aperçu les silhouettes qui bondissaient l'une après l'autre. Carl et son type ont investi le salon-salle à manger. Ils pouvaient tenir ses occupants sous leur feu.

Muppet m'a rejoint. Il n'y avait personne dans la cuisine et le débarras. Il restait les chambres. Nous avons entendu remuer. Quelqu'un s'est levé quelque part en appelant. Un rai de lumière est apparu sous une porte. Comme personne ne répondait, celui qui s'était levé a ouvert et s'est avancé. Il offrait une cible splendide. Il a vu l'entrée qui bâillait à tout vent et a voulu faire demi-tour, mais Muppet l'a couché au sol. À genoux sur son dos, il lui a tordu les bras et lui a passé les menottes dans les reins. Rapide, Muppet. Même lorsque j'étais en très grande forme, je n'aurais pas pu faire mieux. Il s'est relevé et a pris son Beretta à deux mains. On n'entendait rien chez Carl, ce qui signifiait qu'il maîtrisait la situation.

Avec le recul du temps, le plus impressionnant a sans doute été l'absence à peu près totale de bruit, le manque de réactions de la part des autres dans la première minute. Muppet a exploré la chambre d'où avait jailli son énergumène. Il est ressorti tout aussitôt avec un deuxième Beretta qu'il a glissé dans sa ceinture. Nous nous sommes regardés. Il restait deux portes. La bonne et la mauvaise. Par la suite, en recoupant nos souvenirs, nous avons pu établir que le tout n'avait pas duré trente secondes jusqu'à ce moment-là. Carl et son second avaient surpris trois garçons et une fille qui se partageaient des couchages à même le sol du salon. C'étaient des mômes qui n'avaient pas seize ans, sauf la fille, qui, elle, avait l'âge du pont des Soupirs. Ils les avaient neutralisés sans difficulté. Au moment où nous hésitions entre les deux portes, le second de Carl était apparu dans le couloir et avait fait signe à Muppet. Ce dernier avait remis son pistolet à l'étui et l'autre lui avait rendu son fusil à pompe en le lançant.

Au même instant, j'avais choisi. J'avais cru entendre quelque chose remuer derrière la porte de gauche, tout à côté du débarras. Il était temps d'y aller. J'ai flanqué un grand coup de pied et j'y suis allé. La pièce était faiblement éclairée. On avait muré la fenêtre à l'aide de parpaings et il n'y avait plus de vitres. Pas un meuble, rien qu'un grabat par terre et une bougie plantée dans un bocal à cornichons à la tête du lit. Le temps psychologique n'a rien à voir avec le temps réel. Simultanément, tandis que mes bras tendus s'abaissaient pour parvenir à l'angle de tir souhaité, celui qui était couché sur le lit s'est tortillé pour s'adosser au mur. C'était un jeune beur avec un beau visage sensible. J'ai cru qu'il voulait s'asseoir tout en cachant sa nudité et qu'on pourrait parler. C'est alors que j'ai vu le canon d'un fusil monter à ma rencontre. Il le tenait caché le long de sa jambe dans la couverture. C'était de sa part une idiotie pure, compte tenu qu'à si peu de distance et de la manière que je me tenais, il me suffisait d'une fraction de seconde pour lui emporter la moitié du crâne.

Je suppose que dans son cerveau, la terreur et la haine l'avaient emporté sur tout autre sentiment. Dans le mien, il n'y avait plus que du vide. Je n'avais même pas vu qu'il y avait une fille étendue à côté de lui. Je ne l'ai même pas entendue hurler. Je me tenais dans une position de tir parfaite, l'épaule droite appuyée au chambranle de la porte. Le temps que le canon scié de son Remington décrive le court arc de cercle qui allait l'amener dans la direction de ma tête, j'aurais eu le temps de vider une moitié de chargeur. Pourtant, mon index est resté bloqué sur la queue de détente. Ça n'était pas que je ne voulais pas tirer, que je n'avais pas peur ou que j'avais envie de faire le malin. C'est que je ne pouvais plus.

Le garçon en a profité. Il a crié quelque chose. C'était peut-être une injure et peut-être pas. En même temps, il a tiré à deux mains. J'ai vu une courte flamme aveuglante jaillir à ma rencontre, quelque chose a explosé à ma droite dans le gros vacarme de la détonation, et j'ai senti qu'on me déchirait la figure. Je suis quand même resté debout. S'il s'était tenu convenablement, s'il en avait eu le temps, le môme aurait certainement pu corriger le tir et parvenir à doubler, mais sous l'effet du recul la crosse l'avait frappé dans les basses côtes et lui avait coupé le souffle. Il n'avait pas pu se reprendre. L'arme à la hanche, Muppet avait tiré trois fois, aussi vite que le permettait le mécanisme de son arme. Sous les impacts, le corps avait fait mine de s'enfoncer dans le mur avant de s'effondrer, disloqué, sur celui de la fille qui ne criait plus.

Je saignais. Je n'entendais plus rien et je saignais comme un goret. Je me tamponnais avec une poignée de mouchoirs en papier. J'avais retiré ma veste en cuir et Carl la tenait à la main. Il me couvait du regard. Je n'arrêtais pas de saigner. J'avais du sang sur la chemise, sur les mains et sur les cuisses. Tout le côté droit de la face me cuisait et j'avais la nuque paralysée. C'est qu'au moment de l'impact, j'avais rejeté la tête en arrière et que je m'étais fait moi-même le coup du lapin. Carl m'a tendu une cigarette allumée.

J'ai fumé en laissant pendre le menton sur la poitrine. Je regardais les gouttes écarlates s'écraser dans le lavabo crasseux. Nous n'avions pas quitté l'appartement. Je me trouvais encore dans cette salle de bains pleine de crasse dont la fenêtre était bouchée et la baignoire remplie de linge sale. Il s'y ajoutait l'odeur de sang, métallique et salée. Nous attendions les gens de la Criminelle, le Parquet et l'Identité judiciaire. Le mort s'appelait Habib Sahraoui. Il avait vingt ans, était de nationalité française et titulaire d'une douzaine de condamnations par défaut. Il était recherché pour tentative de meurtre. Peu avant sa mort, il avait pris la direction d'une bande qui s'attaquait aux agents de sécurité, aux vigiles et aux caméras de télésurveillance. Ils s'en prenaient aussi à d'autres bandes et aux caisses de supermarché. Tout comme la société, le crime a son quart monde.

Je ne leur voyais pas beaucoup d'avenir. Malgré cela, il y aurait enquête sur les circonstances de sa mort, puisqu'on en savait la cause. Rien à y redire, sauf que j'étais pratiquement sourd.

Carl a voulu me rassurer. Il a affirmé en criant :

– Personne ne le pleurera.

– Quelqu'un le pleurera forcément. Tout le monde a une mère, une sœur, ou des frères.

– Ce fumier n'en était pas à son coup d'essai.

– Qu'est-ce que ça change ? Trop de guns partout, Carl.

Il m'a observé un court instant. Je ne devais pas être très beau à regarder. Il a remarqué :

– Ça ne va pas se refermer tout seul. Vaudrait mieux que tu ailles te faire recoudre à l'Hôtel-Dieu. Je vais te faire amener par quelqu'un. C'était une façon souple et très convenable de m'inviter à quitter les lieux avant l'arrivée des autorités. Je savais que Carl s'en tirerait mieux en mon absence. J'ai pris ma veste entre ses doigts. Je suis descendu sans l'enfiler. Son ombre m'a conduit jusqu'à une voiture. Dans la cour du 140, il y avait des cordons de police. Toute une foule bigarrée était tenue à distance. Il n'y avait ni injures, ni cris de haine. Seulement des jeunes visages graves et fermés, silencieux, des poings serrés et de la peine. C'était mortellement triste sous la pluie.

J'aurais presque préféré des volées de cailloux.

On m'a retiré des échardes de la figure et on m'a recousu. J'ai été badigeonné de teinture d'iode, on m'a mis des pansements et on m'a dorloté. La jeune toubib des urgences qui s'est occupée de moi semblait éprouver un vrai faible pour les flics durs à cuire qui encaissent sans broncher. L'aiguille dont elle se servait semblait conçue pour ravauder de la toile à matelas, mais elle travaillait vite et bien, et sans se taire plus de dix secondes d'affilée. Son type à elle, c'était James Caan. Elle adorait James Caan. Je me suis dit que je ressemblais à James Caan comme un choucas a l'air d'une communiante. Elle aimait Bruce Willis aussi. Après avoir fini, elle m'a pris la tension, m'a fait une antitétanique et m'a regardé le blanc d'œil. Elle m'a demandé :

– Ça vous est arrivé comment ?

– J'ai ramassé une porte.

– Vous ne donnez pas l'impression de manger à votre faim. Vous picolez ?

– Jamais au point de tomber raide.

– Brigade criminelle ?

– Non. D.P.J. nuit.

Elle m'a observé tout en remballant ses instruments. Je me tenais assis sur la table d'examen. J'étais torse nu. Je balançais les pieds. Je pensais à autre chose. Elle a remarqué :

– Bonne masse musculaire. Vous vous entretenez bien. Faites quand même attention à la nuit. L'homme est un mammifère diurne. Ses fonctions biologiques sont basées sur des rythmes circadiens. Combien de temps que ça dure ?

– Dix ans ferme.

– Vous allez mettre du temps à vous en sortir.

La remarque était sans objet. Je me suis levé. Je ne sentais plus mes genoux et la tête me tournait. Jamais je n'avais pu supporter les odeurs d'hôpital. Je me suis passé les doigts sur la figure. Ils tremblaient doucement, mais de manière presque continue à présent, comme si un courant de faible voltage les traversait en permanence. Le fait n'a pas échappé à la jeune femme. Elle m'a considéré froidement.

– Vous fonctionnez à quoi ?

– Amphétamines.

– Rien d'original dans votre corps de métier. Depuis ?

– Depuis l'époque où vous portiez des panties.

Elle a réfléchi :

– C'était ma première année de terminale. J'en portais parce que j'avais un petit ami qui adorait ça. Nous aurions pu nous marier ensemble s'il avait trouvé une seule fois le moyen de me les retirer. N'en abusez pas. Elles ont tué plus de gens qu'on ne pense.

– Fausto Coppi, pour commencer.

– Je ne connais pas Fausto Coppi. C'était quoi ? Un chanteur de charme ?

– Oui. Dans l'histoire de la musique, il se place juste entre les ruines de Sparte et Frankie Sinatra.

Elle a fait mine de renifler de façon hautaine. Je me suis rhabillé, j'ai renfoncé mes pans de chemise dans le ceinturon. Je me suis rajusté tant bien que mal. Elle m'a lancé un flacon de pilules en maugréant :

– Vous risquez d'avoir mal pendant deux ou trois jours. Ça endort plus ou moins. (Elle a sorti son stylo.) Vous voulez que je vous fasse un arrêt de travail ?

– Je n'en vois pas la nécessité.

– Moi, si.

Je lui ai souri – pour autant que je le pouvais. Je lui ai demandé :

– Qu'est-ce qui ne va pas ? Vous en avez votre claque de rafistoler des bonnes femmes qui se font tisaner par leur mari ? Des gosses démantibulés, des estropiés et des baltringues ? Des pauvres types qui ont eu la malchance de se faire serrer dans le mauvais commissariat ? Changez de bac à sable, ou changez de mental.

– C'était vraiment une porte ?

– C'était une vraie balle à ailettes et une vraie porte, oui.

– C'est bien ce que je pensais. Vous avez la figure criblée de résidus de poudre. Vous mentez mal.

– Quelqu'un d'autre me l'a déjà dit.

Elle m'a souri :

– Je m'en doute. Vous avez de la chance que vos yeux n'aient rien pris. (Elle a croisé les bras sur l'estomac. Son sourire s'est enfui.) Des fois, je pense qu'il y a des gens dehors… Ils mangent, ils boivent… Ils travaillent, ils font des enfants. Ils regardent la télévision et partent en vacances. Je veux dire…

– Je vois ce que vous voulez dire. Moi aussi, il m'est arrivé de les envier, mais ça n'avance à rien. Ils ne voudraient pas plus de nos vies que nous ne voudrions des leurs.

Elle a hésité :

– Le type qui vous a tiré dessus… Où il est, maintenant ?

– En route pour la morgue.

– C'est vous qui l'avez tué ?

J'ai quitté l'Hôtel-Dieu. L'homme de Carl m'attendait toujours. Il m'a ramené à la Douze. L'Usine bourdonnait comme un atelier de blanchissage. On s'affairait, on se croisait, on s'appelait. On entendait crépiter des machines à écrire, il y avait des appels radio et des sonneries de téléphone. Longtemps que je n'avais plus traîné au jour. J'en étais comme étourdi. Avant de me présenter au rapport, je suis descendu me changer. Je gardais toujours deux chemises et un jean de réserve dans mon armoire fermée à clé.

Sur mon sous-main, j'ai trouvé un petit mot. C'était pour me dire que quelqu'un m'avait appelé peu avant la relève. On avait laissé un numéro de téléphone. Tout en défripant ma chemise du plat de la main, j'ai fait le numéro. Il n'y a pas eu plus de deux sonneries et j'ai entendu la voix d'Alex qui me parvenait comme à travers un banc de brume. Elle était inquiète. Elle m'a demandé :

– Où tu es ?

– Devine.

– Encore là-bas ? Mon Dieu, non. Tu en as encore pour combien de temps ?

– Aucune idée.

– Tu as une drôle de voix.

– C'est mieux que pas de voix du tout.

– Je suis dans la voiture.

– Je le sais.

– Ne me dis rien. Je te prends à l'annexe.

Elle a raccroché. J'ai changé de vêtements, je me suis assis dans mon fauteuil et j'ai fumé une cigarette entière. Je savais ce qui m'attendait en haut.

Cohen bouillait de rage. Ça se voyait à sa manière de mâcher son cigarillo du coin de la bouche. C'était un homme trapu, costaud, avec un large et beau visage civilisé, intelligent, comme en avaient les riches Romains à l'époque de leur décadence. Sous les yeux, il avait des poches grisâtres qui me faisaient penser à Duke Ellington. Ses cheveux frisés, très gris, lui faisaient comme une couronne de paille de fer fraîche autour du crâne. Il s'habillait mal, sans recherche, et ses gestes étaient courts et brusques. Il remuait bras et jambes comme un homme contraint de passer toute sa vie dans des vêtements trop petits pour lui. Quand je suis rentré dans le bureau, il m'a lancé un regard chargé de haine.

Carl était déjà là. Yobe le Mou aussi, dans un fauteuil, ainsi que deux types de l'I.G.S. qui se tenaient debout comme Carl. Celui-ci s'est tourné vers moi et m'a demandé :

– Comment tu vas ?

C'était gentil. J'allais. Yobe m'a adressé un sourire de menace. Les deux hommes de Bœuf-Carottes se sont cantonnés dans la plus stricte neutralité. Dehors, il s'était remis à pleuvoir, et derrière Cohen les vitres ruisselaient comme celles d'une baie de lavage automatique. Il a remué les doigts et m'a montré quelque chose à bras tendus. C'était une note de service. Il a grondé :

– C'est quoi, ça ?

– Une note de service.

– Qu'est-ce que vous voyez, dans l'angle supérieur gauche ?

– Des signatures.

– Ouais. Des signatures. Pour émargement.

Yobe a ricané. Il s'est fait fusiller du regard. Carl regardait Cohen, puis moi, puis de nouveau Cohen. Il semblait seul, désemparé, perdu pour toujours dans un continent inconnu. Les deux I.G.S. jouaient aux falaises de marbre et y parvenaient assez bien. Cohen a repris son souffle. Il a sifflé entre ses dents :

– Vous avez signé, comme tout le monde. Vous savez ce que dit cette note ? Elle dit qu'on ne doit pas taper au 140, sous aucun prétexte, sans en avoir avisé au préalable notre état-major et celui de la sécurité publique. On n'y pénètre pas sans l'assistance de la tenue. Sous aucun prétexte. Vous avez signé ?

– J'ai signé.

– Ça vous a pas empêché d'y aller quand même.

– On m'a demandé une assistance judiciaire. Je l'ai fournie.

– Vous jouez sur les mots, m'a dit Cohen. Vous jouez sur les mots. Je commence à en avoir plus que plein le cul, de vos grands airs. Vous vous prenez pour qui ? Pour Dieu ? Vous aviez signé ou pas ?

– J'avais signé.

– Vous voulez quoi ? Une guerre civile ? Bordel de merde, j'en ai marre de vous. J'en ai marre et plus que marre. (Son ton a enflé. Il a manqué la corbeille à papier avec son cigarillo. Il a jeté la note de service. Il s'est levé. Il m'a crié :) Où c'est que vous vous croyez encore, dans le djebel ? Vous auriez mieux fait d'y rester. Vous êtes un connard. Ça faisait un moment ! Ça faisait un bon moment, que je vous attendais…

Il a contourné son bureau et est venu se planter devant moi. Il m'a agité son index sous le nez. Il a hurlé, hors de lui :

– Vous êtes pas un flic ! Vous faites la honte de la Division ! Vous vous comportez comme un fils de pute. Vous vous prenez pour quoi ? Je vais vous le dire, moi : vous vous comportez comme un putain d'avocat ! Pire que ça. Comme un juge d'instruction !

Je ne voyais pas bien le rapport. Lui non plus, peut-être, mais c'est qu'il avait trop ressassé ses griefs. Il dansait d'un pied sur l'autre, à la manière d'un sparring-partner. Mauvais jeu de jambes et pas beaucoup d'allonge. J'aurais pu le sécher sur place. Il criait.

– Pire qu'un juge d'instruction ! Pire qu'un juge d'instruction !

Nous avons échangé un coup d'œil, Carl et moi. Il a bougé les épaules avec amertume, tout en donnant l'impression de s'excuser. Je lui ai adressé un maigre sourire difficile. Il n'était pas habitué, Carl. Tout en sortant mon paquet de cigarettes, j'ai commencé à pivoter sur les talons. Cohen m'a saisi la manche en hurlant :

– C'est pas fini ! C'est pas fini ! Restez !

Je me suis immobilisé. Même fou de rage, il avait conservé une parcelle de bon sens parce qu'il a retiré la main. Il faisait une tête de moins que moi, et trop de mauvaise graisse handicapait ses déplacements. Il n'avait pas la moindre notion du combat de rues et son courage, de même que celui de Yobe, ne s'exerçait jamais qu'à cinq contre un et toujours sur des gens attachés. Lentement, j'ai porté une cigarette à mes lèvres sans le quitter des yeux. J'ai murmuré doucement :

– Je traite pas avec un malade.

J'ai à peine entendu le son de ma voix. J'ai seulement remarqué du coin de l'œil que Yobe le Mou était en train de se lever lentement en saisissant par le pied le lourd cendrier tulipe posé tout à côté de lui. J'ai prévenu :

– Il vaudrait mieux que tu fasses pas ça, Yobe.

Il s'est établi un tel silence qu'on l'aurait dit coulé dans le béton. Yobe est resté comme il était, les fesses à cinquante centimètres de son fauteuil. Cohen a serré les poings. Il avait l'air d'un tambour-major, avec son ventre mou qui débordait de la ceinture. Je lui aurais, c'est sûr, laissé l'avantage d'ouvrir les débats. C'est sûr que je n'aurais eu aucun mal à le casser en deux. Un de mes rares regrets, l'un des plus tenaces aussi, est sans doute de ne pas l'avoir fait.

J'ai seulement reculé d'un pas sans me retourner, j'ai haussé les épaules. La haine que j'ai vu alors filtrer dans ses yeux verdâtres, entre ses paupières bouffies, restera toute ma vie gravée dans mon esprit comme l'image même d'une laideur surhumaine. Méduse avait dû avoir ce genre de regard. Je lui ai laissé le temps. Puis je l'ai encore dévisagé une dernière fois. J'ai ensuite allumé posément ma cigarette et j'ai dit à Carl, par-dessus mon épaule :

– On y va, Carl ?

Nous y sommes allés.

Alex m'attendait au troquet. Elle était en blouson de cuir, avec dessous un court petit pull en mohair parme. Elle portait des jeans et des bottines à talons. La crinière ébouriffée, elle ressemblait à une chanteuse de hard-rock. Seul, son regard était doux et un peu perdu. Je me suis assis à côté d'elle et Carl en face. Alex m'a examiné la figure sans un mot, puis elle a bu quelques gorgées dans son verre. C'était un jus de tomate avec beaucoup de tabasco et du sel de céleri. J'ai présenté tout le monde à tout le monde et j'ai commandé des cafés. Carl a demandé :

– Tu es dans quelle Division ?

– Aucune Division, a murmuré Alex.

– Tu bosses en commissariat ?

– Non.

Fernand nous a apporté les cafés. Depuis le comptoir, trois flics en civil d'une unité de recherche nous couvaient des yeux. Alex m'a tapé une cigarette. Je la lui ai allumée. Je ne trouvais pas mes mots et elle non plus. Comme nous ne nous disions rien, Carl a bu le contenu de sa tasse en vitesse et il s'en est allé. Au bout d'un moment, Alex a demandé :

– Est-ce que tu as quelque chose à me dire ?

– J'ai quelque chose à te dire. Je ne sais pas comment faire.

– Qu'est-ce que tu as, à la figure ?

– Compliqué, Alex.

– Tu as peur que je ne comprenne pas ?

– Non.

J'ai posé ma main sur la sienne. J'ai cherché mes mots. Je ne voulais pas l'inquiéter. Elle avait son monde à elle, ses intérêts et ses tracas. J'avais les miens, qui ne les valaient sans doute pas. De loin, les flics n'en perdaient pas une miette. La tête penchée comme un gosse pris en faute, je lui ai dit :

– C'est rien. Je me suis fait allumer.

– Ça veut dire quoi, se faire allumer ?

– Quelqu'un m'a tiré dessus. C'est rien.

– Merde. Tu te fais tirer dessus et c'est rien. Il aurait pu te tuer ?

– Il ne l'a pas fait. C'est rien.

– Imbécile.

Elle a retiré sa main. Elle s'est levée d'un bond. Elle a fouillé dans une poche et elle a jeté un billet de cent francs sur la table. Elle m'a encore traité deux fois d'imbécile, puis elle a pivoté sur les talons et elle est sortie. Une vraie dure. Les flics qui se tenaient au comptoir l'ont suivie du regard d'un air ravi.

Ils appartenaient à cette portion d'humanité qui se régale de tauromachie et de combats de coqs, fait ses délices de matches de boxe amateur et se repaît au spectacle des accidents de la route. En secret, j'avais tendance à les considérer comme des tordus. Pour être juste, il faut reconnaître qu'ils me le rendaient bien. Je me suis levé à mon tour et j'ai gagné la porte sous leurs yeux goguenards. Je suis sorti dans la pluie.

J'ai eu à peine le temps de faire dix pas qu'Alex se jetait contre moi. Elle présentait tout le charme d'un ouragan, mais aussi bien des inconvénients. Dès qu'il s'est produit en elle un semblant d'accalmie, elle m'a serré de toutes ses forces, puis a expliqué d'un ton d'excuse :

– J'ai eu tellement peur. Je veux pas te perdre, tu comprends ?

Je comprenais en diagonale. Elle m'a pris le bras en me demandant :

– Ça te dérange, de conduire ?

Je n'étais pas invalide. Ça ne me dérangeait pas.

Lorsque j'ai reculé pour quitter la place de parking, j'ai vu les trois flics sortir l'un après l'autre du Florida. Ils affectaient la plus parfaite indifférence, mais n'avaient d'yeux que pour la Mercedes et pour son contenu. Ils aimaient bien Cohen, parce que celui-ci n'était jamais très regardant sur leurs méthodes, ni sur leur façon d'obtenir des aveux. Eux et moi, nous ne parlions pas de la même police. Plantés sur le trottoir, ils ont regardé la Mercedes disparaître au tournant.

Eux et moi savions seulement qu'il suffisait toujours d'attendre.

12

Alex ne dormait pas. Elle me serrait toujours contre elle de toutes ses forces. À sentir son cœur battre contre mes côtes, je mesurais aussi combien le temps passait. Seize heures. Je savais à quel genre de compte à rebours elle se livrait en silence. Il nous restait à peu près quatre heures avant que je retourne à la Nuit. Je savais ce qu'elle pensait. Elle a remis le couvert brusquement. Je m'y attendais d'un instant à l'autre. Contre ma jugulaire, elle a dit :

– Je ne crois pas que tu es trop vieux pour ce genre de truc. Je sais simplement que tu as failli te faire tuer. J'ai mis trop de temps pour te rencontrer. J'ai horreur de la mort. Je ne veux pas que tu meures.

– On meurt tous. Aujourd'hui, c'était pas le jour.

– C'est ce que tu cherches ?

– Quoi donc ?

– Te faire tuer.

– Non.

J'ai allumé deux cigarettes et nous avons fumé. C'était petit et triste, chez moi, mais un peu moins petit et triste lorsqu'elle était là. On entendait le bruit des trains. Je me suis levé refaire du café et quand je suis revenu avec un plateau, Alex pleurait en silence, les bras au-dessus de la tête. Je lui ai dit :

– Je n'aime pas que tu aies de la peine à cause de moi. Je n'aurais pas dû te parler.

– Je ne crois pas.

– J'ai seulement fait mon boulot, Alex.

Elle m'a reproché :

– Personne ne t'obligeait à y aller.

– Non. Personne.

J'ai posé le plateau sur ma malle en osier. Je suis retourné près d'elle, sous la couette. Elle avait le peau brûlante, sauf aux genoux et aux épaules. Je ne connaissais pas beaucoup de moyens d'atténuer son chagrin. Je me suis servi du premier qui m'est tombé sous la main. Nous avons fait l'amour. Elle a cessé de pleurer. Elle s'est mise à crier, à rire et à me labourer le dos comme une furie. Après, elle a confessé avec gravité :

– Dingue, le pied que je peux prendre avec toi.

– Délicat. Poétique et attendrissant.

– Je ne trouve pas. On ne t'a jamais dit que tu aurais pu faire de l'or, avec ta queue ?

– On m'a dit ça – et d'autres choses.

– Je veux pas que tu te fasses buter. Comment je ferais pour baiser, si tu te faisais buter ?

– Alex, fais un effort. Essaie d'imaginer. Il y a une vie après le cul.

– Non ?

– Si, réellement. Je te promets.

– Tu mens mal. Je sens bien, entre mes jambes, que tu mens très mal.

Je sentais, moi, que l'heure tournait. Je savais que le matin, la Dame en noir m'avait soufflé à la figure. Elle était passée très près, entre la balle à ailettes qui avait fait exploser le chambranle à moins de dix centimètres de ma tempe et moi. C'était bien un vilain baiser qu'elle m'avait planté bouche ouverte au passage. Il s'en était fallu de peu. J'avais failli tout bonnement perdre la tête. Alex m'a demandé :

– Qu'est-ce qui se passe ? Tu as froid ?

– Très froid.

Elle m'a pris la figure dans ses mains, a plongé ses yeux dans les miens. Inutile d'essayer de le cacher, c'était un regard qui y voyait jusqu'au centre de la terre. Elle m'a dit, d'un ton de désarroi :

– Tu as peur.

– Oui.

– Tu as eu peur, ce matin ?

– Oui.

– Tu as peur et tu as honte.

– Oui.

– C'est pour ça que tu me baises toujours comme si on se trouvait sous un bombardement.

– C'est possible, oui.

Elle m'a giflé.

– Je ne veux pas que tu meures.

– On a tous nos petits soucis.

Nous avons pris le café au lit. Ensuite, j'ai glissé mon bras sous son cou et elle s'est mise contre moi en chien de fusil. C'était un tout petit peu de quelque chose qui ressemblait à de la paix. Le vent sifflait, la pluie claquait sur les tuiles. Elle crépitait contre les vitres. Un train s'ébranlait lourdement sur les rails. Il est passé en faisant trembler les murs. Alex ne disait plus rien. Je sentais son souffle paisible contre ma peau. Nous avons dormi plus d'une heure.

Ce sont les pas qui m'ont réveillé, bien avant le coup de sonnette. Je n'attendais pas de visite. Tout de suite, j'ai été debout, le pistolet le long de la cuisse. Je suis resté immobile à tendre l'oreille, pendant qu'Alex enfilait ma chemise à toute vitesse. J'avais d'abord pensé qu'on se lasserait, mais il y a eu un second coup de sonnette, puis j'ai entendu la voix qui me disait :

– Fais pas l'idiot, je sais que tu es là. Ouvre, il faut qu'on se parle.

C'était la voix de Yobe. J'ai enfilé mon jean et je suis allé ouvrir. J'avais toujours mon .45 au poing. Dans la lumière jaune du palier, j'ai entrevu une autre silhouette. J'ai dit à Yobe :

– Toi, tu rentres. Ton esclave reste dehors.

– Comme tu veux.

Il est entré. Il connaissait les lieux. C'était toujours le même grand type embarrassé de sa taille et bien bâti, encore que très empâté. Il portait un grand manteau gris sombre avec des manches raglan. J'ai consulté ma montre.

– Dix-sept heures vingt. Ça ne pouvait pas attendre ?

– Non. Ça ne pouvait pas attendre.

Il a déboutonné son manteau. Sa face dégouttait de pluie et il avait les épaules trempées. Il a sorti un magazine de sa poche et l'a tenu plié en deux – puis, à la réflexion, il l'a remis dans sa poche. Messager, triste messager. Il avait l'air à jeun. Je lui ai fait signe de me suivre.

Alex s'était réfugiée dans la petite chambre du fond. Je l'ai appelée. Subitement, la pièce a été plus qu'aux trois quarts pleine. Les yeux me brûlaient. J'ai flanqué mon colt sur le sous-main et je suis allé m'asseoir dans mon fauteuil. J'étais le dos à la fenêtre. J'ai allumé ma petite lampe. Sam Spade. Mike Hammer. Yobe se trouvait plongé dans la contemplation d'Alex. C'était un homme capable de reconnaître une belle chose quand il en voyait. J'ai claqué des doigts pour attirer son attention, puis je lui ai indiqué ma seule chaise.

– Tu peux prendre place. Si c'est ce qui te tracasse, la Dame n'a rien d'autre sur le cul. *Sit down, Jimmy…*

Il s'est assis avec lourdeur. J'ai tendu les doigts à Alex et elle est venue prendre place sur mes genoux. Yobe nous a regardés tous les deux. Il lui est apparu un drôle de sourire aux lèvres. Pas du tout ce à quoi je me serais attendu. C'était quelque chose de franc et de propre, comme s'il était réellement satisfait de nous voir ensemble. Yobe était un mouton, mais son fond n'était pas mauvais – c'était seulement un mouton qu'on avait essayé de dresser pour mordre. La férocité est quelque chose qui vous vient tout de suite, ou jamais. Yobe avait toujours fait son possible, mais il n'était pas homme à tuer au couteau, vite et sans bruit, une sentinelle qui se tient le dos tourné. Je ne pouvais certainement pas lui en faire grief.

Ce soir-là en particulier, on sentait bien qu'il n'était pas content de faire ce qu'on lui demandait. Il m'a regardé dans les yeux.

– Autant ne pas tourner autour du pot. Tu es relevé de la Nuit.

Il y a eu un silence. Puis un TGV a démarré avec un sifflement de compresseur, il a défilé dans mon dos sur la pointe des pieds et s'est éloigné en grondant. Alex avait ma chemise sur les épaules. J'ai cherché une cigarette dans sa poche. Comme je ne trouvais pas de feu, Yobe m'a lancé une boîte d'allumettes. Des Lucky Strike, mais je ne pense pas que c'était fait exprès. J'ai allumé une Camel et j'ai toussé dans mon poing.

– La mesure prend effet quand ?

– Dès l'instant de sa notification. C'est-à-dire maintenant.

– Motif de la sanction ?

Yobe a haussé les épaules. Il n'avait réellement pas envie de mordre. Il a sorti une petite boîte de cigarillos de sa poche de manteau et l'a promenée à la ronde. Alex m'a surpris en acceptant d'en prendre un. Je lui ai donné du feu. Tout en allumant le sien, Yobe a eu une grimace attristée :

– Tu t'es fait baguer à l'amitié, camarade. La cousette de l'Hôtel-Dieu, celle qui t'a reprisé ce matin. Tout de suite après, elle a donné un coup de fil au médecin chef de l'Usine pour attirer l'attention sur ton état mental. L'autre a carillonné chez le préfet de police. C'est retombé immédiatement à la Douze. Personne ne parle de sanctions. Seulement une mesure à caractère médical.

Je me suis passé la main sur la figure. J'avais froid, mais ma face et mes doigts étaient brûlants. Alex a mis un bras autour de mes épaules. Elle pesait lourd, en travers de mes cuisses, mais moins lourd que ma lassitude et mes regrets. C'était une gentille, Alex, elle aussi faisait de son mieux mais j'étais trop mal pour lui en savoir gré. J'ai grincé :

– Plutôt bonne nouvelle, non ? Comme ça, tout le monde s'en tire les cuisses propres.

– Tout le monde, a reconnu Yobe. Longtemps que je t'avais prévenu, rappelle-toi. On te donne dix jours de récupération. Il t'en restera encore une centaine à prendre.

– Et ensuite ?

– Le bureau administratif décidera.

– Muppet ?

– Le juge n'a rien retenu contre lui. Il prend lundi au Groupe criminel.

Dans toute vie, un jour, une lourde porte se referme en silence derrière soi. Que ce soit un décès, un amour qui s'achève ou un endroit qu'on quitte, elle donne l'impression qu'on n'est subitement plus personne.

Sans trop bouger, j'ai entrouvert mon tiroir de gauche. D'une main, j'ai saisi la première bouteille venue. C'était du Jack Daniel's. Elle a fait un premier tour, puis un second. Peu à peu, Yobe s'est animé. J'ai compris avec tristesse qu'il ne m'en voulait pas vraiment et même qu'il éprouvait envers moi, plus d'envie que de ressentiment ou d'animosité. Il a déploré, non sans justesse :

– C'est bien de ta faute, ce qui est arrivé. Tu n'as jamais joué le jeu. Pas le jeu en tout cas qu'on attendait que tu joues en Division. Putain, on te demandait quoi ? Rien que de pas faire de vagues. Coordinateur des unités de recherche. On n'avait pas été méchants, rappelle-toi.

– Je me rappelle. Une voiture, un bureau. Deux téléphones. Ce que je faisais était à peu près aussi utile au pays qu'une saignée blanche. Je n'ai pas l'intention de me disputer, Yobe.

– C'est toi qui as voulu la Nuit.

– Exact.

– Maintenant, c'est fini.

– Fini.

– De quoi tu te plains, alors ?

– Qui te dit que je me plains ?

Il m'a dévisagé avec attention. Il a remarqué :

– Putain, je ne te comprends pas.

– Je le sais. Je n'y arrive pas moi-même.

– Tu étais en train de péter les plombs, camarade.

– Merci du compliment, camarade. Bois un dernier coup et tire-toi avant que je me décide à te balancer par la fenêtre.

Pour un peu, Alex se serait mise à danser de joie. Tout en fumant une cigarette, j'ai fini la bouteille. Il ne restait plus grand-chose dedans. Je me suis renversé dans mon fauteuil et j'ai regardé le plafond. J'étais dans l'état d'esprit d'un malade à qui on vient d'apprendre qu'il est amputé des deux jambes. Je ne souffrais pas vraiment. Je n'arrivais seulement pas à m'habituer. Yobe était parti, son ombre aussi. Alex se tenait debout, les poings aux hanches, de l'autre côté du bureau. Devant moi, il y avait la silhouette familière de mon automatique. Avec le temps, l'acier avait pris un aspect gris terne, tant le bronzage noir de guerre s'était usé. Les stries de la crosse en noyer s'adoucissaient d'une patine qui à elle seule en faisait une arme de prix.

Je l'ai soulevé en le tenant d'un doigt glissé dans le pontet. J'ai expliqué à Alex :

– C'est un modèle 1911. Mon grand-père s'en est servi à Bois-Belleau. Mon père l'a porté pendant toute la Seconde Guerre mondiale. Il pilotait un chasseur de nuit dans les Forces françaises libres. J'ai fait l'Algérie avec, et ensuite il m'a tenu compagnie près d'un quart de siècle dans l'Usine. Toute une vie, Alex.

– Je comprends. Tu as de la peine ?

– Non, mon ange. Pas de peine. Rien qu'une impression de vide. Comme si je ne savais pas trop ce que je vais devenir.

J'ai reposé le colt à plat, tout doucement. Alex m'a frôlé le poignet.

– Je veux t'aider.

– Personne n'aide personne, chérie. Jamais.

– Je le sais bien. Laisse-moi essayer quand même.

J'ai regardé ma montre. Il n'était que dix-huit heures, et pourtant il faisait déjà nuit. Le vent soufflait en mugissant, mais il ne pleuvait plus. Je me suis mis sur pied et je me suis étiré, puis j'ai décidé :

– On va faire une bamboula à tout casser, Alex.

– En l'honneur de quoi ?

– En l'honneur de rien.

Un train entrait en gare dans de grands crissements de freins, fer contre fer. Le vacarme saccadé des boggies a couvert ma voix. Alex s'est jetée dans mes bras. Elle a crié :

– Alors baise-moi, pour commencer.

C'était presque devenu une idée fixe.

Je l'ai fait – plus pour elle que pour moi.

13

On peut courir longtemps. Un beau jour, on est bien contraint tout de même de s'arrêter. On est sûr de s'être laissé loin derrière soi, d'avoir quitté ses tourments, ses peines et ses oripeaux. On voudrait bien se reposer un peu. À trop courir, à trop se survivre à force d'expédients, on n'a seulement perdu que le trop peu de temps qui nous séparait de la mort. Le temps et le tout petit semblant d'intérêt à soi, le peu de talent qui nous rendait l'existence à peu près supportable.

Le mien, de talent, je sais exactement où et quand je l'ai perdu. Bien sûr, que je ne l'ai pas compris tout de suite. J'étais trop pris par des tâches subalternes mais qui me semblaient alors nécessaires, comme par exemple gagner sa croûte. Mon talent, je l'ai perdu un soir. Un soir qu'il faisait tiède, et que je me suis trouvé tout en haut des marches d'un escalier mécanique qui ne fonctionnait plus. On avait coupé le courant pour des raisons de sécurité. L'escalier s'enfonçait dans le sol.

En bas, la pénombre fiévreuse était trouée par les éclairs des phares portables. L'air poisseux sentait le feu électrique, la graisse à machines et la chair brûlée.

C'était clair qu'on s'affairait dans les soutes. Longtemps, j'ai pensé que si cela avait eu lieu à ciel ouvert, les choses eussent été moins pires dans mon esprit, mais mon esprit ne comptait pas. De gros câbles sur le sol amenaient le courant aux sauveteurs. Autour de la gare, j'avais vu en arrivant des dizaines de camions de pompiers et des ambulances de réanimation.

J'avais été prévenu par radio de la nature de la catastrophe, on ne peut donc pas dire que j'étais innocent. J'ignorais encore son ampleur. Pourtant, un long instant, je suis resté immobile en haut des marches. Ce que j'avais connu dans ma vie, ainsi qu'une sorte d'instinct du malheur, m'avaient permis d'avoir tout de suite une claire conscience de ce qui s'était produit. Des morts, j'en avais déjà vus, et pas qu'un seul, pourtant. Ceux-là aussi, j'aurais dû les faire passer par pertes et profits. J'ai essayé, mais ils n'ont pas voulu. C'est peut-être simplement que, cette fois, ils m'étaient par trop supérieurs en nombre.

Je me suis quand même arrêté. C'est alors que nous nous sommes trouvés tous les deux ensemble pour la dernière fois de ma vie – l'être abject qui au fond aurait accepté de vivre j'ose le dire à tout prix, l'animal au poil révulsé par la panique et l'horreur, la bête prête à se terrer dans le premier trou venu, à mordre même s'il le fallait pour échapper à l'abattoir, le chien galeux, crotteux et pleutre, craignant les coups et la vacherie humaine, et l'autre, pas très sensiblement meilleur en définitive, mais qui, lui, savait bien que quoi qu'on fasse, où qu'on aille, on n'échappe pas ni à l'enfer, ni à la laideur qu'à son corps défendant on n'a jamais cessé de porter en soi.

Il faut être juste, la tentation m'a effleuré de tourner les talons et de m'enfuir. Les animaux sentent la mort, certains humains aussi. Il faisait tiède en surface, il y avait partout un grand va et vient de secouristes, de pompiers et de flics, des gens de la SNCF aussi. Ils étaient tous occupés à des tâches urgentes et minutieuses, passablement hermétiques. On entendait des trafics radios s'entrecroiser, des ordres, des appels. Dans la confusion qui régnait, peut-être ne se serait-on pas aperçu réellement de mon absence. Si tel avait été le cas, peut-être qu'on ne m'en aurait pas tenu rigueur. Tout au plus, aurais-je été l'objet d'une sanction pour abandon de poste. On survit à une mesure administrative, quelle qu'en soit la gravité, pas à ce qui m'attendait en bas. La motrice du train provenant de Vert-Saint-Denis avait percuté un convoi à l'arrêt bondé de monde. Un train de banlieue en instance de départ et qui, lui, n'avait plus à se trouver là depuis déjà six ou sept minutes.

On m'avait annoncé par radio sept ou huit morts.

Je me rappelle de manière saisissante l'homme en train de descendre. Les marches d'un escalier mécanique à l'arrêt sont larges et malcommodes. Je me rappelle ses bottes mexicaines, son vieux jean et sa veste en cuir. L'homme portait une chemise US au col ouvert, certes, mais convenablement repassée tout de même. Sa sombre silhouette maigre hante toujours mes pires cauchemars. Il était flanqué du jeune inspecteur qui lui avait servi de chauffeur depuis la Division. Je me rappelle qu'il est descendu lentement, posément, marche par marche.

Son regard a balayé les quais. Sur la droite, on avait tendu une toile blanche. Derrière, une antenne chirurgicale mobile s'affairait dans la lumière crue de projecteurs mobiles. Tout en avançant dans la petite foule, l'homme avait enfilé machinalement son brassard de police. Il y avait là le Premier ministre du moment, le maire du Palais, le directeur de la police judiciaire, des magistrats et des hauts-fonctionnaires qui lui étaient inconnus, tout un aréopage qui discourait sur le ton d'ennui de gens importants fâchés de devoir tous se retrouver sur le même green, à une heure indue. On sentait que ça les bourrait d'être là, même s'ils étaient bien contraints d'arborer des airs de circonstance, ça se voyait qu'ils avaient d'autres choses à se dire et à faire, autrement moins frivoles, autrement plus graves et pressées.

Il s'était approché de la voie. Dans le grincement strident des scies électriques, les pompiers tâchaient de procéder à la désincarcération des morts et des blessés. La motrice folle avait percuté celle qui se trouvait à l'arrêt. Sous la force de l'impact, elle avait grimpé sur l'autre rame qu'elle avait écrabouillée sur une vingtaine de mètres et s'était encastrée dans le plafond du tunnel.

Sept ou huit morts, mon cul. Ce qui restait de la rame percutée ne mesurait plus qu'un mètre cinquante de haut, laminée cinquante centimètres au-dessus des boggies, tout le reste n'était que tôles broyées, des tôles d'inox tranchantes comme du rasoir, débris de verre, câbles entrelacés, avec dedans une cargaison de corps déchiquetés, comprimés par la promiscuité de la mort dans un désordre indescriptible, un magma indistinct où ne se devinaient qu'à grand peine, et à force d'une attention presque surhumaine, la forme d'un bras ensanglanté ou celle d'un crâne ouvert en deux d'où s'échappait la matière cérébrale, ou bien encore ce qui avait l'air de la jambe nue et blanchâtre d'une femme dont la robe avait été troussée jusqu'à l'aine.

L'homme avait interpellé l'un des commandants de pompiers. L'autre avait remarqué le brassard et répondu avec brièveté. Bien que jeune et aguerri, son visage avait une expression proche de l'hébétude. Il était là depuis déjà deux heures à tâcher de sauver encore ce qui pouvait l'être et à dégager le reste. L'épuisement ne rendait pas compte de tout. Il avait un regard de zombie.

Il avait remué les épaules.

– Aucun comptage précis possible des victimes. Vous êtes le divisionnaire de la Douze ?

– Je suis de la Douze.

– Votre patron vous cherche. Vous le trouverez avec les autres. Ils sont de l'autre côté. On a installé une morgue provisoire.

– Joli terme.

– Faites pas le malin. Ça vient juste de commencer.

– Je n'avais pas l'intention de faire le malin.

Je n'avais pas l'intention de faire le malin. C'était le soir. Il faisait chaud et on commençait à sentir l'odeur du sang et celle des excréments par-dessus les relents de la graisse à machine, du graphite et du métal chauffé à blanc. Les os des mâchoires me faisaient mal à force de grincer des dents. Mon jeune inspecteur me suivait comme une ombre, sans mot dire. C'était lui qui portait la petite mallette de constatations, ainsi que les ordres d'envoi pour l'Institut médico-légal. C'était un garçon maigre et vif avec un profil de pic-vert, le sourire rare et l'air fier et ombrageux d'un danseur de flamenco. Il en avait aussi parfois, pour peu qu'il ne se sentît pas observé, l'immémoriale tristesse. Je suppose qu'il était d'ascendance gitane. Il s'appelait Reyes, et tout le monde le surnommait Cisco.

En effet, j'ai retrouvé Yobe le Mou et le patron de la Douze près du local technique où on m'avait indiqué que se trouvait la fameuse morgue provisoire. Ils conciliabulaient avec le chef de la sécurité publique et plusieurs officiers de paix du secteur. Il y avait aussi sur place Gallard, le très jeune commissaire des unités de recherche. Le local se trouvait entre les deux voies, sous une volée d'escaliers. C'était une pièce toute en longueur dont la destination habituelle m'est toujours restée un pur mystère. Le mur de droite était percé d'une porte à chaque bout. Je ne peux me rappeler si l'endroit comportait un quelconque mobilier, mais je sais que murs et plafond étaient de ce jaune sale qui porte, dès la première couche et pour toujours, comme la marque d'un fatalisme administratif sans espérance. Le sol était carrelé.

Il y régnait une chaleur étouffante.

Je ne savais pas encore que j'allais y rester pas loin de treize heures, et peut-être tout le reste de ma vie après. Je me suis tenu, hébété, vacillant, sur le seuil de la pièce. On avait commencé à aligner des corps dans le fond. On les apportait dans des bâches en plastique blanc. Ils étaient rangés trois par trois, avec un grand souci d'ordre et de symétrie. J'ai allumé une cigarette, en proie à une douleur foudroyante du côté gauche de la tête. Elle non plus ne m'a jamais plus quitté. C'était rien pourtant, que des corps dans des bâches. Ils ne menaçaient personne et surtout pas moi en particulier. Je me suis retourné. Yobe et le patron de la Douze avaient disparu, de même que la plupart des galonnés. L'instant d'avant, ils se tenaient au ras du quai à converser à voix basse dans un idiome qui semblait étranger, l'instant d'après ont eût dit qu'un vent mauvais les avait tous emportés à l'autre extrémité de la planète. Pour un peu, on aurait pu les porter disparus. Il n'est plus resté que Gallard, le petit commissaire, Cisco Reyes et moi. Un très jeune officier de paix s'est approché. Il se mouvait avec raideur. Son visage altéré avait la couleur de la cire brute. Comme j'étais le plus vieux et que j'avais l'air de commander, il m'a salué réglementairement.

– O.P. Smadja, monsieur le Divisionnaire.

– Repos, vous pouvez fumer.

Il ne s'est pas détendu. Je suppose que l'observation stricte, toute militaire, de la forme et de l'étiquette était pour lui une sorte de carcan destinée à permettre de rester debout. Il m'a dit :

– À vous le soin, monsieur le Divisionnaire.

C'est à partir de cet instant que j'ai commencé à comprendre que le piège s'était refermé sur moi – et qu'il allait bien falloir que je le fasse enfin, mon voyage à moi, mon propre voyage quoi que ce soit au bout de ma sale nuit. C'était un aller simple. Si je l'avais tout de suite pressenti sans grand mal, j'ignorais encore quels en seraient les effets – les effets de cavitation d'une balle expansive dans un bloc de gélatine. Si je l'avais su, je me serais enfui tout de suite, devant tout le monde. Pour toujours.

La suite… J'avais naturellement commencé par biaiser. Les six premiers corps, je les avais fait expédier à la morgue après avoir seulement entrouvert les bâches tout juste le temps de s'assurer de la taille, de l'âge apparent de la victime ainsi que de son sexe. Les ordres d'envoi étaient établis sous X. Moins d'un quart d'heure après, l'Étage des morts m'avait fait joindre par l'intermédiaire des radios de surface. Smadja était venu me repêcher.

Sur le parvis de la gare grouillant de monde, j'avais pris l'appel.

J'avais senti de la gêne aussi dans la voix à l'autre bout.

– L'I.M.L. tousse. Ils refusent la viande. Ils ne veulent pas de personnes non dénommées. Ils viennent d'appeler le cabinet du préfet. Les instructions du directeur P.J. sont formelles. Procéder à l'identification des corps. Retirer tout bijou ou objet de valeur. Établir un descriptif exact des blessures.

– Nous sommes trois, pas un de plus.

– Une équipe des catastrophes naturelles est en route pour vous renforcer. Procéder à toute constatation utile. Où est ton patron de division ?

– Pas la moindre idée.

– On cherche à le joindre. Tiens-moi au courant de tout.

– Impossible. Les portables ne passent pas à travers le béton.

– Trafique par la radio de la sécurité publique. Quelle impression ?

– Passablement moche.

J'avais passé cinq minutes à fumer dehors. Le ciel était rempli d'étoiles, mais une part de mon esprit avait d'ores et déjà cessé de fonctionner convenablement. Je suis redescendu. On nous avait ramené les premières bâches. Comme il n'y avait plus de place à l'intérieur, elles avaient été alignées sur le quai et il en arrivait sans cesse de nouvelles. C'était une noria qui ne semblait pas devoir prendre fin. En même temps, les gardiens devaient se battre contre des journalistes qui photographiaient depuis les quais d'en face en se glissant sous les wagons.

J'ai expliqué la situation à Cisco Reyes et au jeune patron.

– Merde, m'a déclaré celui-ci. Un vrai boulot de charognard.

Il était à cran. C'était un garçon trapu, d'ordinaire réservé et beaucoup moins inintelligent que la moyenne. Il m'a ordonné :

– Donnez-moi votre radio. Ces connards de l'état-major n'ont pas la moindre idée de ce qui se passe ici.

Il nous faut du monde. Il vous reste quelqu'un à la Nuit ?

– Seulement le minimum pour expédier le tout-venant.

Gallard a essayé d'appeler. Ça ne passait pas. Il est monté émettre à l'air libre. Dans le local technique, il y avait déjà neuf bâches. L'odeur de sang était telle qu'on se serait crus dans un abattoir. Elle semblait pendre du plafond comme des draps mouillés. Quiconque entrait ne pouvait s'empêcher de tressaillir et de suffoquer. J'ai consulté ma montre. Elle indiquait vingt-deux heures dix. Le crash avait eu lieu à dix-neuf heures. Les corps avaient déjà trois heures d'ancienneté. Cisco a observé :

– Ça commence à schlinguer. La chaleur, je suppose. Dans une heure, ça va être insupportable. Pourquoi pas les expédier à l'I.M.L. et tout faire là-bas ?

– Aucune idée. Instructions formelles. On attend des gens des catastrophes.

Il a haussé les épaules et m'a indiqué avec gêne deux hommes qui se tenaient à l'écart, deux civils d'un certain âge, dont l'un portait un splendide complet crème. Cisco Reyes a ricané :

– Les gens des catastrophes. Deux.

Je me suis approché. Ils m'ont dévisagé avec ressentiment. Ils étaient divisionnaires comme moi. On les avait dérangés en pleine nuit. Ils appartenaient à une caste supérieure à la mienne. Il est juste de reconnaître que s'ils n'ont pas fait grand-chose par la suite, au moins ils ne nous ont pas handicapés en nous traînant dans les jambes.

Le visage fermé, le jeune commissaire est revenu et m'a rendu le portable.

– Ces têtes de nœud n'ont rien voulu savoir. Yobe le Mou a disparu corps et biens, de même que Numéro

Un. Les types de la Douze qu'on a essayé de rappeler à domicile sont tous sur répondeur, même ceux de mes unités. Ou alors ils sont sortis en ville. Injoignables.

– Tous les flics ont un poste de télévision chez eux. Parfois plusieurs. La plupart d'entre eux regardent les informations de vingt heures. Même ceux de vos unités. Vous vous attendiez à quoi ? une levée en masse ?

Gallard m'a fixé. Il ne m'aimait pas beaucoup à cause de la réputation qu'on me faisait de dur, mais j'étais là. Il n'a rien répondu. J'avais une poignée de gants en latex dans ma poche de veste. J'en ai enfilé une paire et je lui en ai donné une. J'ai chargé Reyes de rédiger les ordres d'envoi que nous allions signer à tour de rôle, Gallard et moi, une fois notre besogne accomplie.

Il a fallu ouvrir chaque bâche, examiner chaque corps, fouiller les vêtements, qu'ils soient intacts ou en lambeaux et même empesés de sang, enlever bagues et bracelets, vider le contenu des poches. Difficile de tout se rappeler avec précision. Du sang, oui, beaucoup de sang, des lambeaux de chair, des os brisés d'où s'échappait de la substance médullaire. Des membres déchiquetés, tordus, des moignons sanglants ou calcinés. Je me rappelle le poids des bâches qu'on faisait glisser, de la douleur qui me broyait les reins et les épaules. Je me souviens de l'ankylose qui m'a envahi progressivement le cerveau. Très vite, tout n'a plus été qu'une succession de gestes automatiques. Très vite, nous avons cessé de parler pour quoi que ce soit d'autre que le strict nécessaire.

Seulement les informations dont Reyes avait besoin

afin de remplir les formulaires. Plus rien de personnel. Tout se rappeler est impossible.

Je me rappelle quand même ce jeune Black athlétique en jeans et tricot Marcel. Il portait une Nike délacée à un pied, et quant à l'autre jambe, elle avait été sectionnée à mi-cuisse. Il ne devait pas avoir plus de dix-neuf ans. Son visage inerte, comme gonflé de sommeil, ne paraissait guère souffrant. On aurait seulement dit qu'il s'était assoupi comme on le fait souvent au milieu d'un trop long voyage, le menton calé sur l'épaule gauche. Dans sa poche arrière, j'ai trouvé une carte orange. Sur la photo, on ne lui donnait pas plus de douze ans.

Je me rappelle ce flic en complet trois-pièces. En le détroussant, j'ai trouvé sa carte de service. Il était divisionnaire à la direction P.J. C'était un homme mince qui avait dépassé la cinquantaine. Lui aussi semblait presque intact. Il se tenait dans la mort comme il l'avait sans doute fait dans sa vie : silencieux, réservé, calme et digne. C'est moi qui lui ai retiré le revolver de l'étui, puis qui lui ai reboutonné sa veste. Pas plus que moi, ce n'était sans doute pas un homme à approuver la moindre forme de négligé.

Je me rappelle m'être longtemps acharné pour retirer une grosse bague chatoyante au doigt d'une femme. Son annulaire n'était plus attaché que par quelques morceaux de chair. Je ne me rappelle pas la femme. Je me rappelle qu'elle était encore tiède et souple. Je lui tenais le poignet comme pour prendre son pouls. Je tirais sur la bague. L'anneau ne voulait pas glisser. Pour un peu, je lui aurais écrasé la figure à coups de talon. L'inspiration m'est venue d'un coup. Il suffisait d'arracher le doigt. Je l'ai fait et la bague m'est tombée entre les pieds. Je ne savais plus quoi faire du doigt ensanglanté. Je ne sais toujours pas ce que j'en ai fait.

La seule chose dont je sois sûr, c'est que je ne l'ai pas mangé.

Je me rappelle la petite fille. Elle vient souvent hanter mes nuits. Certainement pas une gosse de riches. Malingre et souffreteuse, elle ne s'attendait certainement pas à s'en aller si vite, ni de cette façon. Elle, je ne suis pas parvenu à l'identifier. Simplement, en refermant cette bâche si légère, j'ai éprouvé malgré moi un sentiment de souffrance et d'amertume presque intolérable. De toute mon existence, je garderai la conviction intime que si, à cet instant, j'avais pu ressentir tant de douleur impuissante, une telle intensité de chagrin et désolation, c'était bien là une preuve qu'il s'en était fallu de bien peu que je fusse quelqu'un de fréquentable et pour qui même j'aurais pu éprouver affection et respect.

Elle est partie comme les autres, ma petite fille si blanche, si froide, si nue. Les gardiens l'ont emportée. Où qu'elle soit à présent, je sais qu'elle ne m'en veut pas – pas autant que je m'en veux à moi-même. Cette qualité de souffrance vous rend humble. Je me suis remis à la tâche. Parfois, Cisco me regardait, le stylo à bille en l'air. Il tenait à la main une tablette en bois avec une pince à dessin pour fixer les ordres d'envoi. Il notait, Gallard et moi allions signer à tour de rôle. Peu à peu, je n'ai plus senti mes jambes ni mes bras. Une étrange euphorie s'est emparée de moi.

C'est sans doute à cet instant de la nuit, il était presque une heure, que s'est placé l'épisode Hanoun. J'étais penché sur un thorax à peu près éviscéré, sanguinolent et vide comme de la viande de boucherie, lorsqu'on m'a demandé la jambe à Hanoun. Entretemps, on avait commencé à nous livrer des pièces détachées en vrac dans des grands sacs poubelles de cent litres. Nous n'avions pas eu le temps encore d'en faire l'inventaire. Le cadavre dont je m'occupais avait en outre la tête ronde et aplatie comme une plaque d'égout. Je me suis redressé. Un gardien de la paix me hurlait dans l'oreille, avec un air d'excuse et d'effarement :

– L'hôpital Saint-Antoine vous demande la jambe à Hanoun !

– La quoi ?

– La jambe à Hanoun.

– Quelle jambe ?

– Chais pas.

– La droite ou la gauche ?

– Chais pas. Il paraît qu'ils en ont besoin pour lui recoudre.

J'avais les gants pleins de sang. En essayant de m'essuyer le front, ça m'a coulé sous le bras dans la manche, puis le long du flanc gauche. Déjà, je n'avais plus toute ma raison. J'ai hurlé :

– Vous savez pas laquelle et vous venez me faire chier ?

Il s'est fait un silence pénible. Le pauvre type n'y était pour rien. J'ai donné un coup de pouce en direction d'un sac.

– Cherchez là-dedans. Trouvez votre vie et foutez le camp.

Comme il restait figé sur place, la rage m'a pris. J'ai écarté Cisco, je me suis jeté sur le premier sac venu. Chaude et confinée, l'odeur m'a sauté à la gueule, insupportable. Un baquet d'entrailles. J'ai fourgonné dedans à main nue. Je ne sais pas sous l'effet de quel miracle, j'ai trouvé une jambe. L'inox l'avait tranchée net, presque à hauteur de l'aine. Je l'ai brandie.

– Y a du poil. C'est à un mâle.

– Comment vous savez que c'est la bonne ?

J'ai hurlé au malheureux :

– Je le sais parce que c'est marqué dessus. Regardez. Vous savez pas lire ? Putain de dieu, qu'est-ce qu'on vous apprend dans vos écoles. Vous voyez pas ? Jambe à Hanoun. Vous me demandez la jambe à Hanoun, je vous livre la jambe à Hanoun. Vous voulez quoi encore, que je vous signe un bon de décharge ?

Cisco me regardait en silence, Gallard aussi. Le reste de la troupe était frappée de saisissement. Je sais ce que tout le monde pensait. Que j'étais devenu fou. Ma rage n'est pas tombée tout de suite. Comme un instructeur exaspéré remet une arme d'épaule à un subordonné subitement frappé de crétinisme, j'ai flanqué la jambe dans les bras du gardien hébété.

– Estimez-vous, heureux, ça saigne plus. Caltez.

Il l'a gardée en travers de la poitrine comme un fusil automatique dont le mécanisme lui serait à tout jamais impénétrable. Il tâchait de la toucher le moins possible. C'est la première fois de ma vie que j'ai vu pleurer debout devant tout le monde, sans bruit, un homme de mon âge. Je suis retourné œuvrer. Plus tard, j'ai essayé de me rappeler le moment où il avait disparu. Je n'y suis jamais parvenu. Par la suite, on m'a beaucoup fait grief de cet épisode qui, il est vrai, n'ajoutait rien à ma gloire.

Il y a eu quand même, au milieu de cet étrange voyage immobile, un moment de paix précaire. L'un des officiers de pompiers est venu m'annoncer qu'on avait mis une roulante à notre disposition. C'était un wagon de service qu'on avait amené à notre insu sur l'une des voies du périmètre de sécurité. Tandis que les autres continuaient à s'affairer à la désincarcération, ses hommes venaient se restaurer par équipes.

– Si le cœur vous en dit, monsieur le Divisionnaire.

Cisco, Gallard et moi avons mis l'arme au pied. Un véritable buffet avait été installé dans le wagon. Il y avait des cochonnailles, de la viande froide tranchée, des cartons remplis de sachets de chips, des terrines et des saucissons à l'ail plus gros que mon avant-bras. Il y avait des poulets rôtis, des fromages de brie larges comme des roues de quatre-chevaux Renault. On aurait pu nourrir un régiment. Il y avait des packs d'eau minérale, des conteneurs remplis de vin du Midi. Rouge, rosé et blanc. Des gobelets, des assiettes et des couverts en plastique, des serviettes en papier. On se tenait debout faute de place. On entendait dehors le grincement des scies électriques, le halètement des pistolets pneumatiques. L'éclair cru des arcs électriques couvrait par instant la jaune et faible lumière de bord.

Rien qu'un pique-nique. Un pique-nique entre hommes, sous les étoiles de fer du plafond. Je ne tenais plus debout. Il m'a fallu m'adosser à une paroi. Je ne me rappelle pas avoir autant mangé, si vite ni si longtemps, de toute ma vie. Comme quelques autres, j'ai fait tout descendre à coups de vin rouge.

Nous ne parlions plus. Nous n'avions rigoureusement rien à nous dire. Nous savions qu'on était en train de dégager la motrice qui s'était vautrée. Nous savions que rien n'était fini. On nous a servi du café. J'ai avalé quatre ou cinq gélules de speed. Instantanément, je me suis senti mieux.

J'ai quitté le wagon. Ma manche gauche était gluante de sang. Parfait. Le sol du quai a fait mine de me sauter à la figure. Parfait. Le grondement dans mes oreilles s'était fait assourdissant. Parfait. Je ne conserve aucun souvenir continu des heures qui ont suivi. J'imagine que depuis un moment déjà, une partie de mon cerveau avait cessé de fonctionner. Je me souviens seulement des bribes, quand on nous a amenés des sacs poubelles remplis de sacs à main. Trop tard pour les femmes qu'on n'était pas parvenu à identifier. Je me rappelle l'Antillais qui n'avait plus de jambes, plus rien à partir du pubis. Lui aussi revient souvent me hanter. Souvent, je voudrais tout me rappeler, d'un bout à l'autre, instant par instant, mais ma mémoire s'y refuse. Je me rappelle qu'à intervalles réguliers je changeais mes gants pleins de sang. Je voudrais qu'on me rende ces heures de ma vie, de manière à en être quitte une bonne fois pour toutes. Je voudrais retrouver l'usage de la partie gauche de mon crâne.

La dernière image qui me reste, c'est lorsque Gallard et moi nous nous sommes disputés à cause d'une tête. Il devait être pas loin de dix heures du matin. On la tenait par les cheveux. Ils étaient longs, gras et poisseux de sang noir. On se l'arrachait des mains. Il disait :

– Tu vois bien que c'est un mâle.

J'enrageais en vain.

– Tu vois bien que c'est une femelle.

C'est à cet instant que j'ai compris que rien n'allait plus. J'ai abandonné le combat. J'ai ramassé ma veste en cuir et je suis remonté en surface. Depuis les quais, j'ai pu passer un message radio à la Douze. C'est Yobe lui-même qui m'a répondu et non pas un de ses chaouches. Il semblait frais et dispos, parfaitement maître de lui.

– Il faut que tu nous fasses relever. Treize heures que ça dure. On est tous en train de devenir dingues.

– J'ai personne sous la main.

– On est en train de nous amener les morceaux, Yobe.

– Vous avez fait le plus gros, vous n'avez qu'à terminer.

– Envoie du monde. Pour nous, c'est fini.

Pour rien au monde, je ne serais retourné sur mes pas. J'ai fait prévenir Cisco et Gallard par des gardiens. Nous en étions à quarante-cinq corps. Selon le comptage approximatif de Cisco, nous n'avions pas remué moins de deux tonnes huit de barbaque. Je ne sentais plus mon dos. Je ne sentais plus mes bras ni ma figure. Je ne sentais plus rien. En rentrant à la Douze, tout le monde s'est écarté sur notre passage. Ça n'était pas qu'on nous faisait la tête, c'est que nous étions pleins de sang. J'en avais jusqu'aux genoux. Nous ne nous en étions pas aperçus. C'était un beau matin clair. J'avais seulement passé toute ma nuit à détrousser des cadavres.

Nous nous trouvions devant la cheminée, à la campagne. C'était le soir de nouveau. Alex tisonnait machinalement le feu. Sur son admirable visage aux pommettes hautes, il y avait un mélange de dégoût, d'amertume et de ressentiment. Bien sûr que je ne lui avais pas tout raconté d'un seul coup, avec tant de clarté ni de cohérence. La veille, nous avions fait la fête et le matin je m'étais réveillé dans une chambre inconnue, dans un endroit dont je ne conservais pas le souvenir. J'avais un casque en peau de locomotive sur le crâne. Peu à peu, je m'étais rappelé.

Alex aimait cet endroit parce que son père venait y pêcher le brochet. L'étang et les dernières feuilles de l'automne finissant. Les vitres à l'épreuve des balles. J'étais descendu dans le living. Alex écoutait Mahler, juste assez fort pour ne pas me réveiller. Elle avait ri très doucement :

– Bienvenue dans le monde des vivants, l'homme.

– Mahler. Merveilleux.

– Je t'ai aussi acheté du Miles Davis.
– Café. Café.
– Il va presque faire beau.
– Magnifique.
– Pendant que tu dormais, je suis allée faire des courses au village. Je t'ai pris une cartouche de cigarettes. On n'a pas besoin de sortir.

Nous n'étions pas sortis, sauf pour aller faire un tour au bord de l'étang. Je n'avais pas eu beaucoup de mal à repérer deux ou trois places à brochets. Alex m'avait fait visiter les caves. Rien que des choses paisibles. Je ne portais plus mon ceinturon ni mon arme. Ni l'un ni l'autre ne me manquaient le moins du monde. À l'intérieur, Alex marchait pieds nus. Elle se mouvait avec beaucoup de grâce et de précision. J'étais ressorti casser du bois sous l'appentis qui se trouvait tout à côté du garage.

Nous avions déjeuné, puis il s'était mis à tomber une averse drue et lourde, tandis que de grandes bourrasques tordaient les arbres du parc. L'étang s'était hérissé de courtes vagues tranchantes, remplies de hargne. Nous avions poussé le divan devant la cheminée et nous avions écouté Mahler, puis Mozart. Elle m'avait acheté la 38. De toutes les symphonies de Mozart, c'est sans aucun doute ma préférée. On y voit distinctement la mort rôder parmi les bosquets bien tenus d'un jardin à la française. Peut-être à cause de cela, Alex m'avait parlé de son père. Il était mort dans sa voiture, à Beyrouth, avec le chauffeur et deux de ses gardes du corps lors d'un attentat à la roquette anti-char. On n'avait rien retrouvé de lui.

Alex m'avait dit quelque chose à propos d'un talent qu'il avait perdu, des années avant que la violence de l'explosion ne le réduisît instantanément à l'état de lumière et de chaleur. Subitement, et bien que cela ne fût pas dans la règle du jeu, j'avais éprouvé le besoin de lui parler du mien, de talent, et de la manière que moi aussi, je l'avais égaré. À présent, elle se taisait. Elle tisonnait le feu bien qu'il n'en fût nul besoin. Il m'a semblé utile de la tranquilliser.

– Pas de lézard, Alex. Ce sont des choses mortes.

– Je ne le crois pas.

Elle a remarqué avec appréhension :

– Tu n'as rien à te reprocher.

– Rien du tout. Pour ce genre de cas, le droit moderne a seulement inventé la notion de responsabilité sans faute.

– Tu n'es responsable de rien.

– De rien du tout non plus. Deux hommes se tenaient en haut d'un escalier mécanique. Ils se tenaient ensemble comme deux ennemis intimes. Il se trouve que l'un d'eux est mort et que le baltringue qui a survécu ne le méritait pas plus que l'autre. Mortelle randonnée.

– Je comprends ce que tu ressens. Laisse-moi quand même t'accompagner un peu.

– Pas trop loin ni trop longtemps, mon ange. À part au lit, ça ne pourrait rien te rapporter de bon.

14

Je conserve des quelques jours que nous avons alors passés là-bas le souvenir d'une tentative désespérée et sans issue faite à seule fin de retrouver une sérénité, qui, de toute évidence, ne pouvait que m'échapper. Le domaine se trouvait – et se trouve toujours – au cœur d'une forêt du Tonnerrois.

Il était partout entouré de hauts murs qu'on ne voyait pas de la maison à cause de la distance. Le corps de bâtiment datait de la fin du dix-huitième, et son architecture trapue ne prétendait à rien de défensif. Il était fait de pierre grise, la façade régulièrement trouée de grandes fenêtres à meneaux. Le toit pentu, recouvert de petites tuiles de Bourgogne, s'hérissait de hautes cheminées malingres, et dont le charme tenait au nombre autant qu'à l'apparente délicatesse. Vue de l'extérieur, la grande véranda qui donnait sur l'étang n'avait nui en rien à la calme harmonie de l'ensemble. Celui qui en avait conçu les plans semblait avoir été touché d'une sorte d'état de grâce presque inimaginable. Dans un tout autre ordre d'idées, il eût sans doute été capable de composer un adagio splendide. Rien d'ostentatoire ni de tapageur dans tout cela, rien qu'une gravité paisible, une espèce de réserve pensive et mesurée.

Tandis que nous faisions tout le tour, Alex, emmitouflée dans une grosse parka blanche, m'avait confié :

– Mon père l'a achetée en 1970 pour cinquante millions à un marchand de biens qui a terminé en correctionnelle. Je ne sais pas pour qui c'était une affaire. Il n'y avait plus ni portes ni fenêtres et la moitié du toit avait été emportée par la tempête. C'était une folie, naturellement.

Folie. Qu'elle était belle, Alex, à se souvenir, à remonter sa vie à petits pas. Le vent lui embroussaillait les cheveux devant la figure, elle avait la goutte au nez et reniflait sans arrêt, les poings enfoncés au fond des poches. Elle riait en disant :

– À la place du salon actuel, il y avait une vieille bergerie. Ne me demande pas de quand elle datait, je n'en sais rien. Des gosses de quelque part venaient jouer partout. On a retrouvé des restes de petits feux de camp à peu près dans chaque pièce.

Plus gravement, elle m'a déclaré :

– Tout était ouvert à tous les vents. C'était une maison à l'agonie. C'est peut-être pour ça que mon père a voulu la sauver de la destruction. Elle lui a coûté bien plus cher qu'il ne pouvait l'imaginer, mais je ne crois pas qu'il y ait à le regretter.

– Je ne le crois pas non plus. Chacun d'entre nous rêve obscurément de sauver quelque chose, une fois dans sa vie. Le prix qu'on doit payer pour ça n'a rien à y voir.

Émouvante, Alex. Ce qu'elle cherchait ne l'était pas moins. J'avais sur le dos la vieille veste de combat d'un autre, mais les galons qu'il avait portés étaient aussi les miens. Nous cherchions la même chose, Alex et moi, au fin fond des choses, mais pas dans le même registre ni de la même façon.

Puisque mes fils n'avaient pas le goût des armes et de la vie militaire, je n'étais plus que le dernier avatar d'une longue lignée de guerriers. En voyant le regard opaque que la jeune femme braquait de manière globale sur la façade où la vigne vierge rougeoyait encore par places de ses derniers éclats ternis, il m'est venu la certitude tranquille que tout ce à quoi j'avais tenu n'avait plus cours.

L'Europe des marchands s'est définitivement déshonorée en Bosnie. Auparavant, l'Oncle Sam avait fait de même dans le Golfe. Ça ne les empêchait pas d'avoir les uns et les autres beaucoup d'avenir. Bienvenue au Cocoon Club. Je n'avais plus ma place dans tout ce mic-mac. Mon histoire n'avait plus lieu d'être.

Alex, elle, voulait à toute force retrouver quelque chose enfoui dans la sienne – peut-être un reste de la colère originelle, de la pureté ou de la grâce dont chacun a été paré à un moment donné de son existence. Quelque chose qui a trait à une mémoire profonde, antérieure peut-être même à sa propre naissance. La vie m'avait appris peu de chose, seulement que chacun de nous porte seulement en soi l'endroit de sa propre sépulture. Bien des criminels que j'avais arrêtés, même parmi les plus abjects et les moins excusables, ne m'avaient fait l'effet que de longues rangées de tombes ouvertes à même le sol. Des tombes vides sous une pluie grise et sans consistance. C'est pourquoi – et on me l'avait reproché souvent – jamais je n'avais pu les considérer avec haine ou ressentiment.

Alex portait quelque chose de plus. Elle était irrémédiablement belle. À présent je connaissais ses goûts et ses appétits et je savais quelques-unes de ses faiblesses. C'était en ce sens un être humain assez semblable aux autres, mais sa beauté à elle avait la brutalité d'un impact de fort calibre. Elle n'était pas la simple résultante de caractéristiques physiques. Elle produisait un effet de souffle comparable à celui d'un explosif brisant. Il y avait dans cette beauté quelque chose de foncièrement irréductible, une sorte d'orgueil sauvage, indomptable, une férocité animale qui tenait du loup, de la horde, des crocs arrachant à la chair de grands lambeaux ensanglantés, du souvenir peut-être de longues chasses ventre à terre suivies d'impitoyables curées sanglantes. Son regard pouvait revêtir subitement la lividité vitreuse de la pierre, puis l'instant d'après se changer en une pièce d'eau sombre et douce, alanguie, fluide et langoureuse. Il savait se faire grave, rieur et enjoué, ou d'une ironie mordante au gré de ses humeurs. Rien ne parvenait pourtant à en atténuer l'effet de choc.

C'était cette sorte de commotion que j'avais ressentie dès la première nuit en croisant ses yeux. Inexplicablement, elle ne se comprenait que dans ce grand parc qui n'était rien de plus qu'un morceau de forêt à peine civilisée, devant cette bâtisse faite des ossements de la terre, située à des millions de kilomètres de tout lieu habité.

Peut-être afin d'éluder un silence qui menaçait de trop durer, peut-être parce qu'elle n'avait pas su faire autrement pour le briser, ou qu'elle ne l'avait pas voulu, elle m'avait pris par le bras et m'avait emmené visiter les communs. Il y avait des écuries, vides à présent, et plusieurs garages au sol cimenté. Au fond de l'un d'eux, on avait garé sous bâche un command-car GMC auquel je n'avais pu m'empêcher de m'intéresser. J'avais mis plus d'une heure à préparer le démarrage. Alex riait. De temps à autre, elle venait se frotter contre moi. Elle semblait détendue, amoureuse, mais il y avait quand même quelque chose de contraint, d'obscur, dans son attitude. Penché sur le moteur, je lui ai suggéré :

– Tu devrais prendre quelqu'un à l'année, pour entretenir tout ça. Bûcheron, jardinier, garde-chasse. Un homme toutes mains.

– Mécanicien-auto. Qu'est-ce que tu ne sais pas faire ?

– Bien trop de choses.

– Est-ce que tu aimes être ici ?

– Oui. Il pourrait habiter la maison des gardiens.

– Elle est inchauffable.

– Aucune importance.

– Tu penses à quelqu'un en particulier ?

Je me suis redressé. J'avais les mains pleines de cambouis. Je m'essuyais avec un chiffon. Alex se tenait à contre-jour, les chevilles écartées. Je ne pouvais pas voir son visage. Il avait cessé de pleuvoir et un pâle soleil illuminait l'extérieur, à peine plus tiède et ténu que le souffle d'un petit enfant. Je pensais à quelqu'un en particulier. C'était un jeu stupide et dangereux. Alex a sorti les mains des poches pour allumer une cigarette.

– Je ne cours pas assez et je fume trop. À cause de toi. C'est des offres de service, que tu es en train de me faire ?

– Pourquoi non, mon ange ? Tu pourrais me prendre à l'essai. L'état des arbres laisse à désirer. Ce que j'ai aperçu des serres donne à penser qu'elles ont subi plusieurs attaques à l'arme automatique. L'étang ne va pas si bien que ça. Toute une partie ouest du toit a besoin d'être reprise…

– Tu vois des choses que je ne vois pas.

– La réciproque est vraie.

Elle a soufflé de la fumée. Elle avait perçu que ce

n'était pas qu'un simple badinage. Elle m'a demandé avec dureté :

– Et combien tu demanderais, pour prix de tes services ?

– Le SMIC, ça te va ?

Elle a écrasé sa cigarette sous le talon.

– Ça m'irait, mais je n'ai aucun goût pour les amours ancillaires.

– Qui te parle d'amour, Alex ?

Elle a ricané, les poings sur les hanches.

– J'espère quand même que, pour ce prix, je garderai aussi l'usage de ta queue ? Non ? Ou alors il faudra en plus que je te file une rallonge à chaque fois que je viendrai me faire tirer ? Pour qui tu te prends ?

À son ton doucereux, j'ai compris qu'elle était réellement en colère. Je me suis approché d'elle. Elle m'a dit en pleine figure :

– Tu es un sale fumier.

– C'est ce que tu te demandais la première fois, tu te rappelles ?

– Un sale fumier. Ou un con.

– Ou les deux.

– Qu'est-ce que tu me reproches ?

– Je ne te reproche rien.

– Oui, je suis riche. Oui, j'ai de l'argent. Oui, j'ai des conseillers fiscaux, des fondés de pouvoir et des avocats. Des actions, des maisons, et je ne sais plus quoi. Oui, tout est à moi et ce qui n'est pas à moi je le paye. Oui, mon père m'a laissé de quoi vivre jusqu'à plus soif d'ici à la fin de mes jours, et même s'ils devaient durer mille ans. Et alors ? Est-ce que c'est suffisant pour faire de moi une paria à tes yeux ?

– Je n'ai jamais rien pensé de la sorte.

Elle m'a lancé, aveuglée par la rage :

– Tu mens, salaud. De quoi tu as peur ? Que j'essaie de t'acheter ? Mais, pauvre connard, tu t'es déjà bien regardé ? Qu'est-ce que tu crois que tu vaux ?

Je l'avais cherché. Un court instant, j'ai cru que les choses allaient en rester là. Nous nous trouvions face à face, les bras ballants. Je n'avais jamais prétendu valoir quoi que ce soit, et les rares mérites qu'on me prêtait m'avaient toujours laissé indifférent. Ils n'étaient généralement fondés que sur des erreurs d'interprétation. Alex respirait fort, par saccades. Je pensais que nous allions rompre l'assaut d'un commun accord, quand elle m'a giflé sur le côté de la figure. C'était un coup donné avec force, de tout le plat de la main, un coup solide, destiné à faire mal. On aurait dit qu'elle s'était servie d'une planche. La chose ne m'était pas trop étrangère. J'avais déjà ramassé pas mal de coups et souvent pour des motifs qui ne valaient pas les siens. J'ai pris le temps d'encaisser, ensuite j'ai remué la tête.

– Ne recommence pas ça, Alex.

Elle a recommencé, de la même façon. Elle a frappé au même endroit, sans un mot, puis sa main est retombée le long de la cuisse. Elle me fixait droit dans les yeux, sans crainte, sans peur ni regret. Je me suis ébroué et j'ai répété lentement :

– Ne recommence pas.

Ma voix était calme, dépourvue de la moindre animosité. Je voulais faire la paix. Alex a relevé la main. Elle était rapide, mais manquait d'entraînement et sa technique du combat rapproché était loin d'être parfaite. J'ai esquivé en remontant le coude gauche, ce qui fait qu'elle a manqué son coup et s'est trouvée en déséquilibre. Il lui a fallu reculer de deux pas. C'était pour elle la seconde occasion de rompre sans dommage, puisque pour moi, il n'était pas question de pousser l'avantage. J'en étais si persuadé que je ne suis même pas revenu en garde. J'allais même me remettre à m'enlever le cambouis des doigts avec mon chiffon, quand elle s'est jetée en avant comme une forcenée.

Ses poings et ses genoux étaient durs comme des cailloux. Elle frappait sans ordre ni méthode, mais chacun des coups qui portaient faisait mal. À un moment, je me suis retrouvé les bras levés, adossé à la portière du GMC. Alex cognait à la volée, des deux bras, n'importe où, n'importe comment. Elle m'a touché deux fois en pleine figure et j'ai senti le goût cuivré du sang dans ma bouche. J'ai avalé du sang. C'est alors que, subitement, l'insupportable onde glacée que je connais trop bien et que je redoute tant m'a traversé le crâne. Souvent, j'ai pensé que cette douleur est la dernière souffrance que ressent un condamné sur la chaise électrique avant sa délivrance. Une dernière fois, j'ai pourtant tenté encore de l'écarter, et comme Alex revenait à la charge avec une frénésie qui paraissait inépuisable, j'ai cogné dans les côtes, durement, du poing droit. Ce seul coup aurait dû l'étendre pour le compte, ou tout au moins l'ébranler. Il ne lui a pas suffi. J'avais perdu le contrôle de mes actes. Je suis rentré dans sa garde.

Je n'aime pas le pugilat et le seul spectacle d'un match de boxe me donne la nausée. Pourtant, dans ce garage en ciment, entre un GMC d'un autre âge et de vieux bidons d'essence vide, pendant que sur le toit en tôle ondulée s'abattait subitement avec vacarme une averse qui avait la violence des pluies tropicales, nous nous sommes battus en silence, farouchement, âprement, avec autant de brutalité et de désespoir que si nos vies en dépendaient. Puis Alex est tombée sur le sol comme un pantin de chiffon. Par la suite, ma première pensée consciente a été que je l'avais tuée.

Je me suis mis à genoux à côté d'elle. En l'empoignant par les épaules de sa parka, je l'ai redressée puis installée assise, le dos contre la roue du GMC. Par bonheur, elle avait les yeux ouverts. Elle respirait mal, en avalant avec précipitation, mais elle respirait. J'ai enlevé les cheveux qu'elle avait sur la figure.

– Je ne voulais pas ça, Alex.

Elle était pleine de sang, et passablement hébétée. Au bout de quelques instants, elle a relevé le menton, et m'a tout de même adressé une grimace satisfaite. Le visage tuméfié, elle avait un air d'indolence narquoise. On aurait dit un boxeur vaincu, mais très fier d'être parvenu à trouver le courage de tenir jusqu'au bout de la dernière reprise.

Nous avons passé une curieuse fin d'après-midi et une bien étrange soirée. J'ai porté Alex à l'intérieur. Elle pleurait sans bruit contre ma poitrine. Je l'ai déshabillée et je lui ai donné un bain brûlant. Tant bien que mal, j'ai soigné les ecchymoses et les coupures qu'elle avait sur le visage. J'aurais aimé réparer ce que j'avais fait, mais c'était impossible. Elle s'est assoupie dans la baignoire. Je suis allé me chercher un verre de bourbon, des cigarettes et un briquet. Je me suis assis sur la cuvette des WC et j'ai bu et fumé en attendant qu'elle se réveille. De temps à autre, je me relevais pour remettre de l'eau chaude. Le temps a filé lentement.

Alex avait tout un côté de la face gonflé et sa bouche entrouverte avait pratiquement doublé de volume. Ça ne la rendait pas moins attirante. Elle respirait lourdement, les bras abandonnés le long du corps. Rarement dans ma vie, je n'ai ressenti autant d'amertume et de ressentiment à mon égard. En se réveillant, elle m'a demandé une cigarette que je lui ai allumée et glissée entre les lèvres. Je suis allé chercher un verre d'eau et des aspirines. J'éprouvais, comme souvent lorsqu'il n'y a plus rien à faire, le besoin pathétique de me rendre vaguement utile.

Elle a bu son verre en grimaçant, puis m'a observé :

– Quelle tête tu as ! C'est moi qui t'ai fait ça ?

– Si j'en crois la rumeur, oui.

Je me suis assis sur le bord de la baignoire, et tout en lui tenant le cendrier, j'ai murmuré :

– Il vaut mieux que je m'en aille.

Elle s'est remontée dans la baignoire, en tâchant de s'adosser de façon plus commode. Ses seins ont émergé de l'eau. Ils m'ont paru lourds et remplis de promesses comme deux fruits bien mûrs. Alex les a frôlés chacun son tour du bout des doigts. Des gouttelettes ruisselaient sur leur peau brune. On aurait dit de ces petites gouttes de condensation qui naissent et coulent lentement le long des flancs d'une bouteille glacée, posée dehors, sous une tonnelle, au milieu de l'été. En écrasant sa cigarette, elle a demandé :

– À cause de ce qui vient de se passer ?

– Ça me paraît être une raison suffisante.

– Je t'avais dit des choses ignobles.

J'ai posé le cendrier à mes pieds, tout en remarquant :

– Seulement la vérité.

– Je ne les pensais pas.

Elle a tenté de sourire, sans y parvenir convenablement. Elle s'est regardé le torse et les bras puis a haussé les épaules.

– Ce qui m'est arrivé, je l'avais bien cherché.

– Je ne crois pas, Alex.

– Tu ne sais pas. Tu ne sais pas tout. Je ne veux pas que tu partes. Je voudrais qu'on se couche et que tu me laisses me blottir contre toi. J'ai mal partout. J'ai une faim de loup. Qu'est-ce que tu bois ?

– Bourbon.

– Donne…

Elle a bu et des larmes lui sont montées aux paupières. L'alcool lui avait brûlé les lèvres et la bouche. Elle m'a rendu le verre. Je l'ai posé sur le bord du lavabo. Nous nous sommes regardés en silence. Il s'était fait entre nous un calme impressionnant, tout comme dehors après l'averse, il pleuvait à présent goutte à goutte, lentement, avec retenue. Alex m'a tendu les bras pour l'aider à sortir. Je l'ai enveloppée dans son peignoir en éponge, je lui ai arrangé la crinière. Elle a eu un long frémissement.

– Je savais que ça arriverait. Je voulais que ça arrive.

– Alex.

– J'ai très envie de faire l'amour avec toi. Mais avant, il faut que je te montre quelque chose.

Le quelque chose n'était autre qu'une revue à scandale, l'un de ces infects tabloïds destinés à assurer la prospérité d'avocats coûteux et un fonds de roulement aux juges des référés. Cette littérature n'est pas ma tasse de thé, mais je sais qu'elle existe. Bien des choses existent pour lesquelles j'éprouve une profonde aversion. Ça ne les empêche pas d'exister. Jusqu'à présent, je ne m'étais jamais trouvé en contact direct avec l'une d'entre elles. Pour un peu, ce torchon me serait tombé des mains. Lovée dans un coin du divan, les jambes repliées sous elle, Alex buvait lentement un verre de vin. On aurait pu lui donner deux siècles. Elle regardait le feu et rien d'autre.

Je regardais alternativement Alex et la revue. La revue et Alex. Je ne parvenais pas à accommoder convenablement. Sur la couverture, il y avait notre photo. Cette image prise dans la rue, sous la pluie, devant la Douze, cette image que j'aimais tant à cause de sa sobre mélancolie, de sa véracité, de l'étrange nostalgie qui en émanait, quand bien même elle avait été prise lors d'une surveillance de police, cette image était irrémédiablement souillée par le titre qui maintenant la barrait de travers. Je me le rappelle au mot à mot : « Pendant qu'on enterre le sénateur Mallet, sa joyeuse veuve file le parfait amour avec le policier chargé de l'enquête ! »

– L'article aussi n'est pas mal, avait observé Alex avec neutralité.

– Pourquoi tu ne m'en as pas parlé ?

– J'ai trouvé que c'était trop sale.

– Quand tu l'as acheté ?

– Jeudi, en allant faire les courses au village. Tu dormais. On aurait dit que tu avais des années de sommeil à rattraper. Je ne t'ai pas réveillé. En rentrant, je n'ai plus eu le courage. Je ne voulais rien de sale, tu comprends ? En même temps je bouillais de colère.

Je me suis rappelé le magazine que Yobe avait sorti de sa poche de manteau, puis qu'il avait replié et gardé pour lui, sans un mot. Il savait déjà. Il avait seulement choisi de donner un peu de mou à la corde.

Alex semblait remplie de peine, à présent, plutôt que de colère. J'avais plus qu'elle la pratique de la saleté et du vice. Par curiosité professionnelle autant que pour tout autre motif, j'ai ouvert à la page indiquée. Outre la même photographie qu'en couverture du tabloïd ainsi que deux autres, prises au téléobjectif, où nous apparaissions sortant de chez moi avec l'air de parfaits fuyards, l'article communiquait au public une information qui ne pouvait que renforcer son propre impact.

Selon une dépêche de l'A.F.P., les parents du défunt avaient manifesté leur intention de déposer dans les prochaines heures une plainte avec constitution de partie civile auprès du doyen des juges d'instruction.

Il s'agissait d'une plainte contre X… pour homicide volontaire par empoisonnement, complicité d'homicide, dissimulation de preuves et obstacle au cours de la justice. Les avocats de la famille avaient relevé de très étranges lacunes et de troublantes omissions dans l'enquête qui avait suivi l'annonce du pseudo-suicide.

– Conneries.

J'ai jeté la revue dans le feu. Elle n'en méritait même pas tant. J'ai enlevé le verre de vin des doigts d'Alex. Ils étaient glacés. Je me suis accroupi devant elle en la regardant dans les yeux :

– Je sais d'où ça vient, chérie. La photo a été prise par un type de l'Usine. Ils sont en train de faire monter la pression. Ils s'imaginent que quelque chose est en circulation. Ils veulent le récupérer. On a tapé une perquise chez moi. Un type que tu connais peut-être est même venu jusqu'à la Douze me proposer deux millions contre l'exclusivité. Quelqu'un a écrit : « Il arrive que la réalité se comporte comme si elle avait lu trop de mauvais romans, et qu'elle voulût les imiter. » Tous ces crétins sont devenus fous, Alex.

Elle a bougé les épaules. Elle avait l'air vieillie, amère et abattue. Ses yeux ont fui les miens. Je lui ai pris la figure dans mes mains, avec autant de douceur que je le pouvais. J'ai réussi à capturer son regard.

– Écoute. Quand je suis rentré dans cette putain de chambre, je peux t'affirmer qu'il n'y avait pas la moindre disquette, nulle part. On n'a rien trouvé et je n'ai rien pris. Guignol s'était expédié lui-même en s'enfilant de l'alcool et assez de barbituriques pour dépeupler l'Ukraine.

– Je le sais.

– Aucun trou dans l'enquête. Même ceux qui me détestent ne m'ont jamais pris pour un enfant de Marie. On ne peut rien me reprocher.

– Je le sais aussi. Je ne suis pas veuve. Nous étions divorcés.

– Quelle importance, toute cette merde ?

Elle a réfléchi.

– Peut-être aucune. Peut-être que les choses auraient été moins compliquées si, toi et moi, nous nous étions rencontrés avant.

– Peut-être qu'elles auraient été infiniment plus simples si nous ne nous étions pas rencontrés du tout.

Elle m'a fixé avec gravité. Il y avait de nouveau dans ses yeux ardoise cette incorruptibilité, cette impénétrable austérité, cette terrible opacité qui, par instants, la rendait à son insu semblable à l'une des trois Parques sans qu'il fût toutefois possible de connaître si c'était à la naissance, à la vie ou à la mort qu'elle présidait. Elle a affirmé avec une conviction sourde et froidement retenue :

– Je ne regrette rien. Je ne regrette pas que tu m'aies frappée. Tout ce qui s'est passé, je l'ai voulu. J'ai mal partout et j'aurais aimé pouvoir te faire plus mal encore. Je savais que je ne gagnerais pas et j'avais peur de gagner. À présent, je ne sais toujours pas qui tu es, mais je connais les démons que tu caches en toi. Ce sont aussi les miens.

Dans une autre vie, peut-être avait-elle été l'une de ces sombres et splendides grandes prêtresses Incas, dont les mains armées de couteaux d'obsidienne arrachaient à vif le cœur de leurs victimes pour les offrir ensanglantés, encore pantelants, en sacrifice au Dieu Soleil ou à l'un de ses homonymes. Peut-être dans une vie antérieure, n'avait-elle pas été sensiblement meilleure que moi.

15

À l'expiration des dix jours de repos qu'on m'avait accordés d'office, je me suis présenté à neuf heures à la Douze. C'était l'heure réglementaire de prise de service pour les fonctionnaires de jour. J'ai appris au secrétariat que Cohen était en congé. La fille m'a laissé entendre qu'il se trouvait maintenant assis sur un siège éjectable. C'était une gentille petite gosse qui portait un joli prénom. Violaine. Elle m'aimait bien, Violaine, peut-être parce que je ne l'avais jamais criée et que je lui rappelais son père. Sans doute souhaitait-elle me faire plaisir en m'annonçant ce qu'elle croyait être une bonne nouvelle. Il n'y avait pas que l'enfer qui pouvait être pavé de bonnes intentions, mais je m'en foutais. Il faisait dehors un pâle soleil aux allures tremblotantes. Violaine m'a demandé :

– Où tu étais ? Tout le monde t'a cherché partout.

– À la campagne.

– Tu as meilleure mine. Alors, c'est fini, la Nuit ?

– C'est fini.

– Tu sais où tu vas ?

À son ton crispé, j'ai deviné qu'elle, elle le savait. Elle n'avait pas envie de me le dire. Je n'ignorais pas que tout ce qui concernait l'aspect administratif du personnel lui passait dans les mains – le reste aussi. Je savais qu'en mon absence le couperet était tombé. La décision était conforme à celle qu'avait prédite Dobey. J'étais relégué en commissariat. La seule chose que je ne savais pas encore, c'était lequel.

Je me trouvais alors dans un état proche de l'indifférence. J'avais abandonné un moment Lady Day pour Mozart. J'avais fait pas mal de plomberie-zinguerie, j'avais abattu et débité quelques arbres parmi les plus pressés, j'avais faucardé une partie de l'étang et curé toute la longueur du bief qui l'alimentait en eau. Je m'étais occupé à des tâches robustes et saines, pour la plupart des besognes de plein air, qui avaient l'avantage de faire travailler nombre de muscles insoupçonnés et présentaient en outre l'intérêt de laisser la tête marcher toute seule pendant ce temps. Alex était presque toujours restée à mes côtés, à m'aider, à me parler, parfois seulement à me regarder faire pensivement. Deux ou trois fois, elle avait dû s'isoler dans la bibliothèque qui lui servait aussi de bureau pour passer des coups de téléphone et des fax. C'était sa vie, et pas la mienne. Elle avait aussi repris son entraînement. Elle semblait plus sereine. Peu à peu, les traces de coups sur son visage et son corps s'étaient estompées, mais elles n'avaient pas encore tout à fait disparu. Ça faisait comme un ciel de traîne après la tempête.

J'avais aussi beaucoup dormi. Je pouvais avoir meilleure mine.

En l'absence de Cohen, Yobe faisait fonction de patron de la Division. Comme il n'était pas encore arrivé, je suis sorti prendre un café à l'annexe. C'était un matin frais et clair, sans prétentions particulières. Il fallait le prendre avec la même simplicité.

Yobe se tenait accoudé au comptoir. Aucun de ses esclaves n'était en vue. L'étrangeté de la chose ne m'a pas frappé sur le coup. Lorsque je me suis juché sur le tabouret à côté de lui, il m'a adressé un regard amer, lourd de reproches, tout en remuant lentement la tête. Il a observé :

– Tu peux te vanter d'avoir foutu une belle merde.

C'était une entrée en matière qui en valait bien d'autres. Fernand m'a apporté une noisette, puis m'a donné la main. Il y a six ou sept ans, c'était entre nous une sorte de rituel. J'apparaissais à la porte et Fernand armait son percolateur avec la sûreté de geste d'un canonnier. Je me juchais sur mon tabouret. La machine à expresso accomplissait sa tâche, Fernand s'occupait de son côté. Lorsque la tasse était pleine, il venait me l'apporter. Ensuite, seulement, il me tendait la main. Nous n'échangions pas un seul mot. Il allait me chercher mon *Parisien*. Après seulement, on se parlait – lorsqu'on se parlait.

C'était la plupart du temps de chevaux et de femmes, comme bien des hommes seuls, peu prospères, et promis un jour ou l'autre à la salle commune. Ce matin-là, tandis que Yobe remâchait de sombres pensées, Fernand n'est pas allé me chercher *le Parisien*. Il est resté un instant à me regarder avec une étrange compassion, puis il est retourné servir les soutiers du tri postal et les yougos qui préparaient leur tiercé avec la gravité fébrile d'assesseurs aux municipales. On les aurait crus en plein dépouillement des présidentielles. Après tout, c'était bien avec leur avenir qu'ils jouaient aussi, d'une certaine façon.

Comme le silence de Yobe ne semblait pas devoir prendre fin, je me suis tourné dans sa direction. Il a évité mon regard avec un soin extrême. Peut-être venait-il de découvrir qu'il n'était pas très en règle avec lui-même. Rien de pire ne peut arriver à un homme, quelle que soit sa popularité – et même son absence de popularité.

– Chante ce que tu as à me chanter, Yobe.

– Putain, on t'a cherché partout.

– Je le sais déjà.

– Où tu étais ?

– Aucune importance.

– Là où tu étais, je suppose qu'il n'y avait ni radio, ni télévision.

– Tu te trompes. Il y avait tout ce qu'il faut. Même deux paraboles. Pas loin d'une centaine de chaînes. Je ne me rappelle pas qu'on ait passé dix minutes devant.

Il ne m'avait pas regardé une seconde. Il examinait ses grandes mains larges posées bien à plat de chaque côté de sa tasse, ses solides poignets qui dépassaient des manches de chemise. On aurait dit qu'il procédait à un inventaire minutieux. Peut-être était-il seulement en train de compter les pores de sa peau. Sans lever le front, il m'a dit :

– Je vais te donner un chauffeur et une voiture. Le juge d'instruction chargé du dossier Mallet veut t'entendre. Il a fallu faire des pieds et des mains pour qu'il ne te colle pas un mandat d'arrêt au cul.

– Motif?

– Procéder à ton audition en qualité de témoin.

– L'information a été ouverte ?

– À la même date que la chasse au canard.

– Chef d'inculpation ?

– Homicide volontaire avec préméditation.

À tort ou à raison, je n'ai pas pu m'empêcher de sourire.

– C'est ça qui te rend si sombre ? C'est ma peau que je risque, pas la tienne. Écoute, Yobe, on va arrêter cinq minutes de jouer aux cons, tous les deux. Suicide. Carré. La procédure est passée à la signature. Chez toi, chez Cohen. Elle est passée au Parquet. Personne n'a moufté. Sur ce coup, je suis inredressable.

– Pauvre con, personne n'est inredressable. Jamais. Même pas toi.

À son ton de voix, j'ai compris que quelque chose de grave s'était produit. J'ai vidé ma tasse, j'ai commandé une autre noisette et Yobe a pris un demi. Quand il l'a porté à ses lèvres, j'ai remarqué que ses doigts tremblaient légèrement.

– Qu'est-ce qui se passe, Yobe ?

Il a remué des épaules fourbues.

– Le juge te le dira. Avant, les Bœufs veulent t'auditionner. Ils ont besoin de tes déclarations dans l'histoire du petit chaoui.

– Correct.

– Ils veulent aussi t'entendre dans l'affaire Mallet.

– Tout à fait compréhensible.

Yobe a braqué les yeux sur moi. Il a eu un renvoi et a remarqué :

– Cette saleté me donne des aigreurs d'estomac.

– Bois autre chose.

– Je peux pas. Je vais te dire… Mon père tenait une brasserie en Alsace, avant la dernière guerre. C'était un homme raisonnablement honnête. Très aimé de tous. Souvent, je regrette que les bombardiers alliés aient foutu l'usine en l'air. Le vieux est resté sous les décombres, autrement peut-être que moi aussi on m'aurait aimé, un jour.

– Je ne vois pas le rapport.

– Peut-être qu'il n'y en a pas. Pour Mallet, c'est la section de discipline qui s'occupe de ton cas.

– Discipline ?

– Je peux rien faire pour toi. Je peux rien que te donner une bille. Une toute petite bille. (Il a haussé les épaules.) Ça va te filer quoi ? Une demi-longueur d'avance ?

– Pourquoi tu ferais ça ?

– Si je le savais, je me mettrais des coups de pied dans le ventre. Les Bœufs ont l'impression que tu as omis quelque chose dans les constatations.

– Mes claouis. Ni manque ni omission.

Il a secoué la tête avec accablement. Il a soupiré comme s'il se rendait subitement compte qu'il avait affaire à un débile profond. C'était peut-être le cas. Il ne me regardait plus, de nouveau. Impassible, il a rapporté, d'un ton très neutre – un vrai ton de vrai flic :

– Ils disent avoir de bonnes raisons de penser que les procès-verbaux n'ont pas été rédigés dans le bon ordre.

Je me suis levé d'un bond.

– Ce qui veut dire ?

– Que les constates auraient été tapées après certains procès-verbaux d'audition de témoin. Notamment un, en particulier. Tu vois lequel ?

Je voyais lequel. Une froide colère m'a envahi.

– On joue plus, Yobe. Ma vie, c'est ma vie. Elle vaut ce qu'elle vaut et je m'en torche. Là on parle de conscience professionnelle.

Il a ri, d'un rire sourd et sans joie.

– Qu'est-ce que tu crois que ça peut leur foutre, ta conscience-chose, mon con joli ? Ils en ont rien à battre. Personne n'en a plus rien à battre. On leur a dit de chercher, ils cherchent. Tu ferais pas pareil, à leur place ?

– Je ne sais pas. Je n'ai jamais essayé de me mettre à leur place.

– Quand on cherche, on trouve.

– Tu me connais. Pourquoi j'aurais fait ça ?

– Je ne te connais pas. Je connais plus personne. Cohen risque de sauter et moi aussi. L'affaire est remontée bien plus haut que tu l'imagines. Disquette ou pas disquette, je vais te dire. Maintenant, tout le monde s'en cague. Les comptes qui se règlent, tu n'en as pas idée. Moi non plus. Tout ça, c'est un panier de merde, mais c'est tes empreintes qu'on a relevées dessus.

Je commençais à avoir sérieusement les abeilles. Il a avoué :

– Si tu veux tout savoir, j'ai même pensé que tu t'étais arraché. Qu'on te reverrait pas de sitôt, ni à la Douze, ni sur la planète Terre. Tu vois à quel point ?

Je voyais. Je me suis campé sur les talons. En quelques minutes, il m'avait sérieusement bourré. La tête recommençait à me faire très mal. Je l'ai prévenu :

– Si tu veux pas prendre mon poing dans la gueule, tu vas me dire tout de suite pourquoi j'aurais chanstiqué le coup !

Il a tourné la tête, a bien pris ma mesure, puis a lâché avec mépris :

– Parce que tu couches avec la veuve, pauvre con.

Les bras m'en sont tombés. Yobe a haussé une dernière fois les épaules, puis, après avoir terminé son verre, il l'a examiné avec ressentiment.

– Strictement dégueulasse.

– Rien ne t'y oblige.

– Ce qu'ils veulent surtout savoir, c'est depuis combien de temps ça durait, vos petits fricotages, la greluche et toi…

Le juge paraissait la petite trentaine. C'était un homme mince, de taille moyenne, aux traits fins. Il portait des petites lunettes rondes à la Hiro-Hito, et ses cheveux mi-longs, peignés en arrière, étaient blancs comme neige. Il avait les yeux bleu glacier, mais son sourire n'était pas dépourvu d'une sorte d'ironie nonchalante. Il s'appelait Olivier Verdoux. En chandail et blue-jean, le verbe précis et facile, le geste désinvolte, une jambe jetée par-dessus l'accoudoir du fauteuil, il laissait une bizarre impression. Il avait un peu l'air d'un vieil étudiant attardé et sceptique, mais quelque chose indiquait aussi dans ses rapides coups d'œil pensifs que les composants de son esprit pouvaient provenir de la même usine que celle qui avait alimenté les bûchers de l'Inquisition.

Il m'avait semblé bien jeune, tout de même, pour que la chancellerie l'eût chargé d'un dossier si sensible. La greffière était quant à elle une bonne grosse placide aux allures d'aide-soignante, pas méchante d'apparence pour deux ronds, mais qui avait l'air quand même de quelqu'un de très près de ses sous.

Verdoux m'avait tendu la main, tout en remarquant :

– Enfin. L'introuvable. Je commençais à me demander si vous existiez vraiment.

Sa poigne était ferme et sèche, très directe.

– Asseyez-vous. On en a pour un moment.

Je me suis assis. Il a attiré le dossier Mallet à lui. Il faisait à présent une bonne vingtaine de centimètres d'épaisseur. Il l'a ouvert. Toute trace d'affabilité a disparu de ses traits.

– Vous savez la raison de votre présence ici. Je suppose que vous venez des Bœufs et que mes questions n'auront plus d'attrait.

– Non, Monsieur.

– Ne me gonflez pas avec des formules à la con. Vous ne venez pas des Bœufs ?

Je l'avais pris à contre-pied. Il a semblé intrigué, mais pas forcément mécontent. Je l'avais été parfois moi-même, lorsque croyant percer les premières lignes de défense d'un suspect, je m'étais aperçu qu'il avait anticipé l'action en reculant plusieurs de ses pièces, abandonnant les courtines qu'il pressentait perdues d'avance. Peu de mes clients m'avaient procuré cette occasion jubilatoire de me mesurer à un ennemi retors et ambitieux. Verdoux a secoué la tête.

– Vous n'y êtes pas allé. Bien. De deux choses l'une. Ou vous êtes très con, ou vous êtes très malin. Peu importe. Dans les deux cas de figure, nous risquons simplement d'en avoir pour un peu plus longtemps que prévu.

Il a marqué une pause, que je me suis bien gardé de meubler de quelque manière que ce soit. Roule, ma poule. Je me tenais le buste droit, les mains à plat sur les cuisses. J'avais ma méchante veste en cuir et mon .45 à la ceinture. J'avais encore ma gueule de flic et je lui opposais ma froideur de flic. Il a souri comme un agent de pub.

– Je vais quand même vous expliquer la règle du jeu. Vous n'êtes personne. Je vous considérerai sans sympathie, mais sans antipathie non plus. L'homme ne m'intéresse pas, le flic pas davantage. Ce que je veux, c'est la vérité.

– Tomás de Torquemada disait la même chose.

– Un flic intello, bravo. Pas d'états d'âme. Je vais vous poser des questions. Acceptez-vous d'y répondre ?

– Oui.

– Je veux la vérité. Toute la vérité, mais seulement la vérité.

– Elle est consignée dans les actes de la procédure que j'ai rédigés.

Son sourire a disparu. Il a commenté avec froideur :

– Défense classique. Ces procès-verbaux ne valent que jusqu'à preuve du contraire. Vous le savez, n'est-ce pas ?

– J'ai pratiqué la procédure pénale pendant près de vingt-cinq ans. Il m'est même arrivé de l'enseigner.

– Donc vous le savez. Vous fumez ?

– Jamais entre deux cigarettes.

– Vous pouvez fumer si ça vous chante. Tout sauf la pipe. Même du chanvre indien, si vous voulez. Vous pouvez vous bourrer le pif de cocaïne, vous pouvez faire les pieds au mur si l'envie vous en passe par la tête. Je m'en fous. Ce que je veux, en revanche, c'est des réponses précises à des questions précises. J'ai dit quelque chose d'amusant ?

– Je ne pense pas.

– À vous observer, on l'aurait cru.

Il a saisi un feuillet tout en faisant un petit signe à la greffière. Il a regardé sa montre comme je le faisais moi-même à chaque début d'audition. Il a donné le top de départ :

– Il est onze heures dix.

Il a tout de suite démarré à fond les manettes, comme pour se débarrasser de préambules gonflants. Il n'y a jamais de préambules gonflants, seulement des modes opératoires. Il a lu rapidement :

– Le vingt septembre de cette année, à quatre heures dix, vous avez été avisé par l'état-major de votre direction qu'un corps sans vie venait d'être découvert à l'hôtel Impérial. L'établissement, qui est un quatre étoiles, est situé dans le ressort de votre Division. (Il a relevé les yeux :) Question : confirmez-vous sous serment l'exactitude de ces déclarations ?

– Oui.

– Lorsque vous avez été prévenu, vous vous trouviez de permanence à la Douze. Question : était-ce dans le cadre de votre tour de service normal, ou effectuiez-vous un remplacement, pour quelque motif que ce soit ? Difficile à dire, n'est-ce pas, qu'effectuiez-vous ?

– Tour de service normal.

– Vous étiez chef de nuit.

Il y a eu un silence. Curieusement, Torquemada ne me gavait pas. C'était une belle mécanique à questions-réponses. Je ne sais pas s'il aimait ce qu'il faisait ou pas, mais il le faisait bien, avec calme et minutie. Il avait une rigueur d'entomologiste qui me le rendait même assez sympathique. Comme je ne répondais toujours rien, il a incliné le torse et m'a scruté, puis il a souri en manière d'excuse. Il a rectifié :

– Au temps pour mes crosses. Étiez-vous chef de nuit ?

– Oui.

– Question : avez-vous été avisé personnellement de la découverte du corps ?

– Oui.

– Question : par quel moyen avez-vous été avisé ?

– Par radio.

– Question : avez-vous été prévenu d'un suicide, ou d'un décès dont les causes étaient inconnues ou suspectes ?

– Suicide.

– Par quel moyen ?

– Suicide aux barbituriques.

Il a fait mine de réfléchir. Je l'ai laissé suivre le cours de ses pensées. Je croyais savoir à peu de choses près où elles n'allaient pas tarder à le conduire. Son cabinet d'instruction n'était ni plus vaste, ni plus éclairé et richement meublé, que bien des bureaux. Il y avait toujours ce soleil tremblotant, frileux et pâlichon comme un gosse des rues. Il y avait toujours cette odeur de poussière, de vieux papiers et de misère morale qui plane sur les locaux de police et de justice.

J'avais presque envie d'anticiper, mais c'était lui couper ses effets et retirer toute raison d'être à ses fonctions. Je me suis borné à sortir une Camel et à l'allumer. Il m'a regardé faire, puis a demandé – en détachant bien chaque syllabe :

– Est-il normal et habituel qu'un inspecteur divisionnaire chef de nuit se déplace personnellement et immédiatement à l'annonce d'un suicide, alors qu'il dispose pour cela d'un ou plusieurs inspecteurs O.P.J. auxquels ce genre de tâche est habituellement dévolue ?

Cette solennité, à la fois classique et affectée, ce lieu commun de l'interrogatoire, ce brusque ton de maître d'école, cette apparente sévérité pouvait sembler constituer une petite erreur de tactique tout comme elle risquait de dissimuler une opération stratégique d'envergure. J'ai hésité un court instant, puis j'ai compris qu'au fond je m'en foutais, de ce qui pouvait m'arriver. J'ai croisé les mains derrière la nuque. Les vertèbres recommençaient à me faire mal. J'ai souri avec froideur.

– Monsieur le juge, lorsque le suicidé est une pointure du calibre de Mallet, une circulaire de la direction P.J. y invite fortement. C'est même une directive constante et précise. Je ne sache pas qu'elle ait jamais été abrogée, à moins que cela ne se soit produit pendant la dernière quinzaine.

– Votre transport sur les lieux n'avait donc rien d'insolite.

– Non.

– Bien. Puis-je donc en inférer que lorsque vous avez quitté votre Division, vous aviez déjà connaissance exacte de l'identité du défunt ? J'insiste sur : déjà.

– Non.

– Pourquoi non ?

– Une autre circulaire interdit l'usage de patronymes dans le trafic radio. Elle obéit à des motifs de sécurité et de discrétion.

– Trafic radio, je comprends. Nous savons tous ce qu'est un scanner, c'est entendu. Mais quelqu'un d'autre de chez vous n'aurait-il pas pu être avisé dans le même temps par quelque autre moyen ? Le nom du sénateur Mallet n'aurait-il pas pu lui être avancé ? Par téléphone, par exemple ?

Il savait toutes les réponses. Je me suis rappelé Muppet. J'avais pris l'appel en direct sur mon Motorola. J'étais dans un demi-coma, puisque c'était le seul moment de repos tout relatif que je m'octroyais dans la nuit. Ensuite seulement, peut-être deux ou trois minutes plus tard, Muppet était venu me tirer de mon trou à rats. Pour plus de sécurité, L'Étage des morts avait doublé par téléphone sur la ligne direct. Le regard vitreux, avec une sobre férocité, colts au poing, Henry Fonda déclarait à un gros type dans un western : « *Il faut jamais faire confiance à quelqu'un qui porte des bretelles et une ceinture.* » C'était juste avant de lui mettre deux balles dans le ventre, en toute tranquillité. Je n'avais jamais eu confiance dans les gens de l'Étage des morts. Verdoux m'a avancé un cendrier. J'ai écrasé ma cigarette. J'ai relevé les yeux tout en hochant le front.

– En effet, l'un de mes inspecteurs a reçu un coup de téléphone de son côté. Il n'était pas question de Mallet. Seulement de la personnalité particulière de la victime.

– Victime ?

– Ce sont les termes de la circulaire. Lorsque la victime…

– Ce sont vos termes.

Il s'est accoudé. Il m'a fixé comme on examine un négatif par transparence. On ne pouvait deviner si ce qu'il pensait distinguer lui plaisait ou non. Je n'ai pas beaucoup vu bouger ses lèvres. Il a demandé d'un ton uni, feutré :

– Au moment de quitter la Division, saviez-vous ou ne saviez-vous pas que la victime était Mallet ?

On avait fini de rire.

Un peu avant dix-neuf heures, il m'avait laissé libre. Je n'étais pas mis en examen, ni placé sous contrôle judiciaire. J'avais pensé un instant à retourner à la Douze avant de rentrer, puis j'avais réfléchi et renvoyé mon chauffeur. Comme il avait fait le poireau depuis onze heures du matin, il était de méchante humeur. Pour moi, j'étais calme, vaguement hébété et les yeux me brûlaient. Une migraine lointaine me traînait par la tête avec la ténacité d'une vieille rengaine, pourtant déjà plus qu'à moitié oubliée.

J'avais quitté le Palais de justice par l'entrée des artistes. J'étais allé prendre un verre dans un bistrot à côté de la préfecture. Tout le monde le fait après être passé au tourniquet. Je ne connaissais plus personne dans le troquet. J'avais traversé le marché aux fleurs où certaines guitounes étaient encore éclairées. Il y avait de pleins parterres de chrysanthèmes multicolores, dont la senteur, capiteuse et suave, dissimulait peu et mal pour moi l'amère morbidité. De son vivant, ma mère adorait les chrysanthèmes. Elle parvenait à en peupler sa maison presque tout au long de l'année. C'était elle aussi une femme seule, combative et austère. On ne pouvait s'adresser à elle qu'avec l'impression de donner un appel à longue distance. Lorsqu'il m'arrive parfois – rarement – de penser à elle, immédiatement me reviennent en tête l'odeur des chrysanthèmes et celle du gardénia.

De son vivant, ma mère fumait des Kool.

J'avais passé le pont pour aller prendre le métro à Châtelet. En descendant les marches, la souffrance m'était revenue, mais elle était vague et imprécise, pas du tout insupportable. Sur ma hanche droite, mon pistolet pesait plus lourd qu'un remords.

J'étais rentré chez moi. J'avais retiré mon ceinturon. Je supportais de plus en plus mal tout ce fourniment. Je sentais trop clairement que la partie était en train de prendre fin. En le posant sur ma malle en osier, j'avais remarqué le petit œil écarlate, stupide et maléfique, de mon répondeur téléphonique. Il palpitait avec fureur. On aurait dit celui d'un rat à l'agonie, pris dans les mâchoires d'un piège tout à l'autre bout obscur d'une pièce où il ne passait plus personne.

Je n'ai pas pris les messages. J'en avais eu mon content, de messages, pour la journée. J'ai arraché la prise du répondeur. Le méchant rat noir est mort. Du coup, j'ai aussi débranché mon téléphone. Je me suis occupé comme j'avais coutume de le faire à chaque retour de mission. J'ai mis Lady Day en boucle sur mon compact. Stormy Weather. L'enregistrement a été réalisé à Carnegie Hall en 1955. C'est pour moi l'un des plus beaux blues de tous les temps. Lady lui donne une dimension presque cosmique. Le pays qui le choisirait pour hymne national ne pourrait faire autrement que se rendre maître du monde dans les trente-six heures suivantes.

Je m'étais déshabillé et récuré de fond en comble sous la douche. À part ma gueule, qui ne m'avait de toute façon jamais plu, je restais quelqu'un d'à peu près potable. Certes, je ne pouvais prétendre à passer pour la doublure française de Schwartzenegger, mais je ne ressemblais pas du tout à Fattie Artbuckle non plus. J'avais le physique d'un quelconque poids mi-moyen, un de ces welters faméliques et coriaces, accrocheurs, résistants et durs à la peine, mais tout aussi fêlés de la tête et dépourvus d'espoir de salut que tout ces pauvres types comme on en trouvait à la pelle dans les salles des bas-quartiers, à l'époque où la boxe était encore un vrai sport pour tous et pour quelques-uns la promesse d'une autre vie que la chaîne et l'usine. La mienne, de vie, m'aura au moins appris que ce genre de promesses ne sont jamais tenues.

Au juste, je n'avais plus le mental. Comme bien des gens qui souffrent de sérieux troubles psychiques, j'en passais alors par une phase qui s'apparente à celle durant laquelle l'alcoolique cache ses bouteilles. Tout mon comportement était destiné à donner aux autres l'impression que j'étais parfaitement normal, alors qu'il n'en était rien et que la maladie n'arrêtait pas de s'étendre. C'était comme un navire touché en dessous de la ligne de flottaison et qui poursuit encore sa course sans trop de dommage apparent mais dont l'obscurité des soutes ne cesse de se remplir de tonnes d'une eau noire – une eau destinée à l'attirer lentement, inexorablement, dans ses propres profondeurs à elle. Je n'avais plus le mental, mais en revanche il ne dépendait que de moi de couler pavillon haut, ou non. Il suffisait pour cela que je me remette à faire un peu de fonte, que je mène une vie un peu moins déréglée. Que je cesse de sauter des repas, et de remplacer les aliments solides par du liquide.

Promesses d'ivrogne. Trop le cafard, mon pote, disait Léon – et elle s'y connaissait. J'ai enfilé des vêtements propres. À ce moment, mon successeur à la Nuit devait être en train de prendre les rênes. J'ai presque eu envie d'y aller, pour voir comment c'était de l'extérieur, lorsqu'on n'était plus responsable de rien, lorsqu'on avait cessé d'être quoi que ce soit, un touriste en quelque sorte – pour voir si je ne m'étais pas fait des menteries à moi-même, au fond, si c'était vraiment bien si terrible que ça, la Nuit. Je n'en ai pas eu le courage. Au fond, je ne voulais pas vraiment savoir.

Je n'avais pas faim, je me suis quand même fait deux œufs sur le plat. J'ai mangé debout dans ma micro-cuisine. Je n'entendais presque plus le fracas des trains, tellement j'étais abîmé dans mes propres pensées. Billie chantait : « *Don't know why... There's no more summer in sky... Stormy Weather... Since my man and I ain't together...* » Elle avait ce phrasé unique, détaché, cette diction râpeuse, ce détachement sobre et nostalgique qui donnait à son chant des allures de tragédie. C'est dans sa foune qu'après sa mort, pourtant, on a trouvé les derniers 700 dollars qu'elle destinait à sa came. Elle les avait gagnés sur son lit d'hôpital, pendant sa lente agonie, en vendant les droits de raconter l'histoire de sa vie à un torchon.

J'ai fait ma petite vaisselle et je suis allé m'installer dans mon fauteuil en mettant les deux pieds sur mon bureau. La mienne, d'histoire, n'était pas à vendre. Elle n'intéressait plus personne, du moment que j'avais cessé moi-même d'y attacher la moindre importance. On a sonné à ma porte. Comme je ne me bouclais plus, je me suis contenté de gueuler un grand coup. On est entré en refermant derrière soi.

Depuis le seuil, Alex m'a jeté un coup d'œil alarmé :

– Tu n'as pas l'air au mieux de ta forme. Qu'est-ce qui se passe ?

Elle était en tailleur. Un tailleur sombre, avec des bas sombres et des escarpins sombres. Avec ses talons, elle aurait pu débiter des dizaines de pains de glace avant de ressentir la moindre trace de fatigue. Elle avait aussi un manteau qui lui allait au-dessus du genou. J'ai agité les doigts.

– Bye, Alex.

– J'étais folle d'angoisse. Je t'ai appelé au moins dix fois.

Subitement, j'ai enlevé mes pieds du bureau et je me suis redressé.

– Tourne la tête de profil.

Alex m'a regardé, les yeux ronds. Je devais vraiment avoir l'air très mal. Elle a quand même fait ce que je lui demandais. Je me suis rappelé en riant :

– Ça y est ! J'ai trouvé !

Exaspérée, elle m'a regardé en face. Sa lèvre supérieure présentait le pli hautain dont je connaissais à présent le sens.

– Tu as trouvé quoi ?

J'étais aux anges.

– J'ai trouvé à qui tu ressembles.

Elle s'est campée, les poings sur les hanches. La courroie de son sac lui a coulé le long du bras. Elle l'a laissée pendre contre son mollet comme un filet de courses. Elle a secoué sa crinière.

– Tu ressembles à Jean Hagen.

Je me suis levé en hâte. J'avais l'intention de contourner le bureau. Jean Hagen avait tourné dans un film de Mann, à la fin des années quarante. C'était une série B, mais aucun film de Mann ne pouvait réellement être considéré comme tel. Je voulais lui montrer une photo. Compte tenu de son exceptionnelle beauté, Jean Hagen n'avait pas eu la carrière qu'elle méritait. J'avais une idée précise de l'endroit où se trouvait le livre que je cherchais. Alex m'a pris le coude au passage.

– Tu crois que ça te fait du bien, de boire comme ça ?

– C'est une bonne question. Merci de l'avoir posée. Passons maintenant à la suivante.

– Tu as encore pris tes saloperies avec.

– Non, m'dame.

– Tu voulais pas répondre au téléphone ?

– Non, m'dame. Jean Hagen. Anthony Mann. Le film s'appelle *Side Street*. Humains, rien qu'humains.

– Qu'est-ce que tu cherches ? À te détruire ?

Je l'ai bloquée tout de suite, d'un tout petit jab pour rire à la pointe du menton.

– Stop, m'dame. Rien que des faits. Je veux bien me farcir une pute – pas une infirmière en psychiatrie.

Nous étions debout, face à face. Un instant, j'ai redouté que la petite séance chicore se reproduise, mais Alex s'est contentée de secouer la tête et de repêcher son sac. Elle en a sorti un formulaire que je connaissais bien et me l'a tendu sans un mot. Je n'avais pas besoin de le déplier, je savais que c'était une citation à comparaître. J'ai doucement repoussé ses doigts.

– Excuse, mais je viens de donner. Ça a duré presque toute la journée. Tout au début, j'ai pris ce type pour Torquemada. Maintenant, je me demande si ça ne serait pas quelque chose entre Savonarole et Ayrton Senna. J'en suis sorti avec l'impression qu'on m'avait remplacé la cervelle par un morceau de serpillière.

– Je ne viens pas pour ça. J'avais besoin de te voir.

– On a tous nos soucis, Alex. (J'ai tendu les doigts, je lui ai frôlé la joue.) Ce petit fumier a trouvé la faille. Moi-même, je ne l'avais pas vue, emporté par mon élan.

– La faille ?

– Oui, la faille.

J'ai sorti deux cigarettes de ma poche de chemise, une pour chacun. Dans la petite lumière de ma lampe, avec Lady Day en fond sonore, Alex était plus belle que jamais. Elle était trop belle même pour toute une vie, aussi bien la sienne que la mienne. Elle ne saurait jamais. J'ai allumé sa cigarette d'abord.

– La faille consiste dans le type de serrure utilisée par ce genre d'hôtel. Lorsqu'on se trouve à l'extérieur, il faut une clé pour ouvrir.

Elle a fait ses sourcils en toit de pagode.

– Comprends pas.

– On ne peut pas rentrer sans clé, c'est évident. Celui qui est à l'intérieur ferme avec un poussoir qui se trouve dans la poignée de porte. De dehors, on ne peut plus ouvrir sans un passe.

Je me suis tu subitement. Alex m'observait sans mot dire, la cigarette au bout des doigts. J'avais brusquement le sentiment de faire dans l'obscène et le crapoteux. Verdoux m'avait démoli la tête avec son acharnement de termite. Je m'étais fait laver le cerveau comme par l'un de ces crétins New Age qui tapent au porte-à-porte. Je sentais que j'étais en train de me faire retourner, que mon simple bon sens de citoyen en avait pris un coup, mais j'ai remis le couvert, avec pas mal de stupidité et beaucoup d'automatismes policiers :

– Maintenant, admettons que celui qui est dedans n'ait pas appuyé sur le bouton. Alors quelqu'un d'autre qui se serait trouvé dans la pièce pourrait très bien en être sorti et avoir refermé derrière lui.

Elle a hésité.

– Je ne vois pas où est la faille.

– Verdoux a vu. La Criminelle a de nouveau interrogé le garçon d'étage. Le loufiat est sûr d'une chose : à son entrée, l'entrebâilleur n'était pas mis, mais il a reconnu ensuite s'être servi du passe pour ouvrir.

– Ce qui veut dire ?

– Ce qui veut dire qu'on ne saura jamais si Mallet avait verrouillé sur lui avant de mettre fin à ses jours, comme on dit. Verdoux a trouvé l'endroit où jeter le trouble. Si j'avais été moins pressé d'en finir, cette nuit-là, je l'aurais trouvé aussi. Un simple doute. Dans une enquête judiciaire, le moindre doute en entraîne un autre, comme une note en entraîne une autre dans une sonate, ou qu'un mot en entraîne un autre dans une dispute – et ainsi de suite.

Alex a tiré sur sa cigarette. Elle est restée silencieuse un bon moment. Ensuite, elle m'a fait ses sourcils en aile de mouette, et a demandé d'un ton anxieux en s'adressant à mon premier bouton de chemise :

– Ça a quelque chose à voir entre nous deux ?

– Rien du tout. Lui ne m'a même pas suggéré d'éviter de te rencontrer. À aucun moment tu n'as été amenée sur le tapis. C'est pourtant des choses qui se font dans ces cas-là. Ayrton Senna. Verdoux a un sens diabolique de la trajectoire. Rien que des faits. La seule question qu'il se pose à présent – et moi aussi –, c'est de savoir comment on peut faire ingurgiter par voie buccale, à un robuste mâle adulte, assez de barbituriques pour l'envoyer aux vaches.

– Qu'est-ce que tu en penses, toi ?

– Que c'est strictement impossible, contre le gré du patient.

– Contre son gré, oui, mais autrement ?

– Autrement, on ne peut pas parler d'homicide.

16

Le lendemain matin, j'avais eu droit aux Bœufs. Compte tenu de l'importance de mon affaire, tout au moins dans son versant Mallet, c'était un contrôleur général qui m'avait interrogé. Étrangement, les choses ne s'étaient pas trop mal déroulées – pas trop mal pour moi. On ne m'avait pas ménagé, mais pas rudoyé non plus. Tout s'était passé de manière bien moins pire que n'auraient pu le laisser présager les propos de Yobe.

Pour la mort du jeune Sahraoui, vingt minutes avaient suffi. On m'avait donné lecture des déclarations de Muppet et de l'adjoint de Carl. Je les avais confirmées en tout point. Selon les deux jeunes gens, seuls la surprise et un angle de tir trop fermé m'avaient empêché d'ouvrir le feu à temps. C'était un mensonge pur et simple, mais qui ne changeait rien au fond de l'espèce. Un homme avait tiré au fusil à répétition sur un policier dans l'exercice de ses fonctions, le blessant très légèrement au visage. Un second policier avait alors été contraint de l'abattre, avant que l'homme n'ait eu le temps de rajuster son tir.

Le dénommé Sahraoui était un délinquant connu – et recherché pour des faits similaires.

Point-barre.

Le 140 n'avait pas bougé, il n'y avait pas eu de réactions dans la presse ou de manifestations antiracistes, *ergo* le reste tout le monde s'en battait les couilles.

Pour ce qui concernait Mallet, on avait voulu savoir quelques points de détail. J'avais dû apporter les réponses qu'il fallait, puisqu'on m'avait laissé libre d'aller et venir à ma guise à l'issue de mon audition. Encore une fois, on avait systématiquement évité tout ce qui pouvait avoir trait à Alex. Dans l'antichambre des Bœufs, Jacques Lhotes m'attendait. Il était nu tête, en manteau noir. À ma vue, il a consulté sa montre puis s'est avancé.

– Nous avons une heure pour déjeuner.

– Je n'en vois pas l'utilité, Jacques.

Lui la voyait. C'était suffisant à ses yeux. Nous nous sommes dirigés à pied vers Châtelet. Je me souviens que dans la nuit la température avait chuté sous zéro. Il faisait un temps froid mais extrêmement clair. La luminosité impitoyable du ciel ainsi que le vent glacé me faisaient mal aux yeux, si bien que j'ai dû mettre mes lunettes de soleil. Elles me donnaient l'air d'un tueur à gages.

Sur le pont au Change, je n'ai pu m'empêcher de contempler la Seine. Elle charriait des eaux vertes, crêpelées de dures vagues aiguisées comme des rasoirs. Un pousseur et sa barge chargée de gravier descendaient vers la mer, tandis que dans l'autre sens une petite vedette hollandaise remontait le cours du fleuve. La coque fine et tout en acier, pimpante, elle battait un pavillon inconnu – inconnu pour moi. Elle a été prise dans le sillage du pousseur. L'homme qui la conduisait portait une irving-jacket orange fluo par-dessus ses vêtements. Il allait tête nue. Il est resté droit et digne à la barre, dans le balancement dû au ressac. Peu d'entre nous en sont capables.

– À ta place, m'a dit Jacques, je n'hésiterais pas. C'est ta dernière chance de t'offrir une sortie honorable. Quand elle était enfant, c'est des gens comme Wybot et Messmer qui la faisaient sauter sur leurs genoux. Elle ne t'a jamais parlé de leur ancien bunker de Neuilly ?

– Nous ne passons pas toutes nos nuits à échanger des confidences.

– Il y avait un bloc chirurgical complet au deuxième sous-sol.

– Impressionnant.

– Quand le Grand Charles était encore au pouvoir, il s'est passé chez Brandt des réunions qui valaient pas mal de conseils des ministres.

– J'ai cessé d'être un homme de l'ombre. Pourquoi me dis-tu ça, Jacques ?

Je fumais. Sans répondre, lui me considérait de son étrange regard d'étain. C'était un homme à garder pour soi ses observations. J'ai remarqué avec aigreur :

– La dernière fois, le message était : touche pas la femme blanche. Pourquoi ce revirement soudain ?

Jacques m'a considéré pensivement un bon moment, puis il a bougé les épaules. Son regard ne s'est pas animé, il s'est contenté de balayer la salle avant de revenir se poser à la racine de mon nez, entre les sourcils, là où certaines figurations naïves entendent situer le troisième œil et la porte de toute vraie connaissance. Il a supposé d'un ton réfléchi :

– Peut-être parce que tu t'es conduit proprement.

– Proprement.

J'ai ri avec douceur. Je n'en avais pourtant pas plus envie que d'une balle dans le genou. On nous avait servi d'excellentes grillades, le bordeaux avait été remarquable. Bien qu'efficace et précis, le service était passé aussi inaperçu qu'une légion de pickpockets à un concert de Madonna.

– Proprement, ça ne veut rien dire. Vous aviez peur de quoi ? Que je bave ?

– On ne sait jamais, a reconnu Jacques.

– Peut-être que je n'avais rien à baver.

Il a eu un sourire sans vie. Il m'a annoncé avec lenteur.

– Dès son retour de congé, Cohen saute.

– On sait qui va être le suivant ?

– Maurel. Le parfait crétin des Alpes. Tout à fait inapte à distinguer son trou du cul d'un puits de pétrole.

– Admirable.

– Un ancien commandant de CRS, qui a profité de la passerelle entre tenue et civils.

– Motif du choix ?

– On sait qu'il fera ce qu'on lui dira de faire.

Subitement, je me suis senti épuisé, aussi bien physiquement que nerveusement. D'habitude, c'était l'heure à laquelle je dormais. Jacques a commandé des cafés, ainsi qu'une poire pour lui et un bourbon pour moi. J'ai écrasé ma cigarette et j'en ai aussitôt allumé une autre. La tête me tournait. J'avais passé une bonne partie de ma vie à tirer des chèques sans provision sur des comptes, qui, pour la plupart, n'étaient pas les miens.

Jacques était un homme cohérent. Il m'a dit :

– Avec Cohen, tu traînes une casserole. Avec Maurel, tout reste à définir.

– Aperçu.

– Une autre porte de sortie. (Il a insisté :) Il fera ce qu'on lui dira de faire. On lui demande de nettoyer les écuries, pas de sanctionner à tort et à travers.

– J'aime ta façon de parler.

Je me suis levé sans toucher à mon bourbon, j'ai posé un billet de deux cents francs sur la table. J'ai reconnu :

– Je ne me suis pas comporté proprement. On m'a posé des questions. J'ai répondu. J'apprécie ta sollicitude. Elle me touche énormément. Je n'ai pas besoin de toi, ami. Pas pour ce qu'il me reste à faire.

– Tu en es sûr ?

– Certain.

Il a remarqué d'un ton de regret :

– Tu pourrais faire un excellent coordinateur aux groupes enquêtes. Un très bon chef de Groupe criminel. Tu as le métier qu'il faut pour ça. La stature. L'entregent...

– Services rendus, hein ? J'aimerais savoir en quoi je vous ai arrangés. Je ne le saurai pas.

– Tu ne le sauras pas. C'est à toi de décider.

Il m'a dévisagé avec dureté et a rappelé :

– Maurel fera ce que je lui dirai de faire.

– Pas besoin de toi, Jacques. (J'ai réfléchi et ajouté avec amertume :) Pas besoin d'elle non plus.

– Tu fais une connerie.

– Sans aucun doute.

– Pourquoi ?

– *Crédit est mort, ami...*

Il a compris. Il a remué lentement la tête. Pendant des années, dans un autre millénaire, ce restaurant nous avait servi d'annexe. Nous y étions chez nous. C'était avant la chute – la mienne. Il n'avait pas à le savoir. Je suis sorti dans le froid coupant. Les rues alentour étaient pleines de gens pressés. Il y avait quelques belles femmes étourdies, des jeunes gens et des tourniquets de cartes postales qui grinçaient au vent. Je suis retourné par habitude jusqu'à la Seine. Au fond des poches, j'avais les poings gelés. Je ressentais une sourde colère, qui ne s'attachait à rien de précis.

On n'avait pas voulu récompenser ma bonne conduite, mais me faire savoir que pour des raisons incertaines et mystérieuses la donne avait changé. On avait ramassé les cartes, on les avait battues et redistribuées autrement. Verdoux, Miral, Jacques et les autres tenaient les cordons du poêle. Leurs sarabandes ne me disaient rien de bon. Tout en marchant, il m'est venu l'idée qu'on souhaitait s'assurer de ma neutralité et que moi aussi j'étais attaché au cordon sans le savoir. J'ai regardé le vaste ciel bleu, vide et concave au-dessus de ma tête. Rapidement, mes yeux se sont mis à larmoyer. Un bref tressaillement dans les mollets m'a incité à prendre mes jambes à mon cou et à m'enfuir. C'était bien inutile.

Je suis revenu sur mes pas, prendre le métro qui me ramènerait à l'Usine. Yobe assurait l'intérim de Cohen pendant son absence. Il avait donc aménagé dans la suite présidentielle. Il m'a fait signe de fermer les portes et de m'asseoir. Il a sorti une bouteille de genièvre et deux verres, puis m'a renseigné sur mon affectation en ajoutant :

– Commissariat de merde. Flics de merde. Personne n'y fait de vieux os, sauf les cons et les biturins. C'est dans un angle de rue. Loin des yeux, loin du cœur. Pour la beauté du geste, tu seras placé sous les ordres d'un divisionnaire plus jeune que toi dans le grade.

– Dobey m'avait prévenu.

– Dobey devrait taire sa grande gueule.

– Dobey est un type bien.

– Dobey est un putain de mal blanchi avec un putain de frelon dans son putain de calebard.

J'ai insisté :

– C'est un type bien.

– Oui, a reconnu Yobe comme si la chose allait de soi.

– La mesure prend effet quand ?

– Tout de suite. Il fait un froid dingue, tu trouves pas ?

Ce que je trouvais n'avait pas d'importance. Yobe s'est resservi. Il gardait son alcool de genièvre dans une bouteille en alu, avec des choses naïves peintes dessus, des oiseaux et des fleurs aux couleurs vives et gaies.

J'ai étendu les jambes devant moi en croisant les chevilles. Yobe, sa bouteille et son bavardage se tenaient à des kilomètres de toute présence habitée. D'une certaine manière, malgré ses fonctions et ses responsabilités, c'était un homme plus seul que moi. Je l'ai vaguement écouté cinq minutes, puis je suis parti.

Pour les administratifs, c'était l'heure de la sortie. J'ai raccompagné Violaine jusque dans la rue. Elle avait à présent un petit ami, un jeune gardien grand et mince, fagoté comme un maître-chien. Il l'attendait, rangé en bataille parmi les voitures de la Division. Elle est partie dans le break Nevada de son gandin, avec un gentil petit salut de la main à mon égard, comme si elle éparpillait une mince pincée de cendres avec langueur. Banquette rabattue, tout l'arrière était dévolu à un grand malinois occupé à tourner comme un tigre en cage.

Par habitude, je suis allé prendre un verre à l'annexe. Je me suis mis au fond de façon à ne tourner le dos à personne. Dans la rue, comme souvent lorsqu'il fait très froid, la lumière était tranchante et dorée. Fernand m'a fait un bout de conversation, puis un yougo à qui j'avais arrangé une petite affaire de casse lorsque j'œuvrais en unité de recherche. On avait envie de me parler, mais je n'en éprouvais pas le besoin. Le yougo portait des bottines mauves et tout dans sa personne indiquait qu'il était aussi franc qu'un âne qui recule. En partant, il avait voulu me laisser ses cigarettes, des Dunhill à bouts dorés. J'avais refusé.

Je ne fume jamais de cigarettes à bouts dorés.

Subitement, en cherchant de la monnaie dans mes poches avant de m'en aller, mes doigts ont rencontré le porte-clefs Key West. Je n'avais pas pensé à Alex de toute la journée. Je n'avais pensé à rien. Jacques avait fait allusion à elle dans le cours de la conversation, mais je n'y avais pas pensé en tant que personne. Ce qui m'occupait l'esprit, c'était ce commissariat en coin de rue et l'idée qu'à ma place à présent il y avait un autre Prince de la nuit – ou plus de Prince du tout. Même son malheur, on finit par l'aimer et je n'avais plus de malheur à aimer.

J'ai appelé Key West, chez elle puis sur son Itineris. Elle était injoignable. En rentrant chez moi, je suis passé faire quelques courses chez le Tunisien en bas. C'étaient des courses de célibataire. Je suis ressorti passer mon linge au lavomatic. Des habitudes de célibataire. En remontant avec mon sac de linge, j'ai failli buter sur Alex. Elle se tenait assise en haut des marches, les genoux serrés et la figure livide. Elle était vêtue de sombre et fumait avec une grimace d'épuisement. Je suis resté une seconde à mi-étage à la dévisager. Nos yeux se trouvaient à la même hauteur.

– Mon dieu, tu as l'air d'un zombie.

Elle a ri avec froideur :

– Je suis un zombie. Je savais que tu n'étais pas rentré.

– Rentré et ressorti. Si tu veux, je t'emmène dîner.

– Où tu veux, pourvu qu'il n'y fasse pas trop froid. Je suis un zombie frigorifié.

– Tous les zombies le sont, sinon ça ne serait pas des zombies.

Elle a ricané, et le son m'est parvenu comme si elle se fût trouvée à une distance incalculable.

– On dirait que tu t'y connais, en zombies.

– Je l'ai été assez longtemps pour m'y connaître.

Elle a haussé les épaules et m'a tendu la main pour que je l'aide à se relever. Un train a ralenti en passant en bas des fenêtres. On a entendu le claquement saccadé des boggies, le grincement interminable des freins. Dans la mienne, la main d'Alex était sèche et fiévreuse. Elle m'a regardé en levant le menton. La lumière s'est éteinte dans la cage d'escalier. Lorsque le silence est revenu, Alex a murmuré avec accablement :

– Je voudrais être loin. Très loin de tout ça.

Dans la pénombre, je ne voyais plus d'elle que le petit fanal de sa cigarette. Le silence n'était que celui, pénible et confus, que tissent dans le lointain les rumeurs de la ville. Il courait en se cognant partout, aveugle comme une rumeur. Lui aussi était fait d'une étoffe semblable à celle de nos songes. Alex a soupiré.

– Je voudrais que nous soyons loin et qu'ils ne puissent rien contre nous.

– Ils ne peuvent rien.

– Comme tu mens mal, mon pauvre ami.

– Je ne suis pas ton ami, Alex. Je ne suis pas le tien, je ne suis pas le mien. Je ne suis l'ami de personne.

– Tu es fou.

– Je le sais. Ils ne peuvent rien parce que toi et moi nous leur avons déjà échappé. Je n'aimerais pas l'idée que tu attrapes la mort dans ces escaliers. Viens.

– Une porte de sortie. Quelqu'un m'a dit aujourd'hui que tu étais une porte de sortie.

– Charmant.

– L'occasion de m'offrir une sortie honorable.

– Est-ce que l'intention était blessante ?

– Blessante ? non. Il ne voulait pas me blesser.

– On peut savoir qui ?

– Un homme qui se trouve dans les arcanes du pouvoir depuis plus d'un demi-siècle. Il s'est tenu en filigrane de tous les pouvoirs. Il a acquis la puissance et l'impassibilité d'une abstraction. C'est peu dire qu'il tire les ficelles. Le pouvoir n'a pas d'autre fin que lui-même. Lui non plus.

– Tu es amer.

– Je ne suis pas amer. Je suis seulement fatigué des faux-semblants et des mensonges. De pauvres saltimbanques dont les tours sont usés. Je sais ce qu'ils cherchent, je l'ai cherché moi-même. Toutes ces choses sont d'une tristesse infinie. Ils s'agitent. Ils ont peur. Peur du scandale, peur d'eux-mêmes et de leurs proches. Peur de leur ombre. Lui n'a pas peur. C'est sa fatalité. Il n'a plus peur parce qu'il n'a plus d'ombre.

– Tu en parles comme si c'était Dieu.

– Je ne crois pas en Dieu. Pas plus que lui ne croit en moi. Ce que je sais, c'est que le moment venu, c'est cet homme et pas un autre qui m'enverra ses sicaires.

– Tu es vraiment devenu fou.

– Non, Alex.

Nous nous tenions étendus dans la pénombre climatisée d'une chambre d'hôtel. Nos épaules, nos mains, nos hanches et nos chevilles se touchaient. Alex respirait lentement, régulièrement, avec appréhension. Nous avions bu, mais pas au point d'être incapables de conduire. J'avais pris la chambre parce que j'avais besoin de silence, de calme et de la stricte neutralité d'un lieu de passage. Alex n'avait pas émis d'objection.

Elle s'était déshabillée très vite. En enlevant ses vêtements, Alex donnait toujours l'impression d'éprouver de la haine et de la répulsion à leur égard. Elle en semait partout. Elle ne semblait porter un brin de considération qu'à ses chaussures. Elle les retirait avec soin, puis les arrangeait debout côte à côte au pied du lit, comme deux frêles esquifs à couple, ou comme deux sentinelles en armes, efflanquées et bancales.

Non, je n'étais pas devenu fou.

– Cigarette, a commandé Alex d'un ton sec.

À tâtons, j'ai ramassé mon paquet de Camel chiffonné, mon briquet. J'ai allumé nos deux cigarettes. Dans la flamme du Zippo, j'ai entrevu la forme familière de mon automatique .45 sur le chevet. C'était un simple rappel de pas mal de mes vies antérieures. Je n'étais pas encore devenu fou. Il me restait un dernier tiroir à ouvrir avant de le devenir réellement.

– Qu'est-ce que tu vas faire ? m'a demandé Alex.

– Prendre ce commissariat de merde, avec ces flics de merde.

– Tu n'as pas d'autre choix ?

– J'ai d'autres choix. Une infinité de choix, à commencer par me flanquer par la fenêtre ou chercher tout de suite un autre boulot. Ce ne sont pas les choix qui me manquent.

– Et moi ?

– Toi ?

– Qu'est-ce que tu fais de moi ?

J'ai réfléchi.

– Ton nom n'a pas été prononcé une seule fois. Sur ce coup tu es vierge. Indemne. Serait-il réellement le diable, le juge Verdoux ne saura jamais la vérité. Moi non plus. Je m'en fous et sans doute lui aussi, dans le fond. Un homme est mort, sa mémoire peut-être aussi avec lui. On respectera un délai raisonnable, puis l'information sera close et on prononcera le non-lieu. Exit Mallet.

– Est-ce que tu sais la vérité ?

– Non.

– Qu'est-ce que tu imagines ?

– Tu peux avoir reçu un appel. Les lignes Itineris sont presque impossibles à surveiller. Tu peux être allée le voir en début de soirée. Tu étais filochée, et alors ? Une femme qui se rend dans un hôtel, y reste une heure ou deux et s'en va. Mallet n'est pas encore mort. Elle a pu tirer un coup avec n'importe qui. Quelle importance à ce moment-là ? Plus tard dans la nuit, elle appelle pour donner l'alerte. Les pompiers interviennent. Mallet est mort d'insuffisance respiratoire.

– C'est ce que tu as dit au juge ?

– Je n'ai rien dit, Alex. Je m'en suis tenu aux faits.

– Tu es un beau fumier. Qu'est-ce que tu veux ? Que je te dise la vérité ? C'est ça ?

– Non.

– Je vais te la dire quand même.

Elle s'est relevée et a allumé le chevet, puis s'est assise sur les chevilles, le buste droit, les épaules rigides. Elle m'a observé, la cigarette au coin des lèvres. Son visage était lisse et terne, mais ses yeux luisaient au fond des orbites avec un contentement sinistre.

– Il m'a appelée. J'y suis allée. Il m'a expliqué ses soucis. Il avait apporté une bouteille de whisky. Du J & B. Je n'en ai pas bu. Il était déprimé et ivre. Il voulait que nous partions ensemble à l'autre bout du monde. Il avait perdu la tête. Je lui ai expliqué que je ne voulais pas recommencer avec lui. Il m'a montré les médicaments.

– Tu l'as aidé à les prendre. Quelle importance ?

– C’est tout juste si je ne lui ai pas tenu le verre.
– Oui. Je voyais quelque chose dans ce goût-là.
– S’il s’était servi d’un pistolet, je n’aurais pas hésité à appuyer sur la détente à sa place.
– Trop compliqué. Trop bruyant. Trop direct. Il avait laissé son Beretta dans la voiture. Peut-être qu’il ne voulait pas vraiment s’en aller, va savoir.
– Quand je suis arrivée, il avait fini d’écrire une lettre. Il était extrêmement pâle. Nous avons parlé un bon moment. Ensuite, sans me regarder, il a boutonné sa veste et il s’est couché sur le dos. Il a pris une première boîte de comprimés et il a bu. Il avait l’air détendu, soulagé. Pas du tout angoissé. Tu veux savoir la suite ?
– Pas preneur.
– Il est mort et je t’ai rencontré.
– Rien que des faits. Même si tu persistais dans tes déclarations, le moindre des avocats démonterait l’inculpation pour meurtre. Tu ne l’as pas obligé à prendre ces saloperies. On pourrait retenir la non-assistance à personne en danger – et éventuellement le vol. Ça n’irait pas chercher loin au pénal.
– Le vol ?
– Une disquette d’ordinateur. Certains pensent qu’on lui a tiré sa mémoire.
– Et toi, tu penses quoi ?
– Je pense que c’est possible. Auquel cas, je comprends que certains se fassent des cheveux. Tout ce qui est possible n’en est pas réel pour autant.
– Je n’ai pas volé cette disquette.
– Tu n’as pas volé cette disquette.
– Tu ne me crois pas ?
– Pourquoi est-ce que je ne te croirais pas ?
– Prends-le comme tu veux, je l’ai tué.
– Rien n’est sans raison suffisante, Alex. Personne

n'assassine jamais sans motif. Aucun acte n'est totalement gratuit, pas même le meurtre.

Elle a ricané. À cet instant précis, elle était aussi folle que moi. Elle a montré les dents.

– Tu veux savoir le mobile ?

– Je ne veux rien savoir du tout. Je me fous que tu l'aies buté ou non. Personne ne te redressera parce que personne n'y a intérêt. Quelle importance ? On l'a sorti du trou, on l'a ouvert pour autopsie, on l'a remis dans le trou. Suicide aux barbituriques. Rien qu'une charogne puante maintenant. Il a entamé la phase gazeuse. Quelle importance ?

J'ai posé la paume sur son genou poli comme un galet. Il était froid. Les cuisses jointes, le buste penché, Alex me fixait intensément avec une expression de faunesse, à la fois grave et farouche. Du bout des doigts, j'ai ramassé un cendrier. J'ai écrasé ma cigarette, puis la sienne. Elle ne me quittait pas des yeux. L'idée m'est venue qu'elle devait être un peu dérangée mentalement, mais comme je n'étais pas trop d'équerre moi-même je m'en foutais.

– Rien que des mauvais voyages, chérie. Tu n'as pas très chaud.

Elle avait les lèvres violacées. Elle a été prise d'un long tremblement comparable à celui d'un arbre qu'on abat. Je l'ai attirée contre moi. Elle s'est laissé faire comme une enfant. Elle ne pleurait pas, elle avait les yeux grands ouverts. J'ai remonté la couverture sur ses épaules. L'intensité de sa souffrance était telle qu'elle aurait pu percer le béton. Je me suis rappelé vaguement une voix. Dans le lointain, Carl Perkins chantait :

> «*J'ai flingué un type à Reno,*
> *J'l'ai flingué*
> *Rien que pour le voir crever...*»

Folsom Prison Blues. Il y était question de trains qui passent dans le soir et de mecs avec de gros cigares. Je tenais la tête d'Alex sous mon bras, tout contre mon flanc. J'avais trop chaud à présent. J'ai bougé un peu, je me suis penché sur elle. Comme l'orgasme, les aveux provoquent souvent chez ceux qui s'y adonnent un même effet de désarroi, de vide et d'épuisement physique. Une main blême crispée devant la bouche, ma faunesse dormait d'un lourd sommeil pénible, recroquevillée en chien de fusil comme une détenue sur son bat-flanc.

17

D'abord on rêve, après on meurt. Le lendemain matin, je me suis présenté au commissariat à l'heure légale. J'étais astiqué, nickel, propre sur moi. La rue aussi, récurée par le froid de glace. Le ciel étincelait. Il soufflait un sec vent du nord, raboteux et clair. Les nains des plaintes m'ont accueilli sans déplaisir, comme une espèce exotique et qui pouvait les distraire un instant. J'avais cessé d'être distrayant. Je me suis enquis du patron. Il s'appelait Bardineau. C'était un petit être malingre, aux gestes et aux ambitions étriqués. Il s'était fait un petit bouc disparate et son regard perpétuellement inquiet se retranchait derrière des verres ronds épais d'un pouce. Ses hommes lui faisaient peur. Il passait les deux tiers de son temps au cul des huissiers, à s'masser une jolie pelote en cash, le grigou.

L'inspecteur qui m'a renseigné était grand, longiligne, déférent. Il m'a dit, en faisant glisser le gras du pouce sur son index en crochet :

– Pognon. Baliveau s'est cassé. Il en profite que la chasse est encore ouverte. Expulsions. Vous voulez voir l'adjoint ?

Je voulais voir l'adjoint.

– Il est en face, à l'annexe.

J'ai traversé dans le froid. Pas un bien grand voyage. Le troquet s'appelait Le Narval. La barmaid avait une poitrine en forme de dagmars et un sourire en calandre de Buick. Sa jupe s'arrêtait là où d'autres commencent. Elle portait des collants noirs et des chaussures à talons plats. Malgré cela, elle faisait une bonne tête de plus que moi.

Monseigneur se tenait au fond, au coin du bar, et il n'y avait personne autour. Il portait sa veste de buffle, un jean noir et des bottines en croco. Il avait un foulard de soie jaune autour du cou. Jaune canari. J'ai commandé au passage et je suis venu m'accouder à son côté.

Monseigneur aussi était plus grand que moi. Il faisait vingt livres de plus. C'était un homme lourdement charpenté, avec beaucoup d'allonge et des muscles durs. Au mieux de ma forme, j'aurais pu le prendre avec une faible chance de le faire aux points, à condition toutefois d'accepter le risque d'être étendu K.O. avant la fin de la première reprise. Il m'a tendu la main à plat, paume en l'air.

– Prospérité aux truands.

– Prospérité.

– Bienvenue à bord.

Sa poigne était rêche et ferme. J'ai sorti une cigarette et je l'ai allumée. Il m'observait. Ses yeux couleur d'huître crevée étaient froids et pensifs, mais pas dépourvus d'intelligence et de causticité. La fille aux seins en obus m'a apporté mon café. Monseigneur a dit :

– Je te présente Malou. Elle suce et elle se fait enculer, mais macache par devant. C'est pas vrai, chérie ?

– C'est vrai.

– Casse-toi, salope.

Elle s'est cassée. C'était peut-être un jeu entre eux. Monseigneur tournait au whisky. Il a sorti un paquet de Chester et s'en est allumé une. Il s'est accoudé au bar et m'a déclaré avec haine, la figure de côté.

– Ce fils de pute de Cohen t'a expédié ici pour qu'on se bouffe la gueule, tous les deux. Il veut ta mort plus que la mienne. Correct ?

– Correct.

– J'ai les Bœufs au cul. On t'a dit pourquoi ?

– On m'a dit beaucoup de choses.

– Je n'en doute pas. Moi aussi, on m'a dit des choses sur toi.

– Correct.

– Prends un Chivas.

– C'est pas mes heures.

– Fais pas chier. Malou, Chivas pour mon ami.

Elle a servi avec un sourire crispé, mais pas forcément mécontent. Elle a remis un tour à Monseigneur. Elle est repartie s'occuper des soutiers à l'autre bout du comptoir. Toute une petite population d'esclaves. Des manards, un plâtrier, deux électros, des portugalais, un ou deux biques, le Fennec pour faire bonne mesure. Des gentils tous, dans le fond, même si je ne suis jamais rentré dans leurs petites histoires, sauf un peu dans celle du Fennec. Elle était bien triste, bien atroce et bien brève. Le Fennec puait comme un fennec. Il était famélique et contrefait. À l'âge de vingt ans, il avait perdu une moitié de la face et quatre doigts de la main gauche en sautant sur une mine, dans les Aurès. Il survivait grâce à une maigre pension et à l'aide de divers expédients, pour la plupart tout juste passibles de peines de simple police. Jamais je n'ai su où il habitait, si toutefois il habitait quelque part. J'ai examiné mon verre par transparence.

Je ne considère pas le Chivas comme un whisky exceptionnel, mais il faisait trop froid dehors pour discuter. Monseigneur m'a rappelé :

– Quand tu étais en bas à la Douze, chef de la Nuit, tu étais Dieu.

– Plus ou moins.

– Ici, Dieu c'est moi.

– Pourquoi non ?

– Ils ont tablé là-dessus. Jamais deux coqs sur le même tas de fumier. Aperçu ?

– Aperçu.

– Ils auraient pu attendre que je glisse pour te placarder. Il aurait fallu qu'ils attendent longtemps.

– Content pour toi, Monseigneur.

– J'ai mes bizness. À ce qu'on m'a chanté, tu manges pas et je te demanderai jamais de le faire. J'ai mes bizness et je fais du gras. Je chie à la gueule de ces connards des Bœufs. Ils en savent pas le tiers du quart et je les emmerde.

Le rade commençait à se vider. Monseigneur avait l'air grave et passablement amer, à présent. J'étais venu à bout de mon verre. J'ai fait signe à Malou de doubler pour tous les deux. Elle m'a adressé un sourire asymétrique, mais très doux. Monseigneur m'a proposé :

– Deux divisionnaires pour le prix d'un. J'ai des jours de récupe à prendre. Toi aussi. On peut la faire en stationnement alterné. Un jour toi, un jour moi. En la jouant fine, par petits paquets, on les encule tous à sec. Qu'est-ce que tu en dis ?

– J'en dis que c'est bien vu.

– À quoi ça servirait de se bouffer le nez ?

– À rien du tout.

– T'es pas loin de la quille, maintenant. Il te reste combien à tirer ?

– Plus très longtemps, je suppose. Je ne m'en suis jamais vraiment inquiété.

– Pourquoi tu prends pas une proportionnelle ? Avec tes jours de bon soldat.

– C'est que je ne sais rien faire d'autre de mes dix doigts.

– Connerie. Sèche ton verre. J't'emmène faire l'état des lieux.

C'était un dur aussi, Monseigneur. Dans le commissariat, il a cloqué tout le monde au garde-à-vous partout où nous passions, même les clients. C'était un endroit vétuste et sordide, avec du matériel d'un autre siècle et des flics qui, sauf un ou deux, avaient l'air de vrais gosses. L'ordinateur se trouvait dans un renfoncement, face aux cages. Le bureau du taulier ressemblait à un placard à balais. Monseigneur m'a fait rentrer dans le sien. C'était le seul aux murs repeints et il y avait du lino presque neuf. Il a fermé sur nous et m'a offert un siège.

– Stationnement alterné. Tu marches ?

– Je marche.

– Tu as une femme ?

– Non. Pas au sens où on l'entend d'ordinaire.

– Cet après-midi, je te fais amener un bureau. On se mettra face à face. Tu veux une armoire pour tes affaires ?

– J'ai pas d'affaires.

– Il vaudrait mieux une armoire. Un truc qui ferme à clé.

– Tu es un vrai père pour moi.

Il s'est assis lourdement et m'a dévisagé.

– Tu sais ce que chante la rue ?

– Pas encore.

– Elle dit que tu sais taire ta gueule.

– Possible. Quoi d'autre ?

– Que tu es un naze. Une planche pourrie. Non fiable, sauf question queue…

– Baltringue on naît, baltringue on meurt, Monseigneur.

– Mes burnes, pauvre con.

Il s'est penché sur un tiroir. Il a sorti un vieux numéro de *Match*, l'a ouvert à une page et me l'a tendu. Je me suis penché, mais seulement par politesse. Monseigneur m'a expliqué :

– Ton nom me disait quelque chose. J'ai cherché et j'ai trouvé.

– Quand on cherche, on finit toujours par trouver. Jamais ce qu'on voudrait. Des dizaines d'hommes de par le monde portent le même nom que moi. Ça ne veut rien dire.

– Le galonné, à droite, c'est Raoul Salan. Tu avais quel âge ?

– Pas tout à fait dix-neuf ans.

– Sous-lieutenant à dix-neuf ans.

– Ne t'extasie pas, c'est seulement que j'avais chanstiqué mon extrait de naissance. Je m'étais embarqué en fraude. C'est une habitude qui a mis longtemps à me quitter. Plus rien à voir avec maintenant.

Tout de même, je n'ai pu m'empêcher de saisir le journal qu'il me tendait. C'était bien Salan parmi un aréopage d'officiers supérieurs. On voyait derrière la cime de palmiers et l'avant globuleux et sombre d'un vieil hélicoptère Sikorski, dont les pales pendaient avec un air de grand abandon. On voyait aussi un jeune homme en train de saluer, raidi dans un impeccable garde-à-vous. On lui épinglait quelque chose sur la poitrine. Il n'avait pas l'air fier, seulement maigre et hagard d'épuisement. J'ai rendu *Match*.

– Une autre époque. C'était lorsque la Maison France était autre chose qu'une simple raison sociale. Salan est mort, la plupart des guignols autour aussi certainement. Le jeune con n'a pas survécu.

– Garde-le. Tu en as plus besoin que moi.

– Certainement pas, Monseigneur. Une chose est sûre, quand même.

– Laquelle ?

– Je sais taire ma gueule.

Il s'est levé, a ouvert son armoire et a sorti les registres.

– Je vais te mettre au courant. Il y en a pas pour des lustres.

Le temps de glace a duré une bonne quinzaine. Le ciel en devenait livide et craquant. L'un des inspecteurs m'a fait remarquer qu'on ne voyait plus de pigeons. Il m'a raconté que chez lui, dans le Haut-Doubs, il avait fait si froid une année que les corbeaux gelaient en vol et tombaient comme des pierres. J'ai reconnu que c'était possible. Il m'a affirmé qu'il l'avait vu, de ses yeux vu. Je me suis incliné. L'absence de vrai intérêt pour soi comme pour les autres finit par rendre complaisant.

J'étais devenu très complaisant. Parfois, Monseigneur m'emmenait dans ses tournées. Le secteur du commissariat se bornait à un maigre arrondissement, tandis que le sien s'étendait à tout Paris ainsi qu'à une partie de la couronne. Monseigneur se déplaçait en Jaguar Sovereign – un modèle vert anglais de 1986 qui ne lui avait pas coûté très cher. Il m'en avait montré la facture acquittée. Sa clientèle était faite de tenanciers de bar, de garagistes et de fripiers. Il avait ses entrées dans chaque casse de la région parisienne. Il connaissait des lavomatics et des sociétés d'entretien, des entreprises de gardiennage, des compagnies de transport et des prêteurs sur gages. Il avait des amis chez les loueurs de voiture, les grossistes en fruits et légumes et les réparateurs de télévision. Il était influent dans plusieurs agences de travail intérimaire. On le recevait dans les cercles de jeux aussi bien que dans les tripots clandestins. L'un des acolytes qui lui rendaient le plus fréquemment visite avait fait fortune en achetant des péniches et en transportant du sable de Nemours pour tous les grands travaux d'État.

Je ne déteste pas rouler en Jaguar. Nous partions sur le secteur. Monseigneur restait en liaison permanente avec le commissariat grâce à un téléphone de voiture qu'il payait de ses deniers. Il avait aussi un scanner calé sur la fréquence de Radio-Cité. On pouvait presque tout entendre et être joints à chaque instant. Si ses bizness avaient quoi que ce soit de discutable, en tout cas je ne m'en suis jamais aperçu ouvertement.

Il avait quelques amies remarquablement belles. Il faisait presque exclusivement dans la beurette, mais toutes les beurettes sexy ne sont pas forcément des tapins. Il guignait d'occasion une Nissan Patrol qui paraissait sortir de chaîne, mais tous les commissaires-priseurs ne sont pas forcément des faisans. S'il avait craint de connaître des turbulences avec moi, Monseigneur en était pour ses frais. Par moments, je sentais bien qu'il faisait peser sur moi un regard inquiet, mais il n'y avait pas de raisons. J'avais cessé d'être Dieu. Il faisait bien trop froid pour cela.

Bardineau se tenait en lisière. Il m'avait invité deux ou trois fois à déjeuner. C'était un triste sire. Un criminel est souvent un trop petit homme perdu dans une histoire qui le dépasse, ou un grand homme engoncé dans une trop petite histoire. Lui était un être falot et bilieux, un pauvre hère victime d'un destin minuscule. Il avait peur des armes, il avait peur des hommes, il avait peur de tout. Il craignait Monseigneur plus que toute autre puissance au monde. Il était équipé pour être patron comme moi, pour faire de la physique quantique. En tant que commissaire, son seul souci était la police des aliénés. Il n'osait pas s'adresser à Monseigneur. Il me disait à moi :

– Dites, monsieur le Divisionnaire, vous penserez de rappeler à vos hommes de faire le contrôle des aliénés.

Les commissariats de Paris tiennent un fichier des aliénés. Chaque inspecteur pourvu d'un secteur doit les visiter régulièrement. Si on avait écouté Bardineau, il aurait fallu le faire chaque semaine. Lorsque Monseigneur entendait parler des aliénés, il piquait une colère qui faisait trembler murs et plafonds. Bardineau se terrait dans son bureau. Monseigneur y faisait irruption. Il rentrait en flanquant un grand coup de poing dans l'armoire. On l'entendait hurler à pleins poumons, on percevait à peine les obscures dénégations de l'autre. On devinait que Bardineau finissait par se confondre en excuses. Aux aguets, l'oreille tendue, tout le monde était mort de rire, même les clients qui n'y comprenaient rien.

Finalement, on voyait sortir Monseigneur et Bardineau, pour ainsi dire bras dessus bras dessous. Ils avaient refait la paix. Tout le monde se retenait de rire le temps qu'ils sortent. On les voyait rentrer au Narval. Bardineau en ressortait le premier avec peine. Il mettait un temps infini à retraverser. Il donnait l'impression d'une chenille hébétée. Depuis le seuil du troquet, un petit cigare serré entre les dents de devant,

Monseigneur le regardait progresser en le couvant des yeux, babines retroussées. Toujours, il avait alors un froid sourire de haine qui l'enlaidissait.

Le lendemain ou le surlendemain, Bardineau me coinçait entre deux portes. Il prenait son air d'ayatollah, un air qui ne parvenait toutefois qu'à lui donner une expression fourbe et craintive.

– Dites, monsieur le Divisionnaire, vous penserez de rappeler à vos hommes de faire le contrôle des aliénés.

Je voyais miroiter ses grosses lunettes braquées sur moi. Il était obligé de lever la tête. Il tordait le cou en martyrisant son nœud de cravate. Plus que tout autre sentiment, j'éprouvais de la pitié à son égard. Il m'embarrassait. Je promettais de penser. Il s'épanouissait.

– Ah ! c'est bien, monsieur le Divisionnaire. C'est bien. Les aliénés. C'est très bien. Je vous fais confiance, monsieur le Divisionnaire.

Il retournait à ses huissiers. Naturellement, je ne disais rien à personne. Je m'enfermais dans notre antre. Lorsque Monseigneur n'était pas là, je m'installais dans son fauteuil. Le bouclard était passablement vaste, mais toujours sombre. L'unique fenêtre munie de solides barreaux donnait sur une cour noire comme un four. J'allumais la lampe de bureau. J'écoutais un peu de blues dans mon walkman, à peu près tout le temps la même chose. J'expédiais les rapports, la saisie des statistiques. J'établissais les tableaux de service ainsi que les tours de permanence. Utilité sociale, zéro.

De temps en temps, je prêtais mon nom et ma qualité d'officier de police judiciaire pour des fouilles à corps et des gardes à vue. Faute de grande, l'envie même de faire de la moyenne police m'avait quitté. Il m'arrivait parfois de sortir mon .45 du tiroir et de m'abîmer dans sa contemplation. Plus rarement, je le démontais pièce par pièce, je le nettoyais et je le remontais. J'en étais capable les yeux bandés. Je l'avais fait dans la boue en pleine nuit, sous la pluie battante ou par moins trente au camp du Valdahon. À d'aussi basses températures, la peau reste collée au métal. C'est seulement bien après qu'on ressent une douleur cuisante. Lorsque j'avais terminé, je remplissais le chargeur et l'engageais dans la crosse. Je visais droit devant moi un point imaginaire. Peu à peu, une silhouette se dessinait. Je baissais mon arme, j'enlevais le chargeur. Je remettais tout dans le tiroir. Je fermais à clé.

J'allais prendre un verre au Narval. Malou me servait, venait s'accouder en face de moi. Elle regardait la rue dans mon dos. Une autre sorte de Fernand. Un soir qu'il était mûr, Le Fennec m'a raconté qu'elle avait eu une histoire d'amour avec un type. À l'époque, elle travaillait comme hôtesse montante dans une boîte de Pigalle. Les choses avaient mal tourné. Son coquin avait fini par lui larder le bas-ventre à coups de rapière. Elle avait bien failli en crever. Peu de temps après, Roméo avait disparu de la surface de la terre. Quelques semaines plus tard, Malou était venue se présenter au Narval, qui ne s'appelait pas encore le Narval. Elle non plus ne s'appelait pas encore Malou. Elle s'appelait Marie-Louise. Elle était restée. C'était il y a vingt ans. Le Fennec savait tout ça, parce que c'était une payse à lui. En plus, à force de traîner partout par tous les temps, il était devenu la mémoire d'un petit bout de la rue. Une mémoire qui comportait sa bonne part de lacunes et d'approximations, ses ragots et ses idées fixes, mais une mémoire tout de même.

En quinze jours de froid et de glace, en quinze jours de stationnement alterné, en quinze jours de quart, j'étais devenu un autre homme. Certainement pas plus aimable, mais à tout le moins plus distant et réfléchi. Moins nerveux et moins emporté. À l'heure de la fermeture, Alex venait parfois me chercher. Avec une insolence tranquille, elle posait sa Mercedes sur l'emplacement réservé aux voitures de police. Quand elle était très en verve, elle la mettait à cheval sur le trottoir. Si j'étais au Narval, elle venait me rejoindre sans tarder. Elle fendait la petite foule qui se pressait au comptoir.

On mettait la pédale douce. On matait ses talons aiguille à la dérobée. On regardait la voiture stationnée à la diable. On reluquait son épaisse tignasse. On faisait des rapprochements qui n'étaient pas tous à son honneur, ni au mien, mais personne n'aurait eu l'idée de lui manquer de respect. Alex avait l'air d'être mon amie – et moi j'étais l'ami de Monseigneur. C'était suffisant pour nous assurer une impunité totale. Invariablement, elle demandait une double vodka sur de la glace pilée. Invariablement, elle me tapait une cigarette avant de s'accouder à côté de moi. Elle fronçait le nez. Elle m'avait avoué tout de suite le mal qu'elle pensait de ce bouge.

– Rien que des baltringues.

– Tu parles comme un flic.

– La faute à qui ?

– La faute à personne. Si la vie m'avait essayé dans un autre registre, peut-être qu'à présent je fréquenterais la buvette du Palais- Bourbon au lieu de ce rade.

– Tu y passes combien d'heures par jour ?

– Pratiquement autant qu'à l'Usine.

Malou savait que je tournais aux mauresques – Casanis et sirop d'orgeat. Elle apportait le verre d'Alex et en profitait toujours pour m'en remettre un. Malou m'aimait bien, parce que j'étais d'une correction absolue vis-à-vis d'elle. Je ne la tutoyais pas et il ne me serait jamais venu à l'idée de lui faire des avances. Elle était affligée d'un magnifique corps de panthère comme d'autres le sont d'un strabisme divergent. C'était sa forme de fatalité à elle et je ne voyais pas de raison d'aggraver le score. Jamais je n'ai été partisan d'hurler avec les loups – même pas avec des loups en chaleur.

Je buvais, je papotais, je regardais la rue tandis que la nuit tombait. Avec le soir, Bardineau revenait de ses courses avec les huissiers. Il touchait sa petite enveloppe, il se faisait offrir un coup à boire et chacun s'en retournait chez soi. Je restais le plus longtemps possible. Je m'engourdissais. Quand il parvenait à me harponner, Le Fennec me racontait ses histoires de djebel. Malou faisait mine d'essayer de le chasser à coups de serpillière. Le Fennec se reculait hors de portée, plongeait la main dans son pantalon. Il faisait sortir par la braguette un index qu'il agitait avec frénésie. Il rigolait comme un bossu.

– J'ai plus qu'un œil, mais j'ai toujours ma queue. Regarde !

Malou riait à pleines dents. On la disait portée sur la chose et très partageuse. Elle se moquait.

– Mon pauvre bichon ! C'est tout ce qui te reste ? C'est bien la peine. Ton paquet, c'est pas un cadeau. C'est pour ça qu'on t'appelle Le Fennec ? Dis donc, quand tu vas aux putes, il doit te falloir des cales !

Il s'approchait du zinc, il rigolait. Il prenait des coups de serpillière. Il rigolait plus fort. Subitement, tout se calmait. Le Fennec braquait sur moi le regard fixe de son œil mort, puis tout aussitôt après, celui gai et rieur de l'autre. C'était un homme très maigre, au visage profondément marqué et aux traits creux, mais qui semblait receler en lui une mystérieuse et insondable réserve de joie intérieure. Il ne fallait pas sourire. Si j'avais l'air de vouloir sourire, il venait à moi, il me taxait d'une cigarette et d'un verre. Un verre pas cher, il ne buvait que des petits rouges et jamais plus d'un à la fois. Il me parlait des Aurès. Monseigneur lui avait montré l'article de *Match*. Il se plantait au garde-à-vous quand on lui en laissait la place. Il m'aboyait sous le nez :

– Sergent-chef Pierre Amédé Marie. Marie comme Joseph, mon commandant ! Natif de Lann-Bihoué, mon commandant !

– Bien, bien, repos.

Il ne lui restait plus qu'un toupet de cheveux rouges sur un côté de la tête. Il se dressait sur la pointe des pieds, il récitait tout d'un trait, régiment, bataillon, compagnie, matricule. Il vociférait.

– Croix de guerre, médaille militaire, sept citations. À vos ordres, mon commandant !

Tout était minutieusement exact d'un bout à l'autre. Il saluait de nouveau. J'étais toujours très gêné. Je lui faisais remarquer avec sévérité :

– On ne salue pas tête nue, sergent.

Du coup, il saluait encore, plusieurs fois de suite, comme on éternue à répétition.

– Oui, mon commandant. Bien, mon commandant.

Il buvait son verre. S'il me sentait de bonne humeur, il en reprenait un second, mais jamais plus. Il aimait me parler des Aurès. Il m'en parlait en termes de « coordonnées chasse », aussi les lieux devenaient-ils des suites mystérieuses de lettres et de chiffres qui m'étaient à présent incompréhensibles. Il ne parlait jamais en revanche de l'instant où la mine antipersonnel avait mis fin à son existence d'homme. Sa mémoire s'arrêtait un instant auparavant, dans des éboulis de schiste, sous deux maigres centimètres de neige sale. Quand il avait encore ses deux yeux et une paire de couilles, comme tout le monde.

Je comprenais qu'Alex n'aimât pas mes baltringues. Je ne les aimais pas beaucoup non plus, en un sens. Personne n'aime jamais vraiment ceux qui vous renvoient, ne serait-ce que de manière fortuite et intermittente, le reflet de votre propre misère. On préfère tourner le dos. Je me plantais au bar, un pied sur la barre en cuivre. Je buvais. J'écoutais, je regardais. Je ne copinais pas avec les jeunes poulets du commissariat.

Hors des heures légales, je ne me sentais pas d'humeur à supporter des discussions de flic, et encore moins à recueillir leurs états d'âme. Ils se mettaient à un bout du comptoir et moi à l'autre. J'avais ma place. C'était aussi celle de Monseigneur. D'où je me tenais, on pouvait tout surveiller, y compris l'entrée du quart et même la sortie des artistes. C'était une existence réduite, mais elle me convenait à merveille.

Vers la fin de l'ère glaciaire, deux choses se sont produites le même soir. L'une était prévue depuis le début de la semaine, l'autre était imprévisible pour moi. J'attendais Alex. C'était un vendredi soir. Dès le matin, j'avais emporté un petit bagage. Alex voulait que nous allions passer le week-end à la campagne. Elle s'inquiétait des effets du gel. Il avait fait des moins quinze dans le Tonnerrois. Je comprenais ses angoisses. Un autre commissariat assurait la permanence sur l'arrondissement. Les choses auraient pu tomber plus mal.

Au Narval, il y avait moins de monde le vendredi soir que le reste du temps. La salle était déjà à demi-vide. Alex m'avait prévenu qu'elle passerait tard. Compte tenu des bruits qui couraient sur moi, un entrepreneur en bâtiment m'avait pris en estime. Dans son esprit, il allait de soi que je militais au Front national. C'était un franc salaud, gras et insinuant, et qui se comportait toujours avec moi de manière obséquieuse. Ce soir-là, il tenait à toute force à m'offrir un verre. Je n'y tenais pas le moins du monde. Malou observait la scène avec appréhension. Elle avait plus d'heures de vol qu'un Dakota. Son instinct l'a poussé à dire au type, à mi-voix :

– Laisse, Ernest. Tu vois bien que Monsieur ne veut pas.

– Espèce d'enculé. Qu'est-ce qu'il a, mon fric ? Il pue ?

Je n'ai rien répondu. J'ai serré les poings et lui aussi.

– Pas de ça ici, a prévenu Malou.

Je savais qu'elle avait la main sur son nerf de bœuf, sous le comptoir. J'ai rouvert les poings. Le type est parti en bousculant le peu de monde qu'il y avait encore du côté des cigarettes. Malou m'a remis un verre. Je l'ai remerciée sans un mot. Je ne pouvais plus parler. Pour les empêcher de trembler, j'ai posé mes deux mains bien à plat sur le zinc, côte à côte. En relevant les yeux, j'ai vu qu'un homme entrait. Il avait un peu plus de la cinquantaine. Il portait un manteau vert pâle avec le col en astrakan. Il avait une écharpe bordeaux autour du cou. Tout en lui respirait l'ancien lardu. Il est rentré en coup de vent, avec sur son visage rond, ankylosé de froid, l'expression d'un homme qui en cherche un autre tout en souhaitant ne pas donner l'impression qu'il l'a trouvé, le moment venu. J'avais joué des centaines de fois à ce petit jeu.

C'était ce qu'on appelle un coup de reconnaissance. L'homme m'était parfaitement inconnu. Je ne voyais pas de motif que la réciproque ne fût pas vraie. Tout de même, il m'a un peu intrigué. Je l'ai suivi des yeux, tandis qu'il achetait des cigarettes. Craven A. Il a sorti son portefeuille de la poche droite. Il portait des gants tricotés en laine verdâtre. Il a payé avec un billet de deux cents francs. Il a ramassé la monnaie avec soin, l'a recomptée. Les billets, il les a remis dans le portefeuille et a laissé la mitraille tomber dans sa poche. Il s'est approché du bar, a commandé un calva. À aucun moment, ses yeux n'ont croisé les miens.

Je ne l'ai pas vu partir, parce que presque tout de suite après mon attention a été captée par les feux arrière de la Mercedes qu'Alex était en train d'asseoir tranquillement dans l'angle de rue, le nez au ras de la porte du quart plongée à présent dans l'obscurité. Comme d'habitude, elle a traversé en hâte. Elle est venue à moi à grands pas, en faisant claquer ses talons. Je ne saurais dire si l'homme en manteau vert était encore là ou pas. Elle et moi, on ne s'était pas vus depuis un bon moment. J'ai commandé :

– Double vodka sur de la glace pilée.

Elle a ri en me tendant les lèvres.

– Long time no seen, Man.

Elle portait un trois-quarts en mouton retourné, ainsi que l'un de ses adorables pulls mohair avec un col cheminée. Elle l'avait choisi d'un parme très doux. Réellement adorable. Elle était en jean, mais avec des bottines vernies comme en portent les effeuilleuses, lorsqu'elles veulent passer pour des effeuilleuses. Se déplacer avec nécessitait un grand sens de l'équilibre, ainsi que des chevilles en acier. Elle a suivi mon regard et a émis un rire volontairement neutre.

– Je te plais ?

– Beaucoup.

– M'étonne pas. Tu me fais l'effet de ce genre de malade à s'exciter sur les pin-up. Tu sais, celles qu'on voyait sur le devant des camions, dans les années cinquante. Elles étaient toujours en patins à roulette. Double air-bag.

– Je suis ce genre de malade. Depuis avant les années cinquante. Toi, en cinquante, tu n'étais encore même pas en germe.

– Faut de tout pour faire un monde.

Elle a jeté un coup d'œil sur mon petit sac en Nylon, à mes pieds.

– Tu as prévu quelque chose de chaud ?

– À part toi, rien du tout.

– Tu as l'air de bonne humeur. Parfait.

– Monsieur le Divisionnaire, m'a appelé Malou. Vous en voulez ?

Elle avait un verre à la main.

– Vous voulez le calva ? Le type a payé, mais il a pas bu.

– C'est pour tous ceux qui boivent sans payer. Pas de calva, merci.

– Double vodka sur de la glace pilée, a rappelé Alex.

Son ton tranchant m'a arraché un sourire.

18

À la campagne, il ne faisait pas froid. Il faisait glacial. J'ai commencé par lancer la chaudière, ensuite j'ai fait un grand feu dans la cheminée. De son côté, Alex s'est occupée à sortir les courses de la voiture, puis elle est allée ranger la Mercedes au garage. Rien que des occupations banales. Nous ne nous étions pas beaucoup revus depuis la nuit des aveux et nous n'avions pas tellement pris le temps de parler. D'un commun accord, nos conversations s'étaient placées en dessous de la ceinture. Dans ce domaine, Alex se montrait une compagne imaginative et pratiquement intarissable. Rien ne lui faisait peur. Elle ne manifestait ni angoisse ni remords. C'était sa manière à elle d'être encore vivante.

Je ne me sentais pas en état de la désapprouver.

Quand le chauffage a été démarré, je suis sorti et j'ai marché jusqu'au bout du ponton. Il faisait une lune ronde et plate. Son disque d'argent, cassant et lumineux, empreint d'une réserve glacée, semblait cependant si peu distant qu'on se serait cru en mesure de le toucher rien qu'en tendant les doigts. La surface de l'étang était vitreuse par places et la sombre silhouette de chaque arbre se découpait avec une terrible netteté.

Décharnés, squelettiques, ils tendaient leurs membres suppliants à l'implacable morsure du gel. En prêtant l'oreille, on parvenait à les entendre craquer. Toute une légion de spectres immobiles, condamnés à un tourment sans fin.

Le froid m'a envahi peu à peu. Il avait quelque chose de familier et d'engourdissant. Il faisait refluer ma propre chaleur dans une région de moi-même qui m'était presque inconnue. J'ai cessé de sentir mes jambes à partir des genoux, puis de la mi-cuisse. C'est le pas d'Alex qui m'a tiré de ma torpeur. Elle s'est plantée derrière moi, a glissé la main sous mon bras.

– Je t'ai cherché partout. Je me demandais où tu avais pu passer.

– Je n'en doute pas.

– Problème ?

– Je ne crois pas. Il va encore geler à glace sur le matin.

– Viens, tu vas prendre froid.

J'ai répété à mi-voix, sans quitter les arbres des yeux :

– Je ne crois pas.

Elle m'a secoué. Elle devinait quelque chose. Elle a regardé autour, puis a remarqué avec appréhension :

– Je n'aime pas cette nuit.

– Ce qui est courbé ne peut pas être redressé, Alex. Ce qui manque ne peut pas être compté.

– C'est de toi ?

– Grands dieux, non !

– De qui, alors ?

– Je crois que c'est dans l'Ecclésiaste, mais je n'en suis pas très sûr.

– Tu n'as rien sur le dos. Viens.

– Parole de bon sens.

J'avais remis du bois dans le feu. Le vent s'était levé. On l'entendait gronder dans le conduit de cheminée. Il donnait l'impression d'être inlassable. Je l'écoutais. J'étais aux aguets du moindre bruit. Sans raison particulière ; le visage rond du type qui n'avait pas bu son calva s'est imposé à mon esprit. Souvent, les flics portent le portefeuille à gauche, pour pouvoir sortir leur carte tout en tenant le flingue dans la main droite – les flics droitiers tout au moins. L'homme en manteau vert était peut-être tout simplement gaucher. Un visage rond et lisse. Des yeux à fleur de tête, petits et luisants, sombres comme ceux d'un rat. Presque pas de blanc d'œil. À aucun moment son regard n'avait croisé le mien.

J'avais beau chercher, je ne connaissais pas cet homme. Je ne l'avais jamais rencontré. Je lui donnais entre cinquante et soixante ans. Un manteau vert avec le col en astrakan. Pourquoi non ? Des gants en tricot, qui semblaient provenir des surplus militaires. Un mètre soixante-dix, corpulence forte. Type européen, cheveux noirs et clairsemés. Il était rentré. Il cherchait quelqu'un. Il l'avait trouvé – ou non. Je fixais les flammes et sa silhouette me dansait devant les yeux. J'étais debout devant la cheminée à fumer sans un mot, les deux mains enfoncées sous mon ceinturon dans les reins. Inconnu au bataillon.

– Tu es devenu terriblement distant, a remarqué Alex.

Je ne l'avais pas entendue s'approcher.

– Ta drôle d'habitude de te promener pieds nus.

– Il m'arrive parfois de descendre de mon piédestal. Je croyais que ça ne te déplaisait pas ?

– Je n'ai pas dit ça.

– Qu'est-ce que je pourrais faire pour te plaire ?

– Question sans objet, mon ange.

Elle a fait la grimace.

– Le dîner est prêt.

– Il est plus de minuit, Alex.

– Pas d'heure pour les braves. Tu fais la gueule ?

– Aucune raison.

– Qu'est-ce qui se passe ?

– Pas la moindre idée.

Je ne pouvais pas lui dire. La moindre grimace à présent me coûtait un effort presque surhumain. Peu à peu, à force de lassitude et de dégoût de soi, le monde se vidait de toute substance humaine. Alex elle-même reculait peu à peu dans l'image. Je ne pouvais pas m'en prendre à elle. C'était quelqu'un de courageux et de gentil à sa façon. Je ne doutais pas qu'elle fût pleine d'affection pour moi, ni qu'elle ne souhaitât réellement m'aider. Il aurait fallu pour cela que j'y mette un peu du mien. Je n'en voyais plus la nécessité. Je ne pouvais m'en prendre à personne. J'avais déjà abandonné trop de terrain. Si l'on exceptait les rares instants où Lady Day me parlait, de loin elle aussi maintenant, mes états de conscience revêtaient de plus en plus un tour crépusculaire.

Un jour, on a cessé bel et bien de rêver. On ne s'en rend pas compte tout de suite. C'est une longue descente, plutôt assez paisible d'ailleurs. On s'engourdit. On renonce même à l'envie de parler aux fantômes qui ne cessent plus de surgir sur notre route. On sent bien qu'ils voudraient vous faire un bout de conduite, mais c'est maintenant trop fatigant et compliqué. Tout vous devient à la fois transparent et impénétrable, sans mystère et insoluble. Il reste quelques regrets minuscules, des souffrances mais elles sont de moins en moins pathétiques, de moins en moins pesantes et distinctes. Je ne lisais plus beaucoup, je passais des heures à réfléchir. J'aurais été bien en peine de dire à quoi. De temps en temps, je me secouais. Je donnais alors l'impression d'un canasson étique et fourbu, attaché à une charge inutile et rebutante.

À l'extérieur, naturellement, le grand cirque de la vie se poursuivait sans désemparer. Il tenait de plus en plus de la pantomime. Non pas que ses acteurs en fussent insincères ou dénués de talent. Ils étaient pour la plupart très bons et Alex par exemple était vraiment excellente dans son registre, mais c'était seulement qu'il se faisait tard et que la nuit tombait. Je ne lisais plus beaucoup. Lorsqu'il m'arrivait de regarder la télévision, j'enlevais le son. Les mots me donnaient mal à la tête, les meilleures intentions constituaient un fardeau presque intolérable.

Alex se rendait compte de quelque chose. Elle attribuait cela au fait qu'on m'avait relégué en commissariat. Elle me disait :

– Tu as changé. Tu ne parles plus. Depuis que tu es là-bas, on dirait un homme qui s'enfonce dans le sable. J'ai horreur de cet endroit. J'ai horreur de ces flics. Ils te font plus de mal que de bien.

– Ils ne me font rien du tout.

– On dirait que tu n'as plus très envie de baiser. Qu'est-ce que tu me reproches ?

– Rien du tout, Alex.

Les seuls reproches possibles, je ne pouvais les adresser qu'à moi et je n'en voyais pas la nécessité. Un chien vivant vaut mieux qu'un lion mort, disait-on. Je n'avais jamais été un lion. Nous étions à table dans un coin du salon. Le feu crépitait avec un entrain féroce. Alex me dévisageait.

– Qu'est-ce que tu veux, à la fin ? Ça serait plus simple de le dire, tu ne crois pas ?

– Je ne crois pas.

– Tu es mal dans ta peau. Je comprends ce que ça doit être, pour toi… Te faire shooter comme ça…

– Aucune importance, mon ange.

Elle comprenait beaucoup de choses, mais pas au bon endroit. Comme la plupart d'entre nous, elle confondait le symptôme avec la maladie. Décemment, je ne pouvais lui en faire grief. Elle portait en elle un formidable appétit de vivre. Je savais qu'elle m'enterrerait. C'était ce qui la rendait précieuse à mes yeux.

Alex avait un physique de reine et un potentiel vital incomparable. Elle était faite pour courir et nager, pour éclater de rire et pour danser. Elle était conçue pour se faire griller nue au soleil. Je la voyais volontiers virevolter en rollers, vêtue de couleurs fluo acidulées, parmi des jeunes gens de son âge éclatants de santé, bronzés, allez savoir pourquoi des surfeurs de la Côte Ouest. Pas exactement mon genre, pourtant, les surfeurs. La beauté est un heureux privilège, la vie aussi. Alex avait le standard cal-look. Elle n'aurait pas déparé parmi tous ces types et ces filles admirablement bien faits. Elle y aurait même remporté un franc succès. Une des Alex, tout au moins, celle qui n'émettait jamais la moindre objection lorsqu'il s'agissait d'écarter les jambes.

Comme quoi on peut se tromper, en bien comme en mal…

C'est sûr de plus qu'elle ne me facilitait pas les choses avec son attachement. J'avais beau le trouver suspect, je sentais bien aussi qu'il avait quelque chose de vrai et de profond, de passablement aveugle, de presque enfantin. De ce fait, il avait quelque chose d'un peu effrayant. C'est sûr que j'aurais dû faire attention à moi, à elle, à tout, seulement la nuit était en train de monter. De toutes les façons, je ne la voyais pas finir avec un baltringue en train de tomber.

Il se faisait tard. Je prévoyais l'instant où il faudrait se séparer. Par-dessus la petite table ronde, Alex m'a pris la main.

– Je n'aime pas te voir malheureux.

– Je ne suis pas malheureux.

– Tu n'es pas heureux non plus.

– Question sans objet.

– Tu me l'as déjà dit à propos d'autre chose.

– Je te l'ai déjà dit à propos de la même chose.

– Je ne veux pas que tu sois malheureux avec moi.

– Tu ne veux pas. On ne peut commander certaines choses.

– Dis-moi la vérité. Tu as rencontré quelqu'un d'autre ?

– Même pas.

Je savais bien qu'il faudrait finir par dire la vérité. Remettre au lendemain ne pouvait que rendre les choses plus amères et plus compliquées. Alex était une femme merveilleuse.

– Pas de pommade. *Ami, fais ce pourquoi tu es ici.*

– Je ne suis pas Judas, Alex.

C'était une femme merveilleuse, réellement. C'était ma dernière porte de sortie, quand bien même j'aurais presque pu être son père. Beaucoup à ma place n'auraient pas hésité un seul instant et avec les meilleures raisons du monde. Je ne leur aurais pas donné tort. Chacun son trip. La vie ne m'avait pas essayé dans un genre heureux. C'était trop tard maintenant pour en changer. Je n'avais jamais été très clair, à présent je m'embrouillais pour de bon. J'ai dit tout doucement :

– Je ne me plains pas, mon ange. Les choses qui se produisent sont celles qui devaient arriver. La vie est une sorte de théâtre. On commence jeune premier ou soubrette de comédie, on débute valet ou figurant, sur un mode tragique ou non, peu importe. Bien vite, le rôle vous colle à la peau. On n'échappe plus à son personnage. C'est entendu presque tout de suite.

– Ce qui veut dire ?

– Que je suis trop vieux pour changer de grimaces.

– Je ne me suis pas aperçu que tu grimaçais.

– Tout le temps, mon ange. Tout le temps.

– Charmant. Sois clair, pour changer.

– Je ne veux pas me disputer avec toi. Je ne veux plus me disputer avec personne. Tu es quelqu'un de formidable. Moi pas. Pas un sale type non plus. Un sale type verrait où est son bac à sable – et j'en ai connu de bien pires. Je suis un homme qui a attrapé la rampe de sortie. Peu importe les raisons. Bonnes ou mauvaises, ce sont les miennes. Il aurait fallu se rencontrer avant ou dans une autre vie.

– Intéressant.

Elle m'avait lâché la main. Elle était livide. Je sentais sa souffrance tournoyer autour de nous. Elle était presque aussi palpable que le froid dehors. Elle me faisait une peine infinie. Elle a porté machinalement les doigts à sa gorge, tout aussi machinalement elle a bu quelques gorgées de vin. C'était un très bon Volant. Manifestement, quelque chose avait du mal à passer. Alex a fait la grimace :

– Je ne m'attendais pas à ça. Je me doutais vaguement d'un truc, depuis quelque temps. Je pensais qu'il y avait quelqu'un d'autre.

– Personne d'autre. Je suis fidèle, Alex, bien plus que tu ne peux le penser.

– Je le sais, va. J'ai une confiance absolue en toi. Pas de vrais griefs à mon égard, en somme ?

– Aucun grief.

– Ta rampe de sortie, pas moyen d'y échapper ?

– Il aurait fallu s'y prendre plus tôt. Ou autrement. Navré.

– Pas autant que moi. J’aurais préféré que ce soit à cause d’une autre femme. Je m’en serais accommodée.

– Pas d’autre femme.

– J’aurais dû m’en douter. Un homme en train de s’enfoncer dans le sable. Je vais être claire avec toi. Je déteste la maladie. La déchéance me dégoûte. J’ai encore plus peur de vieillir que de mourir, et j’ai très peur de mourir. Tu veux savoir ?

– Oui.

– J’ai horreur du laisser-aller. Tant qu’on est vivant, on se bat.

– Tant que, oui.

– Je préfère qu’on se quitte, plutôt que de te voir continuer à te détruire. Je ne supporte pas que tu t’abîmes. Si tu as réellement décidé de couler, je ne t’en empêcherai pas, mais ça sera sans moi. Est-ce que je suis claire ?

– Limpide.

– Pas même pour coucher ensemble de temps en temps. Ça va me manquer, mais tant pis. Un clou chasse l’autre.

– Correct.

– Est-ce que c’est clair ?

– Parfaitement clair. À un détail près : on ne décide pas de couler. On coule, c’est tout.

– Je ne veux pas en discuter. Si tu me demandes de t’aider, je le ferai de toutes mes forces. Si c’est pour continuer tes conneries, je te dis non tout de suite. Alors ?

– Tu me vois en gigolo ?

– Pas très bien, non…

– Alors ?

Je suis parti dans la nuit, presque tout de suite. Si je ne l'avais pas fait tout de suite, dès qu'elle avait tourné le dos, je n'aurais jamais pu le faire. Je me serais trouvé des raisons. Le corps est infiniment plus lâche que l'esprit le moins courageux. C'est lui seul qui nous rattache à la fin aux vagues plaisirs qu'on veut bien encore attendre avant de fermer une bonne fois pour toutes. Je le sentais, mon corps, comme un chien très peureux qui n'aurait plus voulu avancer. Têtu, borné, un chien qui aurait trop pris de coups. Alex devait penser qu'il faisait trop froid, que nous étions trop loin de tout. Elle était montée se coucher. Elle faisait la gueule, à juste titre. Je fumais devant le feu. Les os me faisaient mal, les articulations aussi. Je m'étais dit, comme au moment de sauter dans le vide :

– Maintenant. Maintenant, sinon ça sera jamais.

J'avais été chuteur opérationnel. Je savais ce que c'était de sauter en pleine nuit. Aussi longtemps qu'on tombe avant d'ouvrir le piège, on a la certitude de voler, libre comme un oiseau. On ne vole pas. On tombe. Mes vieilles fractures me faisaient mal, mes regrets aussi. Je savais qu'Alex avait raison. Le feu ne rigolait plus. Il grignotait un rondin de cèdre. Il prenait son temps. Il avait son temps. Moi pas.

C'est tentant, sa niche. On se voit déjà roulé en boule, à se faire un peu de gras, à éponger la vie au fur et à mesure comme elle vient. Question niche, la mienne aurait été dorée à l'or fin. Je fixais le feu. Jamais je n'avais eu un grand sens du confort.

– Maintenant.

Il m'a fallu peu de temps pour me retrouver sur la route. Tout au début, le froid m'a lacéré les poumons. La lune me faisait un bout de conduite. Elle était large, plate et très tranchante et luisait d'un éclat maléfique.

Sa vigilance avait l'air extrême. J'ai commencé par avancer trop vite, comme souvent dans une marche de nuit. Le vent me prenait plein face. J'ai dû régler mon pas, tout comme on règle un tir d'artillerie. Je n'avais pas un gros barda, seulement mon sac en Nylon et ce foutu .45 qui me pesait sur la hanche. Je faisais un drôle d'équipage, tout de même, à déambuler sur cette route à pareille heure. C'était un coup à se faire serrer par les gendarmes. Il faisait trop froid, il était trop tard et j'étais trop peu. Pas de gendarmes. Rien que la lune qui allongeait mon ombre, le vent qui me piquait la figure. Le froid. Le plus pénible, c'était les oreilles. Elles me faisaient un mal de chien. Je redoutais de les frôler ne serait-ce que du bout du doigt, j'avais trop peur qu'elles ne tombent à mes pieds.

J'ai battu le briquet pour voir l'heure qu'il était. Mon Oméga disait trois heures trente. Impossible de me rappeler à quelle heure j'avais quitté. Il y avait quatre ou cinq kilomètres de départementale dans la forêt, puis à peu près autant de nationale pour parvenir au premier bourg. Une trotte de dix à douze kilomètres. Rien de mortel pour quelqu'un qui avait servi dans les commandos de chasse. Je respirais mal, la tête me tournait. Je ne me voyais quand même pas revenir sur moi-même, à présent que le plus pénible était fait. Sous mes talons, la chaussée comme vitrifiée rendait le son terne qu'a le sol gelé en profondeur. Une chouette m'a occupé un moment. Elle chuintait faiblement à quelque distance. On aurait dit une plainte destinée au classement sans suite. Je ne savais pas que les chouettes chuintaient l'hiver. Question sans objet.

La lune avait bougé. Elle n'allait pas tarder à me doubler par le travers lorsque j'ai entendu un bruit de moteur. Il était ténu, presque feutré, et semblait provenir de derrière mon dos. Je longeais depuis cinq ou dix mètres un talus planté de pins. J'ai détalé du milieu de la route, j'ai escaladé à toute vitesse et je me suis mis en embuscade à plat-ventre. Quelques secondes plus tard, la Mercedes est passée en pleins phares. Alex conduisait toujours avec une semelle de plomb. Elle allait trop vite pour un repêchage. Je l'imaginais plus en colère qu'inquiète. Pour tromper la faim et le froid, j'ai mâché une cigarette. Chef de harka. Unité commando. J'avais commandé dans les Nementchas, en décembre 1961. Il faisait froid aussi, mais j'avais mon poncho et un trou pour me terrer. Tout s'embrouillait un peu.

Alex m'embêtait, avec sa sortie. Il fallait soit attendre qu'elle repasse dans l'autre sens, soit prendre le risque de couper à travers bois et champs. Je n'avais pas une assez bonne connaissance du terrain pour m'y risquer. D'un autre côté, à trop me refroidir je risquais de ne plus pouvoir me relever. Je lui ai donné dix minutes pour revenir sur ses pas. La terre sous moi était d'une dureté effroyable. Même sous un feu d'enfer, je n'aurais pu m'y creuser le moindre trou. Dix minutes, une heure, quelle différence ?

Ce qui m'a sauvé, cette nuit-là, c'est le piano d'Erroll Garner. Il jouait une composition de Deutsch qui s'appelle, je m'en souviens, *When a Gypsy makes his Violin Cry*. C'était une pièce sans grande difficulté, mais d'un lyrisme ébouriffant. Je l'avais écoutée inlassablement car je m'étais mis en tête de trouver son toucher. Schématiquement, on a toujours dit que ce que Garner avait d'inimitable, c'était un décalage rythmique par retard de l'attaque. Il avait une fabuleuse main gauche, mais qui n'expliquait pas tout. Je retrouvais chaque note, la moindre variation mélodique, je me rappelais clairement. Rien d'autre qu'un Steinway blanc. Rien que des notes, ni écrites ni jouées. Des notes. C'est la musique qui m'a sauvé.

Par la suite, dans un troquet, on m'avait dit qu'il avait fait jusqu'à moins vingt par places cette nuit-là. Je n'étais pas mort parce que je ne m'étais pas endormi. La Mercedes n'était pas repassée. J'avais fini par gagner le bourg en me tenant presque constamment à couvert. Tout était fermé, les rues désertes. Rien que des voyages, de l'autre côté de la vie. Je savais ce que je cherchais. Mon pas sonnait sur le pavé en déclenchant des tintamarres de chiens. Ça devait être à cause de la lune, s'ils étaient si réveillés et si pleins de hargne. Lorsque j'ai fini par trouver, je suis passé par la cour. J'ai toqué au carreau. Un grand type aux allures de bûcheron a montré sa face. Je lui ai dit que j'étais en panne de voiture. Il a ouvert.

Un fournil. Il y faisait plus chaud qu'au milieu de l'enfer. Les flics de nuit savent ceux qui ne dorment pas. Les boulangers. Il était en tricot blanc et en short, avec des sandales de cuir. Il a observé :

– Eh bien, on peut dire que vous choisissez votre moment. C'est grave ?

– Aucune idée.

– Comment ça s'est passé ?

– Je roulais et brusquement plus rien. Plus de son, plus de lumière.

– Vous étiez où ?

– Kilomètre six, sur le chemin de la Charbonnière.

C'était assez proche de la vérité. J'avais laissé tomber mon sac à l'entrée. Sans faire attention, j'ai ouvert ma veste. Il a vu le pistolet sur ma hanche. Je ne tenais plus debout. Je l'ai quand même rassuré :

– Pas de souci. Je suis de l'Usine.

J'ai sorti ma carte. Mes doigts étaient fripés, la peau violacée. Il a observé une fraction de seconde puis a souri, à lui plus qu'à moi. C'était un vrai colosse. Il a demandé :

– Est-ce que j'ai l'air de me faire du souci ?

– Non.

– Flic ou pas flic, il me faudrait pas plus d'une torgnole pour vous étendre. Venez dans la cuisine, ma femme va vous faire du jus.

J'étais tombé chez un poète.

19

Je suis retourné à l'Usine. Peu à peu, j'ai compris le système Monseigneur. Il rendait des services, c'était incontestable, mais pas au sens où l'entendaient les gens des Bœufs. Il remplissait un rôle social. Cent types comme lui dans Paris et on désengorgeait les cabinets d'instruction. Le chiffre d'affaires diminuait de moitié. On économisait un argent pas croyable, sans compter les pertes de temps et d'énergie.

Monseigneur fonctionnait comme un juge de paix. Il ne rendait pas la justice, il rendait sa justice. Elle n'était pas pire que celles de bien d'autres. La justice des hommes ne vaut que ce que valent ceux qui la rendent. Leur indépendance n'est que celle de la branche par rapport à l'arbre qui la porte. Le reste n'est que spectacle.

Monseigneur tenait le commissariat sous sa férule. Il fallait une poigne de fer et beaucoup de caractère pour faire ce qu'il faisait sans y paraître. Je n'avais eu aucun mal à prendre le pli. Lorsqu'il était absent, ce qui se produisait un jour sur deux, je n'avais aucun mal à tenir les troupes. Les malheureux en venaient à nous craindre comme une sorte d'entité bicéphale, une espèce de Janus impitoyable, dont chacun des deux visages était pire l'un que l'autre. Bardineau exultait. Il n'avait plus besoin de dire un mot. Il vaquait à ses occupations lucratives, l'esprit tranquille. Il pouvait.

Un soir, Monseigneur m'a appelé au téléphone sur la ligne publique.

– Besoin de toi.

– No problem.

– C'est pour un appui-feu.

– No problem.

– On se retrouve chez Saïd à la fermeture.

– No problem.

– Emmène du fer, ami.

Neuf secondes. La conversation n'avait duré que neuf secondes. J'ai raccroché. J'ai sorti mon .45 du tiroir, je l'ai approvisionné. Le colt semi-automatique tire une balle lente et lourde, dont le principal avantage réside dans la puissance d'arrêt. Un homme de corpulence moyenne touché de plein fouet recule d'un mètre et je n'en ai jamais vu un seul continuer à avancer – sauf dans les films. Les films français, naturellement, les Américains eux savent faire depuis Peckinpah. Nous, on ne saura jamais. C'est qu'on n'accorde pas assez d'attention à la vérité des choses.

Je me suis levé, j'ai mis le .45 dans l'étui. Au mieux de ma forme, il me fallait trois quarts de seconde pour le sortir, l'armer et tirer. À sept mètres, manquer le cœur de la cible relevait de l'exploit. Je n'étais pas au mieux de ma forme, mais le tir instinctif c'est comme le vélo. On a beau faire, quand on a appris, on n'oublie plus jamais.

J'ai attendu la fermeture avec une certaine fébrilité. On aurait dit que j'avais rendez-vous avec une nouvelle femme. Alex avait plus ou moins disparu de ma vie, du moins je le croyais. En tout cas, ça me simplifiait les choses. J'ai fermé le coffre aux armes, j'ai brouillé la combinaison. J'ai contrôlé la fermeture des fenêtres. J'ai éteint le bureau des pleurs. Je me suis forcé à tout faire dans le bon ordre, pas à pas, sans hâte. J'ai bouclé et je m'en suis allé par la sortie des artistes.

Toute la bande s'abreuvait au Narval. Je me suis esquivé. J'ai pris le métro. Quatre stations. Je suis remonté à l'air libre, à un jet de pierre de la Douze, comme je le faisais pour aller prendre la Nuit. Il ne faisait pas très froid. J'ai marché jusque chez Saïd. C'était un bon couscous. Saïd avait été témoin de mes débuts, ainsi que de mon ascension. Il était juste aussi qu'il connût la chute.

Dix-neuf heures vingt. Je suis arrivé avant Monseigneur. J'ai enlevé mes gants, je les ai roulés en boule dans ma poche. J'ai pris deux ou trois anisettes au comptoir. La fille qui servait était une jeune Polack à la viande blanche, enceinte jusqu'aux yeux. On a un peu parlé, puis Monseigneur est arrivé. Il avait l'air fermé de Rod Steiger – Rod Steiger dans un rôle de méchant. Il n'avait pas besoin d'en remettre, Monseigneur. Il en installait sans difficulté. Il portait une canadienne en cuir, des bottes et un jean noir. Pas de foulard canari, mais un pull noir ras du cou. Les poings au fond des poches, il avait une fille à chaque bras. Deux super beurettes, que j'avais vues plusieurs fois avec lui et qui n'avaient pas froid aux yeux. Il a grogné, en me présentant celle de gauche :

– Je t'ai amené un casse-croûte.

– Pas preneur.

– Tout le monde sait que tu t'es fait lâcher. Tu crois que ta veuve se fait ceinture ?

– Certainement non.

– Alors, fais pas chier. La tienne s'appelle Zorah.

– Madame Zorah. Ingrid aurait été plus inattendu.

– Si tu veux qu'elle s'appelle Ingrid, elle s'appelle Ingrid. Elle suce comme tu peux pas imaginer. Fais gaffe : quand elle te pompe le dard, elle t'aspire le drap par le trou du cul.

Tout cela devant les deux filles. Elles riaient. La Polack derrière le comptoir riait aussi. Tout le monde riait. Je me suis mis à rire aussi. Pourquoi non, allez ? Seuls les yeux de Monseigneur ne riaient pas. Ils étaient distants et froids. C'est qu'il ne savait pas encore à quoi s'en tenir au juste avec moi. Pour ma part, je savais à présent que s'il le voulait, il pouvait me rendre la vie impossible. Je n'avais pas l'intention de tomber beaucoup plus bas. Nous avons repris quelques verres avant de passer à table. C'était un excellent couscous.

Profitant que les filles s'étaient éclipsées, Monseigneur a allumé un cigare. Il m'a confié :

– Ravalement de façade. Les boudins en ont pour un quart d'heure.

– J'ai connu des boudins pires. Un quart d'heure ?

– J'ai dit un quart d'heure. Tu as ton gun ?

– Jamais sans mon gun, papa.

– M'appelle pas papa.

– Alors, pose pas de questions à la con. Je t'écoute.

– On fait un petit dégagement avec deux copines, toi et moi. On bouffe et on picole. Officiel. Demain matin, toute la Douze est au gaz. Après, on va en boîte. Encore après, on va chez madame Zorah, comme tu dis. Elle a un grand studio à côté de Nation. Glaces sans tain et tout le bordel. On baise comme des malades. Demain matin, on fait l'ouverture au Florida tous les deux. On n'aura pas de mal à avoir l'air démâtés.

Je n'étais pas démâté, mais je n'aurais aucun mal le moment venu à avoir l'air de m'être mis minable. J'ai allumé une Camel. J'ai fait le tour de la salle du regard. Comme par hasard, il y avait un furtif de la Douze au comptoir, un pèse-peu d'un groupe enquêtes, un Corsico famélique qu'on surnommait Iznogoude. J'ai compris que Monseigneur ne m'avait pas invité au Bal des Débutantes, et que, comme à son habitude, il jouait avec un coup d'avance. J'ai demandé :

– Pourquoi moi ?

– Pourquoi pas toi ?

Il a examiné son cigare, puis mon visage.

– J'vais te dire pourquoi toi. Ça fait des semaines que je t'observe.

– On s'en doutait pas.

– Dès le premier jour, dès la première minute. J'aime savoir où je mets les pieds.

– Ouais ? Résultat des courses ?

Il me fixait. Je le fixais aussi. Il a hésité.

– Ça va pas te plaire.

– Aucune importance. Tu sais ce qu'on dit des bicyclettes ?

– Non.

– Là où le guidon passe, le reste passe aussi. Roule.

Il a eu un sourire calme et froid. Monseigneur était très capable de faire peur. Il a remué les épaules. Le sourire s'est effacé.

– T'es rien qu'un fils de pute comme tous les autres. Avec tes grands airs à la con, toi aussi tu encules Marianne. Pourri-vérolé en dedans. L'Usine t'a mangé la tête. L'Usine, la vie, va savoir. Que foutre. Ce qui compte, c'est quand on va aux résultats. Correct ?

– Correct.

Il s'est accoudé. Il a grincé avec férocité :

– Ça t'a fait goder que je t'appelle, va pas me dire le contraire, hein ? Ça t'a fait goder que je te dise de pas venir à poil. Encore correct ?

– Encore correct.

– Tu t'emmerdes. Tu as beau la jouer en bas, tu t'emmerdes. Ça se voit comme le nez au milieu de la figure. Ce qui te manque, c'est de te fendre la gueule. Pas comme un connard de soutier. Les congés payés, c'est pas ton genre.

– Pas vraiment.

– Tu vois…

J'ai vidé mon verre. Saïd nous avait laissé la bouteille. Je me suis resservi. Je voyais. À mon tour, j'ai montré les dents.

– Bon connaisseur de l'âme humaine, Monseigneur.

– Je savais que ça te plairait pas.

– Peut-être que ça me déplaît pas non plus.

– Je sais qui tu es. Tu veux savoir depuis quand je le sais ?

– Roule, Monseigneur, roule…

Il a eu un lent sourire lointain.

– Depuis le moment où tu as planté ta poule. Y a pas que le nœud qu'elle t'aurait bouffé. Le reste aussi. Surtout le reste.

J'ai vidé mon verre, je l'ai examiné par transparence. J'ai fini par reconnaître :

– C'est dur à admettre, mais y a pas que du faux dans ce que tu dis. On se méfie jamais assez.

– Ça t'empêche pas d'en baver.

– Non, ça ne m'empêche pas.

On s'est regardés. On était bien les mêmes raclures. J'ai haussé les épaules. Monseigneur nous a resservis et a regardé autour, puis il m'a déclaré :

– Je vais t'affranchir. C'est un coup de vice, mais pas un coup de tune. Il va y avoir de la dope sur la table, de la dope et du fric, mais on le fait pas pour ça. Je te l'ai déjà dit, je te demanderai jamais de manger.

– Les filles, c'est pour la fumée ?

– Les filles diront la vérité. Qu'on s'est pas quittés de toute la nuit. S'il le faut, elles diront qu'on se les est envoyées en stéréo l'une après l'autre. S'il le faut, il y aura photo à l'arrivée.

– N'importe quel juge parlerait d'alibi. Joli. Pourquoi moi ?

– Si ça tourne mal, j'veux pas qu'il soit dit que c'était une question de pognon.

– Foutaises, Monseigneur. Tout le monde sait que tu te gaves.

– Pas cette fois. Je vais t'expliquer.

Je l'ai coupé du geste.

– Ça risque réellement de tourner mal ?

– Ça risque de tourner très mal.

– Alors, je prends. Tes explications, je m'en bats. Le moment venu, tu me diras ce qu'il y a à faire, et comment on devra le faire, c'est tout.

Il a enlevé le cigare de sa bouche et m'a dévisagé avec haine.

– Un vrai fils de pute.

– Tu t'en remettras, Monseigneur. Pour l'instant, refais-toi une figure potable. Le corps de ballet est de retour.

Les filles slalomaient entre les tables. Elles étaient un peu parties, ou faisaient semblant de l'être. Elles sont revenues s'asseoir en jacassant. Le petit Corsico n'en perdait pas une miette. J'en suis passé aux mamours avec madame Zorah. La fin de repas a été bien plus gaie et enjouée que le début. Le plus dur, c'était toujours pour moi de briser la glace. *Là où le guidon passe, le reste passe aussi.* Service commandé ou pas, je savais que madame Zorah considérait mon guidon avec sympathie. Je le sentais à ses doigts sous la table. Directs, presque brutaux. Rien de sentimental. C'était reposant, juste avant de monter.

L'établissement s'appelait l'hôtel de Madrid. C'était un immeuble lépreux de quatre ou cinq étages, dans le dix-huitième. Il jouxtait d'une part un ancien troquet, qui était à présent le siège d'une amicale turque, et d'autre part un atelier de confection tenu par des jaunes. Quelqu'un est sorti de l'hôtel – un maigre Black en djellaba blanche.

– *You sunburnt sicklemen, of August weary...*

– Un bouge, m'a coupé Monseigneur en enfilant des gants. Ils s'entassent à cinq ou six par chambre. Ils font les trois-huit. Celui qui nous intéresse vit tout seul. On y va ?

– On y va.

Nous avons quitté la voiture. C'était une Renault grise. Monseigneur avait laissé la Sovereign en bas de chez les filles. On était dans les heures pipi, entre deux et trois. Personne dans la rue. Monseigneur est rentré dans l'hôtel. Il y avait un couloir étroit et une lampe luisait dans le fond à travers une porte de verre dépoli. Monseigneur a pénétré dans la pièce. J'avais fini de mettre mes gants.

Monseigneur s'est penché sur un lit-cage. Il a saisi le dormeur à la gorge et l'a soulevé sans difficulté. Je tirais chez les welter, lui dans la catégorie poids lourd. Ça aidait à sa crédibilité encore plus qu'à la mienne. Les yeux exorbités, la bouche grande ouverte, sa prise gigotait comme un ver sur l'hameçon. C'était un petit bonhomme sans âge, avec une mince moustache noire. Il pouvait tout aussi bien provenir de l'Atlas saharien que d'une obscure république latino-américaine ou du fin fond de l'Asie du Sud-Est. Il lui manquait presque toutes les dents d'en haut, et sa langue dardait de façon obscène. Tout en lui malaxant le cou, Monseigneur a murmuré :

– On monte chez Youssouf. Il risque d'y avoir du bruit. À ta place, j'en tiendrais pas compte.

L'homme a secoué la tête un tout petit peu. Il commençait à manquer d'air. Monseigneur ne l'a pas lâché tout de suite. Il a attendu une bonne demi-minute. Sa victime s'est affalée sur le lit-cage. Monseigneur a arraché le fil du téléphone. Il m'a dit :

– Crois pas que j'en fais trop. On est dans un nid de crotales. C'est là-dessus que compte l'autre enculé.

Il s'est penché, a retourné le veilleur de nuit.

– Ton passe, Chico.

D'une main tremblante et sale, l'autre lui a remis un trousseau de clefs. Pour le remercier, Monseigneur a écrasé le poing droit en plein milieu de sa face. Du sang noir a giclé. Instantanément, la paralysie m'a pris la moitié de la tête.

– Tu es sûr que c'était indispensable ?

Monseigneur a essuyé son gant sur la chemise du type.

– Certain. Je lui fabrique un alibi. Il pourra toujours dire qu'il s'est fait dépouiller. On monte ?

Nous sommes montés. Pour un être de sa corpulence, Monseigneur ne faisait guère de bruit en se déplaçant. Il se mouvait vite, en silence, une main sur la crosse de son arme. L'endroit était un vrai bouge. Les escaliers sentaient l'urine et la merde, le chou bouilli et le renfermé. Chaque palier était éclairé par une ampoule de vingt watts, le reste se perdait dans la pénombre. On marchait sur des morceaux de plâtre tombés des murs.

Je ne faisais pas de bruit non plus. J'imaginais les corps entassés derrière chaque porte fermée. Vivants ou morts, ils m'inspiraient la même pitié. Je n'étais pas fier de moi. J'avais l'impression de pirater bien en deçà de la ligne. *Moissonneurs brûlés de soleil, fatigués du mois d'août, laissez là vos sillons et réjouissez-vous.* Monseigneur, lui, ne connaissait pas la pitié. Il s'est arrêté devant une porte, il est resté quelques secondes aux aguets. Je l'ai rejoint et je me suis placé en couverture. Il ne lui a fallu qu'une seconde pour débrider la serrure.

J'avais déjà vu quelqu'un administrer une correction, mais jamais avec autant de froideur et de méthode. La chambre était petite et mal tenue. Il n'y avait pas de rideaux aux fenêtres. Elle était éclairée par une ampoule nue au bout d'un fil électrique torsadé. Il y avait un lavabo dans un angle. Monseigneur cognait des deux poings. Il y avait du sang sur le lit, contre le mur et par terre. Le nommé Youssouf a fini par se répandre à ses pieds. Sa face n'avait plus rien d'humain. Monseigneur l'avait mise en marmelade. Il s'est reculé avec une grimace de dégoût. Il a allumé un cigare. Il a remué l'autre de la pointe de sa botte.

– Espèce de sous-merde. Je devrais te crever.

On le sentait sincère. Youssouf a bougé, mais faiblement. C'était un petit Black nerveux et vif, avec un physique de zazou. Youssouf avait été un petit Black nerveux et vif. Il n'était plus qu'une plaie. Il faisait des bulles de sang par le nez et la bouche en respirant.

– Fin du premier acte, m'a dit Monseigneur. Explication des gravures. Cet enculé vend de la came.

– Ils sont des milliers. Le choix entre la dope et la taule. Des fois les deux. Et alors ? Tu veux refaire le monde ?

– Ce fils de pute vend cher. Il a le sida.

– Ils sont des milliers aussi. Je te vois pas en preux chevalier. So what ?

Monseigneur a posé son talon sur le dos de la main du type. Il a fait comme s'il écrasait une cigarette. J'ai entendu les os craquer. Le corps a eu un sursaut spasmodique. Monseigneur m'a dit :

– Cette salope oblige ses clients à le sucer. Il les force à lui faire des pipes. Il a le sida. Il le sait. Ses clients le savent. Des pipes sans costard. Mâles comme femelles. Pas de turlute, pas de came. Les gosses les plus jolies, il les oblige à se faire enculer. (Il a pesé de tout son poids.) Mâles et femelles. C'est pas vrai, ce que je chante, Youssouf ?

Je n'ai pas pu dire si l'autre répondait quelque chose ou non. Ce que je savais, c'est que Monseigneur n'aurait jamais inventé une chose pareille. Massif et redoutable comme une falaise, il ne me quittait pas des yeux. Il ne me regardait pas, il regardait quelque chose qui se tenait à une distance infinie de nous. On aurait juré qu'il cherchait à me dire quelque chose d'autre – quelque chose qui n'était pas dicible. Quand son souffle s'est calmé, Monseigneur a enlevé la fumée devant sa figure. Il a ramassé le zazou et l'a flanqué sur le lit comme un paquet de linge sale. Sans plus s'en occuper, il a annoncé :

– Deuxième acte.

Il est allé direct au lavabo, l'a soulevé sans effort. Les tuyaux ont plié mais ne se sont pas rompus. C'était du cuivre mince et l'écoulement était en plastique de quatre. J'ai compris que c'était fait exprès. Monseigneur m'a indiqué du menton :

– Sa cabane est derrière.

J'ai glissé la main. Il y avait une cavité dans le mur. J'ai ramené une première bonbonne, grosse comme un œuf de canard. La dope était enveloppée dans du papier d'aluminium. Il devait y en avoir dans les cent grammes.

– Pas suffisant, m'a dit Monseigneur.

J'ai exploré avec plus de soin. Il y avait un deuxième sachet. Des gros cristaux grisâtres, inégaux, enveloppés dans un plastique épais et transparent.

– Du crack. Le compte est bon. Enlève tes doigts.

Il a laissé le lavabo revenir en place. Il a tendu l'oreille. J'avais cru entendre comme des pas feutrés. Lui aussi. Rien. Il est allé à la fenêtre, a ouvert. Il y avait une jardinière en terre cuite avec des plantes desséchées. Youssouf, je le voyais zazou, mais pas zazou bucolique. Monseigneur a pioché la terre. Il a ramené une boîte en fer dans la lumière. C'était une boîte de thé Lipton's. Il a enlevé l'adhésif qui la scellait. Les billets étaient roulés serrés. Des billets de cinq cents et de deux cents.

Monseigneur a bouché le lavabo. Il l'a rempli d'eau. Il m'a pris la dope des mains et l'a versée. Avec une brosse à cheveux, il a touillé le mélange, et ensuite seulement il a lâché la flotte. Il a laissé couler le robinet tout en cherchant quelque chose du regard. Il a trouvé une assiette sale sur le dessus de l'armoire. J'entendais toujours des pas étouffés. Ceux de ma mauvaise conscience, peut-être, qui rôdait comme une âme en peine dans toute la grande nuit noire autour.

Nous n'avions guère la place de nous remuer. Monseigneur s'est penché sur Youssouf. La seule chose qu'on pouvait dire, c'est que ce dernier n'était pas mort. Il avait encore un œil un peu entrouvert.

– Regarde, fils de chien, a murmuré Monseigneur.

Les yeux remplis de larmes, la joue contre le matelas, Youssouf a regardé sans ciller Monseigneur brûler les billets, liasse par liasse, dans l'assiette. Il y en avait pour soixante-dix ou quatre-vingt mille balles. Les yeux grands ouverts, du sang s'échappait de sa bouche, avec des grumeaux. Occupé à ce qu'il faisait, Monseigneur a remarqué :

– Tu vas avoir du mal à expliquer le coup à ton grossiste. Qu'on te pique la came et le blé, passe encore. Personne croira qu'on ait pu tout foutre à la casse et brûler la monnaie. Vaudrait mieux pour toi que tu changes tout de suite de galaxie.

Quand l'argent a été consumé, il a transporté l'assiette sous le robinet. Il l'a rincée longuement. Les cendres sont parties en tourbillonnant, minces et fines comme presque tous nos tourments. Il n'a pas fermé l'eau. Il a jeté un dernier et rapide coup d'œil circulaire.

– On décroche, a décidé Monseigneur.

Nous sommes redescendus à pas de loup. À chaque instant, je m'attendais à ce que des hordes de spectres sombres et farouches nous barrent le chemin. Une fois dehors, Monseigneur s'est ébroué. Il a retiré ses gants, les a roulés en boule et les a expédiés dans la première bouche d'égout venue. Il n'avait pas envie de parler, moi non plus. J'étais ébranlé par sa brutalité et sa violence, mais je l'étais aussi par ce qu'il avait raconté à propos de Youssouf. Un peu plus tard et sans vraiment le vouloir, j'ai eu la confirmation que tout était vrai. Le zazou était un fêtard invétéré. On le rencontrait partout où des mômes s'amusaient en commun. Il avait contaminé des dizaines de personnes.

Le savoir de manière formelle, de
d'une de ses victimes, ne pouvait plu
d'un grand secours.

Cette nuit-là, dans le sillage de Monseigneu
pour de bon passé la ligne. Cette ligne étroite
distincte qui sépare les compromis, nécessaires
inévitables à la survie, de la pure et simple compro-
mission, qui la rend impraticable. J'avais exercé la plus basse police qui soit. Plus grave encore, je m'en étais rendu coupable par complicité.

Tout en marchant jusqu'à la voiture, j'ai pensé à Alex. À son visage et à ses yeux, à son corps de vamp, à sa manière inimitable de se déplacer, à sa grimace de souffrance et d'effort lorsqu'elle avait trop longtemps couru, j'ai pensé à son sexe. Chaque pas m'éloignait d'elle, m'éloignait de la vie. Il m'aurait fallu retourner en arrière.

On ne peut jamais retourner en arrière.

On ne peut jamais se baigner deux fois dans le même fleuve.

Les anciens Grecs l'avaient déjà découvert, eux qui ne se trompaient pas si souvent. C'est pour vous dire.

9

Après le gel, la tempête. J'avais un vieux Gründig Satellite, chez moi. Je prenais la météo marine sur la fréquence chalutiers. Les grains durement l'un après l'autre giflaient la vitre sombre derrière mon dos. Le dos des wagons luisaient d'eau. Ils glissaient sur le ventre comme de lourds coléoptères de fer, des choses rendues passablement monstrueuses par des métamorphoses incomplètes. Pas d'ailes sous leurs élytres soudés et pas de salut non plus. Les grains provenaient de l'Arctique. Ils prenaient naissance au-dessus de Franz Joseph, puis ils traversaient la mer de Barents, la Scandinavie et s'engouffraient dans la Baltique. De noirs bataillons pressés de se heurter aux cohortes qui, elles, descendaient en droite ligne du bassin du Labrador, toutes voiles bordées, à leur rencontre. Je rêvassais de plus en plus. J'écoutais Lonnie Johnson. Sur presque toutes les photos que j'ai vues de lui, il a l'air sage et bonasse d'un commis d'épicerie pas très doué sur le plan mental. C'était pourtant l'un des plus grands guitaristes de blues que je connaisse, et un vrai dur cynique et désabusé. Après une intro claire et sèche, qui rappelait qu'il avait fait ses débuts au violon avant de passer à la guitare à douze cordes, Lonnie chantait :

« *Blues, falling like showers of rain,*
Blues, falling like showers of rain...
Every once in a while, I think I hear my baby
Call my name... »

Sa scansion, précise et sans appel, comme fatidique, faisait montre d'une ironie mordante. Pas du tout le genre de type à s'apitoyer sur son propre sort, ni du reste sur celui des autres. On aurait dit qu'on venait de l'enregistrer depuis le fond de la pièce d'à côté. Je ne buvais pas énormément et je ne sortais plus du tout. J'allais de chez moi au quart et retour. Deux stations, changement à Nation puis trois stations à l'aller. Idem, mais dans l'autre sens pour revenir. On me reprochait des fois de ne plus me voir, mais de moins en moins souvent.

Comme l'Usine n'avait aucune raison de vouloir me joindre en dehors des heures et des jours ouvrables, je ne répondais plus au téléphone une fois chez moi. Je bouffais juste ce qu'il fallait, je me faisais beaucoup de chaleur et je dormais le plus possible. J'étais sur le chemin de rien du tout. C'était extraordinairement confortable. Je n'étais pas à plaindre. J'avais la sécurité de l'emploi, un plafond au-dessus de ma tête. J'avais mes fantômes. J'écoutais mes vieux vinyles en sourdine, du fond de mon fauteuil. Je prenais un verre ou deux, puis des somnifères. Je me couchais. Je n'entendais plus les trains. Je ne souffrais plus vraiment. *Jodrell Bank... Dogger Bank...* Tout à la limite des glaces... Ça me berçait... C'en était bien fini de monter la garde.

On n'imagine pas le soulagement.

Le matin revenait. C'était comme un ressac de faible amplitude. La seule chose que je ne supportais plus, c'étaient les péripéties – surtout celles dans lesquelles j'étais contraint par la nécessité de m'impliquer encore un tout petit peu. Les péripéties des autres, passe encore. Ils avaient bien le droit, après tout, de vivre. Toute existence est faite de péripéties, en un sens. Tant qu'on est vivant, il faut admettre le principe qu'il vous arrive quelque chose qu'on n'attend pas forcément. L'événement, bon ou mauvais, est un risque à prendre. La vie, tant qu'elle dure, passe son temps à vous prendre par surprise et presque toujours à l'envers. C'est seulement quand on est mort qu'on a vraiment une histoire ; de là à dire qu'elle vous intéresse encore il y a un monde.

Je ne supportais plus mes propres péripéties.

Il y en a pourtant eu encore une. Je ne l'ai pas vue arriver. Si tel avait été le cas, j'aurais quand même fait pareil.

Tout s'est passé en peu de temps, pas tout à fait cinq semaines.

Un jeudi matin, je suis arrivé au commissariat. Pour une raison qui me restera à jamais mystérieuse, Monseigneur était là aussi. Nous nous sommes divisés le peu de travail qu'il y avait, et à dix heures nous sommes allés prendre un verre au Narval. Il tombait des cordes, puis il broussinait un moment, une pluie fine et entêtante qui faisait comme un fin voile mobile, impalpable, comme un brouillard devant les yeux, puis de nouveau il tombait des cordes.

C'était le genre de temps qui décourage les casse-couilles de venir porter plainte. Je voyais en face la lumière dans le bureau des pleurs. Je voyais bien aussi qu'on y était désœuvré. Comme Monseigneur et moi étions au comptoir, nos nains ne pouvaient décemment pas venir s'y abreuver. Ils regardaient la pluie, dehors. Pour la plupart, c'étaient des garçons qui s'estimaient mal payés alors qu'ils n'étaient que des gens feignants comme des couleuvres. Même à la Sécurité sociale, on n'aurait pas trouvé pire. Ils prenaient les plaintes comme des cochons, ils shootaient à tour de bras. Ça en devenait vertigineux.

J'avais vu un viol traité en dix lignes, un vol à la tire faire l'objet d'une simple mention de main-courante. On avait renvoyé aux calendes grecques l'arrestation d'un voyou impliqué dans une demi-douzaine de braquages de pharmacie. Il avait fini par dégringoler par hasard au cours d'une opération antistup montée par les gens du 94. S'il est vrai que toute existence est nécessairement un processus de décomposition, alors notre quart témoignait d'une vitalité hors du commun. Monseigneur rigolait froidement. Il observait tout. Il me faisait remarquer :

– Tu trouves que c'est le bordel. Je te comprends. Je pense pareil. Seulement dis-toi bien une chose : c'est partout le même bordel. Partout. Tout le monde est devenu dingue. La seule chose qui compte, c'est les statistiques. Les tauliers, partout, ce qui leur faut, c'est des 'states en béton. Le reste, ils s'en caguent.

C'était indiscutable. Une fois par mois, Monseigneur s'isolait tout seul dans son bocal. Il se faisait prêter un ordinateur portable, un Mac avec écran couleur. L'affaire durait quarante-huit heures. Personne ne savait comment il s'y prenait. Ses statistiques étaient un modèle de cohérence, de précision et de clarté. Nul ne pouvait y trouver quoi que ce soit à redire. Ensuite, il remplissait les formulaires avec un stylo à plume, à l'encre violette. Chiffres et lettres avaient un tracé minutieux, suranné, élégant, avec même des pleins et des déliés. C'était une écriture d'instituteur de l'ancien temps. Monseigneur avait été instituteur avant de rentrer dans l'Usine.

Pour faire les 'states, il portait des lunettes demilune. Quand il avait terminé sa copie, il levait les yeux et m'adressait un regard joyeux. Il proclamait de son ton de férocité :

– Les Français parlent aux Français. Monseigneur encule la préfecture de police. (Il confiait avec jubilation :) Les connards du bureau central savent que tout est bidon, mais macache pour me redresser. C'est ça qui fait la beauté du geste.

Comment lui donner tort ? La tragédie comporte l'inconvénient de donner trop d'importance à la vie et à la mort. La fin, je la voyais de plus en plus sous la forme d'une sorte de petite farce assez grotesque, très aux antipodes du sublime crispé dont fait montre l'art tragique – la mienne, de fin, en tout cas. À onze heures et quart, nous n'avions toujours pas quitté le Narval. Monseigneur avait fait signe à Malou qu'il était temps de passer aux apéritifs. À midi, la vague montante nous a amené toute sa population habituelle de manards, de secrétaires et de coiffeuses, de petits cadres et de commerciaux qui avaient coutume de déjeuner dans l'établissement.

C'étaient pour la plupart des habitués, et il y avait quelques très jolies filles. Le seul reproche que je leur aurais fait, si mon avis avait compté, c'est que je les trouvais bruyants. C'étaient presque tous des gentils grouillots, ils nous payaient des coups à boire, ils nous ménageaient, c'est sûr, Monseigneur et moi, comme on ménage ces sortes de dieux tutélaires auxquels on ne croit plus guère mais autour desquels s'attachent encore d'anciennes et imprécises superstitions, des rumeurs de malédictions et de sortilèges qui les rendent encore vaguement redoutables. Ils faisaient du bruit, mais pas de manière ostentatoire ni pour nous déplaire. C'était un bruit *sui generis*, pour ainsi dire. On n'arrivait presque plus à entendre celui du flipper, un vieux Gottliebs qui se laissait martyriser pendant des heures pourtant, du matin au soir, juste à l'entrée.

J'ai levé les yeux. Le type en manteau vert avec ses mitaines de para-commando se tenait au comptoir. Ses deux yeux étaient braqués sur moi, franchement, ouvertement. J'ai mis du temps à me rappeler où et quand je l'avais vu pour la première fois. C'était au Narval, le soir de ma rupture avec Alex. Au juste, il ne s'était pas produit de rupture au sens strict, puisque personne n'avait jamais rien promis à personne dans cette affaire. Cette fois, le type me regardait. On aurait dit qu'il avait reconnu le terrain, mais qu'il hésitait encore sur la tactique à adopter et la conduite à tenir. J'ai regardé ma montre. Treize heures.

Monseigneur m'a déclaré :

– Je vais déjeuner chez Saïd.

– Aperçu.

– Tu en es ?

– Pas cette fois, merci.

Il est parti rapidement. À sa place, l'homme en manteau vert s'est matérialisé comme par enchantement. C'était le genre d'enchantement dont je me serais bien passé. Il ne m'arrivait pas à l'épaule, il portait une canadienne trempée et il sentait la brillantine. L'odeur de brillantine me révulse plus que celle d'un chien mouillé. Plus personne ne se met de brillantine dans les cheveux et c'est heureux. Ce seul fait m'incline à penser que l'humanité est capable, ne serait-ce que par exception, d'effectuer parfois un grand bond en avant. En général, elle le fait toujours lorsqu'elle se tient juste au bord de l'abîme. L'animal puait la brillantine. Il avait vraiment des yeux en boule de loto. Il s'est adressé à moi en fixant un endroit quelconque de l'autre côté de la rue. Il m'a dit :

– J'ai quelque chose pour toi.

Il m'a glissé sa carte. On aurait dit un enfant de chœur en train de passer une photo de cul à un autre en pleine sacristie. Il a ajouté :

– Quinze heures. Tu as l'adresse. Je suis sûr que ça va te plaire.

Lui aussi, il est parti. J'ai enfouillé sa carte, j'ai essayé de payer quelque chose. Malou s'est bornée à hausser les épaules. Je suis sorti dans la pluie, j'ai traversé en hâte et je me suis retrouvé dans la tiédeur tranquille du bureau des pleurs. L'équipe de permanence entre midi et trois s'occupait pour moitié à jouer avec le minitel et pour moitié à badiner avec la troublante Charlotte.

Charlotte était une bougresse dans les trente ans. Elle était rose et poupine. Aussi haute que large, la chair compacte, elle avait un physique trapu et solide de fille de ferme. Elle ne craignait ni la chaleur, ni la pluie, ni le gel, Charlotte. Elle portait hiver comme été une robe moulante et courte sous son imperméable en plastique. Elle avait un petit sac à main dans lequel elle transportait sa carte d'identité, du rouge à lèvres, un flacon de Synthol et des capotes. Elle avait des chaussures à talons bobine. Elle donnait l'impression de quelqu'un qui se récure dix fois par jour à l'eau de javel. Elle avait à fleur de tête de très beaux yeux bleu pâle, d'une inexpressivité absolue.

Chaque fois qu'elle me voyait, elle tenait à me montrer sa culotte. Deux ou trois fois, elle m'avait offert des fleurs. Comme Monseigneur lui avait confié un jour que j'avais une grosse trique, elle tenait aussi à toute force à me sucer. Je manquais à son palmarès. Elle n'y est jamais arrivée.

Charlotte n'était heureuse que les jours de manif'. Elle allait alors d'un car de CRS à l'autre. Elle faisait des pipes à tout le monde. Il faut dire que les malheureux s'emmerdaient ferme. Elle ne faisait pas vraiment de mal. Tout le monde la connaissait. Quand ils la voyaient, les officiers les plus pointilleux essayaient bien de la chasser, mais elle les pourrissait. Elle gueulait à tue-tête. Elle braillait des obscénités rares. Pour en finir, il fallait appeler les flics. D'autres flics. Charlotte braillait, elle se faisait embarquer. Au poste, elle vociférait encore plus fort, finissait par se foutre à poil. Elle disait des insanités – et des choses qui n'en étaient pas. Dans la bande de gardons, il y en avait toujours un ou deux qui, à un moment ou à un autre, avaient bénéficié de ses attentions. Question queues, elle avait une mémoire terrible. Elle avait l'art de rappeler des choses blessantes. On la faisait se repoiler, on la flanquait dehors. Dix minutes après, le cirque recommençait.

Elle ne redoutait que Monseigneur. Même Bardineau, qui était pourtant le patron, elle n'en avait pas peur. Quand il savait qu'elle était dans les murs, Bardineau se bouclait à double tour dans son placard. Question faux cul, il était très fort. Plusieurs soirs, il m'avait suggéré :

– La dame Charlotte, on pourrait la faire inscrire aux aliénés, vous ne croyez pas ?

– Je ne crois pas. Il faudrait pour ça qu'elle soit dangereuse pour elle-même ou pour autrui. Le seul fait de pratiquer des fellations à répétition ne permet pas d'établir une quelconque témébilité à son encontre.

– Ah ! c'est vous le juriste, monsieur le Divisionnaire ! C'est vous le juriste ! N'empêche, sur le plan hygiénique, quand même la dame Charlotte…

– Elle officie avec le secours du latex, patron. Entre chaque prise, elle se fait des bains de bouche. Elle va chez le dentiste tous les mois. Elle passe test sur test.

Je voyais Bardineau s'exorbiter, triturer sa cravate.

– N'empêche ! N'empêche ! Elle cause un trouble à l'ordre public. Il faudrait la faire tomber pour outrage public à la pudeur. Voilà ! Il faudrait lui faire un O.P.P. Qu'est-ce que vous en dites, un O.P.P. ? C'est cher, un O.P.P. ?

– Six mille balles si vous tombez sur un cul coincé. Le palais en comporte beaucoup plus qu'on ne le pense.

Bardineau s'épanouissait, plus Iznogoude, plus abject que jamais.

– Ah ! vous voyez ! Vous voyez, monsieur le Divisionnaire !

Je faisais un grand effort pour ne pas éclater de rire. En même temps, je luttais contre la migraine qui m'envahissait peu à peu. Je lui rappelais à chaque fois :

– La dame Charlotte se cantonne dans les flics, patron. CRS, militaires de la gendarmerie nationale. Sapeurs-pompiers. Les Tuniques bleues du district. Strictement. Elle se fait tirer l'oreille pour éponger même un flic en civil. Sa spécialisation à elle, c'est la tenue. Vous nous voyez faire dégringoler l'un des nôtres ?

Il savait que j'avais raison. Il se résignait.

Il s'enfermait dans son bureau. Dont acte.

Ce midi-là, la troublante Charlotte ne m'a pas accordé beaucoup d'attention. Elle venait de gagner mille francs au grattage. Elle en était encore toute retournée, de l'événement. Elle n'avait jamais rien gagné de sa vie et tout d'un coup, mille francs. Au grattage ! Elle répétait, éberluée.

– Le doigt de Dieu, je vous assure. Le doigt de Dieu.

J'entendais les gloussements obscènes de mes flics. Sans bruit, j'ai traversé le rez-de-chaussée, j'ai gagné notre bocal à l'étage. Tout était nickel, assoupi. Sans enlever ma veste, j'ai mis un peu de Count Basie très en sourdine, je me suis flanqué dans le fauteuil de Monseigneur. Tout en allumant un petit chameau, j'ai sorti la carte de visite de ma poche. J'étais intrigué, sans plus. Une question me traversait alors souvent la tête avec une secrète insistance. *De quels Calibans sommes-nous les Prospéros ?* C'était devenu comme une sorte de parasite dans mon trafic radio intérieur, ou bien une interférence qui n'avait plus guère sa raison d'être.

En déchiffrant la carte, je me suis reposé la question à mi-voix :

– *De quels Calibans sommes-nous les Prospéros ?*

C'était peut-être quelque chose que j'avais lu quelque part et que je me rappelais sans m'en rendre compte. L'homme s'appelait Antoine Bozzio. Inconnu au bataillon. J'avais connu un Bozzio en Algérie, dans les années cinquante. Il se prénommait Jean, était épicier et déjà presque centenaire. Il y avait partout dans sa sombre officine des sacs de semoule et de pois chiches ouverts, des tonneaux d'olives, des anchois dans la saumure, des chapelets de soubressade et des morues séchées au plafond. Pas d'autre Bozzio dans mon souvenir.

La carte de visite du mien mentionnait que l'homme était inspecteur principal honoraire de la police nationale. Elle indiquait également qu'il s'occupait de recherches dans l'intérêt des familles, de filatures et de surveillances. Il faisait dans le gardiennage. Jusque-là, rien que de très banal. Le reste l'était moins. Antoine Bozzio avait rajouté d'autres cordes à son arc. Il se disait en outre astrologue-conseil, diplômé d'une université chinoise en matière de digito-thérapie, et enfin grand maître ès tarots divinatoires.

Le bristol s'ornait d'un très étrange logo composite et assez peu distinct dans lequel on pouvait deviner au choix une salamandre en train de se mordre la queue, une grenade flamboyante, une silhouette lascive et échevelée – ou rien du tout. Tout dépendait de son propre état d'esprit du moment, ainsi que de sa capacité visuelle. Pour moi, tant l'énumération de titres et qualités que la symbolique tarabiscotée dont il était fait usage trahissait un individu quelque peu irradié. Il avait une silhouette très chargée dans les bas. Il m'a fait penser à une bouteille d'Orangina. Si ça ne m'avait pas vaguement fait rire, je ne serais pas allé le voir.

Aller le voir m'a coupé toute envie de rire pour un moment.

C'était une ancienne loge de concierge, tout près de Léon Blum. Il y avait un porche, on s'enfonçait dans un couloir et c'était tout de suite à gauche. Il y avait des barreaux à toutes les fenêtres. Quinze heures deux à mon Oméga. Je suis rentré, les bras le long du corps, une cigarette au bout des doigts. La loge était divisée en deux par une cloison, qui en faisait un petit deux-pièces à l'usage de nains. Bozzio, retranché derrière un bureau métallique, me regardait de ses trois yeux, les deux siens et celui d'un Beretta quinze coups. À sa manière de le tenir, on sentait qu'il avait de la pratique. Il m'a commandé :

– Les deux mains à plat. Écarte les chevilles. Il faut que je te fouille.

– Tu en fais beaucoup, tu crois pas ?

– Comme on connaît ses saints, on les honore. Penche-toi.

Il a contourné le bureau. En me plantant son automatique dans la nuque, il s'est mis à me palper rapidement recto verso.

– Tu as des doigts de fée, ami.

– C'est comme ça qu'on arrive à mon âge, ami.

– Ça serait pas mieux de me dire ce que tu cherches ?

– Micro. Magnétophone extra-plat.

– J'ai pas ça en stock.

– On sait jamais.

– Correct.

Il n'a rien trouvé. Il a reculé en enlevant le canon de son gun de ma nuque. Il est retourné derrière son bureau. Je me suis redressé. Il a fait signe et nous nous sommes assis. La pièce était petite, les volets clos. Il y régnait une chaleur de serre. On aurait dit un bureau de police. Il y avait des classeurs métalliques, des colonnes. Des diplômes encadrés ornaient les murs, des photos. On y voyait Bozzio jeune derrière à peu près tous les grands de ce monde depuis un demi-siècle – même le pape. Il a surpris mon regard étonné.

– Vingt ans de voyages officiels. J'ai couvert tout ce qu'il y avait à couvrir, d'Hassan II à Brejnev. Protection rapprochée.

– Et tu aimais ça ?

– Pas à en pleurer. C'est Raymond Sascia qui m'a appris le tir instinctif.

– Entre autres.

– J'ai fait le Grand Charles pendant sept ans.

– Tu es plus vieux que je le pensais.

– Je pourrais être ton père, abruti. Ça se voit pas, parce que je mène une vie saine et que je me teins les cheveux.

– Rien de ce que tu me dis n'est de nature à te rendre sympathique.

– Je te demande pas de m'aimer. Tu veux boire un coup, avant d'attaquer dans le bois dur ?

– Pourquoi non, allez…

Dix ans avant, je lui aurais renversé le bureau sur la gueule, je l'aurais neutralisé. Je lui aurais fait manger son putain de Beretta. Tout un tas de gestes qui étaient devenus trop emphatiques à présent. On a bu un ou deux verres de tequila. Vie saine, mes couilles. Il fumait autant que moi et il buvait sec. C'était le genre de type à se débraguetter devant les petits garçons. Il ne cachait pas qu'il avait pris grand plaisir, la tante, à passer les gnoules à la gégène. C'était jamais qu'une sorte de sous-Bigeard, en somme, quelque chose de pas très fréquentable. Il m'a confié :

– Notre territoire de chasse, c'était l'Afrique Noire. Tu peux pas imaginer… Tous ces mal-blanchis… Je les ai tous faits !

On le sentait nostalgique de l'Empire. Les yeux mi-clos, il savourait d'inextricables combines, d'indicibles saloperies. J'avais de plus en plus envie de lui écraser la figure à coups de talon. Ceux que j'avais combattus, je ne les avais jamais haïs, ni seulement méprisés. Mes seuls regrets venaient de ce que tout ce sang, cette sueur et ces larmes n'aient servi à rien, sinon à ce qu'il y ait encore du sang, de la sueur et des larmes là où il aurait dû continuer à pousser des orangers, des lentisques et de l'olivier.

Bozzio s'est levé. Il a rangé son pistolet dans un tiroir et m'a fait signe de le suivre à côté. C'était une petite pièce sans fenêtre, éclairée au néon. Contre le mur, il y avait deux tableaux anatomiques, l'un pour les mâles, l'autre pour les femelles.

– Les points d'acupressing, a commenté mon hôte. Une sagesse deux fois millénaire.

J'ai montré les dents.

Il y avait aussi une table d'examen comme dans un cabinet médical, avec un dévidoir de papier, et une grosse lampe. Pour s'étendre, on devait grimper sur un petit escabeau en alu. Une porte de placard donnait sur des WC pour sahéliens. Ça sentait fort la teinture d'iode et le liniment. On se serait cru dans le vestiaire d'un club de foot menacé d'être relégué en division d'honneur, mais il y avait surtout des classeurs et des fichiers partout. Il y avait aussi un micro-ordinateur, des magnétoscopes et un moniteur.

Bozzio a mis une cassette VHS en marche. Plus de texte. C'était inutile. Nous sommes restés debout. Dans l'image, un lent panoramique. On se trouvait quelque part en planque sur le parking de l'hôtel Impérial, aucun moyen d'en douter. On voyait la Laguna en stationnement. Plan rapproché sur la plaque arrière. Cut, puis on apercevait une Mercedes arriver. Je connaissais cette voiture, il m'était arrivé de la conduire. La conductrice marquait une hésitation au passage devant la Laguna. Elle finissait par aller se garer à l'autre bout du parking, isolée dans ce qu'elle prenait pour une pénombre favorable. Erreur.

La caméra CCD l'avait prise en train de sortir de sa voiture. On la voyait presque comme en plein jour. On la précédait plein face, tandis qu'elle marchait jusqu'aux marches de l'hôtel.

– Joli travail.

– Pas mal, a reconnu Bozzio.

– Tu travailles avec quoi ?

– Tu vas te marrer : un caméscope Canon. Objectif interchangeable. Le zoom optique m'a coûté pas loin de quatre patates. C'est le même que ceux qui équipent les *soumes* de la DST.

– Pourquoi je me marrerais ?

– On sait jamais.

En bas à droite de l'image, la date et l'heure de chaque prise étaient indiquées en clair. Je me suis rappelé la photo d'Alex et moi. Le mode opératoire était le même. Je n'avais pas percuté à temps pourquoi l'image ressemblait à une image de film. C'était une image de film. On l'avait copiée sur une bande vidéo.

– Tu peux éteindre. Le message est passé.

– Tu veux pas voir la suite ?

– Aucun intérêt. Tu sais qu'en justice, ce genre d'enregistrement ne vaut pas preuve ?

– Qui te parle de justice, banane ?

J'avais la moitié de la tête paralysée. J'ai demandé :

– Pourquoi tu te réveilles maintenant ?

– Jamais taper à chaud, camarade. La sauce est en train de refroidir. On s'achemine vers un non-lieu. Imagine l'impact, brusquement, si ça ressortait. Un vrai coup de théâtre, tu penses pas ?

– Correct. Deux choses. La première, pour qui tu roules. La deuxième, qui il y a d'autre sur le coup.

– Primo, des gens que tu n'as pas à connaître m'ont commandé une filoche sur Mallet. Faut croire qu'ils n'avaient pas tout à fait confiance dans leurs propres services, ou qu'ils craignaient des fuites. Je leur ai rendu compte, mais pas de tout. Si j'ai péché, c'est seulement par omission. D'accord ?

– D'accord.

– Secundo, je suis seul sur le coup.

– Tu étais seul, ami. À présent, nous sommes deux.

– Deux ?

– Toi et moi. Tu estimes le blot à combien ?
– Cent patates, tout rond.
– Et moi, qu'est-ce que j'y gagne ?
– Toi, tu y gagnes en tranquillité d'esprit. C'est déjà pas mal, tu crois pas ? Je vais te dire ce que tu vas faire.

J'ai appelé Monseigneur depuis une cabine. J'ai prétexté n'importe quoi. C'était bien inutile : on ne me cherchait pas. On ne me cherchait plus. Il pleuvait des cordes. Depuis une autre cabine, j'ai appelé Alex. Elle était sur répondeur. J'ai fait son numéro d'Itinéris. Elle a pris tout de suite. J'ai déclenché mon chronomètre.
– C'est moi.
– J'avais reconnu.
– Il faut qu'on se parle. Tout de suite.
– Je n'en vois plus la nécessité.
– Pas de connerie. Rien de personnel.
– Je suis chez moi dans une heure. Ça te va ?
– Ça me va.
J'ai coupé. Vingt secondes. Difficilement détectable. J'ai sauté dans un taxi qui m'a conduit à l'Étoile. À l'Étoile, j'ai pris le métro. Je suis retourné sur mes pas. À Châtelet, je suis revenu en surface. J'avais la cassette dans la poche de poitrine, dans ma veste. Dans la pluie, rien d'étonnant à ce qu'elle soit fermée jusqu'au col.
Je suis rentré dans un chinois où j'avais mes habitudes, je me suis installé à une table et j'ai commandé. Le temps qu'on me serve, je me suis levé pour aller aux toilettes. J'ai pissé, puis au lieu de remonter, je suis passé par les cuisines et j'ai pris l'issue de secours. Par les caves, on ressortait à l'air libre der-

rière l'immeuble, à deux pas du métro. J'ai laissé passer deux ou trois rames avant de le prendre. Malgré cela, je suis arrivé en bas de chez Alex avant elle.

Je lui avais rendu le trousseau Key West la nuit des adieux, mais comme pas mal de flics j'avais toujours sur moi une clef EDF. Elle ne me permettait pas de pénétrer chez elle, mais au moins d'accéder à l'immeuble. Seize heures cinquante, disait mon Oméga. J'ai pris l'ascenseur jusqu'au huitième. Son appartement se trouvait à l'étage en dessous. Je suis resté dans les escaliers à mi-étage, à la guetter au son.

J'avais mes bottes et pourtant elle ne m'a pas entendu arriver. Je lui ai touché l'épaule au moment où elle finissait d'ouvrir sa porte. Elle a fait un bond. Je l'ai poussée à l'intérieur.

Dedans, elle m'a déclaré avec rage :

– Tu es cinglé ou quoi ? Un vrai malade. Je me demande ce qui me retient d'appeler tes collègues du quartier.

– Vous avez un magnétoscope ?

– On se tutoyait, dans le temps, tu te rappelles ?

– Dans le temps. Magnétoscope.

Elle a vu à ma figure que c'était grave. Je l'ai suivie dans le salon. Il y avait un B&O avec un écran de soixante-dix centimètres. Bien plus qu'il n'en fallait. Je lui ai tendu la cassette. Elle a hésité avant de me la prendre des doigts.

– J'aimerais comprendre, hombre.

– Rien à comprendre.

– Pourquoi tu m'as fait ça ?

– Aucune importance. Ce qui est fait est fait.

Elle avait les traits tirés. Elle donnait l'impression d'avoir maigri. Maigri et vieilli de deux siècles. Quelque chose avait changé dans son expression. Elle a mis la cassette dans le magnétoscope et s'est occupée à nous servir un verre. J'étais déjà bien chargé avec ce que j'avais pris chez Bozzio. Elle m'a tendu le mien, a fait mine de trinquer. C'était devenu quelqu'un d'amer, de très amer. Elle aussi s'était érodée, et en bien peu de temps. Elle a ricané :

– Tu m'as laissé un souvenir. Je bois.

– Chacun son problème.

– Je ne comprends pas.

Elle a regardé l'écran. Elle a secoué la tête. Pas d'étonnement sur son visage, aucune stupeur dans les yeux, et pas beaucoup d'intérêt non plus. Elle a remarqué :

– On laisse plus de traces qu'on ne le pense.

– Parfois, mais pas toujours.

Elle n'a pas quitté l'écran des yeux tout en déclarant :

– Il faut que tu saches. J'ai été enceinte de Mallet. Je devais accoucher d'un jour à l'autre. Mallet m'a battue comme plâtre. L'enfant est venu à terme, mais il est mort dans les deux heures qui ont suivi sa naissance. C'était une petite fille. Mallet l'a tuée.

– Pathétique.

– J'ai obtenu le divorce tout de suite. Si tu m'avais laissé du temps, je t'en aurais parlé. C'est pour ça que j'y suis allée, quand il m'a appelée. Ce que j'ai fait, je ne le regrette pas. Je suis disposée à payer.

J'ai éteint la télévision.

– Je ne suis que le messager. Celui qui a pris cette cassette réclame un million pour prix de son silence. C'est à vous de voir. Il vous donne vingt-quatre heures. Dans tout ça, je n'ai rien à gagner et pas grand-chose à perdre.

– Un million. Est-ce que ça les vaut ?

– Il m'a parlé de ma tranquillité. Je ne sais pas à combien vous tarifez la vôtre.

Elle m'a regardé par-dessus son verre. Elle avait toujours de splendides yeux ardoise. Elle ressemblait seulement à son propre fantôme. Un jour ou l'autre, c'est ce qui nous arrive à chacun. Elle a bu et s'est resservie. C'était un excellent armagnac. Elle est allée se planter devant la fenêtre. On voyait le quai de Seine. Il n'était pas très tard, et pourtant les lumières s'allumaient déjà. C'était un living qui devait faire dans les cinquante mètres carrés. Fauteuils de cuir noir, chromes, tapis de haute laine blanche. Il y avait des toiles de Soulage aux murs. Rien que du noir et blanc. Quelque chose de froid et de clinique. Pourtant, il ne devait pas faire mauvais y vivre, à condition d'avoir une conception stratosphérique de l'existence.

Elle a haussé les épaules, le dos tourné. Elle avait commencé à prendre des habitudes de biturin – à commencer par celle de parler toute seule en s'apitoyant sur soi-même. Elle a ricané entre ses dents.

– J'ai rencontré un homme, à l'un des pires moments de ma vie. Cet homme ne veut pas de moi. Si je le pouvais, je l'achèterais. Je ne sais pas quel est son prix. Je ne sais plus rien.

– Si cette cassette voit le jour, vous courez au-devant de graves ennuis.

– J'aime un homme et cet homme ne m'aime pas.

– On s'en remet.

– Certainement, oui. On s'en remet.

Elle s'est retournée. Elle portait une de ses robes noires assez courtes, des bas noirs et des talons aiguille. Il fallait être fou pour refuser un coup pareil. Je n'avais jamais été très normal. Je lui ai quand même concédé un point :

– C'était merveilleux, vous et moi, aucun doute là-dessus. Mais combien de temps on aurait mis pour se bouffer la gueule ? Combien de temps pour que ça devienne banal, moche et triste ? L'existence ne laisse le choix qu'entre la routine ou le deuil. Je préfère le deuil.

– Tu préfères… (Elle a ricané.) La vérité, c'est que tu ne m'aimes pas. Tu n'aimes personne, pas même toi. Tu n'existes plus. J'aime un homme qui est mort, voilà la vérité.

– Nous en sommes tous là. Un vivant attend votre réponse. Il n'a pas ma patience.

Alex a appelé son fondé de pouvoirs, puis l'un de ses banquiers. Même pour elle, c'était une somme, un million. En attendant qu'on nous l'apporte, nous avons encore bu quelques verres. C'était une paix armée. Alex se tenait à distance convenable. Elle fumait cigarette sur cigarette. Elle n'avait jamais été si belle, en un sens, même si elle avait l'air fiévreux, presque hagard, d'une droguée en manque. Elle se montrait plus nerveuse qu'une chatte sur une corde à linge. Je réfléchissais. C'est vrai que j'aurais pu me faire avec elle une vie de coq en pâte, seulement le bonheur, c'est comme le reste, ça requiert des dispositions et même pour bien faire un vrai talent. Ce talent, si on ne le reçoit pas dès son berceau, à la naissance, ça ne sert à rien d'insister. On peut en ressentir le goût et même le besoin, mais on est marron d'office. Il faut savoir se contenter de le regarder, le bonheur, celui des autres tout au moins, depuis l'immeuble d'en face. Pas la peine de les envier ni même d'essayer de faire semblant. Lorsqu'on n'a pas la sagesse de Socrate, il est inutile de vouloir en revêtir la toge.

Deux guignols en uniforme ardoise ont apporté la monnaie, un peu avant dix-neuf heures. Celui qui avait l'air de commander était un crétin aux yeux pâles et furtifs, avec un .357 Arminius sur la hanche gauche. Canonnerie médiocre, Arminius, et finition déplorable. Une arme de vigiles. Alex a signé le bon de livraison et ils sont repartis sans pourliche. Rien que des porteurs de valise. Qu'ils fussent légaux ne les rendait pas plus estimables. J'ai toujours eu une véritable haine pour les polices privées, les municipaux, et de manière générale pour tous les connards qui jouent aux flics sans l'être. Mon aversion s'étend aux sociétés de gardiennage, aux petits nervis qui sévissent dans le métro, et même aux guignols étriqués qu'on voit à la porte de certaines banques. Il n'y a guère qu'à eux-mêmes qu'ils pourraient faire peur s'ils se voyaient.

Alex m'a dévisagé. Elle a observé :

– Tu es pété.

– Exact, chérie. Ça te dérange ? Il faut que je sorte faire des courses.

– Dans ton état, je ne crois pas. Quel genre de courses ?

– Une paire de gants de ménage, pointure sept et demi. Du sparadrap et des trombones.

– C'est tout ?

– Je crois.

Elle m'a regardé d'un air de pitié. Elle aussi commençait à me bourrer sérieusement. Entre la tequila de l'autre pingouin et son armagnac cinquante ans d'âge à elle, j'avais plus que largement ma dose. Je n'avais rien pris de solide depuis la veille et je me retenais de grincer des dents, tellement la migraine me tenaillait. Un air de pitié. Elle ne se rendait pas compte. Elle n'avait aucune idée de ce qui allait se passer, et c'était tant mieux. J'ai posé mon verre sur une table basse, je me suis avancé. Je lui ai mis la main au panier, direct.

Il faut être honnête, elle n'a pas reculé à l'impact.

J'ai repris conscience dans une chambre inconnue où il y avait des glaces partout, murs et plafond. Un véritable baisodrome plongé dans une pénombre tiède qui m'allait comme un gant. Alex était nue et moi aussi. Elle était bien plus brune et bien plus agréable à regarder que moi. C'était drôle de se voir à autant d'exemplaires. On se faisait une mini-partouze rien qu'à nous deux. La migraine m'avait plus ou moins quitté, mais ma jambe gauche tressaillait toute seule et j'avais les lèvres à vif.

– Merde, a soupiré Alex. On en revient toujours au même.

– C'est peut-être qu'il n'y a rien d'autre.

– Cigarette.

J'en ai allumé deux. Elle a fumé en se regardant dans le plafond.

– Peut-être. J'avais dit, jamais plus, même pas pour tirer un coup. Tu reviens, et je peux pas m'empêcher d'écarter les jambes.

– Je suis pas revenu pour ça. Tu te plains ?

– Ce qui est fait n'est plus à faire.

– Alors ?

– Reviens quand tu veux.

– Carré.

J'ai regardé ma montre. Il était presque vingt-trois heures. Il y avait un téléphone sans fil sur le chevet. J'ai ramassé ma chemise à côté du lit, j'ai retrouvé la carte de visite de Bozzio et j'ai fait son numéro.

– Écoute-moi bien, fils de pute. On se voit tout de suite. Chez toi. Tâche d'être seul.

– Pas d'embrouille. Tu as ce qu'il faut ?

– J'ai tout ce qu'il faut. Seul, connard, n'oublie pas…

J'ai coupé la communication. Cinq secondes, un record. J'ai écrasé nos deux cigarettes, puis j'ai saisi Alex par les cheveux.

– Travail-famille-patrie, chérie. C'est peut-être la dernière fois, alors tâche de faire ça bien.

20

Il y a cauchemar et cauchemar. L'un de ceux qui me sont le plus insupportables, c'est encore bien l'image de ce gros porc en train de se tortiller sur son fauteuil en tâchant de reprendre son souffle. Il a les poignets menottés derrière le dossier, les chevilles attachées. Il n'a ni chaussures, ni chaussettes. À ses pieds, le balatum est couvert d'eau sale. L'abruti tourne des yeux blancs. Il montre dents et gencives. On dirait un pitoyable vieux cheval fourbu et terrifié. Il remue la tête. Il y a du sang partout. Il ne tiendrait à rien que tout s'arrête, qu'un peu de paix revienne.

Sur le bureau, il y a la mallette ouverte. Une grosse mallette en cuir, très cossue et respectable. Elle est remplie de fric. Le fric d'Alex. Mon con joli bave et bouge le front. Il tressaille et ses yeux se portent sur la monnaie. Je sors mes Camel. Cent plaques. Un joli blot. C'est sans doute ce qui l'aide à supporter l'électricité. Pourtant, il n'y a pas que ça, dans la vie, le fric. C'est vrai : il y a aussi l'argent. Je tripote mes cigarettes, cherche ma camarade des yeux.

Alex est adossée à la porte, les chevilles écartées. À peine maquillée, elle porte le tailleur noir que je lui préfère. Elle tient l'automatique de Bozzio entre ses doigts. Il a le museau braqué par terre, mais on devine que s'il le fallait, elle saurait s'en servir tout à fait proprement. On devine aussi que la scène qui se déroule sous ses yeux suscite en elle des sentiments passablement troubles et contradictoires. Alex ne le sait pas encore, mais pour moi elle a déjà rejoint le monde des ombres. Dehors, une voiture passe dans la rue. On entend ses pneus chuinter sur l'asphalte mouillé.

Il fait chaud et poisseux dans le petit bureau. À un moment donné des réjouissances, Bozzio s'est chié dans le froc. L'odeur de la merde s'ajoute à celui de la viande brûlée. Je le voyais moins résistant, moins borné, mon canaque. J'allume une cigarette, tout en l'observant. Il ne tiendrait qu'à lui que ça soit fini. Sale con. Je fume, les pouces dans mes passants de jean. J'ai dans la tête les premières mesures de *Wild Man Blues*, de Morton et Armstrong. Le saxo soprano de Sidney a quelque chose de vaguement maléfique. Il n'y a rien au-dessus du blues, sauf peut-être le blues. Je fume tout une cigarette. Je regarde ma montre. Elle indique trois heures. Je prends Bozzio par les cheveux.

– Trop longtemps que ça dure. File-moi cette putain de cassette.

Il ne répond rien. Il se contente de me regarder. Je hausse les épaules. Je lui remets des chiffons dans la bouche. Je m'occupe à vérifier les menottes. Je contrôle les fils. Ils sont bien à leur place, sous le sparadrap à la base du cou. L'un des deux s'est enfoncé dans la chair. On dirait une écharde noircie. Saloperie de merde. Ce que je lui fais, il l'a fait à des dizaines de bougnoules dans une autre vie. Les pauvres types n'avaient pas une chance de survivre, lui oui. Avant de remettre le courant, je me penche sur son visage.

– Écoute-moi, pauvre con. Depuis la chute du communisme, on n'a plus personne à haïr, alors on se hait entre nous. Je me fous que tu vives ou que tu crèves. Fais signe quand tu en auras assez.

Je vais presser de nouveau sur l'interrupteur, mais avant même que le jus n'arrive, Bozzio se dégonfle comme une baudruche. Il en a sa claque. Il abdique. Il remue la tête avec frénésie. Il pleure. Il tape des pieds. Je lui enlève son bâillon. Je suis aussi soulagé que lui. Il s'allonge, d'une voix blanche. Le coffre est dans le petit réduit à côté, derrière l'un des deux tableaux anatomiques censés représenter nos points d'énergie vitale. Énergie vitale, mon cul. Ces conneries New Age me donnent envie de gerber. Où on va, maintenant on le sait bien, pas de doute : au trou, donner à becqueter aux asticots. C'était ça, la destinée ultime, filer de quoi clapper aux bloches, alors le reste… Le reste, c'est de la *zoubia*, de la roupie de sansonnet, tout un gros paquet de merde dans un bas à varices.

Dans le coffre, il y a un autre Beretta 92 neuf, avec dans la crosse un plein chargeur de cartouches aux ogives cuivrées, des très hautes vitesses. Tellement dangereuses qu'on les interdit en tir de police, ce qui n'empêche personne de s'en servir. On a tenté de limer les numéros sur la carcasse du pistolet. La précaution est risible, à présent qu'on sait comment détecter les traces d'écrouissage grâce aux lampes à fluorure de sodium. Je glisse le pistolet sous mon ceinturon au milieu du dos. Il y a aussi plusieurs grosses enveloppes kraft. Elles contiennent des cassettes vidéo Hi 8 en Pal. Chacune d'elle porte la mention de la personne concernée, avec la date et l'heure de la surveillance. Sérieux, Bozzio. Conscient et organisé. On voit bien qu'il a fait partie de la Maison. Je retrouve la cassette qui m'intéresse. Je la mets dans l'un des magnétoscopes, allume le moniteur.

Action. Dans l'image, on voit arriver Mallet. Laguna. Il ne lui reste plus très longtemps à vivre. Il descend de voiture. Dans la lumière du parking, un jeune-vieux quadra portant encore beau, encore capable de morgue et d'insolence. Il s'en trouve dans toutes les majorités de ce monde, dans toutes les allées de tous les pouvoirs – et même dans les contre-allées. Il escalade les marches de l'hôtel, un peu comme s'il s'agissait de celles de l'Assemblée. Il transporte une grosse sacoche. Il va d'un pas vif et décidé. Il disparaît dans le hall. Dans le coin inférieur droit, le jour et l'heure. Merveilles de l'électronique. L'opérateur ferme au noir.

Il rouvre quand arrive la Mercedes. Alex la range et descend. C'est tout ce que je voulais savoir. J'enlève la cassette du magnétoscope et je l'empoche. À la réflexion, je fais aussi main basse sur les autres.

Je retourne à côté. Alex me regarde, mais pas lui. Lui a le menton sur la poitrine, le buste en avant. Seules les pinces le retiennent de s'affaler par terre. Bozzio est tombé dans le coltar. Alex me parle avec la figure de côté, comme si elle se tenait sous un vent dur, violent, qui la frapperait en pleine face. Elle articule, de façon pénible, syllabe par syllabe :

– On dirait qu'il n'a pas l'air bien.

– Métier d'homme, Chérie. Carrière de courage.

Je monte sur une chaise et j'enlève le trombone du porte-fusible. Le métal est noirci, bleuté, mais il a tenu le choc. Je remets le bon fusible en place, essuie la porcelaine. Alex m'observe, tandis que je fais le ménage. Son regard est lointain et indéchiffrable. Je lui enlève le pistolet des mains et le nettoie. J'éjecte le chargeur, retire les cartouches avant de le poser sur le sous-main devant Bozzio. J'arrache les fils électriques de son cou, j'enlève le sparadrap. Les brûlures tournent au violacé et l'une d'elles saigne. J'enfonce mon pouce derrière le maxillaire, deux ou trois centimètres sous l'oreille gauche. Le cœur bat toujours. J'enlève la prise, enroule le fil autour de ma main et l'empoche. Je referme la mallette et la remets à Alex. Avant de partir, j'enlève les bracelets à Bozzio. Il glisse en avant, tombe sur les genoux.

Je prends Alex par un coude et, après un dernier coup d'œil partout, nous sortons. Je referme derrière moi. Au passage, je dépose les cartouches de son pétard et le trousseau de clefs dans sa boîte aux lettres. Au moins, il ne pourra pas m'accuser de lui avoir volé quoi que ce soit. C'est bien cent mètres plus loin que je me débarrasse de mes gants latex et du fil électrique dans une bouche d'égout. Alex marche à mes côtés dans la petite pluie fine. C'est une sorte de crachin tiède qui semble ne sourdre de nulle part. Des voitures passent, des civiles puis une patrouilleuse dont la rampe est allumée. Le conducteur ralentit à notre hauteur. Il hésite, et reprend sa route. Alex tient la mallette à bout de bras. Son pas sonne un peu comme un one-step, sur un tempo passablement ralenti. Elle n'a pas dit un mot depuis de longues minutes. Ce n'est pas une femme à faire des scènes. Elle se contente de ruminer. J'allume une cigarette. Mes doigts tremblent, mais je suis complètement décuité. Je vois la rue devant moi comme elle est : sombre, mouillée, et sans joie. Elle ne mène nulle part. Nous montons dans la Mercedes, Alex au volant et moi dans le siège du passager. La mallette est sur la banquette arrière. En ce moment, Bozzio patauge à quatre pattes dans ses vomissures. Alex me demande d'une voix blanche :

– Chez toi ou chez moi ?

Bozzio décroche son téléphone.

– Chez toi ou chez moi ?

La voiture roule. Du bout des doigts, j'allume l'autoradio. De la grande musique. J'éteins. Alex serre les dents. Elle finit par lâcher :

– Je suppose que je dois te dire merci.

– Inutile, Chérie.

Je sors la cassette vidéo. Je vérifie ce qu'il y a marqué sur l'étiquette. C'est bien la bonne. Je ricane comme un vrai dur :

– Jamais commencer à raquer, mon ange. Rien de plus vorace qu'un maître-chanteur. Ces types sont capables de vous gratter jusqu'à l'os.

– J'ai vu de quoi tu étais capable, toi.

– Tu n'as rien vu.

– Je n'en doute pas.

Je lui tends la cassette. Alex hausse les épaules.

– Sordide. Tu peux bien te la foutre dans le cul.

Nous ne sommes pas loin du pont Alexandre III. Lorsque nous y passons, je demande à Alex de s'arrêter une seconde. En quelques enjambées, je gagne le parapet. Je fous tout par-dessus bord, toutes les cassettes l'une après l'autre. Je ne les entends même pas toucher l'eau, aucune. On dirait qu'elles sombrent tout droit dans le néant. Jamais je ne saurai leur contenu, ni à quelles saloperies elles pouvaient bien servir. J'hésite à flanquer le Beretta à la baille. C'est une belle arme, le Beretta. Je décide de le gracier. Je retourne à la voiture, me penche sur l'habitacle. Alex me dévisage. Difficile de dire ce qu'expriment ses yeux ardoise. Peut-être ne le savent-ils pas eux-mêmes, ce qu'ils sont censés manifester. Peut-être rien. Alex murmure en tendant les doigts :

– Je suis trop fatiguée. Je t'en prie, monte.

On ne monte pas, dans ce genre de voiture. On ne monte plus dans aucune voiture ou presque, de nos jours. On descend. Je me coule dans le fauteuil de cuir. Alex démarre avec brutalité. Je comprends bien. En ce moment, Bozzio téléphone. Il rend compte. À qui et pourquoi, je m'en fous. Il rend compte, ou il va aux ordres, peu importe. Lui aussi a rejoint les ombres. Alex roule si vite que je me mets à grincer des dents. Quatre heures. Alex embouque l'autoroute du soleil, beaucoup, beaucoup trop vite. Il y a des travaux, il ne reste plus que deux voies. Elle passe… Une camionnette dont le conducteur hésite… Alex ne ralentit pas, la Mercedes sinue sur sa trajectoire et trouve l'ouverture sur la droite, en se payant la bande d'arrêt d'urgence. Coups de klaxon derrière, appels de phare dans le rétro, la Mercedes émerge comme une balle. Elle laisse tout le monde par terre. Belle voiture. Belle manière de crever aussi. À hauteur d'Orly, le compteur indique deux cent trente. La voiture gronde, colle à l'autoroute. Les lumières, les balises défilent à une allure insensée. Je m'en fous. Pas de ceinture, ni l'un ni l'autre. Si nous sortons, nous sommes morts. Peut-être que ça aurait mieux valu, qui sait ? À deux cent trente, Alex s'allume une cigarette. Je m'en contrefous.

Elle me tend son paquet. Ses doigts sont froids comme de la glace. J'en allume une aussi. Drôle de nuit. Comme le Beretta m'entame la peau du dos, je l'enlève de la ceinture et le flanque sous le siège. Alex met un bon quart d'heure à se calmer. Nous roulons jusqu'à l'aire de Nemours et là, elle se range sur un parking. Elle commence par couper le contact, les phares, elle déboucle sa ceinture. Elle commence par garder le silence. Ensuite, lorsqu'elle ouvre la bouche, c'est pour aligner un certain nombre de banalités qui ne nous concernent guère et ne sont pas en mesure de faire avancer quoi que ce soit. Puis elle reconnaît :

– Je ne sais pas ce que nous allons devenir. Ce que je sais, c'est que quand tu n'es pas là, je suis en manque. Rien de lyrique. C'est comme n'importe quelle toxicomanie.

– Pas de lézard, mon ange. Ces choses-là ne durent guère.

– Tu crois ?

– J'en suis sûr. Un clou chasse l'autre, souviens-toi.

Elle a un ricanement froid, détimbré. Elle se doute bien que j'ai raison. Elle voudrait en être certaine. Je voudrais en être tout à fait sûr aussi, moi-même, mais c'est maintenant trop tard. Ça demanderait trop d'efforts, de part et d'autre, trop de courage pour recoller les morceaux. Mon courage à moi s'en est allé, avec mon peu d'amour-propre, ainsi que la très mince considération que j'attachais à ma propre personne. Plus rien que du vent…

Des voitures et des camions roulent vers le Sud, d'autres remontent en direction de la capitale. Il se fait un peu de gris au levant. Une sorte de paix précaire s'établit entre nous. Nous fumons en regardant droit devant soi, comme deux soldats côte à côte dans leur tranchée à attendre avec appréhension que le jour vienne. Alex rumine un long moment, puis remarque avec un peu d'amertume, mais non sans justesse :

– Tu n'as pas confiance en moi.

– Pas plus en toi qu'en moi.

Elle réfléchit encore et ajoute :

– Tu n'as plus confiance en personne.

– C'est pas un titre de gloire.

Elle secoue la tête, me rappelle avec cette fois beaucoup d'amertume :

– La routine ou le deuil.

Je ricane. Elle s'entête :

– Je ne veux ni de l'une ni de l'autre. Tu es sûr qu'on ne peut pas trouver autre chose ?

– Plus à mon âge, Chérie. J'ai pris de trop mauvaises habitudes.

– Si je te dis que je t'aime ?

– L'amour, ça ne veut rien dire, mon ange, sauf dans les chansons. Les chansons d'amour, les rengaines à quatre sous. Elles font la fortune des maisons de disques, jamais celle des guignols qui y croient.

Mes propres conneries finissent par me fatiguer. Je me tais. Trop pénible de parler. En même temps, je comprends sa démarche. Alex est tellement vivante. Elle a encore des rages d'enfant et ce qu'il faut bien appeler des espoirs. Pourquoi non ? C'est ce qui donne un caractère précieux à la vie, cette infinie diversité des caractères et des sentiments, cette richesse d'invention de chacun. Dommage que tout le monde s'entête à toujours tout avoir sans jamais rien payer.

On fume en attendant le jour.

Naturellement, le jour vient. Putain de jour.

Et c'est la fin.

Alex me dépose porte d'Italie.

Et je fais le reste du chemin en métro, comme les autres.

À coup de barbies, je dors à peu près tout le week-end. Comme j'ai débranché le téléphone, je ne sais pas si je reçois des appels ou pas. Pendant mes rares moments de lucidité, je fais un peu de ménage. Je regarde passer les trains. Je vois un peu de ciel bleu et froid. J'ai du mal à tenir debout. Il faut bien pourtant que je sorte acheter des cigarettes. Je rebranche mon téléphone. Je descends, je traverse le petit jardin public. Des gens vont et viennent, des voitures passent. Ils se déplacent tous beaucoup trop vite pour moi. Ils sont affairés. On est pourtant dimanche soir. Ils vont loin. Les feux arrières des autos ressemblent aux gerbes parallèles de traceuses tirées par des engins bitubes de vingt millimètres. Je vais jusqu'au tabac. Le taulier me connaît. Quand j'étais en unité de recherche, je lui ai arrangé une histoire de vol à main armée qui aurait pu se retourner contre lui. Il m'en a gardé de la reconnaissance, une espèce de respect et presque de la sympathie.

À quoi ça aurait servi que je le fasse dégringoler pour complicité ?

Un crâne de plus dans les statistiques, un bâton de plus ? Pour quoi foutre ? Lui et ses acolytes, ils n'avaient jamais baisé que la Française des Jeux. Juste retour des choses. C'est un tabac avec PMU. Dans le fond, il y a des tas d'Arabes attablés. On se croirait dans un café maure. Ils ne font pas beaucoup de bruit, ils sont tout occupés à leurs paris. Ils sont en plein dans les espoirs. La plupart, ils n'ont jamais vu un bourrin en chair et en os. Qu'importe, puisqu'ils sont à l'image de leurs rêves.

Je prends une cartouche de Camel. Le bougnat m'offre un verre. Alcool plus barbies. Près de moi au comptoir se dresse une grande blonde en minijupe. Elle est abrupte et lisse comme une falaise. Elle a des jambes fantastiques, gainées de Nylon noir. Elle fume des John Player's Special. Talons aiguille. Un peu trop de poitrine pour moi. Elle a un ricanement creux, sarcastique, à mon égard. Grande bouche de salope et beaucoup trop de cheveux aussi. Je ne sais pas combien de fois je l'ai eue à dégrisement à la Douze. Quand je me suis accoudé au comptoir, elle m'a reconnu tout de suite. J'ai allumé une cigarette dans mes paumes. Viviane. Elle se prénommait Viviane, je m'en souviens. C'était une enfant de la balle. Elle avait été trapéziste dans un cirque. Une trapéziste médiocre dans un cirque crapoteux. De son entraînement quotidien, elle avait conservé le physique sculptural, un port élancé, et cette démarche toujours un peu affectée de ceux qui sont tragiquement conscients de devoir se déplacer sans cesse sous le regard des autres. Une fois, elle était tombée en pleine représentation. Motif inconnu. Elle avait manqué son coup. Elle était tombée dans le filet et s'en était tirée avec une simple foulure au poignet, mais jamais plus elle n'avait pu remonter. Elle avait quitté la troupe, qui était comme une famille pour elle. Elle s'était mise à boire. Je savais à quoi elle s'adonnait pour vivre, mais je ne la désapprouvais pas. Elle se tenait propre, elle ne faisait pas de scandale. Tout au plus, quand elle avait plus que sa dose, il lui arrivait de se foutre à poil. Elle mettait un slow dans le juke-box, un slow bon marché. Des fois, elle montait sur une table. Elle aurait pu faire son beurre dans le strip. Tout le monde profitait du spectacle, puis quand tout le monde avait tout bien vu, quelqu'un appelait les flics. Il y avait toujours un malin pour lui tirer ses dessous. Elle se laissait embarquer sans offrir de résistance.

On me l'amenait telle quelle, je la collais en dégrisement. L'hiver, elle avait la face blême, les lèvres violacées, elle tremblait de tous ses membres. On aurait dit une tête de mort. On lui donnait une couverture. Elle passait la nuit en geôle. Jamais un mot de reproche, jamais une grossièreté ni une plainte. Elle m'avait vu entrer, acheter mes cigarettes, elle avait surpris mon petit conciliabule avec le patron. Elle m'avait aperçu avant que je ne la remarque moi-même. J'avais bu mon jaunet, épais comme du pus. J'avais allumé une cigarette. Viviane avait ricané.

– Tu me remets, flicard ?

– Je te remets.

– Tu habites le secteur ?

– Douzième district.

– Je t'ai connu plus distrayant. Tu es toujours à la Nuit ?

– Liquidé en commissariat.

– Je me disais bien : je te voyais plus, en haut. Tu reprends quelque chose ?

J'ai réfléchi. La souffrance était revenue dans mon crâne. C'était une super belle plante, Viviane. Alcool ou pas alcool, barbies ou pas, elle me collait une trique d'enfer. Elle m'avait toujours collé la trique. Jamais je n'avais eu le moinde geste équivoque, mais c'était un fait. À part Alex, jamais je n'avais rencontré de femme aussi bandante. Finalement aussi putes l'une que l'autre, dans des genres différents. Dans mon esprit, pute n'avait rien de péjoratif, bien au contraire. Une pute, c'est une chienne pour qui tout homme normalement constitué peut faire n'importe quoi, à commencer par tuer. On n'y peut rien, c'est dans les gènes… Les autres, c'est des casse-croûte, seulement des casse-croûte. Elles le savent bien, d'ailleurs, ce sont toujours les plus vaches, les casse-croûte, les plus hargneuses, les plus regardantes sur tout. J'ai réfléchi et j'ai décidé :

– Je reprends quelque chose, mais c'est moi qui raque.

– On pourrait se mettre à une table, tu crois pas ?

Je ne croyais rien de spécial. Nous nous sommes quand même transportés sur un bout de banquette. Viviane m'observait. Elle avait les yeux très pâles, vitreux. Son regard était un peu semblable à celui de

Jacques. Plus elle me regardait et moins elle semblait en colère contre le monde entier. On aurait dit que ce qu'elle voyait la troublait, l'émouvait, elle avait même l'air moins ivre. Elle m'a demandé d'une voix sourde :

– Y a longtemps que tu as plongé ?

– Plongé ?

Du bout de l'index, elle a touché mon verre. Elle avait des mains extraordinairement soignées. On aurait dit que ce soin, cette extrême propreté, cette tranquille dignité qu'elle manifestait même bourrée comme un canon, elle en avait besoin pour supporter sa propre pourriture interne. Je n'ai rien répondu. Elle m'a demandé :

– Tu sais pourquoi Chirac veut faire installer partout des poubelles transparentes ?

– Pas la moindre idée.

– C'est pour que les SDF puissent faire du lèche-vitrines.

J'ai ri en finissant mon verre. Viviane, drôle de prénom, Viviane. L'heure passait doucement. Je fumais une cigarette après l'autre, sans trop de hâte ou d'empressement. Il faisait tiède. On entendait le bruit des flippers, le sifflement du percolateur, des conversation assourdies, on entendait les voitures dehors. C'était incomparablement plus vivant que mon bouclard, même si ça ne menait pas à grand-chose non plus. La jeune femme m'a saisi le poignet. Elle avait de la force. Elle a grogné, en montrant les dents :

– Combien de temps ?

– Cinq six mois.

– Espèce de con. Tu as quelqu'un ? Une femme ?

– Personne.

– Tu tires ?

– Quand l'occasion s'en présente.

Je ne sais pas à quoi elle avait pensé, de quoi elle avait eu envie. En rentrant, je sais qu'elle a regardé mon petit bouclard, avec le divan fatigué, les livres, mon bureau. J'avais une vieille Underwood sur une table de desserte. Je me suis installé dans mon fauteuil, le dos aux voies. J'ai flanqué les pieds sur mon bureau. Sam Spade. Elle a pris la chaise, s'est installée en face de moi. On se serait crus dans un bureau de police. Presque sans bouger, j'ai sorti une bouteille de bourbon de mon tiroir du bas. J'ai dit à Viviane où étaient les verres. Je l'ai entendue s'affairer dans ma cuisine à usage exclusif des pygmées.

Elle est revenue, admirablement grande et belle et parfaitement désirable. Si je le lui avais dit, et même si je le lui avais montré, je sais que Viviane ne m'aurait pas envoyé au bain, mais au lieu de ça, avec ma télécommande, j'ai envoyé un vieux blues. C'était plus dangereux que de coucher, encore plus douloureux, mais beaucoup moins compromettant.

On a continué de se cuiter. Viviane m'a raconté la torture que ça avait été, toute sa jeunesse, ces exercices au sol, les grands écarts, le travail aux barres parallèles, combien de fois elle en avait pleuré de pas réussir tout de suite, de devoir remettre le couvert jour après jour, mois après mois, et après encore des années pour mettre sur pied son numéro d'équitation. Elle avait commencé comme écuyère. Elle avait aussi appris le saxo baryton, le banjo, la batterie, toujours tout à l'oreille. Elle aurait aimé connaître la musique, mais maintenant c'était trop tard. Question cul, elle m'a raconté :

– J'allais voir mes deux oncles à Champigny. Ils habitaient un pavillon, avec des dobermans. J'avais quinze seize ans. Ils se faisaient sucer l'un après l'autre. Ça ne les gênait pas que je les suce dans la même pièce. Il faut être sérieux : ils m'ont jamais forcée. J'ai jamais pris de coups. Ils se faisaient sucer à genoux. Quand c'était fini, des fois on se parlait et des fois on se parlait pas. Ils avaient des queues d'enfer. Ils étaient montés comme des bourricots.

– Champigny.

– Je peux même pas dire que j'aimais pas ça. Ça te dégoûte ?

– Pourquoi tu voudrais que ça me dégoûte ? C'était ta vie, après tout, et tes fesses.

Je ne pouvais quand même pas lui confier que j'avais eu moi aussi mes sombres dégueulasseries à moi, même si c'était de moins en moins à présent, mes fourbes cochonneries un peu salaces, mes sordides petites malpropretés. Peut-être que j'aurais dû, peut-être que ça l'aurait aidée… Ce qu'elle avait surtout, c'était trop de vitalité, trop d'appétits. Alex, en un sens, c'était pareil. On a continué à se noircir, à écouter du blues. Viviane tendait l'oreille, elle marquait la mesure avec sa tête, tout doucement, on aurait dit qu'elle rêvait. À un moment, elle m'a dévisagé avec sérieux :

– Ça serait un point de côté, si on baisait ?

– Il y a une petite chambre à côté. Elle sert parfois de champ de tir à l'un de mes fils. Jamais les deux ensemble. Ce sont des chasseurs solitaires.

– Souvent, quand je me faisais serrer, je pensais à toi.

– L'attention est touchante.

– Je te trouvais bandant.

– L'une des plus belles inventions de la langue française est l'imparfait. C'est aussi la plus pratique.

Elle a donné un coup de menton vers la porte :

– Alors, qu'est-ce que t'en dirait, qu'on se la montre ?

– Rien de bon.

Elle a eu un petit rire amer, mais très doux, a murmuré :

– Parce que je suis ce que je suis ?

– En partie, oui.

– C'est-à-dire ?

– Trop bien pour moi.

– Va te faire foutre. N'importe qui serait trop bien pour toi, pauvre con.

Je n'ai jamais su quand et comment elle était partie. Je me suis réveillé le lendemain matin, grâce au train postal de cinq heures. Il faisait, en s'ébranlant sous mes fenêtres, un immense raffut de concasseur. J'avais dormi dans mon fauteuil, tout comme à l'époque où mon royaume s'étendait sur trois arrondissements et que j'avais encore charge d'âmes. J'avais toujours mon automatique .45 à la ceinture. Il ne pouvait plus m'être d'aucun secours. Je me suis dévêtu et récuré à fond. J'ai changé de linge et de vêtements puis je me suis fabriqué un café qui tenait à la fois du cambouis et du détergent industriel. Je tenais difficilement debout. Je suis allé à la fenêtre. Dans mon dos, le téléphone a sonné.

J'ai laissé le répondeur faire son métier de répondeur.

C'était la voix d'Alex. Elle disait, sur un ton saccadé, sifflant de rage :

– Un clou chasse l'autre. Fumier. Tu n'a pas mis longtemps à changer de trou. Quand je pense… (Je n'ai jamais su à quoi elle pensait à cet instant.) Putain, une pétasse pareille… Je voulais m'excuser… (De quoi pouvait-elle avoir pu éprouver le besoin de s'excuser, ça non plus je ne l'ai jamais su.) Tu ne répondais pas au téléphone. Je suis montée. Tu n'étais pas là. Je suis redescendue t'attendre dans la voiture. J'ai attendu, attendu. Qu'est-ce qu'elle fait de mieux que moi ? Je sais que tu es là. Je sais que tu m'écoutes.

Elle a continué un bon moment. Près de dix minutes. Elle m'a fait au passage une addition salée. À la fin, elle s'est mise à débiter de véritables insanités. Vache mais régulier. Pourtant, elle non plus je ne l'avais pas forcée à quoi que ce soit. À l'entendre, je n'étais plus à présent qu'un porc immonde, un infect saligaud. Un franc dégueulasse. Un véritable fils de pute. Pourquoi non ?

Les pires griefs qu'on peut faire, c'est encore bien les griefs de cul. Le vrai sordide, on le sait bien, c'est quand on tape en dessous de la ceinture. C'est là que ça fait le plus mal. C'est que le cul, c'est le pauvre délire de la viande, sa petite part de rêve à elle, la barbaque, sa petite fête de tant qu'elle est encore un peu vivante… Quand la bidoche a cessé de rire, il ne reste plus comme perspective que la charogne… C'est pas drôle, la charogne… Rien qu'à cause de ça, jamais on ne devrait mépriser…

C'est pourtant de cette façon qu'on vous torpille quelqu'un pour tout de bon… En tapant bas… Comme bien de ses petites camarades, Alex savait faire. Comment lui en vouloir ? C'est toujours comme ça lorsqu'on a cessé de plaire. On reprend tout en travers de la gueule. Fallait pas se découvrir. Tant pis. Lorsqu'elle a eu enfin raccroché, je suis allé me passer de l'eau sur la figure. J'ai encore allumé une cigarette. Tout en réécoutant son message, je me suis regardé dans la glace.

Fils de pute.

Je ne pouvais pas lui donner tort. On aurait réellement dit qu'elle parlait d'un autre homme, il y aurait peut-être eu moyen de se défendre, mais c'est pourtant là que le peu de confiance qu'il me restait en moi s'est enfui. J'ai lâché la rampe pour tout de bon. Le reste…

… *As time goes by*…

21

Le reste n'a pas duré longtemps…

J'ai merdé en commissariat… De plus en plus… Monseigneur a fait ce qu'il a pu, tout ce qu'il a pu, tout le temps qu'il a pu… Des commissions rogatoires passées à la trappe, des affaires expédiées à la six-quatre-deux… Des permanences pas prises… Rien que des conneries… Zombie presque tout le temps, je ne me rendais même plus compte… Je me rappelle seulement une de ses dernières réflexions, à Monseigneur. Il me disait, à propos de je ne sais plus quoi, que j'avais fait ou pas fait :

– Si on greffait ton cerveau à la place de celui d'un corbeau, le foutu connard serait capable de voler à reculons.

Dans mon dos, le taulier de la Division a rédigé et transmis un rapport attirant l'attention sur ma manière de servir… Je l'ai su beaucoup plus tard, quand ça ne pouvait plus servir à rien…

Un soir, devant témoins, j'ai mis ma carte de flic, ma médaille, mon .45 au coffre. J'ai laissé tout mon fourniment et je suis parti. Je ne suis même pas repassé chez moi. Tombé six semaines plus tard au cours d'un banal contrôle de police dans le métro. Station Chardon-Lagache. Redressé grâce aux paluches. Quand vous rentrez à la préfecture de police, on vous fait un face-profil, un relevé d'empreintes, tout comme n'importe quel malfaiteur ordinaire. C'est comme ça qu'ils m'ont dégringolé, sur une ronde-battue à la con… Plus le moindre papier sur moi, plus un sou non plus. Plus rien qu'un baltringue comme les autres. Embarqué au poste.

C'est une brigadier-chef qui a eu un soupçon… Elle se rappelait vaguement un type, un flic qu'elle avait rencontré… Ça lui disait vaguement quelque chose… Il y avait eu un message de recherches… Passé au piano, ils n'ont eu aucun mal à établir mon identité. État-major P.J. avisé. Quelqu'un de la direction s'est déplacé. C'était en plein milieu de la nuit. Il était emmerdé, ça se voyait. Il a tenté de m'interroger. Silence radio. Il a compris la situation. Cabanis, direct… L'infirmerie psychiatrique de la préfecture…

Deux gardiens me tenaient, chacun par un coude, il y avait un couloir aux murs jaunes très éclairé. Le troisième, un brigadier-chef, marchait devant moi… Les deux dans mon dos se parlaient entre eux, avec une certaine douceur. Ils n'avaient pas l'air de trop se méfier. Le couloir, comme dans certains cauchemars, semblait interminable. Ils m'ont fait asseoir sur un banc. Ils m'ont dit d'attendre. Le brigadier-chef est allé parler à l'interne de garde. Je suis resté où j'étais. J'en avais vu des dizaines, des détenus qu'on venait de stopper, assis comme ça sur leur banc, les coudes aux genoux, à regarder par terre entre leurs pieds, sans un mot… Je m'étais toujours demandé… À présent, je savais… Comme je ne répondais toujours rien, l'interne a appelé deux gros bras. Il devait avoir peur qu'il y ait du chambard. À trois, ils m'ont conduit dans une chambre.

Je me rappelle le garrot en caoutchouc au-dessus du coude, le tampon d'alcool à 90°, l'aiguille qui cherchait la veine… Cocktail… Je savais ce que c'était qu'un cocktail, j'en avais vu administrer à des forcenés, des fois même à travers la toile du jean, à la va-vite vu l'urgence. Un cocktail, c'est fait pour vous sécher sur place. C'est tout. Je n'ai pas eu le temps de réfléchir, de regretter. Je suis tombé raide. La mort, ça devrait être toujours comme ça.

C'était pas la mort, seulement l'antichambre.

Trois jours plus tard, on m'a transféré. J'ai signé mon internement. J'aurais signé n'importe quoi. J'ai signé, j'ai attendu qu'on me dise de me lever. On m'a dit de me lever. Couloir de nouveau. Une chambre. Une autre chambre dont la porte-fenêtre donnait sur des bois noirs. C'était en rez-de-chaussée. Je me suis couché en chien de fusil, le dos tourné à la lumière. Il faisait gris et triste, dehors, mais le peu de clarté était encore de trop… Elle semblait parvenir à travers une fumée immobile, douce et âcre, elle faisait mal quand même…

La fumée a mis des jours et des jours à se dissiper.

L'antichambre, il faut avoir connu.

C'était un traitement lourd. Sorti de la cure de sommeil, dès qu'on pouvait tenir debout, trois fois par jour, on allait prendre ses cachets à la queue leu leu. Le personnel faisait gaffe à ce qu'on absorbe tout. Les médocs dans des gobelets en plastique avec le nom de chaque malade dessus. C'était rituel. On tendait la main. On nous versait les comprimés dans la paume. Avalez. On nous donnait de l'eau, un plein gobelet. Avalez. Je me rappelle : avalez…

Des fois, je me rappelais aussi que j'avais commandé au feu.

Je me retenais pour ne pas pleurer.

Je me rappelais la mer au crépuscule. Les chalutiers qui rentraient en griffant l'eau mauve. Je me demandais vaguement ce qu'avaient pu devenir des gens que j'avais connus. Jackson, j'ai su par un journal qu'il avait fini flingué comme un homme, au 11,43, sur le parking d'une boîte de nuit du 94. Criblé de huit balles. C'était un vieux journal. Il n'aurait jamais dû me tomber entre les mains. J'ai envié ce fumier : Jackson, au moins, n'avait pas connu l'antichambre. Les autres, je n'ai jamais su. Pas cherché.

J'avais le temps, pourtant. On m'avait enlevé ma montre. Je réfléchissais… Même réduite à plus grand-chose, une existence, sur la fin, ça en fait des renoncements, des tristesses, ça devient comme toute une succession de vains et atroces petits combats d'arrière-garde, tandis qu'on abandonne position sur position, toutes plus intenables l'une que l'autre, qu'on se replie de moins en moins fier, avec de moins en moins l'envie de se battre, seulement de plus en plus sommeil tout le temps et très envie d'en terminer une bonne fois pour toutes, en silence dans son trou.

C'est plus rien que des moches petites embuscades dans la gadoue, des escarmouches de rien du tout, avec la pluie qui vous glace jusqu'aux os et de la boue déjà plein la bouche… Et on en laisse encore, du monde, dans ces dernières chienneries, ces ultimes petits spasmes, ces misérables accrochages, c'est à n'y pas croire…

On sait pourtant bien qu'on n'a plus rien à gagner. La main est passée. Elle n'avait jamais été bien fameuse, la salope, mais maintenant elle s'en est allée pour de bon. Elle est partie plus loin caresser d'autres visages, ou fourrer ses grands doigts dans d'autres trous du cul, allez savoir… La vie, on a bien fini par s'en rendre compte, c'était jamais qu'un de ces tristes bouis-bouis où jamais on ne repasse les plats. Tant mieux, en un sens, vu le caractère passablement dégueulasse qu'avait la tambouille.

En plus, quand on regarde derrière, combien de portes on a été bien obligés de fermer sur ses pas, bon gré, mal gré, combien de peines on a traînées avec soi… On sait bien que c'est plus que la viande qui s'acharne, beau temps qu'on a fini par y voir clair en soi et dans les autres, qu'on ne se paie plus de mine. Il reste même plus des regrets pour soi, que ça serait encore un luxe, une grimace, et même un mensonge. Il reste seulement des regrets atroces pour bien d'autres vies gâchées tout pareil.

Par exemple, je me souviens, ce type que j'ai rencontré au trou. Il fumait encore un peu en cachette, mais il ne buvait plus du tout. Castrol… Il en était à sa troisième ou quatrième désintoxe. Maigre comme un clou, il ressemblait un peu à Bogart. Le Bogart cancéreux, finissant, de *Plus dure sera la chute*. Lui aussi portait une moumoute, lui aussi, Castrol, il avait des yeux de corniaud qui a trop pris de coups de pied dans le ventre, mais il avait gardé, lui aussi, un sorte de dignité, de vraie bonté, de noblesse presque, qui vous serrait le cœur.

Compagnon de misère, pour ainsi dire, baltringue comme moi… Il avait des grandes mains maigres, et un drôle de sourire parfois, un peu honteux. On devinait qu'il s'en était fallu de peu qu'il fût devenu quelqu'un de bien… Il avait commencé chez Facel, du temps de Daninos, les mains dans le cambouis. Un génie de la mécanique. Un Paganini du double arbre à cames en tête… Il avait fini cadre commercial chez Ford, Castrol. Premier vendeur.

Il bourrait tout le monde avec ses conneries de moteur V8, ses queues de soupape, ses salades de bielle. Les autres l'envoyaient chier, tout au moins ceux qui étaient encore en état d'envoyer chier quelqu'un. Alors, il venait s'asseoir près de moi. Je me tenais la plupart du temps près de la vitre qui donnait sur une volière remplie d'oiseaux en carton.

Ça se comprenait, les oiseaux en carton. Ils donnaient une note de gaieté dans un lieu qui n'en comportait guère. Du reste, ils n'étaient pas faits que de carton, il y avait aussi du fil de fer et de la plume, des plumes de couleurs criardes, mais gaies d'une certaine façon, gaies comme une fête foraine sous la pluie, un soir de novembre où il n'y a déjà presque plus personne, des oiseaux bigarrés avec des perles petites, dures et fixes, pour faire les yeux. Ils présentaient bien des avantages et aucun inconvénient, ces maigres volatiles. Ils ne faisaient pas de bruit, ils ne s'agitaient pas, il n'était pas nécessaire de les nourrir, de leur changer l'eau ou de vider leurs crottes. Ils étaient bons pour le moral des malades.

Je me tenais de l'autre côté de la vitre. C'était avant Sandrine. Castrol venait s'asseoir à côté de moi. Il me parlait d'une voix lente et douce, têtue. Il était content de trouver en moi un auditeur complaisant, et surtout pas contrariant pour deux sous. Il me tenait, mon canaque, des discours interminables et très sensés. Il avait quarante-six ans et en faisait soixante. C'était au contact de la clientèle qu'il avait commencé à boire. Au début, il ne s'était pas rendu compte…

C'était une histoire simple, tout aussi prévisible qu'une chaude-pisse dans un repas de première communion. Il ne se plaignait pas. Jamais. On aurait dit qu'il parlait d'un autre. Ça me le rendait sympathique. Ça sert à rien de s'apitoyer. Il hochait la tête :

– C'est pas quand on a chié dans son froc qu'il faut serrer les fesses…

Il racontait… Le verre de trop, l'accident de la circule… L'alcootest… Il reconnaissait :

– Indéfendable, c'est sûr. Presque quatre grammes, vous vous rendez compte…

Je me rendais compte surtout que dans la voiture d'en face, le conducteur et sa passagère avaient été séchés sur place. Ils laissaient des gosses, bien sûr. Le reste, la correctionnelle, le chomedu, tout le reste, c'était d'une logique éclatante, sans faille. Chronique d'une merde annoncée. Castrol confessait :

– Souvent, je me dis que ça serait bien que je m'en prenne une bonne, de cuite, une définitive, mais le toubib m'a prévenu. Si je replonge, c'est le trou. Alors, je bois pas. Je suis revenu ici pour plus boire. Si vous voulez, je bois pas pour pas aller au trou. C'est pourtant là que je vais. Vous trouvez que c'est bien, ça, vous ?

Je ne trouvais rien, moi. Jamais. Pas une fois, Castrol n'a entendu le son de ma voix. Tout ce que j'ai appris, dans l'antichambre, c'est à force de me taire, tout le temps, sans esbroufe, sans vouloir nuire, tout ce que j'ai fini par savoir sur ce cloaque, toute la misère, sur cet égout qui ressemblait tant et tant à l'autre, celui qui se tenait à ciel ouvert de l'autre côté des vitres blindées et des Hauts Murs qu'on ne voyait presque pas, tant ils étaient loin eux aussi et pas très utiles, je l'ai appris sans mot dire.

Autant le reconnaître : je n'aimais pas Castrol et il ne m'aimait pas non plus. Nous étions chacun dans sa camisole, la chimique qu'on était bien forcé d'ingurgiter au jour le jour comme une potion bien amère, et l'autre surtout, hideuse, pire que tout, sa propre souffrance. C'est là, dans cette clinique qui n'avait au fond rien d'intolérable ou de réellement inhumain, que j'en ai découvert, de la douleur, de la vraie, de la crue, de l'irrémédiable. C'est là que j'ai connu de quoi il était fait, notre malheur, de tous nos pauvres rêves brisés, de nos tristes petits espoirs bien saccagés. Ce qui fait notre propre malheur, c'est sûr, c'est les petits bonheurs qu'on aurait aimé se passer, ces petites douceurs… L'odeur du jasmin, la mer au crépuscule. C'est de là que vient tout le mal. Il faudrait n'avoir jamais connu d'espoir. C'est comme ça que ça aurait pu être peut-être tenable… Pas d'espoir pour soi-même, je veux dire. Les autres, ils ont le droit d'essayer.

Les autres, ils ont tous les droits.

Castrol a tenu tant qu'il a pu. Il a bien bourré tout le monde avec ses voitures et ce talent qu'il avait pour régler un moteur – et c'est vrai qu'il avait eu un vrai talent, mais aussi bien cela peut-il s'appliquer à chacun d'entre nous –, à l'entendre on comprenait même qu'il avait été capable de passion et de tendresse. C'est terrible, un talent, avec de l'amour en plus, beaucoup d'amour, c'est terrible quand une main se tend, une main qui se tend même pas pour prendre mais pour donner, même pas grand-chose, une fleur de pissenlit, un joujou brisé, quelques notes de musique, je ne sais pas, quelques pages peut-être, une petite branche d'arbre – et que tout le monde s'en fout. C'est même presque pire que de faire la manche.

Castrol a bien fait chier tout le monde. Un après-midi, il a obtenu une permission de sortie, soi-disant pour aller s'acheter des cigarettes et du chocolat. Le patelin où se trouve l'asile est traversé tout du long par une nationale qui fait presque trois kilomètres. Presque jamais de radars. Castrol s'était mis sur son trente et un, on aurait dû faire attention, mais attention à quoi ? On s'en foutait bien pas mal tous, de ce type, à peu près autant que du trou du cul d'un rat.

De plus, tout le temps on nous tannait pour qu'on fasse des efforts, qu'on n'ait pas l'air de cloches. Ça faisait même partie de la thérapie, qu'ils disaient, ceux du personnel soignant, de bas en haut de l'échelle. Donc Castrol s'était sapé. Pourquoi non ? Il a gagné le village. Je me rappelle que je l'ai vu partir. Il avançait à tout petits pas. Avec les doses qu'on nous refilait, c'est sûr qu'on ne pouvait décemment pas prétendre à jouer les gazelles. Je l'ai vu partir, mon cloporte, tout doucement. Il allait un peu de travers, tout de guingois, en pardessus miteux, lui… Que foutre, pour là où il se rendait ?

Il gelait si fort que le ciel en était vitreux, comme prêt à craquer par tous les bouts, à exploser comme du sécurit à l'impact. Moins douze. La première chose qu'il a faite, naturellement, mon crétin de base, ça a été d'entrer au troquet. C'était un relais routier qui faisait bar-tabac-PMU. C'était un endroit sombre et lambrissé, avec des animaux empaillés au-dessus du bar, des petits rideaux de Vichy aux fenêtres. Les mauvaises langues prétendaient que la serveuse montait certains soirs avec des clients. Des mauvaises langues, il y en a partout. C'est une des rares constantes que je connaisse.

Castrol s'est installé à une table près de la fenêtre. Il avait vue sur la route. De loin, il a demandé un paquet de Marlboro et un demi. Le taulier le connaissait. Il avait des instructions formelles, rapport aux malades, mais un demi… Castrol a souri. Il souriait toujours comme un type qui s'attend à prendre une pêche. C'est sûr qu'il ne faisait pas partie de la race des saigneurs. Il a expliqué, plus doucement :

– Rien qu'un petit dernier, pour la route.

L'autre a cédé. C'était un gentil, Castrol. Il avait toujours un triste sourire de môme pris en faute. Il est resté presque une heure devant son verre, à fumer et à rêvasser. Il semble même qu'à un moment donné, il se soit mêlé à la conversation de routiers qui faisaient route vers le sud. Rien ne laissait prévoir la suite, sauf que le sud, il faut faire attention… Toujours… La dernière tentation… Castrol a écrasé sa cigarette, il a sorti son porte-monnaie et il a sorti un billet… Il s'est levé, a dit au revoir à la compagnie, d'une voix bien douce, bien calme, bien paisible… La porte s'est refermée sur lui. C'était un après-midi où il gelait à glace. La serveuse est venue jusqu'à la table, pour débarrasser. Elle a trouvé le demi intact – et le billet. Un billet de 200 bien plié dans la soucoupe. Elle n'a pas eu le temps de trop se poser de questions.

Dans la salle, il paraît que les gens ont entendu des freins hurler et tout de suite un bruit, presque aussi fort qu'un coup de canon, presque tout de suite. Castrol venait de se jeter en travers de la route. Le camion qui l'avait percuté roulait à presque cent à l'heure. Le conducteur était à la bourre. Il transportait des fruits et légumes et allait livrer un supermarché tout à côté.

Il ne devait guère plus peser qu'un demi-quintal tout mouillé, mon guignol, mais c'était quand même pas croyable les dégâts à l'avant du bahut, le phare explosé, la calandre broyée, les tôles enfoncées… Sa moumoute, les gendarmes l'ont retrouvée dans le caniveau, à plus de trente mètres du point d'impact. Ils ne la cherchaient pas, d'ailleurs ; de loin on aurait dit un rat écrasé. Ça arrive souvent sur les nationales. C'est un riverain qui a remarqué, qui les a appelés. Dedans, ils ont vu qu'il restait du sang, un morceau de pariétal gauche et un peu de cervelle, mais de la cervelle, Castrol n'en avait jamais eu beaucoup.

* * *

Je me rappelle tout de même une dernière entrevue. Elle a eu lieu entre deux inconnus, sans plus rien de commun qu'une indéniable capacité de souffrance et leur incurable solitude. J'avais écrit une lettre à Jacques. Une lettre aux phrases sans doute bien courtes, aux motifs rudimentaires. Je demandais à le voir. Il était venu dès le surlendemain. Il souffrait de safranite, mais il était venu. Il faut être juste : il aurait bien pu n'en rien faire. Nul (pas même moi) ne lui en aurait fait grief. C'est que déjà, j'avais cessé d'exister en tant que personne humaine – au moins au sens où on l'entend d'ordinaire.

Pour cette fois, on m'avait autorisé à quitter l'établissement sous sa responsabilité, à la condition que je sois rentré à dix-sept heures sans faute. Toute la nuit d'avant, il avait neigé, toute la veille aussi. Il faisait un froid craquant, étincelant, sublime. Le ciel était d'un bleu vitreux. À cause des médicaments, je ne sentais plus tout un côté de ma tête. J'avais du mal à me déplacer, et sans doute que s'il m'était venu à l'idée de m'enfuir, je ne serais pas allé bien loin. Mes gestes étaient ralentis, et mes rares pensées n'avaient plus grande consistance. Il me fallait marcher à petits pas, m'y reprendre à plusieurs fois pour réfléchir. Je m'essoufflais vite. J'avais la bouche sèche en permanence. J'avais aussi des crises de tremblements dans les bras, qui me rendaient incapable de tenir même un journal de télévision devant mes yeux.

Je me rappelle que je portais un jogging en coton bleu, avec une surveste et des vieilles chaussures de sport sans lacets. Inutile de me demander d'où ils provenaient, je n'en sais rien. Un certain nombre de détenus en portaient de semblables, mais d'autres étaient vêtus en civil, les femmes en particulier. Il y en avait même, de ces femmes, qui se peignaient et se maquillaient, parfois avec un indéniable bonheur. Pour certaines, elles ne différaient pas très sensiblement de celles que j'avais connues dehors – je veux dire, d'un point de vue extérieur. Elles avaient les mêmes envies, les mêmes besoins, peut-être les mêmes rêves que les autres. Par exemple, en revanche, elles souffraient souvent d'une exagération peu commune des appétits sexuels. C'était gênant. On aurait dit pourtant que c'était comme… toléré. C'était même un sujet qu'on abordait couramment aux séances de thérapie de groupe. J'y allais moi aussi, parce qu'un type m'avait dit que sinon, on risquait les électrochocs. C'était un malheureux efflanqué, qui avait travaillé aux Postes. Il ressemblait à Le Vigan. C'était déjà un mauvais point. Il ne lui restait presque plus de dents. Un autre mauvais point. C'était un être que la vie avait brisé et soumis, mais pas un méchant bougre pour autant. J'en avais connu des plus malveillants, plus carnes, plus acharnés à faire du mal, de l'autre côté des murs, plus de sales mauvais cons et des salopes bien pires. Chevreau, il s'appelait. Il m'aimait bien, parce que je l'écoutais et que je ne l'interrompais jamais. Je ne lui disais jamais du mal non plus. Il vivait dans la terreur permanente des électrochocs. Il me prévenait :

– Fais pas le con. Si tu continues à la boucler, tu vas y avoir droit.

Plus rien d'inhumain, les électrochocs. Il s'en faisait toute une maladie, alors que ça se passait maintenant sous anesthésie. Moi, je m'en foutais. C'était pas bien pire au fond que le reste, les électrochocs. Je les baguais à ma façon. Le lendemain, ça faisait un mal de chien dans les articulations et j'avais les couilles douloureuses, seulement toute la journée, mais malgré les bourdonnements d'oreilles j'entendais *Saint Louis Blues* dans ma tête. J'entendais tout, avec une clarté, une distinction remarquables.

C'est comme ça que je les ai tous baisés. Ils pouvaient pas m'enlever la zique. Leurs petites séances électriques, que je ne contestais même pas du reste, ça me faisait pas parler, ni ne parvenait à me décider à m'alimenter. Ça allait même à l'encontre de ce qu'ils voulaient, ça faisait revenir des souvenirs, des images d'une inconcevable netteté. L'éolienne qui grinçait dans la cour de la ferme. Charon, 1954. Les eucalyptus dont les cupules crissaient sous mes pas. La mince et tiède poussière jaune et fine au couchant... Le beau visage austère et silencieux de ma grand-mère, dont les bandeaux blancs remontaient à la première moitié du dix-neuvième siècle. L'homme qu'ils avaient pour mission de traquer se repliait sans répit, dans des territoires sans cesse plus reculés, plus déserts, plus lumineux et moins connus d'eux. Il offrait de moins en moins de consistance, présentait des contours de moins en moins nets. Peut-être finissaient-ils par se douter qu'un jour il parviendrait à leur échapper pour de bon.

Ce qui les enrageait en plus, c'est que je ne faisais pas d'histoires. De plus en plus, du bruit, j'en faisais le moins possible. Il me revenait des habitudes, le lit au carré, bien vider ses poches, marcher sans bruit… J'avais appris, dans les commandos de chasse, comment se déplacer silencieusement. Comme la bicyclette et les vagues promesses, c'est des choses qu'on n'oublie pas. Pour le reste, petit à petit, la vie s'était chargée de m'apprendre combien il était vain au fond d'essayer de se faire entendre. Les gens s'en foutent, ils ont leurs occupations à eux, ça se comprend… Il ne faut pas leur en vouloir. Les femmes, c'est pareil… Ce qu'elles aiment surtout c'est les chiens savants, ceux qu'on peut faire marcher à la baguette et qui remuent la queue au doigt et à l'œil. Chien, je l'avais toujours été assez facilement, mais savant… Qu'est-ce qu'il aurait fallu faire pour bien faire ? Allez savoir ce qui bout dans les marmites, quand on ne sait déjà pas ce qui se touille dans la sienne à soi, au juste…

Quand il le fallait absolument, j'écrivais un petit billet. Je le passais à l'infirmière chef. Je ne demandais jamais rien d'exorbitant, ou de pas convenable. En rentrant, j'avais un petit pécule qui n'a pas tardé à fondre. Ainsi, tant que j'ai pu, je demandais qu'on m'achète des cigarettes. Des Camel sans filtre. On avait le droit de fumer dans une pièce vitrée qui donnait sur la tour de contrôle. Je faisais attention, je faisais durer. Quand je n'ai plus eu de ronds, c'est un certain Bohain qui m'a dépanné souvent. C'était pourtant un malade que les autres redoutaient. On disait qu'il avait étranglé sa femme et deux de leurs voisins au cours d'une crise de delirium. C'était un colosse, un ancien chef de chantier, et qui avait travaillé jusque dans le golfe Persique. Dans les pipe-lines. Pas forcément la moitié d'un con, lui non plus. En réalité, il n'avait jamais buté personne. Peut-être qu'il aurait dû, après tout, quand on voyait à quoi il en était arrivé. Il faisait naturellement peur, comme d'autres font rire ou pitié, sans raison suffisante…

Un jour, j'ai cessé de fumer. Je ne voulais même plus dépendre des cigarettes. Que ce soit pour les honneurs, la clope, la bouffe, que ce soit pour l'amitié aussi bien que pour la baise, rien de plus humiliant que de dépendre aussi bien de soi que des autres, rien de plus rebutant non plus. C'est la plus sûre manière d'être effroyablement déçu. Toute sa vie, on est allé de déception en déception, d'amertume en chagrin. C'est comme ça qu'on finit par se branler – et par s'arrêter de fumer, et un jour par ne plus même avoir envie de se branler. C'est pas une question de morale. Ça vient d'une terrible crise de confiance. Ça vient qu'on a fini par comprendre. Rien que des chemins séparés. Dommage qu'il ait fallu si longtemps… Heureusement qu'alors pour se tenir chaud il nous reste quand même encore la musique – la sale petite musique entêtante que font nos morts.

Jacques semblait soucieux. Il n'arrêtait pas de me regarder à la dérobée. Bien sûr, qu'il n'était pas content de voir ce que j'étais devenu. Ce qui le rassurait, c'est que je l'avais toujours bouclée par le passé. Je n'étais pas homme à m'allonger sur quoi que ce soit. Il a fini par demander avec gêne :

– Je peux faire quelque chose pour toi ?

– Un toc, ami.

– Un toc ? Et pourquoi donc ?

– Pour solde de tout compte.

J'avais perdu l'habitude, j'avais du mal à parler. Je le faisais du coin de la bouche. On aurait dit un taulard pendant la promenade.

Jacques m'a regardé. Il a regardé la neige alentour, les champs de corbeaux et très au loin l'horizon plat et nu, vaguement bleuté. Un toc, ça n'avait pas de sens, je le reconnais, à presque cinquante ans, en plus quand on va où je savais que j'allais. Comme si je pouvais encore aller loin. Un toc, c'est bien pour quand on est jeune, pour quand on a envie de fuir longtemps, et même, pourquoi pas, de vivre encore un peu. Un toc, c'est bon quand on a encore des espoirs. Les miens s'en étaient allés au fin fond de l'horizon, tout comme deux rails qui finissent pas se confondre là-bas, au loin, tout en bas, là où il n'y a plus que l'obscurité, la nuit, la pluie. Y a que dans la mort qu'on finit par se rejoindre pour tout de bon – dommage qu'alors on ne soit plus là pour que ça serve à quelque chose.

Jacques m'a regardé de nouveau, les poings enfoncés au fond des poches. Mohair marron. Il avait une prédilection pour le marron, les tons d'automne… Il avait ce talent : il aurait pu aller se fringuer chez Emmaüs, il aurait quand même eu de la classe. Il ne le faisait pas exprès. Il réfléchissait et en même temps ses yeux étaient remplis de peine. À lui, qu'est-ce que ça pouvait coûter des vrais faux papiers ? Pas grand-chose, c'était pas la question.

Il a remué la tête, puis il a admis, pensif :

– Pourquoi pas un toc ?

– Un toc, Jacques. Un alias increvable. *Le reste est silence.*

J'avais appris la compassion.

0

Je flinguais les rats à la lunette, à quatre-vingts, cent mètres. Une seule balle par rat, en pleine tête. Un visuel improbable à cette distance, pour ainsi dire impossible. Jamais de correction ou de doublé. Au début, un rat tous les dix douze coups, ensuite tous les cinq, maintenant j'alignais pour tuer. Ça demandait des fois un quart d'heure, vingt minutes, une heure d'immobilité quasi totale.

J'avais choisi pour arme une carabine à culasse Mauser, rechambrée en .22 long. Sniper. Sniper de rats. Je les tirais à la traçante, la plupart du temps au crépuscule ou très tôt le matin. L'un des plus gros, l'un des plus beaux, Charlie, j'ai mis près de trois semaines à le loger et à l'abattre. C'était un gaspard méfiant, trapu, presque de la taille d'un chat adulte. Il ne se risquait dehors qu'à tout petits pas. Charlie me regardait d'un œil noir brillant, furieux, on aurait dit qu'il comprenait. À l'instant de presser sur la queue de détente, il avait disparu de la lunette. Rapide, très rapide. Dix fois, cent fois, il m'avait fait et refait le coup.

De tous, c'est le seul que j'ai enterré après.

C'est le seul de tous que j'ai regretté.

Dans la caravane, j'avais aussi un Remington à pompe qui tirait de la douze Magnum, deux automatiques Beretta 92 neufs, ainsi qu'un tout petit .38 bodyguard à cinq coups, mauvaise copie en mauvais acier espagnol du Bulldog US. J'avais tout récupéré petit à petit grâce à Rosen. Pas une de ces armes ne voyait le jour.

Je ne me servais que de la .22. Jamais sur autre chose que des rats, jamais en-dessous de la distance réglementaire, jamais quand il pouvait y avoir encore quelqu'un sur la casse. Rosen savait. Il s'en foutait. Je gardais son périmètre. Je patrouillais la nuit avec Lady en laisse. Lady toute seule aurait suffi, mais Rosen craignait qu'elle n'escalade une clôture. Lady n'avait pas peur des barbelés. Elle n'avait peur de rien, ni de personne. Il aurait suffi de la lâcher le soir. Personne ne serait entré – ni surtout ressorti – mais Rosen était un homme sensé.

Quelques-unes de ses fréquentations montaient au braquage. Je savais que certaines voitures qui passaient en douce à la presse en pleine nuit n'étaient pas toujours vierges de tout soupçon – ni forcément exemptes de toute présence humaine.

Rosen s'en foutait que quelqu'un offre à quelqu'un d'autre un cercueil chrome-acier compressé à cinquante ou cent mille balles, mais il ne voulait pas de soucis avec les flics – pas ce genre de souci que procure la découverte du corps d'un type à demi dévoré par un chien noir. Lady était un animal massif, tout en muscles, en os, en mâchoires, large d'épaules. Le jour, elle restait dans un enclos grillagé, bouclé en haut par un filet aux mailles d'acier comme il y en a dans les cours de prison pour prévenir toute évasion par hélicoptère. Elle attendait la nuit.

À la tombée du soir, quand il ne restait plus personne que Rosen, Gina, sa fille, et moi, j'allais ouvrir sa cage. On mangeait ensemble, puis ils partaient dormir chez eux, ensuite j'allais m'asseoir sur les marches de la caravane et Lady venait se coucher à mes pieds. Elle savait l'heure de la première ronde. Nous marchions du même pas. Dans son ensemble, la casse faisait pas loin de quatre hectares. Je gardais la casse, je m'occupais de Lady. Rosen me payait en cash, chaque dix du mois. Quand ça tombait un dimanche, il revenait tout exprès. Il sortait une liasse, il comptait, moi pas. Je mettais le pognon dans une boîte en fer. Une ancienne caisse de cartouches qui avait contenu des bandes de mitrailleuse 12,7.

Avant d'en arriver là, j'avais eu mon toc. On m'avait bien bordé, y a pas à dire. À ma sortie, au tout dernier moment, le médecin chef m'avait remis une grosse pochette en cuir. Elle contenait des papiers ni neufs ni vieux, parfaits comme seule l'Usine sait en fabriquer, carte d'identité, passeport, carte de Sécu, permis de conduire, tout y était, et même une carte bleue sur un compte que je ne me rappelais pas avoir ouvert moi-même. Dans une enveloppe kraft, il y avait aussi une jolie somme d'argent. Pas moins de cinquante mille francs en billets neufs. Au cas où je me perdrais, il y avait même un numéro de téléphone tapé à la machine sur une feuille d'agenda.

Numéro de repêchage. Je n'avais plus la moindre mission précise et de toute façon, j'étais trop vieux pour jouer à ces petits jeux. Je l'ai laissé dans le cendrier du toubib avant de partir. Il en avait vu d'autres et moi aussi.

Thanks for the cheers.

À ma sortie des Hauts Murs, il pleuvait comme vache qui pisse. Une voiture m'attendait, avec un chauffeur. L'homme avait le profil du vrai dur. J'étais monté sans faire d'histoire. On avait parlé juste ce qu'il fallait pour endormir ses soupçons et les miens. Sur l'autoroute, il m'avait passé ses cigarettes et son briquet et m'avait confié :

– Vous êtes très attendu à l'arrivée, mon commandant.

Je n'en doutais pas. J'avais allumé une cigarette. Attendu… Au premier feu rouge à Paris, je n'avais pas attendu le bout du voyage. J'étais descendu et j'avais chié du poivre à mon mentor. Des semaines, que je réfléchissais à la façon de procéder. La voiture était embossée entre deux camions. Le chauffeur ne se méfiait plus. J'étais descendu en coup de vent. Il pleuvait toujours. Métro. Parcours de sécurité. Je n'avais pas commis l'erreur de repasser chez moi, ni celle d'utiliser la carte bleue. Pas question de laisser des traces.

J'avais été commando, puis zombie. Ces choses ne s'oublient pas. À l'instant même où j'avais mis le pied par terre, ma cavale avait commencé. Des jours durant, des semaines entières, j'avais ricoché ventre à terre, parfois en stop, parfois en autobus, souvent à pied. Jamais d'autoroute – trop dangereux, l'autoroute. Trop de véhicules de patrouille. Je dormais à peine, et jamais deux nuits au même endroit. Toujours de ces petits hôtels où on peut payer en cash. Il n'en reste plus tant qu'on ne le croit. Les quelques kilos que j'avais ramassé au trou, je les avais bien vite reperdus. Une fois, j'étais tombé sur un contrôle de gendarmerie. Vérification d'identité. On n'avait rien trouvé à me reprocher. Ça m'arrangeait. *Cible signalisée dans le nord de la France, le tant à telle heure.*

Relevé d'empreintes effectué. Passage fichier négatif. Au moment de son interpellation, n'était porteur d'aucune arme ou substance prohibée. Laissé libre à l'issue de son interpellation.

Ma seule erreur, peut-être, ça a été de monter tout d'un coup un soir dans un camion qui partait pour Barcelone. Rien de fortuit. La veille, de façon préméditée, j'avais tiré de l'argent dans un distribanque d'Ostende. Le Sud, depuis toujours, m'attirait comme un aimant. Il y avait eu ce camion qui faisait l'Espagne. Dans le Sud, j'étais tombé plus tard sur la bande à Rosen. Dans un troquet, tout à fait par hasard. J'habitais en hôtel depuis une bonne huitaine. Auparavant, j'avais récolté des fruits tout l'été. C'est plus dur qu'on le pense, mais pas si terrible qu'on ne le croit. Trimardeur. Je me tenais toujours propre, les cheveux courts. J'étais noir comme un corbeau.

Rosen m'avait repéré, bien avant que je ne le repère moi-même.

J'étais aussi libre que n'importe quel type en conditionnelle, je me méfiais mais je commençais aussi à ressentir une sorte de fatigue. C'est comme ça qu'un type en cavale finit toujours par tomber, à cause de la fatigue. D'un autre côté, j'avais le sentiment que si j'avais quelqu'un aux fesses, je l'avais suffisamment baladé. J'éprouvais un illusoire sentiment de sécurité.

Rosen ne m'avait pas abordé tout de suite. Il avait encore laissé passer deux ou trois jours. Sur le coup de sept heures du soir, je descendais prendre un ou deux jaunes au comptoir. Rosen avait repéré ce type assez maigre, dans la cinquantaine, avec des cheveux gris et des Ray-Ban. C'étaient des vraies Ray-Ban de dotation et je les traînais depuis Blida – 1962. Elles m'avaient été offertes par un pilote de chasse. L'homme avait connu mon père, à Londres, en 1943.

Il avait volé sous ses ordres. Autres temps, autres lieux. Je portais une vieille veste de treillis à même la peau, un jean incolore à force d'avoir été lavé et relavé cent fois de suite. Des Pataugas en toile kaki achetés sur un marché. Je buvais un coup, je n'adressais la parole à personne, je n'emmerdais personne non plus. Rien qu'une ombre.

Rosen était rentré avec Lee et Gina. Je les avais vus dans la glace, derrière le bar. Automatiquement, je les avais classés. Une bande de Manouches. Je n'avais rien contre, rien pour non plus. Ils étaient allés se poster à l'autre bout du comptoir. Ils ne faisaient pas beaucoup de bruit. Dont acte clos. Rosen, lui, avait repéré tout de suite un type qu'il avait d'abord pris pour un ancien mataf.

Entre-temps, j'avais cueilli des fruits, pour ne pas écorner mon pécule, j'avais pas mal bossé au schwarz. Cantonnier plusieurs fois, soudeur, conducteur d'engin, terrassier, rien que des boulots où on en bave. Pas de prise de tête. C'était ma façon de me refaire une santé. À chaque coup, je faisais ce qu'il y avait à faire. Je restais le moins longtemps possible après, je touchais ma paye et je me tirais. Rebelote dès que les fonds commençaient à baisser. À force, je m'étais refabriqué un physique. C'est pour ça que Rosen m'avait pris pour ce que je n'étais pas, justement au physique. Il m'avait longuement jaugé, puis un soir, il s'était enfin approché.

– J'ai entendu dire que vous cherchez du taf.

– J'ai entendu dire qu'on ne se connaît pas.

– Je sais pas qui vous êtes. Vous, vous savez qui je suis.

– Quel genre de taf?

– Gardiennage.

– L'idée de gratter pour un type qui se promène avec un flingue dans la ceinture, au milieu du dos, ne m'emballe pas.

Rosen avait blêmi. Il avait posé ses deux gros poings sur le comptoir. Il s'était quand même forcé à sourire.

– Vous avez des couilles, y a pas à dire.

– J'aime pas beaucoup non plus votre type.

– Qu'est-ce que vous lui reprochez ?

– Pas de sortir des Baumettes, mais d'avoir été assez con pour s'y laisser expédier. La poufiasse, c'est qui ?

– La poufiasse, c'est ma fille. Personne ne l'avait jamais traitée de poufiasse, vous savez ? Vous cherchez quoi ? À vous faire démonter la gueule ? Si c'est ça, on peut sortir.

– On peut toujours. Sortir.

– J'aime pas qu'on parle comme ça de Gina. Vous comprenez ?

– Je comprends. Si j'avais une fille comme elle, je raisonnerais pareil.

– Lee a payé sa dette. Il a une femme et des gosses. Il travaille chez moi depuis dix ans et ça fait dix ans qu'il se tient à carreau. Si je porte un gun, c'est parce que des gens ne m'aiment pas. Je vous donne cinq mille par mois, nourri, logé, blanchi. Du cash. Vous voulez voir à quoi ça ressemble ?

J'avais vu. Une casse de voitures. Pourquoi pas ? Tout le périmètre était entouré de barbelés. Pourquoi pas non plus ? Rosen mettait une caravane à ma disposition, avec cabinet de toilette, douche, eau chaude et même la clime si je voulais. Que foutre de la clime. On s'était mis d'accord dans son bureau. C'était un dimanche soir. Lee était chez sa femme, Gina s'occupait de Lady. Fin d'été. J'avais flanqué mon passeport sur le bureau. Rosen m'avait demandé :

– Les flics vous cherchent ?

– Pas que je sache.

Il avait repoussé le passeport du bout des doigts. Il se foutait bien de qui j'étais. Moi aussi. Il avait sorti une bouteille de gnôle et deux verres. On avait bu, mais pas au point de rouler sous la table. Pas plus que moi, Rosen n'appréciait le laisser-aller. Au bout d'un moment, je m'étais demandé :

– Votre gun… Beretta ?

– Browning GP 35. Vous voulez voir ?

– Pourquoi non, allez ?

Il s'était soulevé sur une fesse, avait sorti son outil. Il me l'avait tendu par le canon. C'est toujours ce qu'on fait entre gens du même monde. J'avais actionné la culasse, pas plus d'un centimètre. Il y avait déjà une cartouche dans la chambre. J'ai allongé le bras. Je visais une cible imaginaire. J'ai regardé Rosen.

– Vous voulez toujours qu'on sorte ?

– Je me doutais. Si vous voulez.

Lui aussi avait du cran. Nous sommes sortis. Nous avons marché dans la poussière jusqu'au fond de la casse. J'ai choisi un enjoliveur de roue, je l'ai posé en équilibre sur le pare-brise d'une vieille Samba. Je me suis donné une vingtaine de mètres. Rosen m'épiait avec un sourire froid. J'ai remis le Browning à la ceinture, j'ai agité doucement les doigts. Je lui ai dit :

– Au commandement. Quand vous voulez.

Il faisait très chaud. Rosen m'a regardé, il a regardé la cible. Je n'avais rien fait depuis des années, j'avais peut-être perdu la main, mais à cet instant, j'ai su que j'avais gagné une famille. Il a bougé les épaules.

– Laissez tomber, j'ai compris.

– Rien du tout.

– Pool.

Dès le premier impact, l'enjoliveur s'est envolé. J'ai encore doublé deux fois en pleine trajectoire. Il a ricoché en vibrant, s'est mis à tournoyer. L'angle n'était pas fameux, mais j'avais anticipé. Encore deux dedans. L'enjoliveur a roulé dans la poussière. Rosen me regardait, la mâchoire pendante.

– Nom de Dieu. Vous venez d'où ?

– Gardiennage ? Je prends.

Je lui ai rendu le Browning. À cause des détonations, j'avais les oreilles bouchées. J'en aurais pour deux trois jours à entendre mal. Je me suis pincé le nez, j'ai soufflé un grand coup et je suis retourné sur mes pas. Gina courait dans notre direction. Elle tenait Lady en laisse et semblait inquiète, mais pas affolée. Elle m'a vu, puis elle a vu Rosen debout derrière moi. Elle a stoppé net. Nous nous sommes regardés un instant, puis j'ai haussé les épaules et je suis passé.

C'était le soir. Il faisait chaud. C'était bien suffisant.

Depuis, j'étais nourri, logé, blanchi. Rosen avait monté une petite véranda le long de la caravane. J'y faisais pousser un pied de jasmin. J'ai toujours aimé le jasmin parce que ma mère l'aimait aussi et sa mère avant elle. J'avais récupéré un vieux fauteuil à bascule. Quand le soir tombait, je m'installais à la fraîche. Certains soirs, Gina venait aussi s'asseoir avec Lady et moi. On se parlait peu. On avait vue sur les carcasses de voitures, les barbelés. Très au loin, on apercevait parfois une mince bande d'argent terne. C'était la mer. Nous n'en étions séparés que par une dizaine de kilomètres à vol d'oiseau. J'avais un vieux pick-up Ford à ma disposition, mais jamais je ne les ai faits tant qu'il en était encore temps, ces dix kilomètres de chemin poudreux, rougeâtre, qui traversait des hectares de vignes, puis passait sous l'autoroute, retraversait encore des vignes et aboutissait à de petites buttes grises, molles et désolées, qui donnaient enfin sur la plage. J'aurais pu, mais j'avais cessé d'en voir l'utilité. Moïse et la terre promise. Lui avait douté une seule fois, moi tout le temps.

Quand j'ai fini par les faire, il était trop tard.

Parfois, Gina avait le cafard, elle apportait une bouteille, des cigarettes. Elle restait un grand moment silencieuse, puis proposait :

– Et si vous alliez chercher votre guitare ? Vous pourriez me jouer quelque chose.

J'allais prendre la gratte. Elle ressemblait à une caisse à savon, mais sonnait comme le vent et la pluie, on aurait dit les grands roseaux, les troupeaux de nuages, elle avait des plaintes tantôt cristallines, tantôt éoliennes, toujours un peu étouffées, désenchantées. Rosen l'avait taxée à un autre Manouche qui ne pouvait pas lui payer la boîte de vitesses d'occase de son C. 35.

– Tu laisses ta guitare, ou tu laisses le bahut. Choisis.

Dans le fourgon, s'entassait toute la famille du type, sa femme, des vieilles, cinq ou six maigres morpions morveux. La zone. Choisir ? Je me tenais en appuie-feu derrière Rosen. Quel choix, ça lui laissait, au malheureux ? Il avait besoin de son Citroën pourri, plus que de toute autre chose au monde. Il a laissé sa gratte. Je l'ai quand même aidé à tomber le moteur, à changer la boîte. Baltringues tous les deux. J'étais pas obligé. Rosen a remarqué. Il voyait tout, Rosen.

Il avait une grosse face ronde couleur acajou foncé dans laquelle ses yeux faisaient comme deux fentes d'où sourdait par instants un regard verdâtre. Il portait nuit et jour, été comme hiver, un vieux feutre graisseux. Dans son dos, ses chaouches l'appelaient le

Mongol. Dans son dos, parce que chacun de ses avant-bras faisait le double de mes cuisses et qu'une seule de ses mains pesait un quintal. Il avait été lutteur de foire, Rosen. Il avait aussi fait du placard dans les années cinquante.

On le disait milliardaire.

Il m'a donné la guitare. Il la tenait par le manche, comme un poulet qu'on étrangle. Il a regardé ses gros doigts :

– Qu'est-ce que vous voulez que j'en foute, de ce truc ? Prenez-la avant que je la mette au clou.

C'était une acoustique à pan coupé, au fond bombé. Presque plus de vernis nulle part, de la laine rouge en guise de bretelle. Gina m'a ramené un jeu de cordes de Montpellier. Elle m'a regardé les changer, l'accorder… Je lui ai demandé son téléphone pour prendre le « la »… J'ai commencé par être mauvais comme une vache, à me faire des soufflettes au bout des doigts, et puis, peu à peu, tout doucement, comme j'avais du temps de reste, c'est revenu.

Pas bon à en pleurer, oh ! non ! mais pas trop infect non plus. Gina aimait le blues. C'est pas souvent qu'une femme aime le blues. Elle écoutait, pensive, le menton dans les mains, elle me demandait aussi des flamencos, des pasos et même des tangos, des choses plus lyriques, plus difficiles. Des fois, elle s'étonnait un peu :

– Vous jouez drôlement bien, pour un *gadje*…

Je lui rappelais doucement, tout en arpégeant :

– Vous savez, Gina… Dans chaque famille, il y a un vilain petit canard… La mère de ma mère était gitane… Elle était née à Barcelone…

Elle hochait la tête, elle fumait les yeux fermés… Gina était une grande fille robuste, la plupart du temps en chemise d'homme, jeans et bottes. Selon mes calculs, elle avait entre trente et trente-cinq ans. Elle avait une chatte solide, des nichons et une paire de fesses bien dures. Elle chassait au mâle sans se cacher. Elle me confiait :

– C'est pas la taille de la bite, qui compte. C'est d'en avoir dans le pantalon. Et puis…

Et puis… C'est toujours à partir de « et puis », que ça se met à merder. Une trique, des couilles, ça se trouve, surtout pour une femme bâtie comme elle, mais ce qu'elle cherchait, Gina, c'était un homme. Un vrai. Ce qu'elle voulait à toute force, c'était un vrai dur – un vrai dur avec une âme d'enfant et un cœur gros comme ça. Même un macho, ça ne lui aurait pas fait peur. Autant dire qu'elle avait autant de chance de trouver son bonheur que de pisser à la raie d'un pic-vert.

Rosen matait de loin… La caravane, Lady à mes pieds, Gina assise sur ses talons de bottes, et moi… Moi… Moi et ma guitare… Bizarre, Rosen… Il était tombé entre les pattes de la Milice en 42, et il avait fermé son plomb. Son vrai nom, c'était Oscar Rosencranz. Seize ans, torturé cinq jours de suite. Il n'avait rien, ni personne à vendre. Eu droit à tout, la baignoire, l'électricité, plus de dents ni d'ongles, l'anus éclaté, le fouet, pendu par les pouces. Torse nu, l'été, sur son dos et son torse ça se voyait encore. Faisait pas rire, Rosen. Il aurait eu toutes les raisons de devenir méchant. Il ne l'était pas. Seulement dur, impassible, rigoureux. Implacable. Il nous regardait de loin. Jamais rien dit.

Très bizarre, Rosen… On aurait même pu croire que ça lui faisait plaisir de nous voir ensemble tous les trois, en tout cas que ça ne lui déplaisait pas. Je me suis même parfois demandé, si j'avais avancé mon pion, avec Gina… Surtout que je n'étais plus ce que j'étais, mais que souvent, elle m'avait fait des ouvertures, pas toujours très détournées, pleines de gentillesse et de bon sens.

– C'est pas bon, pour un homme de votre âge... Vous sortez pas, vous rencontrez jamais personne, rien... Vous n'avez pas de femme...

– J'ai pas de femme, Gina, mais j'ai mes rats.

– C'est pas bon pour la santé, pas de femme du tout. La lessive à la main, ça finit par taper sur le ciboulot. Ça vous dirait pas, qu'on descende un de ces jours au cabanon, rien que tous les deux ?

Le cabanon, c'était une villa en bord de mer. Lauriers-roses, bougainvilliers de toutes les sortes, tamaris et mimosas. Les murs de la propriété lui donnaient un air d'hacienda. Rosen avait fait creuser au milieu une piscine aux dimensions quasi olympiques. Cabanon... Je n'y étais jamais allé, mais j'avais vu des photos. Il y avait un cabriolet Mercedes rangé dans le garage, à l'année, ainsi qu'un Range-Rover. *Rien que tous les deux*... Je ne voulais pas la blesser, mais il me fallait à toute force la tenir à distance...

– Cabanon ? J'ai pas envie de me faire tuer, Gina.

– Tuer ? Par qui ? Par moi ?

– Par vous, je ne sais pas. Je ne crois pas. Rosen.

– Rosen ? (Elle appelait Rosen par son nom, comme tout le monde.) Rosen a plus peur de vous que du diable.

– Peur de moi ? Et pourquoi donc ?

– Les rats. Il vous a vu faire avec les rats.

Putain de rats.

C'est quand même grâce à eux que j'ai détecté l'hostile.

Matin de juin. Pour bien comprendre, il faut savoir que la casse se tient dans un repli de terrain, à distance de tout lieu habité. Face au couchant, à main gauche, des vignobles à perte de vue, au loin le trait à peu près rectiligne de la Languedocienne, puis, tout au fond, la mince bande d'étain de la mer… À main droite, des collines pierreuses, dont l'une, la plus élevée, passablement escarpée, s'orne de lentisques et d'un bosquet de pins rabougris, de quelques yeuses malingres…

Sur les cartes d'état-major, celle-ci est marquée par trois petits traits en éventail comme un point de vue indiqué, sans doute le plus intéressant à plusieurs kilomètres à la ronde. Selon certains, la butte conserverait au sommet les ruines plus ou moins enfouies d'un ancien oppidum gallo-romain.

Matin de juin. J'ai pris mon café, j'ai rentré Lady. Le jour se lève, l'air est bleuté, immobile. Un temps d'août. Il va faire chaud, comme la veille et sans doute comme le lendemain. Pas le moindre soupçon de voile atmosphérique. Pas encore. Tout est net, aiguisé, tranchant. Pas un souffle de vent. La brise du matin, la toute petite brise frisquette qui vous passe dans la nuque à peine un instant comme des doigts aimés et s'en va, c'est pour dans une heure… Une heure et demie…

Le jour se lève. Ma lunette balaye la casse… R.A.S. Je fume une cigarette. Les salopards sont déjà terrés, ou pas encore sortis. Désœuvrement. Que fait un homme désœuvré, lorsqu'il fume, et qu'il a une carabine à lunette en travers des cuisses ? Il finit par remonter l'arme à l'épaule, et à balayer au hasard. Par pur désœuvrement.

Au-delà des barbelés – en dehors de la zone de tir –, dans la pierraille, un lièvre au gîte, les oreilles couchées. Je l'appelle Émile. Émile est immobile, on ne voit que son œil écarquillé, rempli de terreur. Comme certains hommes, le lièvre ne connaît que deux moyens de défense possibles : l'immobilité quasi parfaite ou la fuite en zigzag, bondissante, éperdue, la plupart du temps vouée au désastre. Toujours sur le qui-vive. C'est tout juste si je ne sens pas son cœur battre dans ma gorge avec une précipitation douloureuse.

Souvent cardiaques, les lièvres.

Émile. Ça fait plusieurs fois que je l'ai dans ma lunette. Il y a une touffe de sauge, un maigre arbuste, des genévriers… Il se tient dans une minuscule cuvette de quelques pieds carrés, à peine profonde tout au plus de dix centimètres. Distance : cent cinquante mètres. Vent nul. Il suffirait de corriger la hausse, afin de tenir compte de la dérive du projectile. La chambre de tir est remplie d'une cartouche Remington .22 à haute vitesse. Le jour se lève. Le ciel passe d'un gris tourterelle au vert d'eau, puis au rose…

Au levant, les premiers rayons paraissent en se découpant sur l'horizon. Ils se hasardent, se déploient l'un après l'autre, défroissent leurs grandes ailes dorées.

Émile. Je pourrais. C'est un gros capucin dans les huit livres et Gina en ferait un pâté formidable. Je pourrais… Balayage. La lumière rasante, un peu jaune, brouille l'image. Lunette Bushnell réticulée. Pano latéral… Des troncs, quelques feuilles qui semblent à distance translucides, voire abstraites… Et brusquement, un éclat de lumière qui attire le regard. Une fraction de seconde. Souvent tesson de bouteille, morceau de verre à vitre, boîte en fer-blanc. Entre temps, la lunette a bougé, il faut revenir en arrière. Négatif. Le bosquet au sommet de la colline. Plus rien.

Un seul éclat de lumière. Bref, incisif. Il a disparu aussitôt.

Ce sont des choses qui arrivent : l'incidence des rayons solaires a varié, l'objet qui reflétait la lumière l'instant d'avant cesse de la renvoyer. Normal. Quand même… Les réflexes… Sonder le sous-bois… Lentement, mètre par mètre… Je jette ma cigarette… Les vieilles habitudes. Sniper de rats. Souffle retenu, les dents entrouvertes. Les chats font pareil, pour humer avec le haut du palais, les chats en chaleur. Le jour aussi s'étale, s'insinue devant moi, lui aussi fouille entre les troncs, les branches, s'avance silencieusement dans le petit dédale. On dirait qu'il marche à pas comptés, ralentis mais très sûrs.

Target. On trouve en même temps, le jour et moi.

La cible est là, pas très distincte. Silhouette d'homme. Embossée au-delà de la lisière des arbres. Devant la figure, des jumelles, de fortes jumelles. L'homme parfait ses réglages. Un homme normal, un civil, lorsqu'il mate à la jumelle, plastronne en plein jour, sur ses jambes bien écartées. Non, là, le guetteur est couché à plat ventre dans l'ombre d'un pin. Normalement, il n'aurait pas dû être détecté. Normalement.

Faire comme si de rien n'était. Je baisse ma carabine. J'allume une autre cigarette. Je repose mon arme et je vais pisser tranquillement un peu plus loin. Le ciel est d'un bleu très tendre, des martinets se poursuivent en criaillant. Ils nichent dans l'un des hangars. Quelque part, la première cigale se met à striduler. Bientôt, elles seront des centaines dans le brûlant du jour à grésiller de partout, comme de l'huile sur le feu.

Je réfléchis. Une planque sur la casse, ou sur moi ? J'inclinerais pour la casse. Rosen n'est pas blanc-bleu, certains de ses contacts non plus. Seulement, les cowboys du G.R.B. viennent souvent se ravitailler en pièces moteur, en carrosserie, les gendarmes aussi. Rosen les traite bien. On est en pleine paix. Une paix armée, mais une paix tout de même.

Alors, je pense à Émile, mon capucin. Je lui dis :

– Peut-être bien qu'on est dans la même merde, camarade…

J'ai sorti le pick-up Ford. C'est un vieil engin cabossé, avec une grosse antenne de C.B. en plein milieu du pavillon. S'il a eu une couleur, personne ne s'en souvient plus. Aucune importance. Rosen ne m'a pas posé de questions, Gina non plus. Un contre un. Correct. J'ai pris le chemin de terre, la carte d'état-major dépliée sur les genoux. Derrière moi, un grand nuage de poussière ocre, un peu rousse. J'ai piqué droit sur la mer, puis j'ai fait un long crochet par l'est en empruntant une départementale, puis une seconde, et enfin un chemin qui m'a permis de revenir sur l'objectif en restant à couvert.

J'ai longé sur près d'un kilomètre un canal au bord duquel s'étendait quelque chose qui avait l'air d'une ancienne rizière. Haies de roseaux. Il faisait plus frais à cet endroit. Plusieurs fois, je me suis arrêté pour contrôler sur la carte. Lorsque je me suis trouvé à moins d'un kilomètre au nord de la butte, j'ai rangé le Ford à l'abri.

Avant de descendre, j'ai encore fumé toute une cigarette en écoutant la radio. Il faisait beau, il faisait frais. Gina, quand elle bossait en short, l'été, c'était un sacré lot, putain. Ses shorts et ses bermudas, elle se les taillait elle-même dans des vieux jeans, et je peux dire qu'il n'en restait pas grand-chose. Rosen. Charlie. Émile. J'aurais pu vivre là où j'étais revenu – presque chez moi maintenant, seulement voilà, dans la vie, on commence par devoir se méfier de ceux qui vous détestent, mais après, bien vite, c'est ceux qui vous aiment qu'il faut fuir comme la peste.

Vous ne pouvez plus rien leur apporter de bon.

Au moment de quitter le pick-up Ford, j'ai monté une cartouche dans la chambre du Beretta et je l'ai enfoncé sous ma ceinture dans le dos, museau en bas. J'ai rabattu ma chemise par-dessus. La vitre latérale m'a renvoyé l'image d'un homme des bois, une sale gouape maigre, au visage tanné par le soleil. J'avais mes vieux Pataugas.

Ça ne fait pas de bruit, les Pataugas.

J'ai d'abord trouvé la voiture. Il l'avait rangée à l'ombre sur un morceau de parking, à proximité du chemin qui conduit au sommet de l'oppidum. Un homme respectueux des lois, autant que je l'avais été moi-même. Réjouissant. Toyota rouge quatre roues motrices. Il m'a fallu vingt secondes pour débrider le coffre. Pas d'alarme, mais le bloc émetteur d'un téléphone 20 watts. Dix secondes pour le neutraliser.

Une minute et demie pour tout passer au peigne fin. Nikon-moteur avec un télé de 400 millimètres. Une autre paire de jumelles, des Zeiss de la dernière guerre. Carte d'état-major identique à la mienne. Sous le siège du passager, il y a une boîte de 32 cartouches neuf millimètres. Il en manque douze. L'homme est équipé d'un pistolet quinze coups comme le mien. Comme moi, sans doute, pour économiser le ressort de la plaque élévatrice, il ne doit remplir son chargeur qu'à douze.

J'ai refermé, et j'ai encore fait un long détour pour venir dans son dos. Il fallait faire doucement et les cigales ne m'aidaient pas. Elles pouvaient se taire d'un instant à l'autre. S'il n'avait pas été un homme des villes, sans doute m'aurait-il donné plus de mal. La sueur me coulait dans le dos, le long des flancs. Les derniers mètres d'une chasse, c'est toujours comme avancer sur la surface d'un étang gelé. On ignore l'épaisseur de la glace. On redoute le plus infime craquement, tout mouvement brusque est prohibé. On voudrait aller vite et il faut tout décomposer, lentement, minutieusement. On a la gorge serrée, le cœur cogne à s'en décrocher, tandis qu'on avance sur l'objectif, tandis qu'une haine froide, subtile, s'infiltre peu à peu dans les muscles et les os, se distille comme un venin.

Contact.

L'homme est étendu à plat ventre. Il tourne le dos. En appui sur les coudes, il fouille toujours à la jumelle. Il a vu mon départ, il guette le retour. Il porte un pantalon de toile, une veste en lin couleur pistache. Il est chaussé de Nike-Air neuves. Âge probable : entre trente et quarante. Corpulence mince. Cheveux châtains, coupés très court. Il paraît être de type européen. À proximité de son coude gauche, par terre, une grosse sacoche en toile kaki. J'avais la même, lorsque je commandais mon unité parachutiste. Le tapis d'aiguilles de pin étouffe mes pas. Un mètre. Il manipule la molette de réglage de ses jumelles, soupire avec agacement.

Je me laisse tomber de toute ma hauteur, les deux genoux dans ses reins, je lui enfonce le canon du Beretta derrière la nuque. Comme il n'a pas assez de cheveux, je l'empoigne par une oreille, tout en relevant le chien du pistolet.

– Tu ne bouges pas. Tu ne fais rien.

Qu'est-ce qu'il pourrait faire ? Je suis sur son dos. Il sent la pression du Beretta. Il a entendu le cliquetis lorsque j'ai armé mon gun. Il bouge la tête juste ce qu'il faut pour faire comprendre qu'il a perçu le message. Je sens ses muscles du dos se détendre. L'erreur serait de penser qu'il a abandonné pour autant tout espoir. Je lui enfonce plus rudement le canon du flingue à la base du crâne.

– Je connais toutes les enculeries, garçon. Tu te débarrasses de tes jumelles. Doucement. Où tu as mis ton flingue ?

– Dans… dans le sac…

Je l'entrouvre du bout des doigts. Des papiers, des dossiers, cartes routières, un Smith et Wesson chromé dont la crosse est tournée vers moi. Je referme la sacoche, l'expédie plusieurs mètres derrière.

– Quoi d'autre ?

– Rien d'autre.

– Je vais me lever. Si jamais tu tentes quoi que ce soit, tu es mort. Correct ?

– Correct.

Je me relève lentement, une jambe après l'autre, comme au confessionnal. Le type reste couché à plat ventre. Il ne bouge ni pied ni patte, la figure de côté. Un bon petit soldat qui sait attendre les ordres. Je recule de deux mètres, sans cesser de le braquer. Je tire des T.H.V. Je vise le creux de la nuque à bras tendu.

– Tu te redresses, doucement. Tu te retournes. Pas de geste brusque. C'est ça. Retire ta veste et lance-la à mes pieds. La chemise, même chose.

Il s'exécute. La seule entorse, c'est qu'avant de m'expédier sa chemise, il hausse les épaules, prend un paquet de Navy Cut et un petit briquet dans la poche de poitrine et s'en allume une. Pendant que je palpe ses affaires de la main gauche, il gonfle les poumons et remarque :

– Ah ! punaise, qu'est-ce que ça fait du bien, d'en griller une. Ce qui est extrêmement chiant, dans les planques, c'est qu'on ne peut pas fumer.

– J'ai donné.

Je sors son porte-cartes.

– Blanton, hein ?

– Oui, Blanton.

Il hausse de nouveau les épaules, regarde alentour avec une sorte de vague ressentiment. Entre le pouce et l'index, il extirpe un brin de tabac de sa lèvre inférieure, l'examine avec attention et l'expédie d'une chiquenaude à l'autre bout de la planète.

– Blanton, oui. Francis Blanton. Né à Paris XVe de mère française et de père hollandais. Descendant d'une vieille famille bordelaise émigrée à la suite de la révocation de l'édit de Nantes.

– Fermez le ban !

C'est un garçon mince et blond, remarquablement bien musclé. On dirait un de ces jeunes fous émaciés, des deux sexes, qui passent leur temps à jouer l'araignée, suspendus d'une main au-dessus d'un millier de mètres de vide. J'ai une vraie admiration pour ces gosses. Pour moi, ce sont des êtres absolument magnifiques. Je lui renvoie ses affaires. Il se rhabille, sans se lever.

– On peut savoir qui t'a mis sur mon dos ?

– Désolé. Je peux vous chanter bien des choses, mon commandant, mais ça… Je ne peux pas.

C'est drôle, il a presque un sourire candide aux lèvres. Mon commandant. Il sait qu'il risque de mourir, et pourtant il fume. Il n'a pas reboutonné sa chemise. Je lui fais signe de se lever. Je me tiens à distance. Il a un sourire furtif. Je le préviens de nouveau, à mi-voix :

– Toutes les enculeries sans exception.

– Soyez rassuré. On m'a appris à mesurer les [illegible]ques.

Sans cesser de le tenir en respect, je ramasse la sacoche.

– Ça t'ennuie si on descend se parler ?

– Oui, ça m'ennuie, mais c'est vous qui tenez le flingue, papa.

Il est très tôt. Pas encore de clients. La Toyota et le pick-up Ford sont rangés à couple, pas très loin de la presse hydraulique. Blanton jette un coup d'œil alentour. Toutes les casses de voitures ressemblent à la même chose – à des casses de voitures. Clôtures de grillage, barbelés. Lady erre parmi nous. Le jeune homme hausse légèrement les épaules. Rosen le dévisage lentement. Blanton s'allume une autre cigarette.

Je donne le Smith à Lee. Lee ne compte pas dans l'image. C'est le lieutenant de Rosen. Un des lieutenants de Rosen. Excellent mécano, il a une femme et des gosses. Lee est silencieux, très grand, très maigre. Il n'est fait que de muscles et d'os. On le surnomme Lee parce qu'il ressemble à Lee Van Cleef. Un Lee Van Cleef qui n'aurait qu'une petit quarantaine d'années, des cheveux frisés, hirsutes, prématurément gris fer, et une boucle en brillants à l'oreille gauche. Il porte une combinaison de tankiste, des bottes de saut. Je lui dis :

– Lee… Il se pourrait que monsieur soit saisi d'une impulsion subite. N'importe laquelle. Si tel était le cas, n'hésite pas. Laisse-lui faire cinq ou dix pas pour la beauté du geste et abats-le.

Lee remue la tête, puis les mâchoires. Quelque chose de lointain lui traverse le regard. Il a les yeux couleur d'aigue-marine. Il regarde Blanton. Le jeune homme hoche la tête.

– Belle petite armée, que vous avez là, mon commandant.

– Elle en vaut bien d'autres.

– Je n'en doute pas.

– L'erreur serait de ne pas la prendre au sérieux.

– Je n'en doute pas non plus. Lorsqu'on m'a confié votre traque, je me suis tout de suite demandé sur quoi j'allais tomber. J'avoue que je ne suis pas déçu du voyage.

– À propos de voyage.

Je fais signe à Rosen. Il y a une épave de Renault 25 à côté de la grue. Rosen monte dans la cabine, tripote les commandes. Un bon exemple vaut mieux qu'une mauvaise explication. Ronflement de diesel. La grosse griffe s'abat sur le pavillon, ramasse la voiture. J'indique à Blanton :

– Nous réputerons que les choses ne se passeraient pas très différemment avec votre Toyota. D'accord ?

– Parfaitement d'accord.

– Observez.

Il ne faut guère plus qu'une minute ou deux pour que la voiture soit réduite à l'état d'un cube de métal de moins d'un mètre sur un mètre. Le jeune homme fume sans rien dire. Lee couvre la scène à mi-distance, le pistolet chromé le long de la cuisse. Lady tourne et vire.

– Ces compressions partent ensuite directement à la fonderie. La présence de matières biologiques à l'intérieur n'influerait en rien sur la suite du processus.

Ébranlé, Blanton avale de la salive, considère l'extrémité de sa cigarette et reconnaît :

– Il m'est arrivé de me trouver dans des situations moins… inconfortables. La perspective de se trouver recyclé en capot avant de Clito n'a rien d'exaltante.

– De Cadillac non plus.

– De Cadillac non plus.

Nous sommes assis dans la caravane, chacun d'un côté de la petite table, si bien que nos genoux se touchent. Blanton sue à grosses gouttes, mais il se tient bien. J'ai ouvert la sacoche. Les éléments du dossier me concernant sont devant moi. Il y a plusieurs sous-chemises, dont je prends connaissance petit à petit. Pour lire, à présent, je suis obligé de porter des lunettes. Je montre une photo face-profil à Blanton. Une photo de moi. Il semble gêné.

– Provient de votre ancien employeur, mon commandant.

– Je le sais. Elle date. Elle a été prise par l'Identité judiciaire, le jour de mon entrée à la préfecture de police. Ça remonte à quinze ans.

– Dix-huit ans et dix mois. Trahi par vos propres amis. N'en faites pas une maladie. Jésus avait bien un traître dans sa bande. Je crois que le gonze s'appelait Judas. Ce sont aussi vos anciens employeurs qui ont transmis aux miens votre état signalétique des services, civils et militaires.

– Vos employeurs…

– Ainsi que votre nouvelle identité. Je savais que vous naviguiez sous toc. Vos amis vous ont balancé, mon commandant.

– Ne m'appelez plus comme ça, Blanton. Vous m'agacez.

– Vous avez commandé dans le djebel, à Beyrouth… Beyrouth, j'y étais aussi. Beyrouth, Djibouti. Sarajevo. Ailleurs.

Je me suis accoudé à la table, j'ai enlevé mes lunettes.

– Vous détenez sur moi des renseignements classifiés. D'accord ?

– D'accord.

– Ces choses ne se trouvent pas sous le pas d'un cheval. Qui êtes-vous, Blanton ? Un homme de l'ombre ?

– Est-ce que ça revêt encore une quelconque importance ?

– Aucune.

– Non, mon commandant. Je ne fais partie d'aucun service de renseignement. Aucun service officiel. Rien qu'un ancien soldat comme vous. Un soldat d'infortune. J'ai quitté l'armée avec le grade de capitaine. Depuis la chute du mur de Berlin, des hommes de ma sorte, on en trouve partout. Ils proviennent des deux camps.

– De tous les camps. Un demi-solde. Pourquoi avez-vous quitté l'armée ?

– J'ai jugé qu'on ne me payait pas assez. Pas assez, en fonction de mes… capacités. J'ai fait mes quinze ans, et puis j'ai tiré ma révérence à ces messieurs.

– Le privé paye mieux.

– Infiniment mieux.

Ses motivations semblaient convenables. Un simple transfert de technicité. Je lui ai tout de même rappelé :

– Le privé risque de conduire entre les parois d'une presse hydraulique.

– Je ne l'ai pas perdu de vue, mon commandant. Mais que voulez-vous que je fasse ? Que je me roule par terre en pleurant à vos pieds ? Que j'essaie de tenter une sortie en force ? Que je m'évanouisse dans l'air, *dans l'air impalpable, ainsi que les tours ennuagées, les palais somptueux, les temples solennels et toute cette terre, même...*

– *Sans laisser la moindre trace derrière vous...* Je connais Shakespeare. Il m'est arrivé de lire *La Tempête... Not a rack behind...* Vous pourriez bien ne laisser aucune trace, en effet. Est-ce que vous avez peur ?

Il s'essuie les paumes sur ses jambes de pantalon.

– Oui. J'ai peur. Je crois bien que jamais je n'ai autant eu peur de ma vie. Est-ce que vous n'auriez pas peur, à ma place ?

Un bon petit soldat, j'étais bien forcé de l'admettre.

– Sans doute. Vous m'intriguez, Blanton. Vous m'intriguez et vous me divertissez.

Il hausse les épaules, allume une cigarette.

– Vous aussi, vous m'avez intrigué. Passé un certain point, vous n'avez cessé de me divertir.

– Quel point ?

– Nous avons tous notre part de sordide... D'immonde... Nos petits accommodements avec le diable...

– Notre part de laideur et de saleté, oui. Notre petit tas de fumier personnel. C'était parfois seulement ce qui permet de tenir encore debout, quand tout le reste a flanché. Vous n'avez pas trouvé, tant pis. Cependant, n'oubliez pas : même chaussé de semelles en plomb, chaque pas qu'un homme fait en direction de sa propre mort tend à le rendre un peu moins méprisable.

Les yeux de Blanton ne sont plus que deux minces fentes dans un visage devenu gris et sans âge. Il réfléchit encore.

– Judas. La dimension humaine. J'aurais aimé découvrir la vôtre. Votre épaisseur. L'homme derrière le masque. J'avoue que ça ne m'aurait pas facilité les choses. Hélas ! vous êtes un homme très complexe, très secret, mon commandant. Très prudent.

– J'étais. Nous parlons de choses mortes. Pas très malin de votre part, tout ce que vous me dites. Clito, vous vous rappelez ?

– Capot avant, oui. En principe, vous ne deviez pas me dégringoler. Ce qui est fait est fait.

J'ai laissé passer un peu de temps. J'ai réfléchi en le dévisageant. Il n'y avait pas de mépris dans ses yeux, seulement une espèce de haine, mêlée de tristesse. Je lui ai déclaré :

– Je reconnais les faits qui me sont reprochés. Tout se règle un jour ou l'autre, la seule différence, c'est que nous ne parlons plus du même homme. Combien on vous paye pour ce boulot ?

Il a croisé les mains sur la nuque. Tout en fumant, il a réfléchi à son tour, il a calculé, puis m'a répondu :

– Voyons… Comparons ce qui est comparable… Une traque assez semblable à la vôtre… La dernière que j'ai faite, c'était une femme, à Vienne… Elle aussi naviguait sous toc. Correspondante de presse. Elle travaillait en douce pour un truc genre Amnesty International… Ça m'a pris six mois pour la loger. L'opération m'a rapporté cent vingt mille francs, net…

– Et moi ? Combien ?

– Vous m'avez donné plus de mal. Vous n'avez pas fait d'erreur. Il a fallu beaucoup plus de temps. Disons cinquante pour cent de mieux, environ.

– Je vaux autant ? Pas possible, vous me flattez !

Il a haussé les épaules.

– Aux yeux de mes employeurs, vous valez autant.

– Vos employeurs…

Il a de nouveau haussé les épaules. La cigarette fumait devant sa figure. Ça l'obligeait à serrer les paupières et lui donnait une expression moins aimable. Il m'a prévenu :

– Inutile de me poser la question de leur identité. Pour éviter toute oreille indiscrète, on me contacte sur mon téléphone de voiture. Je me rends dans un immeuble de bureaux. Jamais le même. Un de ces locaux qui servent de domiciliation aux entreprises. À certaines entreprises. On les loue au mois, à la journée, parfois même à l'heure. Je reçois mes instructions. Pas beaucoup de formalisme, dans ces opérations, vous savez, et jamais de virements ou de chèques.

– Oui. Seulement du cash. Et l'officier traitant n'est jamais le même d'une fois sur l'autre. Vous aussi, vous avez des couilles, Blanton. Dites-moi…

Il a enlevé sa cigarette de la bouche. Dehors, on entendait rire et parler, mais qui et pourquoi ? Allez savoir…On a aussi entendu le mugissement grinçant de la presse, mais je n'avais rien fait pour ça.

– Votre cible, la Viennoise, vous savez ce qu'elle est devenue ?

– Affirmatif. C'était vraiment une très belle femme, très intelligente. Très sensible, très cultivée. Quelques jours après que je l'ai logée, elle a été victime d'un stupide accident de la circulation. Morte sur le coup. D'ordinaire, j'ai pour principe de ne pas suivre l'évolution de la clientèle. Cette fois-là, je l'ai su parce que tous les journaux en ont beaucoup parlé.

Je me suis mis debout et j'ai commencé posément à tout rattrouper, les documents, les photos, à tout remettre dans la sacoche. Blanton a levé une face livide. Un tic nerveux agitait sa paupière gauche. Il a écrasé sa cigarette. Ses doigts tremblaient doucement, mais sans arrêt. Il a pris le soin de reboutonner tant bien que mal sa chemise. D'une voix râpeuse, éraillée, il a déclaré :

– Le grand saut, n'est-ce pas, mon commandant ?

J'ai saisi le Beretta dans ma ceinture. J'ai fait signe de se lever. Il s'est déplié lentement, sans me quitter du regard.

– Nous ne sommes pas des machines. J'ai peur de flancher au dernier moment. J'ai une faveur à vous demander.

– Tout ce que vous voulez – sauf une chose.

– Finissez-en vite.

Il était au volant de la Toyota. Il tremblait de tous ses membres. Je comprenais très bien, j'aurais sans doute fait la même chose à sa place. Il tremblait, mais c'était seulement la viande qui tremblait, cette putain de viande qui se refuse jusqu'au bout à tourner charogne, l'infâme salope. On a beau se raconter tout un tas de conneries pour enjoliver, la viande, sa propre viande, on n'en est jamais tout à fait maître. Jusqu'au bout, elle reste disposée à vous trahir. L'homme lui-même se tenait toujours à la perfection. À un moment, Blanton a été obligé d'appuyer le front sur son volant.

Je comprenais. À sa place, j'en avais vu d'autres s'en chier dessus de trouille. Ça ne les avait pas empêchés d'y passer quand même. Lui se tenait vraiment très bien. J'ai tendu la sacoche. Il l'a saisie sans comprendre. J'ai fait signe à Lee qui se tenait toujours en couverture dans mon dos. Il s'est approché sans bruit.

Je lui ai pris le Smith, j'ai retiré le chargeur, j'ai enlevé la cartouche de la chambre. Je lui ai rendu son arme, en la tenant par le canon. Je lui ai rendu le chargeur vide aussi. Blanton m'a adressé un dernier regard suppliant. Je lui ai murmuré, avec toute la douceur dont j'étais capable :

– C'est terminé, garçon.

Il claquait des dents. Il a été obligé d'appuyer la nuque au repose-tête. J'ai regardé ailleurs. J'ai hésité, puis je me suis décidé :

– Moi aussi, j'ai une faveur à vous demander.

Rosen dans la cabine de la grue. Lee, Lady... Moi avec mon Beretta automatique. Il faisait très chaud. Quelle faveur peut-on demander à un homme qui va mourir dans les quelques minutes qui suivent ? Blanton a fait un petit bruit de crécelle. J'ai réfléchi :

– Nous sommes mercredi. Je suppose que vos employeurs ne sont pas pressés à la journée.

Il m'a supplié, les yeux hagards.

– Faites vite, putain... Je veux pas partir liquide...

– Vous allez partir. Tout de suite. Ce que je vous demande, c'est de me laisser trois ou quatre jours, avant que le gros de la troupe ne débarque. Le temps que je mette tout en ordre dans ma tête.

– Partir ?

Il m'a dévisagé, stupéfait. Je l'ai rassuré :

– Pas de lézard. Je vous donne ma parole d'officier que je ne bougerai pas d'ici. Vous n'étiez qu'un éclaireur. Vous m'avez trouvé. Vous avez marqué la cible. D'autres pourraient le faire après vous... Et d'autres encore...

– Éclaireur...

Il m'a contemplé. Il était hébété. Il a regardé la casse, les collines, le ciel. Le ciel était souvent du même bleu intense dans les Aurès. Je dirigeais un commando de chasse. Le ciel, on avait l'impression de pouvoir le toucher du bout des doigts. Je n'avais pas son âge. J'ai murmuré doucement :

– Vous allez devoir vivre, Blanton. Votre mort, vous venez de la fixer dans le blanc des yeux. Elle vous a même craché à la gueule. (J'ai haussé les épaules :) C'était un risque à courir, n'est-ce pas ? Je doute que ça vous ait appris quoi que ce soit.

Je lui ai rendu ses clés de voiture. J'ai un peu souri, vaguement :

– Une dernière chose. Lorsqu'ils viendront, je voudrais que ça soit le soir. *Twilight time*… J'aimerais que ça soit en Buick, une grosse Buick ou une Chevrolet… Ce genre de voiture… J'aimerais que la fin revête un caractère… esthétique, voyez-vous ? J'aimerais, j'aimerais, mais entre ce qu'on aime et ce qu'on a…

Il a mis le contact. Le démarreur a henni, puis Blanton a emballé le moteur à deux ou trois reprises. Il m'a encore regardé. Une dernière fois. Il était toujours aussi livide. On aurait dit qu'il avait la moitié de la face paralysée. Il serrait les dents. Il donnait l'impression d'avoir envie de vomir. Sa voix m'est parvenue, hachée et lointaine, pénible comme une mauvaise transmission radio :

– Je ferai passer le message. Je ne peux rien garantir.

– On ne peut jamais rien garantir. (Je lui ai rappelé :) Seulement trois ou quatre jours. Le temps de me retourner.

Il a fait marche arrière. Le portail était ouvert. J'ai suivi des yeux le nuage de poussière ocre que la Toyota soulevait derrière elle en partant. Bientôt, la poussière est retombée. J'ai regardé le ciel. Il tournait déjà au blanc. Il allait encore faire une canicule d'enfer. Tant mieux.

Trois jours ont passé. C'était de nouveau le soir – un dimanche soir. Il faisait toujours une terrible chaleur qui rendait tout indistinct et harassant. L'air brûlant vous buvait la sueur à même la peau. Le ciel était d'un blanc opaque, dépoli. Pas même de rémission au moment du crépuscule. De ces trois derniers jours, je n'avais rien fait de bon. J'avais travaillé avec Rosen sur un vieux Dodge. Il voulait le transformer en camion-plateau. Nous avions tronçonné la caisse, soudé des barres de renfort, poncé, mastiqué. De temps à autre, tout en fumant une cigarette, je jetais un regard en direction de la colline. Fusil automatique. Balle supersonique. Un mince fil d'acier vibrant relie en une fraction d'instant deux points distants l'un de l'autre de quatre à cinq cents mètres. Poudre sans fumée. Si on s'y prend bien, une seule suffit. La victime est morte bien avant d'avoir perçu la détonation qui signale d'ordinaire le départ du coup.

Pas réellement pire qu'une rupture d'anévrisme.

Rosen m'épiait. Il se doutait de quelque chose. Plusieurs fois, j'ai senti qu'il était sur le point de m'adresser la parole, mais à quoi ça nous aurait avancés ? Il ne se doutait pas. Il savait. Il ne pouvait rien pour moi. Je ne pouvais rien contre un tueur anonyme. Un tueur anonyme, c'est Dieu. On ne peut rien contre Dieu.

Le samedi soir, Gina m'avait tanné pour qu'on descende prendre un verre en ville. Nous avions poussé jusqu'au bord de mer, mais je n'étais pas descendu de voiture. Comme il faisait nuit, je n'ai rien vu, j'ai seulement perçu le souffle lent et régulier du ressac. Même l'air qui montait de la mer semblait provenir d'un marécage. Gina s'était mise en frais. Elle portait une petite robe noire très simple, très seyante, des sandales en cuir. Elle aurait bien voulu. Moi aussi, j'aurais voulu et peut-être que j'aurais dû, après tout. Une dernière petite danse avant qu'on ferme. Pourquoi pas ? J'avais été tenté, il faut le reconnaître. Qui ne l'aurait pas été à ma place ?

Ce qui m'a empêché, c'est un petit souvenir entêtant. Je n'avais plus jamais revu Alex, jamais plus depuis l'instant où elle m'avait shooté à une station de métro, juste après l'épisode Bozzio… J'aurais aimé savoir ce qui avait bouilli réellement un moment donné dans sa marmite, à quel point elle aurait tenu à moi si les choses s'étaient passées autrement… C'était un atroce regret… Les mots n'ont ni plus de sens, ni de valeur que ceux qu'on leur accorde, c'est entendu, mais je me demandais… Je veux dire, peut-être que Gina m'aimait, que peut-être Alex aussi m'avait aimé, allez savoir ? J'aurais voulu savoir. C'est peu de chose, savoir, ça ne change rien, mais tout de même…

J'avais tellement voulu savoir qu'avant de rentrer à la casse, j'avais demandé à Gina de me prêter sa carte de téléphone. Je m'étais arrêté à une cabine dans la nuit et de tête j'avais fait le numéro du cellulaire d'Alex. Une voix de synthèse m'avait fait connaître que le radiotéléphone de mon correspondant était inaccessible et que je devais rappeler ultérieurement. Sur l'instant, j'en avais ressenti un étrange soulagement, en même temps qu'un terrible sentiment de trahison et d'abandon, mais non pas comme si j'avais été trahi, non, bel et bien comme si moi-même j'avais trahi et abandonné quelque chose ou quelqu'un. Nous étions rentrés tout de suite après, sans un mot. Gina m'avait laissé au portail. Elle faisait la tête. J'étais rentré, j'avais lâché Lady, nous avions fait un long tour de ronde. Le ciel semblait fait de feutre noir planté de clous d'argent en fusion.

Une nuit, puis un matin et toute une longue journée brûlante et vide. Je ne buvais plus beaucoup, mais je m'étais mis à boire vers dix-sept heures. J'avais sorti ma glacière, je m'étais installé sous la véranda, le fusil à pompe à proximité de la main. Le magasin était rempli de balles à ailettes. À présent que le sursis que j'avais extorqué à Blanton avait pris fin, je ne me sentais pas très bien. Deux ou trois fois, j'avais louché vers le pick-up Ford qui se trouvait dans la remise.

Aussi bien, il aurait pu se trouver en terre Adélie. J'avais donné ma parole. Non seulement ça, mais je n'avais plus envie de fuir. J'étais arrivé au bout avec bien de la peine et des efforts. J'avais retrouvé la terre brûlante et craquelée, les haies de roseaux et les lentisques, les maigres oueds à sec… Les crépuscules de mon enfance… On en met du temps, à revenir sur ses pas. Je suais de peur, c'est un fait. Je n'aimais pas cette idée que quelque part un homme s'avançait à pas lents, un fusil au bout du bras. Il choisissait son emplacement. Il me tenait dans le réticule de visée de sa lunette. Dérive zéro. Son index enroulait avec soin la queue de détente…

Subitement, un son lourd et régulier m'est parvenu aux oreilles. J'entendais les cigales, le cri des martinets. Un peu le barattement d'un moteur marine ou celui d'un gros diesel. Le bruit a cessé. La main que j'avais posée sur la crosse du Remington, je l'ai laissée retomber. Lady tournait dans son parc en grognant. J'aurais pu la lâcher, mais elle serait venue dans mes jambes et je ne voulais pas qu'elle prenne une balle perdue. Une bonne minute s'est écoulée. Il n'y avait pas le moindre souffle de vent. Le son s'est fait entendre de nouveau. On aurait dit le bruit sourd d'un gros GMC en charge.

Tout d'un coup, j'ai ressenti une impression de lourdeur dans l'estomac. J'avais plaisanté avec Blanton en lui parlant de Buick ou de Chevrolet et il aurait fallu que les types soient très gonflés pour venir à découvert en américaine. Tous les tueurs que j'avais connus, aussi bien les officiels que les autres, les officieux, les vacataires de la mort à l'encan, n'étaient que des crétins bornés, parfaitement dépourvus du moindre sens de l'humour. Je ne les voyais pas venir en Buick.

La voiture n'était pas une Buick, et pas une Chevrolet non plus. C'était une Cadillac noire, basse et longue, un convertible De Ville qui remontait au début des années 1970. L'engin roulait au pas en soulevant énormément de poussière ocre derrière elle. La capote était mise, les glaces remontées. Miracle de la climatisation. Subitement, mes guignols m'amusaient. Je ne pouvais rien distinguer dans l'habitacle, mais ils m'amusaient.

Tout en les regardant approcher, je me suis levé. J'ai ramassé mon riot-gun. Je n'avais aucune chance contre un sniper, mais contre des abrutis capables d'autant d'insolence stupide, rien n'était encore défini. J'avais bu, il faisait très chaud et le soleil n'allait pas tarder à se coucher. J'avais peur, c'est entendu, j'en avais passablement marre aussi, seulement une bouffée de haine m'a traversé. Bien sûr que si j'assaisonnais ceux-là, il en viendrait d'autres, pourtant je me suis bien campé sur mes pieds et j'ai monté une première balle dans la chambre du fusil. Le magasin en contenait sept. C'était plus qu'il n'en fallait contre deux ou trois adversaires, même très résolus et bien armés.

La calandre de la Cadillac est parvenue au ras du portail. Je ne distinguais toujours rien à l'intérieur. Tout au plus, je devinais la présence de deux hommes à l'avant. Appels de phares. J'avais la télécommande du portail sur moi. Je l'ai braquée en direction du capteur. Sans bruit, il s'est mis à glisser sur son rail. Le capot de la voiture tremblait doucement, de façon continue. Un bien bel engin. Son conducteur a attendu que la grille se soit complètement ouverte avant de se remettre à avancer.

Entre la Cadillac et moi, il y avait trente mètres environ. J'avais le fusil en travers de la poitrine. Le pire, c'est sans doute qu'à cet instant, je ne raisonnais que comme un professionnel face à d'autres professionnels. Ils n'avaient pas pu ne pas remarquer le riotgun. Ils n'en avaient pas moins continué d'avancer. Ils avançaient toujours, avec une extrême lenteur. Le conducteur en particulier courait un risque mortel. À cette distance, une balle à sanglier vous enlève la tête. À cette distance, je ne pouvais pas le manquer. Pour ouvrir le feu, j'attendais le moment où il lancerait son engin sur moi. Les choses se passeraient ensuite très vite. Je n'aurais que le temps de me jeter hors de la trajectoire et de déguerpir dans la casse, les autres à mes trousses. Pas gagné, mais jouable.

Vingt mètres. Quelque chose m'a semblé bouger dans l'habitacle. D'instinct, j'ai anticipé et monté le fusil à l'épaule. Contre toute attente, la voiture a freiné et s'est arrêtée. J'ai senti la sueur ruisseler le long de mes flancs. J'avais ma vieille veste ouverte, les poches remplies de cartouches. J'étais debout et en bonne configuration de tir, mais subitement, toute haine m'a quitté et j'ai mesuré à quel point toute cette comédie me fatiguait. J'ai entendu Lady aboyer au loin. La mort violente, c'est comme la baise, il faut être deux pour y jouer. Sur le papier, j'avais autant de chances contre mes connards qu'eux en avaient contre moi, et l'équation avait la simplicité éclatante d'une opération de police, seulement j'en ai eu ma claque.

Pouvez bien faire ce que vous voulez, pauvres cons, je me couche.

J'ai baissé le fusil, j'ai actionné le mécanisme et j'ai vidé le magasin. Clac-clac. Clac-clac. L'une après l'autre, les lourdes cartouches de 12 ont roulé à mes pieds, dans la poussière. Ensuite, j'ai jeté le Remington entre la voiture et moi, puis j'ai mis les mains sur les hanches et j'ai attendu.

Pouvez bien faire tout ce que vous voulez.

Plus rien à battre.

Il m'a semblé attendre toute une éternité, puis la suivante.

Enfin, le moteur s'est éteint brusquement. Seule la portière du conducteur s'est enfin ouverte, et encore avec beaucoup de lenteur et d'hésitation. Quelqu'un a mis pied à terre, puis est sorti, en écartant les bras du corps. Quelqu'un qui portait un vieux jean, une chemise d'homme et un gilet en toile écrue. Un fantôme avec des bottines mauves aux talons éculés. Une ombre qui m'a montré ses paumes vides, avec un pauvre sourire sans joie. Une ombre.

Alex s'est avancée pas à pas. Le temps ou autre chose l'avait changée en un être décharné, souffrant, songeur et anxieux. Tout de suite, j'ai pensé avec désespoir à la came. De son ancienne splendeur, il ne lui restait plus que son épaisse crinière et ses yeux ardoise, très enfoncés dans les orbites à présent, et qui lui donnaient l'air d'un animal malade. Les bras m'en sont tombés.

Alex s'est arrêtée près de moi. Elle a bougé la tête. Elle a murmuré doucement :

– Longtemps… Longtemps…

Je n'en revenais pas. Machinalement, j'ai sorti une cigarette de ma poche et je l'ai allumée. Alex me dévisageait. Bien sûr que ce qu'elle voyait n'avait rien de bien engageant non plus. Elle a remarqué :

– Tu as beaucoup maigri.

– Oui. Toi aussi.

Elle m'a demandé à mi-voix :

– Est-ce que tu vas bien, au moins ?

J'ai bougé la tête à mon tour. Je ressentais une peine infinie. Je pensais sans arrêt à la drogue. Je ne pensais qu'à ça, à vrai dire. Des camées, des junkies graves, j'en avais rencontré des centaines, et bon nombre d'entre elles, même parmi les plus touchées, n'étaient pas aussi abîmées. *Est-ce que tu vas bien, au moins ?* Je me serais attendu à tout, mais pas à ça, à des reproches, des cris peut-être, je ne sais pas, certainement pas à ce genre de question. J'ai jeté ma cigarette. Comme Alex ne bougeait pas, j'ai posé les mains sur ses épaules, je l'ai attirée contre moi.

– Merde, Alex, qu'est-ce qui s'est passé ?

– Rien. Rien du tout. Il ne s'est rien passé.

Je l'ai serrée dans mes bras. Elle a poussé un drôle de soupir creux. Elle a murmuré, en tâchant de se dégager :

– Fais attention à toi, je ne suis plus qu'un sac d'os.

– Pourquoi ? Alex, pourquoi ?

– Oh ! je ne sais pas.

Elle sentait la résine. Ses cheveux avaient une odeur de résine. Je l'ai serrée très fort. Elle a soupiré de nouveau. Elle avait les bras le long du corps, elle ne faisait rien, ne disait rien. Le soleil tombait. J'étais complètement dessoûlé. Je l'ai soulevée du sol et je l'ai portée dans la caravane. Elle s'est laissé faire sans rien dire. Je l'ai installée sur la banquette.

– Tu veux boire quelque chose ?

– Non. De l'eau, si tu en as. Je peux fumer ?

– J'ai de l'eau. Je fume aussi.

Elle a allumé une Lucky. Je ne l'avais jamais vue fumer des Lucky. Un paquet froissé, chiffonné. Elle a regardé autour d'elle. Tout était parfaitement nickel, mais neutre et impersonnel. Elle a touché ses cheveux. Je lui ai apporté un verre d'eau. Elle avait les doigts froids. Je me suis assis près d'elle, sur la banquette.

Elle m'a dit :

– Je voulais te revoir. Ne me demande pas pourquoi. Je n'en sais rien.

Je lui ai pris une Lucky. Voir Alex dans cet état me serrait le cœur. Lorsque je pensais parfois à elle, je l'imaginais toujours bien vivante, entourée d'amis, de lumière et de bruits. Je l'imaginais satisfaite, rassasiée. Je ne la voyais pas baltringue, cassée, aussi vide et sèche qu'un sac en papier. Je lui ai pris subitement la main.

– Je me fous des pourquoi, Alex. Tu te cames ?

Elle a eu un rire amer.

– Oh ! non ! Rien d'aussi emphatique…

Elle a cherché un cendrier des yeux. Je lui en ai donné un. Elle m'a remercié d'un battement de cils. Bizarrement, elle n'était pas moins belle qu'auparavant. Elle était devenue quelqu'un d'autre. Très maigre, c'est sûr, mal attifée, sans cesse sur le qui-vive, mais étrangement belle. Elle m'a regardé avec son sourire en travers de la figure, comme une blessure mal refermée.

– Je ne me came pas, je ne bois pas. Rien de sale, ou de vulgaire, tu te rappelles ?

Du bout des doigts, elle m'a caressé la joue. Une petite gosse triste et qui ne demandait plus rien à la vie. Elle a tiré sur sa cigarette, bu quelques gorgées d'eau, puis m'a avoué :

– Je voulais te revoir. Je savais que toi tu ne voulais pas. Je voulais savoir ce que tu étais devenu. Je suis allé voir ton ami Jacques. Mon père l'avait connu quand il travaillait pour le ministère de la Défense. C'est ton ami qui m'a établi les… connexions…

– Quelle importance ?

– Ils ont mis près de deux ans pour te retrouver. Deux ans… Tu te rends compte ?

– Ça aurait pu être jamais.

– C'est ce qu'on m'a dit.

Elle m'a rendu son verre. Elle a écrasé sa cigarette et en a aussitôt allumé une autre. Elle m'a souri de nouveau, sans hardiesse. J'avais fait des courants d'air dans la caravane toute la journée, aussi régnait-il une chaleur acceptable. J'ai repris la main d'Alex.

– Et maintenant ?

Son sourire s'est crispé. Elle a passé son autre main devant les yeux. Le soleil très bas sur l'horizon donnait à tout une teinte orangée. Alex avait le visage moins blême, les traits moins tirés.

– Maintenant ? Je ne sais pas, maintenant. Je crois bien que je n'ai jamais réfléchi aussi loin. Je voulais te revoir et c'est fait. Alors, maintenant… Je crois que ce que j'aimerais surtout, c'est dormir. Longtemps. Dans tes bras. Tu vois ?

Je ne voyais que trop bien. Elle semblait épuisée. Je n'aimais pas beaucoup son expression. Elle avait l'air de s'excuser de tout. Elle mettait sans cesse sa main devant les yeux. Elle avait les tempes creuses, des doigts interminables… Ils furetaient partout autour de sa figure… Duveteux comme des papillons de nuit… C'était d'une tristesse presque effrayante. De nouveau, je l'ai attirée contre moi.

– Je suis désolé, Alex.

– Il ne faut pas.

– Est-ce que… tu as… une maladie ?

– Pas à ma connaissance. Pas à celle des médecins non plus.

Elle s'est dégagée, a écrasé sa cigarette.

– Je ne veux pas de ta pitié.

– Qui te parle de pitié ?

– Je voulais te revoir. Je savais que tu étais toujours vivant quelque part. Je le sentais. S'il t'était arrivé quelque chose de grave, je l'aurais senti aussitôt.

Elle chuchotait, en tâchant d'éviter mon regard. Peu à peu, la peur m'a envahi. Elle me rappelait ma mère. Ma mère lorsqu'elle était presque en phase finale. Merde, c'était impossible. Pas elle, pas Alex. Mon voyage était le mien, mais elle… Elle a soupiré une nouvelle fois, très doucement. C'était une habitude que je ne lui connaissais pas. Peut-être que je n'avais pas connu grand-chose d'elle, au fond, pas grand-chose de personne après tout, avec ma grande gueule, mon acharnement à toujours tout faire de travers…

Plus de lumière orange pour donner un peu de chaleur aux choses. Ma peine s'est changée en souffrance, puis la souffrance en colère. Alex ne disait rien. C'est tout juste si je l'entendais toujours respirer. Je n'osais plus lui prendre la main, je n'osais plus dire quoi que ce soit moi non plus. J'avais trop peur d'exploser. Pour un peu, j'aurais tout cassé autour de moi. Je me doutais que c'était un peu de ma faute, tout ça. J'avais l'impression de deviner, petit à petit. C'était assez incroyable, mais tout ce qui arrive aux autres l'est toujours.

On y voyait de moins en moins et ça rendait les choses moins pénibles. Moi aussi, je me suis mis à chuchoter. C'était drôle, parce que nous étions seuls, loin de tout… On aurait dit deux taulards, ou deux mômes qui avaient peur de se faire prendre par les grands. Peut-être après tout que ça ne les regardait pas, les grands… Je lui ai un peu parlé de moi, de ma vie, et elle aussi, elle m'a parlé… Elle m'a avoué :

– Quand tu as braqué ce fusil sur moi, j'ai réellement pensé que tu allais tirer. Je me suis sentie soulagée. Ça m'aurait arrangé que tu le fasses.

– Pas moi.

– Oh ! je le sais bien.

– On ne survit pas très longtemps, avec seulement cinq cents grammes de masse cérébrale. On n'est plus très regardable non plus. Alex, est-ce que je peux encore faire quelque chose pour toi ?

– Oui. Si ça ne te dégoûte pas trop.

– Pourquoi ça me dégoûterait ?

– Regardable.

J'ai allumé un petit spot. J'ai découvert qu'Alex avait la figure mouillée, comme une route secondaire après l'averse. Je lui ai essuyé les yeux. Elle a relevé le front et m'a souri courageusement.

– Je ne veux pas que tu te forces.

La colère m'a envahi.

– Il y a deux solutions. Je ne sais pas laquelle te paraît la plus plaisante.

– Deux solutions ?

Je me suis penché au-dessus d'elle, j'ai étendu la main. Entre les coussins et la paroi de la caravane, il y avait l'un de mes deux Beretta automatiques. J'ai actionné la culasse et je le lui ai flanqué en travers des cuisses.

– Faute de femme, je couchais avec ça. Le chargeur est plein, et il y a une cartouche dans la chambre.

Balle expansive, presque pas de pression à exercer sur la détente.

Alex a enroulé les doigts autour de la crosse. Elle a levé l'arme et l'a contemplée avec une petit grimace amère.

– La plus sûre manière de ne pas se manquer, c'est de s'enfoncer le canon sous la mâchoire, là. (À l'aide de mon index raidi, je lui ai indiqué l'endroit.) Le reste se passe tout seul.

Alex a soulevé le pistolet. Lentement, sans me quitter des yeux.

– Il est réellement chargé ?

– Réellement.

– L'autre solution ?

– Tout dépend de toi.

Elle a enfoncé le canon du Beretta là où je lui avais montré. Elle le tenait comme il faut, sans trembler. Elle avait le doigt sur la détente. J'avais cessé de respirer. Je sentais la terre fuir sous mes pieds, à des milliers de kilomètres à la seconde, fuir dans la nuit… Très doucement, Alex a murmuré quelque chose… Je me suis entendu grincer des dents… Imbécile… Imbécile… À l'instant où j'ai vu ses phalanges se crisper, à l'instant où elle assurait une dernière fois sa prise autour de la crosse, j'ai brusquement lancé le poing en marteau d'un geste circulaire. Le coup a touché le bloc de culasse au moment où le percuteur s'abattait. Une fraction de seconde plus tard et Alex s'explosait la tête. La balle ne l'a manquée que de quelques centimètres avant de traverser le plafond et d'aller se perdre au diable. Dans le petit espace confiné de la caravane, la déflagration a été assourdissante. Nous sommes restés une fraction de seconde hébétés, puis je me suis jeté sur elle, je lui ai arraché le pistolet des mains et je l'ai jeté derrière moi. Puis je l'ai saisie aux épaules et j'ai hurlé :

– Ne fais plus jamais ça, tu m'entends ? Plus jamais !

Je l'ai secouée avec violence. Elle ne se débattait pas. Je m'en foutais. Elle ne criait pas, elle ne pleurait pas. Elle avait les mains ouvertes. Je m'en foutais. À force de la secouer, je me suis fait peur. J'étais plus qu'à moitié sourd, mais dehors, j'ai entendu Lady. Elle hurlait en se jetant contre la grille de son enclos.

– L'autre solution ? m'a demandé Alex.

– Plus jamais. Plus jamais !

J'étais forcé de hurler. Alex a fait la grimace – une grimace de souffrance.

– D'accord.

– C'était pas la peine de revenir pour faire ça.

– D'accord.

– Pas toi. Pas sous mes yeux.

J'ai cessé de la secouer, mais ma colère n'était pas tombée pour autant. J'avais passablement perdu la tête. Je lui ai crié à la figure :

– Écoute. On remet tout à zéro. Tous les compteurs. Je me fous de ce qui s'est passé avant. Je me fous d'avant. Je me fous de tout. Plus jamais un truc pareil. C'est tout. Plus jamais !

Je l'ai lâchée. Tout doucement, elle s'est frictionné la nuque du bout des doigts. Je me suis mis debout.

– Lève-toi.

Elle a obéi. Sans comprendre, elle m'a vu chercher un peu partout. Elle est restée debout, vaguement hébétée. Elle commençait à ressentir l'état de choc. J'ai ramassé tout ce qu'il y avait comme armes un peu partout, j'ai pris ma grosse torche qui me servait pour faire mes rondes et j'ai entraîné Alex dehors. Il restait pas mal de clarté au couchant et Lady avait cessé de hurler. Elle s'était mise à japper et à pleurer d'une voix rauque. Au passage, j'ai ramassé mon riot-gun, ainsi que toutes les cartouches que j'ai pu retrouver ça et là. Je n'arrêtais pas de me maudire et de m'insulter à mi-voix.

À côté de la presse, il y a une vieille citerne creusée dans le sol. Elle ne sert à rien depuis des lustres, tout au plus à contenir les eaux pluviales qui proviennent du toit du hangar, lorsqu'il pleut assez. La dernière fois, c'était en mars et nous étions à la fin de l'été. J'ai posé la lampe et tout mon barda et j'ai soulevé la grosse dalle en ciment. J'ai senti mes reins et mes épaules craquer, mais rien ni personne n'aurait pu m'empêcher. J'ai crié à Alex :

– Où tu vas ? Ne bouge pas.

– Je ne bouge pas.

Elle n'avait pas bougé.

J'ai donné un coup de lampe en bas. Au fond, il restait seulement de la vase, une vase sombre, d'apparence huileuse, et très malodorante. J'ai tout flanqué dedans, j'ai arraché ma vieille veste de treillis et je l'ai jetée aussi. Dans le faisceau de ma lampe, j'ai tout regardé s'enfoncer lentement. Seule la veste est restée en surface. Alex s'est penchée, sans doute dans le but de m'aider à refermer.

– Laisse.

Je l'ai empêchée.

– Laisse, c'est à moi de le faire.

J'ai remis la dalle en place en grinçant des dents. Je me suis redressé et j'ai regardé autour, puis j'ai éteint ma torche. Alex ne disait toujours rien. On aurait réellement dit un fantôme, un être immatériel sans plus de consistance qu'un songe ou un souvenir surgi d'aucun endroit connu ou inconnu, même de votre propre mémoire. Une fraction de seconde, je me suis même demandé si elle était bien autre chose qu'une hallucination ou un remords.

Je me suis approché d'elle. Les remords ne vous entourent pas la taille de leurs bras. Ils ne tremblent pas contre vous. Les remords ne pleurent pas. Ils n'essaient jamais de vous embrasser, même mal et tout de travers, comme une collégienne en transes.

Je me réveille. Ma montre indique quatre heures. Le vent s'est levé et c'est lui qui m'a réveillé. Drôle de chose, le vent. J'ai l'épaule ankylosée, mais c'est parce qu'Alex s'est endormie dans mes bras et que je n'ai pas voulu bouger. J'écoute le vent gronder. Un tamaris craque dans la nuit, toujours le même, de l'autre côté de la clôture. Un câble de la presse claque et grince, il tinte comme une drisse mal frappée contre la mâture d'un voilier en aluminium.

Il est quatre heures. Je suis réveillé. Je ne dormirai plus. Je repense à ce que j'ai fait avant que nous nous couchions. J'ai rangé la Cadillac à l'abri. C'est un gros paquebot caoutchouteux qui se conduit comme un gros paquebot caoutchouteux. Demain, il faudra que j'y jette un coup d'œil avec Lee. Elle tire à droite. J'ai l'impression que quelque chose ne va pas dans les biellettes de direction. On verra.

J'ai refermé le portail, j'ai ouvert à Lady. Alex lui a gratté la tête et tous les trois, nous avons fait notre ronde. Peut-être que nous en referons d'autres et peut-être pas. Je ne sais pas encore. J'écoute le vent gronder et mugir. J'ai réussi à faire avaler quelques cuillerées de soupe en boîte à Alex. J'ai dû la menacer pour parvenir à mes fins. Elle avait peur de vomir, mais non, elle a tout gardé. Il n'y a pas de grandes ou de petites victoires, il y a seulement des victoires. Un peu de soupe ce soir, demain…

Je lui ai fait prendre une douche. Elle n'avait pas changé ses vêtements depuis plus d'une semaine. M'a-t-elle dit. Jamais entendu parler de quelqu'un qui ne se change pas pendant plus d'une semaine. Elle attendait près du téléphone, c'est d'accord, mais tout de même. Attendait quoi, et pourquoi ? Certainement pas un appel du prince charmant. Elle a bien été forcée de les quitter, ses fringues. Je l'ai savonnée, récurée, bouchonnée. Tout ça dans la toute petite cabine de douche de la caravane. Elle ne voulait pas. Tu veux rester, tu y passes. Autrement, tu gerbes. C'est comme ça que je vois les choses.

Maigre, très maigre. Efflanquée. Les os du bassin saillants. Je ne veux pas que tu me regardes. Conneries. Non, je t'en prie, je t'en prie. Ne regarde pas ma poitrine. Je t'en prie… Putain, comment on peut en arriver là ? Ne me gronde pas. Comment ? Chagrin. Chagrin, tu comprends ? Comprendre ? J'ai eu du chagrin, moi aussi, mais de là à se laisser dépérir. Un rire triste, elle laisse tomber les bras le long du corps. Les nymphettes, c'est pas mon truc. Je ne dors pas, je ne bouge pas, je pense seulement à ce mot, qu'elle a lâché tout bas, que je n'ai fini par lui arracher qu'à force de la tarabuster. Tu es toujours très fort, pour obtenir des aveux. Ne parle plus de ça. Jamais plus. AVEUX. Plus jamais. CHAGRIN ? Si on devait mourir de chagrin, alors la moitié de l'humanité aurait déjà disparu, peut-être même les deux tiers. Les neuf dixièmes. J'ai bien connu un chat qui est mort de chagrin, mais les humains. Causes de la mort inconnues ou suspectes. J'avais du chagrin. Tellement de chagrin. Moi aussi, et depuis si longtemps, et alors ? Le regard pénible de ses yeux violets. On dirait une aveugle. Elle bouge à peine les lèvres.

Plus manger, fumer, traîner…

Les cicatrices blêmes à l'intérieur de ses poignets. Entrecroisées. Rasoir. Cinq ou six. J'ai arrêté le sport, tout. Même ce que tu penses. Je ne pense rien. Je ne pense plus. Le pire n'est pas de rencontrer la mort, le pire c'est quand elle ne veut pas de vous. Rasoir. Profond. Ça brûle horriblement sur le coup, ensuite c'est long, long… Des heures à saigner, à se vider, à regarder la vie qui s'en va.

Donne-moi une seule raison. Une seule. Au lieu de ça, elle s'endort. Elle a les cheveux collés au front, aux joues, aux épaules, on dirait que je viens de la tirer de l'eau. Elle ne pèse plus bien lourd. J'essaie de me rappeler… Les vivants, ils nous auront quand même bien fait chier, tout du long. Je ne me rappelle rien. Moi aussi, je m'endors, puis je me réveille.

J'écoute le vent. Pour une raison ou pour une autre, le vent m'a toujours rassuré. C'est comme un grand courant puissant dans le ciel qu'on ne voit pas. Il est plein de milliards d'âmes qui en ont fini de souffrir. Alex dort. On dirait qu'elle a un peu oublié sa peine. Parfois, elle tressaille, sa main cherche mon épaule. La trouve. Elle me touche et soupire. Ses longs doigts sentent la verveine. Ils se crispent.

Le jour commence à poindre. Je la regarde. On dirait que c'est quelqu'un d'autre, une autre Alex, une adolescente très mince et très fiévreuse, une jeune fille que je n'ai jamais rencontrée de ma vie ni seulement imaginée, faute d'avoir fait assez attention, alors que c'est peut-être seulement toujours la même, la seule, la vraie, depuis le début… Triste et gentille. Tellement triste… Triste à vous serrer le cœur… Et si je m'étais trompé ? Qui sait si elle n'avait pas seulement voulu, réellement, sincèrement, l'espace d'un moment, je ne sais pas, peut-être, être heureuse, je ne sais pas, pourquoi pas ? Ne plus souffrir... Qui sait, si j'étais resté près d'elle avant qu'on ne soit plus personne tous les deux, si ça n'aurait pas pu l'aider, même un peu. Qui sait ?

Alors, demain, peut-être, nous descendrons en ville. Je lui achèterai d'autres vêtements, des cigarettes et un sac neuf. Demain, elle aura peut-être un peu moins de chagrin. Peut-être que c'était aussi simple que ça. Peut-être que je n'avais jamais rien compris à rien.

Demain, nous irons nous promener un peu en bord de mer. Il y aura du monde et des odeurs de frites, des mômes et des parasols, mais tant pis. Demain, je lui offrirai un cerf-volant, des fleurs et un gros ballon Lion King. Une pizza sur le port. Demain, pour la première fois de ma vie, je la ferai rire. Peut-être.

Et puis nous reviendrons et nous finirons peut-être par refaire l'amour. Tous les deux ensemble, qui sait ? Ça n'a plus vraiment d'importance, maintenant, mais quand même.

Demain.

Ou après-demain.

Ou le jour d'après.

Peut-être.

Bienvenue dans le monde des morts.

Achevé d'imprimer en novembre 2017
sur les presses de Normandie Roto Impression s.a.s.
à Lonrai (Orne)
pour le compte des Éditions Payot & Rivages
18, rue Séguier – 75006 Paris
N° d'imprimeur : 1705126
Dépôt légal : mars 2000

Imprimé en France